# 国家舞台艺术
# 精品工程
# 剧作集 ⑩

话剧儿童剧木偶剧卷四

中华人民共和国文化部艺术司 编

文化藝術出版社
Culture and Art Publishing House

# 儿童剧

**精品剧目·儿童剧**

# 一二三，起步走

编剧　王辉荃

**人物**

安小花　女，十五岁，山村孩子。

孙发发　男，十四岁，苏州初中一年级学生。

周强强　男，十四岁，苏州初中一年级学生。

赵欣欣　女，十四岁，苏州初中一年级学生。

王　枫　男，五十九岁，苏州中学教师。

苏慧芬　女，四十五岁，山区教师。

孙千山　男，四十四岁，个体户，孙发发的父亲。

钱闻莺　女，四十二岁，营业员，赵欣欣的母亲。

赵云山　男，四十三岁，技术员，赵欣欣的父亲。

吴阿芳　女，四十三岁，洗衣工，周强强的母亲。

周一民　男，四十五岁，勤杂工，周强强的父亲。

刘医生、女护士、勤杂工、山区孩子等

————儿童剧《一二三，起步走》

〔一个男子浑厚的声音："各就各位，预备……跑！"
〔一阵阵有力的跑步声……
〔主题歌起：

　　一二三，起步走，起步走，
　　我要走在最前头，最前头。
　　长长的道路，
　　重重的困难，
　　我也不晃悠。
　　一二三，起步走，起步走，
　　我要走在最前头，最前头，
　　亲人深情，
　　师长的挚爱，
　　拉着我两只手。
　　一二三，起步走，起步走，
　　我要走在最前头，最前头，

　　明天的呼唤，
　　理想的追求，
　　鼓舞我更加油。
　　一二三，起步走，
　　我要走在最前头，
　　往前走，我永不落后，
　　往前走，我永不回头。
　　往前走，我永不落后，

往前走，往前走，

我永不回头，不回头。

〔主题乐曲进入，幕徐启。

一

〔早晨，苏州街道一角，树木葱郁，空气清新。

〔王枫老师带领学生们在欢快地打扫街道……

王　枫　同学们！

学生们　王老师！

王　枫　同学们，你们刚考上中学，我是你们的班主任，今天的暑期活动安排的好不好？

学生们　好！

王　枫　现在我们再给这条通往学校的马路洗洗脸怎么样？

学生们　好啊！

〔学生们欢快地打扫，下。

王　枫　周强强。

周强强　到！

王　枫　孙发发和赵欣欣呢？

周强强　不知道。（摇头）

王　枫　你找找他们看。集体公益劳动一定要参加。

周强强　（点头）好！咦！他们两个人呢，跑到什么地方去了？

〔王枫下。周强强寻找着……

〔"冲啊！杀啊！"……随着孙发发的一阵喊杀声，赵欣欣叫喊着逃来。

赵欣欣　救命呀，救命呀……

〔赵欣欣无路可逃……

〔孙发发手拿扫帚当枪，口喊"哒……"追上。

————儿童剧《一二三，起步走》 〉〉〉〉〉

孙发发　"哒哒……"，赵欣欣，看你往哪里逃？
　　　　〔周强强阻拦。
周强强　孙发发，不准欺侮赵欣欣！
孙发发　我没欺侮她。
赵欣欣　孙发发，你是欺侮我的！
孙发发　（找理由）那你为什么不参加打扫，靠在那树后打瞌睡？
赵欣欣　我……我……
周强强　你又要找借口了，就算赵欣欣不参加劳动，你也应该好好帮助她才对呀！
孙发发　（拿扫帚作枪扫射）这就是我对她最好的帮助……
　　　　〔不料赵欣欣又撑着扫帚打起瞌睡了。
孙发发　看她，又睡着了。
周强强　（喊）赵欣欣！
赵欣欣　（惊醒）啊？
周强强　你们是怎么搞的？
赵欣欣　我……
周强强　好了，别说了，快走吧。
孙发发　去哪儿？
周强强　去学校门前打扫呀！
孙发发　我……我累了！
周强强　你手里的扫帚一下也没动过，怎么会累了呢？
孙发发　……我一干活就要累的！
周强强　你就是不热爱劳动！
孙发发　我干吗要爱劳动？我爸爸是老板，我是小老板，劳动是打工仔的事。
周强强　你……（生气地）赵欣欣，我们走。
　　　　〔赵欣欣不动。
周强强　你又怎么啦？

赵欣欣　我要请假……

孙发发　我批准了,你回家吧!

周强强　赵欣欣,王老师说的,集体活动一定要参加。

赵欣欣　我妈说的,集体活动我都不参加,再说现在暑假期间……

孙发发　对,我们刚考进初中,又还没有开学,搞什么集体活动?再说,要搞集体活动应该是搞搞旅游呀,看看DVD,乘坐大飞机,吃吃"肯德基"呀……

周强强　自说自话!

赵欣欣　我妈等会要找到这儿来的。

周强强　你都已经来了,还请什么假!

孙发发　周强强,你就别多说了,你自己去参加劳动吧,反正你对劳动是有深厚感情的!

周强强　什么意思?!

孙发发　你爸爸是勤杂工,你妈是洗衣工,你当然热爱劳动了!

周强强　(气忿) 孙发发!

孙发发　(不甘示弱) 怎么样!

周强强　我……我去告诉王老师!(说罢要走)

孙发发　哎呀!我好怕呀!(有意逗周强强)

〔王枫上,孩子们不知。

孙发发　你去告诉王老师好了!(嘟囔着) 王老师,一个快要六十岁的老头来当我们班主任,还花头来得多!

周强强　孙发发,你说,王老师怎么花头来得多?

孙发发　想不到进初中他让我们干的第一件事就是打扫马路,这还不是花头多呀?

周强强　王老师是为了让我们明白一个道理!

赵欣欣　什么道理?

周强强　就是,王老师说要我们自己动手扫除障碍,王老师说要我们热爱劳动,热爱集体,王老师说……

———儿童剧《一二三，起步走》 〉〉〉〉〉

孙发发　（打断）你一天到晚"王老师说……"，"王老师说……"，我看王老师还能说几天？

周强强　怎么啦？

孙发发　他快六十的人了，该走了！

周强强　让王老师走到哪儿去？

孙发发　（边唱边跳）"走走走走呀走，走到家里等退休……"
〔不料正巧跳到王老师面前。

孙发发　（吃了一惊）王老师！

周强强　王老师！

赵欣欣　王老师！

王　枫　孙发发，过来，过来嘛！（孙发发坐在王老师身边）孙发发！老师我再过一年是要退休的。不过，我当你们的班主任一天，就得把这一天的工作做好。

孙发发　（伸了伸舌头）我的爸呀！

王　枫　什么？你的爸？

孙发发　我没妈，不！我妈跟人家走了……

王　枫　（注意地）噢——同学们！咱们去那边扫街心花园去。
〔周强强高高兴兴地离去。孙发发、赵欣欣在张望。

王　枫　孙发发、赵欣欣你们在看什么？

赵欣欣　……看我妈。

孙发发　……看我爸。

王　枫　看你妈妈，看你爸爸，干什么？

赵欣欣　我……

孙发发　我……
〔四十岁左右的钱闻莺背着一个硕大的拎包，气喘吁吁急匆匆走来……

赵欣欣　（迎上去）妈……

钱闻莺　欣欣！快跟妈回家去。

赵欣欣　妈，你拿了这个大箱子干什么？

钱闻莺　都是妈给你找的学习资料，为了这些我跑遍半个苏州城，总算把学习资料弄全了，看，这是大学英语磁带，这是九十年代的高考复习资料。

赵欣欣　妈，我刚进初中，怎么要这些高考复习资料呢？

钱闻莺　先准备起来嘛！喏，这是八十年代的，这是六十年代的。

王　枫　咦！怎么没有七十年代的复习资料呢？

钱闻莺　七十年代是文化大革命，没有高考的。咦，这个老头是谁呀？

赵欣欣　妈！这是我们的王老师！

钱闻莺　你们的班主任是个老头子啊！噢！对不起呀，老头子，（连忙捂嘴）啊！王老师！

王　枫　没关系，我是个老头子了！再过一年我就要走了。

钱闻莺　走到哪儿去啊？

王　枫　走走走啊走，走到家里等退休！

钱闻莺　我可没有这个意思啊！

王　枫　我说赵欣欣的妈妈……

钱闻莺　我叫钱闻莺。

王　枫　啊！钱闻莺？（似曾相识地看着钱）钱闻莺同志，孩子刚考上中学，你就为她准备这么多的复习资料，那孩子的睡眠时间太少了！

钱闻莺　她还小，少睡点觉不要紧，等她老了、退休了，想怎么睡，就怎么睡，想睡多少时间，就睡多少时间……

〔此时，赵欣欣已在打瞌睡了。

王　枫　钱闻莺！我看，用不着等她退休了！她现在就睡着了……

钱闻莺　啊！

孙发发　（突然大叫）啊！

王　枫　做啥呀？

孙发发　我老爸来了！

——儿童剧《一二三，起步走》

〔孙千山大摇大摆地上。

孙发发　（扑了上去）爸爸！

孙千山　儿子！你拿扫帚真的要干？！

孙发发　你再不来，这次劳动我就逃不过了！（示意）喏，王老师……

孙千山　别急！王老师，我是孙发发的爸爸，也就是千山贸易公司总经理孙千山，这是我的片子……（递上名片）初次见面，请多多关照。

王　枫　噢，你就是孙千山？！

孙千山　对。

王　枫　你来这里是……

孙千山　嗳……我是想告诉你，我家发发是不会做这些事的，这扫帚是从来不摸的。

孙发发　对。连吃饭都是老爸替我盛好的。

孙千山　所以这劳动的事，我看就算了。

〔王枫摇头。

孙千山　我知道你要摇头的。王老师，这样吧！你让孩子们全回去，街心花园由民工打扫，他们的工资由我埋单！

孙发发　（喜呼）爸爸万岁！

王　枫　（大喝）放肆！孙千山同志，你家发发是不是经常会高呼"爸爸万岁"的？

孙千山　（尴尬地）这……不……

孙发发　是的，只要爸爸肯掏钞票，我就喊"爸爸万岁"！

王　枫　应该呼"钞票万岁"！

孙千山　是……不！（悄悄对孙发发）老头子厉害，我为你吃批评了。

〔赵云山——赵欣欣的爸爸匆匆上。

赵云山　欣欣妈！

钱闻莺　欣欣爸，你怎么赶来了？

赵云山　你不是要我为欣欣找一个高级的辅导老师吗？真是踏破铁鞋无觅

处，得来全不费功夫！我找到了一个大学毕业研究生啦！会三国外文、电脑专家、古典建筑师、古文底子深厚的一个高级职称的知识分子啦！

钱闻莺　啥人呀？

赵云山　这个人就是欣欣的爸爸；钱闻莺女士的老公，在下！我啦！

钱闻莺　什么？你呀？你能辅导？那欣欣的分数又要下降啦！

赵云山　我早就是一名优秀的辅导老师了，我们的老同学周一民、吴阿芳的儿子周强强，暑期活动小组长，就是我辅导的。

〔周一民和吴阿芳走来。

吴阿芳　（环顾）我家强强呢？！

王　枫　周强强在那边跟同学们一起打扫街道。

〔吴阿芳听了，挽起袖子要走。

王　枫　（喊住了她）吴阿芳同志，你干什么？！

吴阿芳　代我家强强打扫呀！

王　枫　同学们参加公益劳动，家长是不能代替的。

吴阿芳　（问其他人）哎，这个老头是谁呀？！

孙千山　（夸张地）讲出来要吓你一大跳！他，就是我们三家孩子的班主任！

赵云山　（走上前去）王老师，您是叫王枫吧？

王　枫　对，你是……？

赵云山　我是赵云山呀！就是你当年的学生，"小广东"啦！

王　枫　赵云山？！（握手）

赵云山　（对家长们）怎么，你们还没有认出来？

家长们　孩子的班主任！

赵云山　他也是我们几个人念小学时候的班主任王枫王老师！

〔家长们认出……

家长们　王老师！（有的握手，有的行礼）

王　枫　久违了！我还要跟同学们一起打扫，以后再约时间与你们详谈。

―――儿童剧《一二三，起步走》

孙发发，走，参加打扫去！

孙发发　（求救地）爸爸……

孙千山　小鬼，不轧苗头！去！（对王老师）劳动好，劳动光荣……嘻嘻，哈哈……

王　枫　钱闻莺，赵云山，我看你们家欣欣负担太重了，那个学习计划是不是再商量商量？

赵云山　（不待钱闻莺开口，先应声）好的，好的，很好！

〔孙发发和赵欣欣向同学劳动处走去……

〔主题歌起　"一二三，起步走……"

王　枫　（对家长们）还记得这首歌吗？

吴阿芳　我们上小学的时候也经常唱的！（哼）"一二三，起步走……"

〔家长们不由自主地唱着，排队随王枫下。

〔稍顷，年约十五岁的山区小女孩——安小花上，她眺望着苏州景色，心旷神怡。

〔安小花兴奋地向不远处招手喊着——

安小花　苏老师！

〔年龄约四十多岁的山区女教师苏慧芬应声而来："安小花……"

安小花　苏老师，这就是苏州？！

苏慧芬　对！

安小花　就是你的故乡？

苏慧芬　对！

安小花　真美！

苏慧芬　小花，你还记得我教你的那首歌吗？

安小花　老师，你听——

（唱）世上呀都说天堂美，我说苏州胜天堂。

小桥流水临家门，园林立在街中央。

东山枇杷西山梅，书场琴声伴茶香。

古城新貌皆如画，最美还是手一双。

苏慧芬　（连连称赞）好，好，你唱得真好！
安小花　不是我唱得好，而是苏老师你的歌词写得好，曲谱得好。
苏慧芬　我只不过是想用歌来表达我的心意罢了。
安小花　苏老师，你的故乡这么好，而你到我们山区一待就是二十五年，你后悔吗？
苏慧芬　我对自己的故乡是有说不尽的眷恋之情，但现在要是让我离开你们这些山区的学生，那我会后悔一辈子的！
安小花　苏老师你真好！
苏慧芬　小花，这次让你陪我来苏州办事，开心吗？
安小花　我嘴都合不拢啦！长这么大，我第一次到这么大的城市来！
苏慧芬　等城乡挂钩办学的事儿办好后，我要带你好好的玩！让你多长知识。
安小花　（向往地）太好啦！苏老师，听你的。
苏慧芬　这些年，苏州城市的变化连我也摸不清东西南北了，我去打个电话，打听一下姑苏中学在哪儿。
安小花　我去打电话。
苏慧芬　小花，我再摸不清也比你熟。还是我去吧。
安小花　（点头）嗯。（苏老师头晕）苏老师你怎么了？
苏慧芬　没、没什么！你千万不要走开，在这儿等我。
〔苏慧芬下。
〔安小花四处观看，不好离开，便从书包里拿出一本书看了起来。
〔孙发发噘着嘴，拖着扫帚怏怏不悦地上……
孙发发　（嘀咕不停）你们师生相会嘻嘻哈哈，让我倒扫地扫地再扫地，没劲！没劲没劲……
安小花　这个人倒蛮好玩的，会一个人自说自话呢！
孙发发　（正撞在他气头上，火了）关你什么事？！
安小花　哟，你这个人脾气好大！
孙发发　我爸爸有钱，我脾气就是大！

——儿童剧《一二三，起步走》

安小花　那没有钱的就不能有脾气啦?!

孙发发　要你来教训我?!

安小花　讲道理么!

孙发发　听口音，你是从外地来的吧?

〔安小花点头。

孙发发　哦……乡下人!

安小花　农村的!

孙发发　你是到我们苏州来打工的吧?

安小花　不!我是跟我们老师来办事的。

孙发发　(笑)哈……

安小花　你笑什么?!

孙发发　一个乡下小孩，还说来办事，吹牛吹牛吹牛!

安小花　我不是吹牛!去吧，去吧!唉，我问你，姑苏中学在什么地方?

孙发发　姑苏中学?(萌生作弄念头)……姑苏中学谁不知道啊，就在那儿呀!

安小花　在哪儿?

孙发发　就在马路对面。

安小花　对面?

孙发发　就是那个房子!

安小花　就是那个房子啊!(转身找苏老师)

孙发发　唉!你到哪儿去啊?

安小花　我去找我们苏老师!

孙发发　你先去看一看嘛!

安小花　不行，我们苏老师叫我在这儿等她的。

孙发发　你先去认一认，等一会儿再把你们老师带去不是更方便吗?

安小花　谢谢你!

孙发发　唉，过来，我告诉你，那里面好干净，好干净，只能在外面看看，不能进去的，进去要给钱的。

安小花　我在外面看看也要钱啊？

孙发发　不要问那么多嘛！

安小花　（犹豫地）就那个房子啊？

孙发发　好，我带你过去吧。

〔安小花顺孙发发指引方向下。路人过场，看见这情景。

孙发发　（高兴地又跳又蹦）哈哈……

〔周强强走来。

周强强　孙发发，你一个人在这里发什么毛病？

孙发发　不关你的事！

周强强　打扫结束，回家去了。

孙发发　（更开心）噢！休息喽！

周强强　什么事也没干，还休息哩！

孙发发　今天就我干的事最多！

周强强　哼！

〔两人下，苏慧芬上……

苏慧芬　小花！小花！咦？小花呢？（寻找）小花！安小花……（见路人，上前打听）同志，你可曾看见一个十四五岁农村小姑娘？

路　人　啊！看见的！跟一个小男孩往那边去了！

〔苏慧芬紧张，突然感到一阵头晕目眩，昏倒在地……

〔安小花气鼓鼓地上。

安小花　小坏蛋，骗人，真是个小坏蛋，什么姑苏中学，是公共厕所，咦，苏老师打电话怎么还不来，怎么……（发现苏老师，大惊失色，连忙扑过去）苏老师，你怎么了，苏老师！（急呼）快！快来救救我的苏老师！

〔切光。

——儿童剧《一二三，起步走》

## 二

〔数天以后。

〔姑苏医院的草坪。

〔安小花正在洗衣服。

〔刘医生和护士上。

护　士　安小花，你在这里呀？

安小花　我在替苏老师洗衣服。

护　士　刘医生找你。

安小花　（见刘医生神情严肃，不禁有些紧张）刘医生，我们苏老师的检查结果出来啦？！

〔刘医生点头。

安小花　情况怎么样？

刘医生　你不要紧张，经过检查，你们苏老师的病是因为长期疲劳引发的眩晕症，必须住院治疗。

安小花　噢。那天怎么会昏倒的呢？

刘医生　那天她找不到你，心里一紧张就发病了。

安小花　（想到孙发发，不由得骂了出来）坏蛋！

护　士　你怎么骂刘医生？！

安小花　阿姨，对不起，我不是骂刘医生，我是在骂那天作弄我的坏蛋！刘医生，我打过长途电话了，村长说，让苏老师在苏州安心养病，村长还说，最近村里工作很忙，不能派人到这里来，我就算是全权代表。

刘医生　好，"全权代表"，你就去替苏老师办住院手续吧！（下）

护　士　小花，等会儿去办住院手续的时候不要忘了带钱。

安小花　要多少钱？

护　士　先交一千元押金就好了。

安小花　我们苏老师带的钱不够！能不能缓几天？先把我们苏老师从急诊室送到病房里去。

护　士　（摇头）不行。

安小花　阿姨，跟你商量商量。

护　士　这是住院部的事，我做不了主。

安小花　那我去找刘医生商量。

护　士　小花，你找任何人商量都没用的。

安小花　怎么你们医院里的人都这么不好商量？！

护　士　安小花，这是医院的制度。

安小花　那我去跟订制度的人商量，这制度是谁订的？

护　士　（无奈叹息）我的妈呀！

安小花　噢，是你的妈妈订的，那我去找你妈妈商量！（欲走）

护　士　（喊住）安小花！住院交费是医院的规定，你快点去给苏老师办住院手续吧。（说罢，下）

安小花　（望着她离去的身影。心里焦急万分，画外音：怎么办呢？村长说苏老师的住院费要晚几天再寄来，可苏老师身边带的钱又不够，怎么办呢？自语）钱……钱……钱……

〔吴阿芳端了盆洗好的衣服晾，见安小花喃喃自语，不由叹息。

吴阿芳　可怜，这么小的孩子就生精神病……

安小花　谁生精神病啦？！

吴阿芳　那你干吗一个人自言自语？

安小花　我老师治病要交住院费，我们带的钱不够。

吴阿芳　（触着隐痛）……唉，世界上什么困难都可以克服，就是没有钱的困难最难克服。（晾衣服）

安小花　阿姨，你怎么洗这么多的东西？

吴阿芳　我也是为挣钱啊！

安小花　阿姨，我也要当洗衣工！

吴阿芳　你要我下岗啊？！我好不容易才上的岗呀！

———儿童剧《一二三,起步走》 >>>>>

安小花　……对不起!请你帮帮我的忙……

吴阿芳　……小姑娘,你怕累吗?

安小花　不怕!

吴阿芳　你怕苦吗?

安小花　不怕!

吴阿芳　你怕受人差遣吗?

安小花　(笑)阿姨,你不要再问了,不是有这么一句话吗,中国人连死都不怕,还怕什么?!

吴阿芳　……好,有几处人家托我找钟点工,你去当钟点工好吗?

安小花　什么是钟点工?

吴阿芳　就是到人家家里去按钟点做事赚钱。

安小花　阿姨,我太谢谢你了!

吴阿芳　没什么。

安小花　不过,我要他们先付给我钱。

吴阿芳　为什么?

安小花　我急着要给老师去付住院费!

吴阿芳　这么小的人就这样有良心,这个忙我帮定了!

安小花　(突然神秘地)嘘!

吴阿芳　(紧张)干什么?!

安小花　保密!

〔切光。

## 三

〔翌日上午,在与孙发发、赵欣欣、周强强三家相连的院子里。
〔台右侧有一张桌子,孙发发、赵欣欣、周强强三人围桌而坐,正在进行暑假小组活动。

赵欣欣　(念作文题目)我长大了做什么?做……

周强强　要写出自己的理想，快写吧！

〔孙发发边喝可乐边上。偷偷看看他们。

赵欣欣　（想起什么）对！我妈妈说……做哈佛女孩。

周强强　哈佛女孩也要长大的呀！哈佛女孩长大了做什么？

赵欣欣　（想）长大了……做……做……周强强你写的什么？念给我听听！

周强强　你会笑我的！

赵欣欣　保证不笑！

周强强　《青春之歌》，青春是短暂的、生命是有价值的！啊！祖国的明天是美好！啊！我们的明天多精彩……

孙发发　（学他）啊！

周强强
赵欣欣　咦！要你啊什么东西？

孙发发　他会啊！我就不会啊——吗？

赵欣欣　发发，题目是《长大了做什么》？

孙发发　长大了有我老爸。

周强强　你老爸是你老爸，你是你。

孙发发　我是在想长大了做什么，关键是怎么样才能长大！对，四个字！

周强强　哪四个字？

孙发发　吃、喝、玩、乐！

周强强　你说什么？

孙发发　吃吃肯德基，喝喝可乐，玩玩游戏机，到苏州乐园乐一乐！

周强强　你胡说八道些什么？作文应写有意义的事情。

孙发发　我就这么写，你有什么资格管我？

赵欣欣　他是我们暑期活动的小组长。

孙发发　（作呕吐状）呃？

周强强　你？

孙发发　让周强强当小组长是王老师包庇他！这不算！应该我们自己选组长！

————儿童剧《一二三，起步走》 〉〉〉〉〉

周强强　孙发发，你——

孙发发　怎么，怕选不上啦？

周强强　（负气地）好，自己选就自己选。

孙发发　听好，同意孙发发当小组长的举手。（说罢即举手）

〔周强强和赵欣欣不动声色。

孙发发　（自我解嘲地）没过半数。

赵欣欣　那同意周强强当小组长的举手。（说罢举手）

孙发发　（得意）也没过半数！

〔周强强举手。

孙发发　周强强，你怎么为自己举手的?!

周强强　那你刚才怎么为自己举手的?!

〔孙发发语塞。

赵欣欣　好，二比一通过，周强强再次当选小组长！

孙发发　不行，周强强当小组长我就是不服气！

赵欣欣　周强强学习认真，肯帮助同学，关心集体，他为什么不能当小组长?!

孙发发　我爸爸说的，有钱的当老大，没钱的就是"小兵拉子"！

周强强　（气）你！孙发发，我以小组长的名义通知你，从今天起我们的暑假活动小组不要你参加了，开除！

孙发发　你开除我?! 好，开除就开除。这暑假活动小组我不参加了，可是这张桌子是我家的，我要拿走！

周强强　王老师跟你爸爸商量好的，这张桌子是给我们做作业的。

〔孙发发要拿走桌子，周强强拉住不放，二人势均力敌。

周强强　赵欣欣，快来帮我的忙！

〔赵欣欣抱住周强强的腰，帮助拉桌子。

〔孙发发输了。

孙发发　（坐倒在地哇哇大哭）啊……

赵欣欣　（急忙劝说）发发，别哭，我们是跟你闹着玩的。

孙发发　（哭得更加剧烈）哇……

〔孙千山、钱闻莺和周强强的爸爸周一民从各自家里走了出来。

〔周强强和赵欣欣装作无事坐到桌旁"做作文"。

家长们　出了什么事啦？

〔周强强和赵欣欣不语，孙发发只是哇哇大哭……

孙千山　心肝宝贝，到底是谁欺负你啦？

孙发发　……是……周强……强，还有赵欣……欣！

钱闻莺　我家欣欣敢欺负你？！你不欺负欣欣已经是西边出太阳了！

孙千山　这算什么话？！出了事，不问问事情经过先包庇自己的孩子，有你这样的家长吗？

钱闻莺　你这话应该说给自己听！

周一民　强强，怎么回事？

〔周强强不语。

周一民　说呀！

〔周强强还是不语。

周一民　（火了）说！

〔周强强索性走开。

〔周一民要追打周强强，赵欣欣急忙拦住。

赵欣欣　强强爸爸，这事不能怪强强，王老师要求我们暑假活动中每人要做一篇作文，可是发发自己不写还要捣乱，强强批评他，就这样吵起来了！

孙发发　不对，是周强强要开除我！

赵欣欣　不对，是你先说"有钱的当老大，没钱的就是'小兵拉子'"，强强才火的！

钱闻莺　小小年纪，脑子里怎么装了这么多肮脏思想！？

孙千山　（对孙发发）你怎么能讲这样的话？

孙发发　这话是你跟我说的么！

〔孙千山语塞。

——儿童剧《一二三，起步走》

周一民　千山，我们是老邻居又是老同学，是从小一起长大的，现在你发财我做苦力，我不眼红，可你不能让你的孩子看不起我的孩子，这样我会感到对不起我家强强的！

孙千山　周一民，小孩争争吵吵扯到大人身上就没有意思了……

周一民　（径直对周强强）强强，去跟发发赔礼道歉，请他继续参加暑期小组活动。

周强强　（不从）爸爸！

周一民　去！记住，做人不是靠钱和势，而是认定一个字："理"。

周强强　（无奈对孙发发）对不起，我以小组长的名义通知你，请你继续参加暑假小组活动……

孙发发　你说什么，我没听清？

〔周强强掩面哭泣往家里奔去。

周一民　强强！（追去）

钱闻莺　（火）欣欣，这个暑假活动不要参加了，走，回屋去！

孙千山　钱闻莺，你们不能走，不然，王老师要怪我的！

钱闻莺　我不想让我女儿陪着你家少爷浪费时间，欣欣，回家去！（看手表）现在是学画画时间！

〔赵欣欣无奈收拾书本往家里走去。

孙千山　（见孙发发若无其事在玩手掌游戏机，揶揄地）好玩吗？

孙发发　好玩的！

孙千山　好玩你个鬼！（狠狠地打了他一巴掌）

孙发发　（大哭）哇……

孙千山　没钱的时候受你妈的气，嫌我穷，她扔下我们父子远走高飞了！现在我做生意有钱了，却受你招来的气！从今天起你不要跟他们在一起，反正我已经托人请帮工，我今后让帮工守着你！走，进屋里去！

〔孙发发怏怏不悦往家里去，还玩手掌游戏机……

孙千山　（收掉孙发发在玩的游戏机）一天到晚像鬼叫！

1303

〔孙发发从衣袋里又拿出一个游戏机边玩边往家里去,孙千山无奈地随他往家里走去。

〔稍顷,吴阿芳匆匆上。

吴阿芳 (向外招手)小姑娘,来,到我家坐一会儿。

〔安小花上。

安小花 阿姨,谢谢你。

吴阿芳 谢啥!哎,刚才两家人家给你的钱放好。

安小花 (点头)刚才两家人家给我的钱已经给我们苏老师交了住院费了。阿姨,你能不能再给我介绍几家人家去做钟点工?

吴阿芳 为什么?

安小花 我想多挣点钱,好给我们苏老师买营养品。

吴阿芳 (想了一下)对,我家邻居孙千山也正好要找钟点工……

安小花 (迫不及待)阿姨,帮帮忙!

吴阿芳 (说着往孙千山家里走去)那我去看看他在不在家。

〔安小花环顾四周,既陌生又感到新鲜。

〔吴阿芳和孙千山边说边走了出来。

孙千山 不要吹,让我亲眼看看。

〔吴阿芳指安小花;孙千山打量安小花……

孙千山 (嘀咕)人矮了一点……

〔安小花急忙把脚跷起。

孙千山 (嘀咕)唔,仔细看看,长短还可以……不过眼睛太小,是有毛病啊!

〔安小花急忙将双眼睁大。

孙千山 (嘀咕)嘀,小姑娘眼睛蛮大的。

吴阿芳 是你自己这几天点钞票把眼睛点花了!

孙千山 不过,人还是太瘦!

〔安小花急忙硬撑"魁梧"。

孙千山 (这下看出来了)不要硬撑了,"小排骨"又撑不成大胖子的!

————儿童剧《一二三，起步走》 >>>>>

吴阿芳　人瘦筋骨好，再说报酬又不高。

孙千山　好，就定下来了。

吴阿芳　小花，孙叔叔要你了。

安小花　谢谢吴阿姨！

孙千山　我用你，你怎么谢她呢？

吴阿芳　是我把她介绍来的呀。

安小花　谢谢孙叔叔！

孙千山　小姑娘……

安小花　我叫安小花。

孙千山　我们家的家务事只有烧饭做菜，但关键是要看住我的儿子发发。

安小花　没问题。

吴阿芳　小花，问题来了。

安小花　为什么？

吴阿芳　你不知道，他家那个儿子坏得不得了，真是有种像种，不，比他爸爸还要坏！

孙千山　哎，你是介绍钟点工，还是触我壁脚？！

吴阿芳　（解嘲地笑）让她思想上有充分准备么。

〔周一民带强强从家里走了出来。

周一民　阿芳，你回来啦。

吴阿芳　你们去哪儿？

周一民　强强心里有事情想不通，要去找王老师。（说着瞥了孙千山一眼）

〔孙千山装作若无其事。

吴阿芳　那你去干什么？！

周一民　我们虽然没钱让孩子吃好的穿好的，但是在管教上不能欠孩子的。

吴阿芳　那我也去……

周强强　妈，你就别再去了。

吴阿芳　我想去看看，到底有什么事情想不通。

〔吴阿芳三人往院外走去。

孙千山　哼，去告状了！

安小花　叔叔，他们去告谁的状？

孙千山　还有谁，告我嘛！

安小花　你犯法了？

孙千山　（赌气地）哼，真是像我犯法了！

安小花　你犯了什么法?!

孙千山　我犯什么法？（忘情地）我至多有点偷税漏税吧。

安小花　多不多？

孙千山　不多，小数目。

安小花　那是小偷。

孙千山　你不要胡说！（见安小花已经拿了把小刀在削土豆皮）咦，你怎么已经干起活来啦?!

安小花　我看见你家门口放着一盆削了一半的土豆和一把刀，我想趁说话的时候干掉它算了。

孙千山　真勤快！对，我家发发要吃咖喱鸡又不肯跟我去饭店，我只能自己做做看，你先削土豆，等会儿杀鸡……

安小花　好。（埋头削土豆）

〔突然孙千山身上的BP机响。

安小花　（大惊）叔叔，你身上是什么东西?!

孙千山　BP机。

安小花　不是说烧咖喱鸡吗?!

孙千山　（说不清）唉，是拷机。

安小花　烤鸡?! 我不会烧。

孙千山　（看BP机）唷，出事情了。（对内喊）发发！爸爸的一批货有问题，我马上要去看看，反正钟点工来了，她叫安小花，你有事找她！（边走边叮嘱安小花）照顾好发发！不要让他出去惹事！（说着离去）

———儿童剧《一二三，起步走》〉〉〉〉〉

〔安小花好奇地张望，顿觉心里宽舒多了……

安小花 （唱）真的好称心，果然心想事就成。

打工赚的钱哟，去付住院费，老师能治病！

让她的笑容永远像春风，温暖着我的爱；

让她的话语永远像雨露，滋润着我的心……

〔安小花开心地坐着埋头削土豆。

〔孙发发从家里边玩手掌游戏机边走了出来。

孙发发 你是谁呀？

安小花 我叫安小花。

孙发发 哦，是我爸雇的钟点工。

安小花 是的。

孙发发 那你怎么不干事呀？

安小花 我正在削土豆皮，等会儿烧咖喱鸡给你吃……（安小花边说边抬头看对方，发现他就是作弄自己的人）是你呀？！

孙发发 （他倒忘了）怎么啦？！

安小花 你忘啦，前几天在大街上，你瞎指路把我骗到公共厕所里去，害得苏老师找不到我，一急就发了病……（越说越气，不由得拿着小刀对孙发发）这次我饶不了你！

孙发发 （吓得乱逃）救命……

〔安小花抓住孙发发……

安小花 小坏蛋，看你往哪里逃？

孙发发 我是跟你闹着玩的！寻寻开心的呀！

安小花 你有钱可以寻开心，你知道不知道，我们山村孩子到城里来一趟有多么的不容易！你有钱可以寻开心，你知道不知道，我们苏老师生病住院，给我们带来多大麻烦！你有钱可以寻开心，你知道不知道，我这么小的年纪，就要吃这么多的苦，你……我不干了！

〔安小花画外音：不行，不做钟点工就没有钱，没有钱，苏老师就不能加强营养；要钱就要整天跟这个小坏蛋在一起。怎么办呢？哼！我倒不服气，我要让你知道到底是你厉害，还是我厉害，到底是哪个怕哪个！

安小花　哎，过来！

孙发发　（胆怯地）干什么？

安小花　我可以原谅你……

孙发发　我……我好怕……

安小花　你？……怕什么？

孙发发　你手里的那个东西……吓人呀！

安小花　（发现手里握着削土豆的小刀，把刀放到地上）快说！你怎样弥补自己的过错？

孙发发　（走到安小花身边）我给你玩游戏机！

安小花　人家的东西我不要。

孙发发　那给你钱！

安小花　我要自己赚的钱！

孙发发　那你要我怎么样嘛？

安小花　我要你向我赔礼道歉！

孙发发　安小花……

安小花　叫姐姐！

孙发发　小花姐姐！对不起！（深深地一躬到底）

安小花　（回头，不见孙发发）人呢？

孙发发　（抬头）我在这里！

〔两人相视而笑。

〔切光。

# 四

〔数天以后，在靠近孙发发家附近的小街。

〔孙千山在设摊并吆喝……

———儿童剧《一二三，起步走》

孙千山　哎，羊毛衫来羊毛衫，正宗的百分之百的羊毛衫！

〔孙千山发现孙发发蹑手蹑脚从家里出来，朝另一方向走去……

孙千山　（喝住）站住！

〔孙发发止步。

孙发发　吓死我了！

孙千山　干吗这么偷偷摸摸的！

孙发发　我想趁安小花没来之前去玩玩。

孙千山　小鬼，看见你爹犟头犟脑的，怎么安小花才来了几天你就见她怕得要死？

孙发发　不是你让她看住我的吗？这下子我就不敢乱说乱动了！（走）

孙千山　回来！

孙发发　干什么？！

孙千山　小花怎么还没来？

孙发发　我怎么知道？！

孙千山　这样，我要到别的摊位去看看生意怎么样，你帮我把这家门口的摊头看一看，省得我再去雇人来帮忙了。

孙发发　……我不会做生意的！

孙千山　教你！女式的羊毛衫本来一百元一件，现在打七折，只要七十元；男式的羊毛衫本来一百二十元一件，现在打七折，只要八十四元一件，如果顾客要还价，再降价十五元就可以卖了，记住吗？！

孙发发　（点头）给我钱！

孙千山　要什么钱？

孙发发　我的零用钱！

孙千山　……好，给你十五元。（摸出钱）要命，只有一张一百元的。

孙发发　（拿过）算了，就一百元！

孙千山　太多了！

孙发发　这几天我不再向你要了。

孙千山　真拿你没办法，看好摊头！别忘了，你要喊"为了迎接开发大西北，为了庆祝京沪高速公路通车……"（孙千山喊着离去）

〔孙发发望着摊头，怏怏不悦……

孙发发　（唱）自从碰到安小花，心里不觉发了麻，

　　　　　　　为寻开心作弄人，闯下大祸野豁豁。

　　　　　　　老师发病住医院，连累学生把工打，

　　　　　　　谁知冤家又碰头，小花偏偏到我家。

　　　　　　　天天见面心不安，我要补过想办法。

〔孙发发从各个衣袋里拿出一张张钞票数着……

〔安小花拎了装满鱼肉蔬菜的篮子走来。

安小花　发发！

孙发发　（忙收起钞票）哎，小花姐姐，你把菜买回来啦！

安小花　（递过一根大玉米棒）喏，你最喜欢吃的！

孙发发　（接过）谢谢！

〔周强强从院子里走了出来。

周强强　孙发发，今天暑假活动小组不活动了。

孙发发　哦！

安小花　为什么不活动了？

周强强　赵欣欣又不舒服了。

安小花　那可以上她家里去做暑假作业呀。

周强强　我从来不到同学家里去的。

安小花　为什么？

周强强　我……

安小花　你怎么啦？

孙发发　强强是嫌自己家里穷，怕被人家看不起。

安小花　穷又怎么啦！穷不可怕，最可怕的是穷得没有志气，自己看不起自己。

周强强　（受到鼓舞）小花姐姐，我去找欣欣做暑假作业！

——儿童剧《一二三,起步走》 〉〉〉〉〉

〔安小花进屋。周强强要走,孙发发喊住了他。

孙发发　强强,这你拿去跟欣欣分了吃。

周强强　不要!

孙发发　拿去!小花姐姐说,他们乡下的同学好团结,谁有一个苹果,也要分给大家吃的,快拿去!

周强强　(收下)发发,你真好!(入赵欣欣家)

孙发发　(一怔,自语)我真好?!我怎么会这么好的,这还不是小花姐姐……对,我一定要将功补过!(想了一下,喊)小花姐姐!

〔安小花走了出来。

孙发发　小花姐姐……

安小花　有什么事?

孙发发　苏老师的病怎么样了?

安小花　好多了。

孙发发　小花姐姐,我想跟你说件事。

安小花　什么事?

孙发发　我爸爸最近要把货大批大批地卖出去,就在好多地方都摆了摊头,这样人手就不够了,就要请人帮忙……我就想到了你。

安小花　想到我?!

孙发发　我爸爸答应,为他看一天摊头就有五十元钱。

安小花　(感兴趣)嘀?!看一天摊头就有五十元钱?!

孙发发　嗳!我想你现在需要钱,我就跟爸爸说我来看摊头,其实这摊头我是给你看的。

安小花　不行,我管了摊头会耽误你家里事的。

孙发发　没关系,你要做我家里事的时候,我来帮你看摊头,(掏出钱给安小花)喏,先给你一百元。

安小花　我还没做事呢!

孙发发　先付后做。

安小花　(犹豫)这……

孙发发　你既做钟点工又照看摊头，拿双份工钱，有什么不好？（把钱塞给安小花）

安小花　发发，谢谢你了。

孙发发　我这是为了补……过。（走）

安小花　发发，你去哪里？

孙发发　我去做一件我一直想做的事。

安小花　什么事？

孙发发　……保密！

安小花　你快去快回，我还要烧菜煮饭呢！

孙发发　噢。（走）

安小花　哎，发发，这羊毛衫怎么卖呀？

孙发发　记住，女式的羊毛衫本来一百元一件，现在打七折，只要七十元；男式的羊毛衫本来一百二十元一件，现在打七折，只要八十四元一件，如果顾客要还价再降价十五元就可以卖了，记住了吗？

安小花　（点头）嗯。

孙发发　还必须说："为了迎接开发大西北，为了庆祝京沪高速公路通车！"

〔孙发发离去……

〔安小花对那张一百元的人民币看个不停……

安小花　（唱）真的好开心，发发帮我解脱困境，
　　　　　一百元的钱哟，薄薄一张，分量倒不轻，
　　　　　这样坐坐就能赚到钱，让我鼓起劲。
　　　　　这样喊喊就能赚钱，真的好开心。

〔王枫上。

安小花　（连忙吆喝）嘿！

王　枫　（吓了一大跳）干什么？！

安小花　对不起，老伯伯。

──── 儿童剧《一二三，起步走》 >>>>>

王　枫　你有什么事吗？

安小花　你要羊毛衫吗？

〔王枫摇了摇手要走。

安小花　（又喊）老伯伯，这羊毛衫便宜的，女式的羊毛衫本来一百元一件，现在打七折，只要七十元；男式的羊毛衫，本来一百二十元一件，现在打七折是八十四元……

〔王枫摇了摇头要走。

安小花　（索性拦住了他）老伯伯……

王　枫　我不要呀！

安小花　老伯伯，你真的要还价，再降价十五元卖给你了！

王　枫　（不禁笑了起来）呵……

安小花　你笑什么？

王　枫　有你这么做生意的吗？

安小花　我这样做生意是为了迎接开发大西北，为了庆祝京沪高速公路通车……（学火车鸣叫）

王　枫　高速公路上是开汽车的！

〔安小花忙改学汽车鸣叫。

〔王枫打量对方。

安小花　老伯伯，你这样看我，怪吓人的！

王　枫　小姑娘……

安小花　我叫安小花。

王　枫　安小花，你怎么会在这里摆摊头的？

安小花　这个摊头不是我的，是我们主人家的。

王　枫　主人家？！

安小花　（指）我在那个院子里的孙家做钟点工。

王　枫　孙千山家？

安小花　你认识他？

王　枫　我是他儿子的班主任。

安小花　（肃然起敬，诚恳地鞠躬）您是老师啊！老师好！

〔王枫忙扶住。

安小花　老师，你贵姓？

王　枫　还挺懂礼貌。免贵，我姓王。

安小花　王老师！

王　枫　安小花，你这么小年纪怎么出来当钟点工？

安小花　王老师……我，我，我不小了。

王　枫　你今年几岁了？

安小花　（脱口而出）我今年十……（发现说漏了嘴，忙改口）让我再好好地想一想……

王　枫　自己的年龄还要好好地想一想？

安小花　……王老师，我说出来你要吃一惊的。

王　枫　嘀？那好，你就让我大吃一惊吧。

安小花　我大后年十八。后年十七……（做手势）虚岁十六……

〔王枫顿时不语。

王　枫　十一、十二、十三、十四、十五，没有啦？

安小花　还有要到明年！

王　枫　听你的口音好像不是本地的。（像是自言自语）

安小花　对，山区农村的。

王　枫　那你为什么不在学校好好学习，却要跑到城里当钟点工，看摊头做生意呢？

安小花　（急忙解释）王老师，我到城里不是来做钟点工，更不是来经商的……

王　枫　那你来干什么？

安小花　我是想打工挣点钱，为我们苏……

王　枫　什么？挣钱？你为什么小小年纪要……你挣了钱为啥？

〔周强强自家中出，见此情景，驻足而视。

安小花　（想岔开）王老师，你要羊毛衫吗？

——儿童剧《一二三，起步走》

王　　枫　（追问）你说，你小小年纪为什么要辍学来赚钱？

安小花　（突然大声）王老师，你不要问了！不要问了！

王　　枫　我要问，我偏要问！虽然你我素不相识，你也不是我的学生，但我王枫是一名教师，我不能眼看一个学龄少年流浪城市做钟点工、看摊头而不闻不问！

安小花　（动情地扑向王枫的肩头）王老师！

王　　枫　不要哭，把眼泪擦掉，好好说。

〔安小花点头，随意地拿起一件羊毛衫擦眼泪。

王　　枫　哎，这羊毛衫要卖的！（拿下）

安小花　王老师，本来我是陪我们班主任苏老师到苏州来办事的，谁知刚到苏州，我和她就走岔了，她找不到我，心里一急，老毛病发作，被送进了姑苏医院。要治疗，还要增加营养……再说我们的钱本来就不够……

王　　枫　所以你就来做钟点工？这……（指指摊头）

〔安小花点头。

王　　枫　（感动落泪）孩子！

安小花　（纯真地拿出手帕给王枫擦泪）王老师，不要难过，把眼泪擦掉，好好说。

〔王枫擦泪后忘神将手帕往自己衣袋里放。

安小花　王老师，这手帕是我的。

〔王枫尴尬地忙将手帕还给安小花。

王　　枫　小花，你真是好孩子！

〔周强强若有所思，悄悄离去。

安小花　王老师，说真的，不是我好，而是苏老师好！她为了我们山区孩子的学习真是用尽了心血，在我们村、在我们乡、在我们区只要一提起苏慧芬老师的名字，人人都会肃然起敬。

王　　枫　……苏慧芬？！她是苏州人？

安小花　对，她是二十五年前到我们山区插队落户后来留下来当老师的。

〔王枫震惊，半晌不语。

安小花　王老师，你怎么啦？

王　枫　苏慧芬在读小学的时候，我是她的班主任。

安小花　那你是我老师的老师……（鞠躬）你好，老老师！

王　枫　走，陪我去看你们的苏老师！

安小花　（不从）不去。

王　枫　你为什么不去？

安小花　苏老师知道我在做钟点工，她要发火的！

王　枫　她不知道你……

安小花　我对苏老师说，出来是在一个电脑培训班上课。

王　枫　小花，你小小年纪能熬着苦去为别人着想，真难为你了……好，那我就暂时替你保密，就说你在电脑培训班认真上课。

安小花　谢谢你！王老师！

〔切光。

# 五

〔紧接前场，在姑苏医院的某连阳台病房。

〔只有苏老师一个人在病房。

〔苏老师显得有些不安，她时而坐在窗口张望，时而在房内来回走动。她仿佛又一次下了决心，脱去病员的条纹服。换上外衣，悄悄地向室外走去……迎面走来了小护士。

护　士　苏老师！你又要出去呀？

苏慧芬　我……我……

护　士　苏老师，你是个病人呀！前天晚上你偷偷跑出去，我可挨了医生的批评……

苏慧芬　真不好意思……我是实在放心不下呀！安小花是个农村孩子，人生地不熟，被别人欺侮，可我偏偏又生了病，要是照顾不好她，

————儿童剧《一二三，起步走》 〉〉〉〉〉

我怎么向她爸爸妈妈交代呢？

护　　士　对小花你就放心吧，这孩子可懂事了，为你住院治疗，她跑前跑后，像个小大人。你现在主要是把病治好，不能再离开医院了。

苏慧芬　我懂，我懂，我不离开医院。但愿我的担心是多余的。（只好坐下，拿出一本英语教材翻看）

护　　士　（笑，拿过英语教材看）这英语教材不错，还有一套录音磁带哩。

苏慧芬　录音磁带？一套多少钱？

护　　士　不贵，就四五百元吧，去买一套吧。

苏慧芬　那……慢慢再说吧！（继续看书）

护　　士　……看你看书有些吃力？

苏慧芬　眼睛有点老花了。

护　　士　那去配副老花镜吧？百把块钱就解决问题。

苏慧芬　……那……慢慢再说吧！

护　　士　那……好的，好的！慢慢再说吧！

苏慧芬　谢谢你！这么关心我。

护　　士　应该的。噢，通知你，医院在调整设备，待会儿要把这里的病床换新的。

苏慧芬　好，知道了。

〔护士下。苏慧芬坐下看书。

〔在通向进口处的阳台走廊来了手拎各种营养补品的孙发发，他蹑手蹑脚走进病房……

孙发发　请问……

苏慧芬　（吓了一跳）小朋友，你找谁？

孙发发　找一个从山区来的老师。

苏慧芬　是男的是女的？

孙发发　女老师。

苏慧芬　姓什么？

孙发发　姓苏。

苏慧芬　我就是。

孙发发　……苏老师！（深深鞠躬）

苏慧芬　小朋友，我不认识你呀。

孙发发　我……我……我……（又是鞠躬）

苏慧芬　你怎么啦？！

孙发发　我……我……我……（还是鞠躬）

苏慧芬　你到底怎么啦？！

孙发发　我……我……我……（还是鞠躬）

苏慧芬　小朋友，你说话呀，这样老是鞠躬我受不了的！

孙发发　（想说，可又没有勇气）苏老师，事情是这样的……事情是这样的……事情是这样的……

苏慧芬　是怎么样的呢？

孙发发　听安小花姐姐说，你是一个好老师，这次到苏州来办事，突然发病住医院，还需要增加营养，所以我来探望你，这是我，我送你的补，补，补……补品。（送上补品）

苏慧芬　（忙推辞）不，我不能收你的东西。

孙发发　你不收我要着急的。

苏慧芬　为什么？

孙发发　苏老师你就收下么！

苏慧芬　（注意地）哎，小朋友你怎么认识安小花的？

孙发发　我……（收住，内心独白）我不能直说是小花在我家里当钟点工认识的，否则安小花知道我泄露了她的秘密，她肯定要把我臭骂一顿……

苏慧芬　小朋友，我在问你话呢！

孙发发　（慌忙间）我饭吃过了！

苏慧芬　我是问你，你是怎么认识安小花的？

孙发发　噢，我和安小花是电脑班的同学。

苏慧芬　你叫什么名字？

———儿童剧《一二三，起步走》 〉〉〉〉〉

〔孙发发笑而不语。

苏慧芬　哦，我明白了，你是做好事不留姓名！

〔孙发发只是发笑……

孙发发　（突然看见什么）不好！

苏慧芬　怎么啦？

孙发发　他怎么也来了？！

苏慧芬　（感到莫名其妙）谁呀？

孙发发　苏老师，这房间有什么地方可以让我躲一躲吗？

苏慧芬　（为难地）这……

孙发发　不行，不能让他撞见，快让我躲起来……（情急，只好往床底下一钻，又探出头来）苏老师，你千万别告诉他我在这里。（缩回头去）

〔苏慧芬还没来得及追问，周强强已经来到病房。

周强强　请问……

苏慧芬　（又是一怔）小朋友，你找谁？

周强强　找一个从山区来的老师。

苏慧芬　是男的是女的？

周强强　女老师。

苏慧芬　姓什么？

周强强　姓苏。

苏慧芬　我就是。

周强强　……苏老师！（深深鞠躬）

苏慧芬　小朋友，我不认识你呀。

周强强　事情是这样的，听安小花说，你是一个好老师，这次到苏州来办事，突然发病住医院，还需要增加营养，所以我来探望你，再给你带来一点吃的……

苏慧芬　（忙推辞）我不能收你的东西！

〔周强强从衣袋里拿出一盒"人参糖"。

周强强　这是一盒"人参……糖",虽然是糖,我想总是有点人参的成分,你就收下吧。

〔躲在床底下的孙发发嘀咕:"人参糖又不算补品的。"

苏慧芬　你这买糖的钱是哪儿来的?

周强强　不是买的,是舅舅上次来我家的时候带给我的……

苏慧芬　你一直没舍得吃?!

周强强　(点头)不过,你需要营养。

苏慧芬　(感动)谢谢你,我收下你这份心意。

周强强　苏老师,你要我帮你做什么吗?我有力气!

苏慧芬　不要了,你今后能经常来看我吗?

〔周强强点头。

苏慧芬　哎,小朋友,你怎么会认识安小花的?

周强强　我……(收住,内心独白)刚才安小花跟王老师说话的情景很清楚,安小花做钟点工肯定是瞒着苏老师的,我不能直说。

苏慧芬　小朋友,我在问你话呢!

周强强　(慌忙间)我饭吃过了……

苏慧芬　怎么又是"饭吃过了"?!

〔孙发发在床底下急得嘀咕:"就说是安小花电脑班的同学!"

周强强　(下意识地)我是安小花电脑班的同学!哎,这是谁的声音?

苏慧芬　哦?!你叫什么名字?

〔周强强笑而不语。

苏慧芬　(瞥了一下床底下)我明白了,又是做好事不留姓名!

〔外面传来吴阿芳跟某人的对语:

某人:"阿芳,你怎么会到病房里来的?"

吴阿芳:"陪我老师来看一个病人。"

周强强　(闻声,看)不好!

苏慧芬　怎么啦?!

周强强　苏老师,这房间有什么地方可以让我躲一躲吗?

———儿童剧《一二三，起步走》

苏慧芬　（更为难）这……

周强强　不行，不能让她撞见，快让我躲起来……（情急，只好也往床底下一钻）

〔周强强跟孙发发在床底下遇见。

周强强　孙发发？！

孙发发　怎么啦？！

周强强　你怎么躲在床底下？！

孙发发　你来了我才进来的！你躲进来干什么？

周强强　我妈走过来了，她不准我到她医院里来！

〔苏慧芬好奇地看着门外，又朝孩子们躲藏处看……

〔吴阿芳走来，她手里还捧了一大叠被单，后面跟着王枫。

吴阿芳　王老师，内科病房在这儿。

王　枫　吴阿芳，怎么，不想去见见老同学？

〔吴阿芳不语。

王　枫　就因为你在医院里当洗衣工，低人一等？！

吴阿芳　……王老师，你就代我向她问好。（说罢就要去）

〔王枫想喊住，吴阿芳已经离去。

〔床底下的周强强："我妈走了，我要出去了。"

孙发发："你出去，王老师就要发现我们的，不行！"

〔王枫走进病房。

〔苏慧芬发现了来者。

〔双方走近打量。

苏慧芬　王老师？！

王　枫　苏慧芬？！

苏慧芬　怎么，我老得连自己的老师也认不出来了？！

王　枫　……不！应该说岁月在我们脸上留下了记号。

〔师生紧握双手。

〔在床底下的周强强："什么，苏老师也是我们王老师的学生？"

　　　　　　孙发发："那我们跟她也是同学?!"

　　　　　　周强强："这样算起来，苏老师跟我们的爸爸妈妈也是同学?"

　　　　　　孙发发："那苏老师是我们的阿姨同学!"

苏慧芬　王老师您一点都不老，我一眼就把您认出来了!我身上可是落满了山村的风霜啊!

王　枫　要说老，我才是真的老。苏慧芬，怎么二十多年来一直都没有你的音讯?

苏慧芬　王老师，我到山区以后不久父母就相继去世了，在苏州举目无亲，所以我基本上没有回过苏州。

王　枫　这么说你二十多年来一直在山村。

苏慧芬　王老师，我永远记住你对我们说过的一句话……

王　枫　哪一句话?

苏慧芬　对一个有理想追求的人来说，他在任何时候任何地方都会有灿烂的明天!

　　　　　〔在床底下的周强强嘀咕："也就是说，没有理想追求就没有明天?"

　　　　　　孙发发："没有明天我们只能活到今天啊?强强我怕的呀!"

王　枫　至今你还能记住我这句话，我感到很欣慰。

　　　　　〔床下周强强、孙发发："是我们的好老师!"

苏慧芬　王老师，你怎么知道我来苏州和住进医院的?

王　枫　(愣了一下)我……对了，我先问你，前几天我们学校通知我说山区要来人和我们联系城乡办学的事，可我左等右等不见人影，没想到就是你。现在你生病住院了，为什么不跟我们联系?

苏慧芬　怕给学校添麻烦呀。

王　枫　你啊!

苏慧芬　王老师，我还是要问你，你怎么知道我住进了这家医院?

王　枫　你不是有个学生叫安小花吗?

苏慧芬　对，(联想)噢，我明白了，王老师，你也是她电脑培训班的

———儿童剧《一二三，起步走》 〉〉〉〉〉

——老师！

王　枫　（趁机）对，对，所以我就认识了安小花，就知道了你的动向！

苏慧芬　王老师，小花是块好材料啊！你一定要对她多多帮助，严格要求，山区的乡亲们可盼望着孩子成才呢。

王　枫　你放心，我一定会想办法帮助安小花的。现在的问题是你安下心来把病治好。

〔苏慧芬、王枫还有许多话要说。

〔安小花走了进来。

安小花　苏老师，王老师！

苏慧芬　（怀疑）小花，你怎么这么晚才回来？

安小花　（支吾）嗯……

王　枫　（忙解围）是这样的，我们电脑培训班学期短，课程也就多了。

安小花　（将王枫拉过一旁，轻声问）王老师，你也在电脑培训班？

王　枫　（轻声回答）我在帮你的忙！唉，你来了，摊头怎么办？

安小花　发发爸爸回家了……

苏慧芬　你们在嘀咕些什么？

安小花　……我在跟王老师说，苏老师眼睛开始老花了，（从包里拿出一副眼镜）苏老师，你看！

苏慧芬　眼镜？！

〔安小花给苏慧芬戴上老花眼镜，再递上一本书。

安小花　你看看，清楚吗？

苏慧芬　清楚，真清楚！嗳，买眼镜的钱是哪儿来的？

安小花　……是离开家里的时候爸爸妈妈给我零用的，我一直没花。

〔苏慧芬激动地将安小花紧紧抱住。

〔在床底下的周强强嘀咕："小花姐姐这么懂得为别人着想……"

孙发发："我越想越觉得难为情！"

〔护士走了进来，后面跟着两个勤杂工。

护　士　苏老师，你要去做理疗了。

王　枫　你去吧，我们等一会儿再叙谈。

〔苏慧芬下。

护　士　小花，又要缴住院费了。

安小花　行，现在我钱够了，我马上去交！

〔安小花下。

护　士　（叮嘱勤杂工）抓紧时间把这床抬走，换张新床。（说罢离去）

〔勤杂工把床抬到外面去了。

〔王枫在病房里踱步、等待着。

〔突然听见鼾声，循声寻找。

〔发现周强强、孙发发伏地大睡。

王　枫　（又吃惊又好笑，上前拍打他俩）喂！好醒醒了！

〔俩人睡得正香。

王　枫　（逗趣，学鸡叫）喔喔喔……

〔俩人闻声睁开眼睛。

周强强
孙发发　（叫喊）唷！天亮了！

〔他俩一眼看见王枫，十分尴尬。

〔切光。

## 六

〔数日后。

〔在与孙、赵、周三家相连的院子里。

〔吴阿芳喊着从家里出来。

吴阿芳　走呀，快走呀！

〔周一民和周强强一前一后从家里走了出来。

吴阿芳　我跟你们说，这种机会是难得的！医院组织职工和家属去苏州乐园玩，一切费用全包，我们三人算一算最少要几百元，你们搭什

――― 儿童剧《一二三，起步走》

么臭架子！

周强强　妈，我不去嘛。

吴阿芳　怎么，又是暑假小组活动？！我去跟王老师请假，你又不是贪玩的小孩，难得的一次么。

周强强　我还有别的事。

吴阿芳　怎么，跟女朋友约会？还早呢！

周一民　强强妈，你怎么说这种话？！（说着要走）

吴阿芳　回来！你们知道吗，今天是什么日子？！

周强强　星期六，是双休日。

吴阿芳　是我跟你爸结婚二十年的纪念日！

〔周一民和周强强都没想到。

吴阿芳　（唱）二十年前有了这个家，

　　　　　　　虽然清贫倒也有微笑啊。

　　　　　　　自古人生总有一些不平事，

　　　　　　　我们并不要太在意，

　　　　　　　想开一些过得好啊！

　　　　　　　这样踏实，这样平安……

　　　　　　　一家人都健康是我最大的心愿！

周一民　强强妈，听说我们的老同学苏慧芬住在你们医院里，你没去看过她？

吴阿芳　大家都是从一个学校出来的，可她当教师，孙千山当老板，赵云山是工程师，连钱闻莺这种人也当上了商店的部门经理！可我和你呢？洗衣工！勤杂工！这……这见老同学有啥面子？！

周一民　可你的儿子去医院照顾苏慧芬已经好几天了，今天还要到医院去值班，所以不能去苏州乐园玩了。

吴阿芳　强强，这是真的，还是你爸爸在讲故事？

周强强　（点头）是真的！

吴阿芳　你人这么小，怎么会知道这样做的？

周强强　妈，你跟爸一直对我说，人穷心要善，看到人家有了困难，不等人家来求主动帮，这才叫做人！

吴阿芳　（激动）妈的好儿子！（捧着周强强的脸颊亲吻不停）

周一民　好了，当心亲坏掉！

吴阿芳　好，我们今天都不去玩了，走，到医院去照顾苏慧芬去！

周强强　我的好妈妈！

吴阿芳　走！

周强强　妈，你跟爸先去，等我小组活动结束就来。

吴阿芳　好……哎，我再问你一句，你是怎么跟苏慧芬认识的？

周一民　我来跟你讲，快走吧！

〔周一民推着吴阿芳离去。

〔周强强开心地进自己家里。

〔安小花扶着欣欣走了出来。

安小花　欣欣，出来晒晒太阳，老躺在床上也不行的。

赵欣欣　（点头）嗯。

赵云山　小花！

安小花　叔叔。

赵云山　（掏出钱给安小花）这些钱你拿着。

安小花　给我钱干什么？

赵云山　这些天你照顾欣欣，挺辛苦的。

安小花　陪欣欣是我自愿的，又不是做钟点工，我不会要你们的钱。（还钱）

赵云山　真是个好孩子。欣欣，有小花姐姐陪着你在家好好做功课。

〔赵云山下。

安小花　欣欣，你妈妈又不在，你不要"哼"了，休息一下。你妈妈这种办法肯定不对的，一口怎么能吃成一个大胖子呢？！

赵欣欣　那我也不能一直装病的呀！

安小花　对，你找你妈妈认真谈一谈，不要执行那个学习计划了！也不要

———— 儿童剧《一二三，起步走》 〉〉〉〉〉

再学大学外语音带了。

赵欣欣　我妈是大人，大人怎么会听我们小孩的话呢？

安小花　大人怎么样？大人也要讲道理么！

赵欣欣　要是真的不听呢？

安小花　……那也只能继续装病了。

〔钱闻莺自里面走来。

钱闻莺　小花，你们在说什么呢？

安小花　没什么，阿姨再见。（下）

钱闻莺　欣欣，今天你身体好点吗？爸爸有没有帮你辅导功课？

赵欣欣　爸爸出去画图纸去了。

钱闻莺　欣欣，等一下你自己先回去，我去找你爸爸去……（说罢要走）

赵欣欣　妈！

钱闻莺　什么事？

赵欣欣　我想找你认认真真谈一谈。

钱闻莺　什么，你要找我谈一谈？

赵欣欣　对。

钱闻莺　谈什么？

赵欣欣　不要再让我自学大学的外语音带，更不要再执行学习计划了……

钱闻莺　是身体吃不消？

赵欣欣　（摇头）不是。

钱闻莺　那是为什么？

赵欣欣　因为一口怎么能吃成一个大胖子呢？！

钱闻莺　你什么时候学会跟大人这样说话的？！

赵欣欣　大人怎么样？！大人也要讲道理么！

钱闻莺　你昏头了！

赵欣欣　（求救）小花姐姐！

安小花　（闻声而出）怎么啦？

赵欣欣　我妈妈真的不听，只能照你刚才说的继续装病了！

1327

钱闻莺　（大惊）什么?!

赵欣欣　（忙改口）不，我是说只能继续生病了!

安小花　你怎么都讲出来了呢?!

赵欣欣　小花姐姐……

安小花　阿姨……

钱闻莺　我叫你外婆! 原来你是这样照顾我家欣欣的呀?! 欣欣进去! 晚上我回来再与你"讲道理"!（自己往外而去）

安小花　不好了，我惹阿姨生气了，我去向阿姨赔礼道歉。

赵欣欣　小花姐姐，你是对的嘛，装病是得到我爸爸同意的。从今天起那个"学习计划"我不执行了，大学的外语带我也不学了!

安小花　你也是的，哪有你这样跟妈妈谈话的?! 你在跟妈妈讲道理的同时也要向妈妈表决心，一定做一个有出息的好孩子!

〔周强强自家而出。

周强强　哎，那你把外语音带给小花姐姐。

安小花　为什么?

周强强　小花姐姐你忘啦? 苏老师为了开新课在自学高级英语，正需要外语音带呀!

安小花　对，那先借给我用一用。

赵欣欣　没问题。

安小花　哎，强强，你怎么知道苏老师的事的?!

〔周强强笑而不语。

〔孙发发玩着手掌游戏机从外面回来……

安小花　……噢，听苏老师说，这些天我离开医院的时候，经常有一位不留姓名的"小雷锋"去照顾她，原来就是你!

周强强　……我这也算"雷锋"? 那世界上"雷锋"要多得不得了嘞!

赵欣欣　强强，你去做"小雷锋"为什么不带我去?!

安小花　听苏老师说，还有一位"小雷锋"经常去送营养品，这是谁呀?

〔周强强瞥着孙发发；孙发发急忙对着周强强摇手……

———儿童剧《一二三，起步走》 〉〉〉〉〉

〔安小花回头，孙发发迅速低下头。

安小花　发发，这个"小雷锋"是你?!

孙发发　小花姐姐，我这是将功补……过。

赵欣欣　发发，强强，你们也要带我一起去做"小雷锋"!

安小花　（动情地将他们拥在一起）我太谢谢你们了……（安小花和学生们高兴地唱了起来）

　　　　让我们放声歌唱，

　　　　沐浴着灿烂阳光，

　　　　一二三起步走在前进路上，

　　　　好朋友手拉手，团结相帮。

　　　　初相见难免有小小碰撞，

　　　　连接你我是美好的理想。

〔王枫自外高兴而来。

〔大家拥向王枫，"王老师!"

王　枫　看到你们这么快就成了好朋友，我真高兴!

〔四个孩子亲昵地围着王老师坐在草地上……

王　枫　你们所做的一切，我不想说三道四。只是想讲一讲，我们在人生道路上，一二三，起步走，每一步都要走得扎扎实实。

赵欣欣　一二三，起步走，走向哪里呢?

王　枫　走向灿烂的明天!

孙发发　明天又怎么样呢?

王　枫　明天将是你们展开理想的翅膀，昂首起步，在浩瀚的天空中勇敢地飞翔。

〔四个孩子陷入深深地思考之中，王老师悄悄地离开，片刻又回来。

王　枫　小花，我通知你：上电脑培训班学习去!

〔众学生雀跃欢呼……

安小花　（一想）哎……不行、不行!

众　人　啊?!

安小花　我的钱都给苏老师交住院费了,这培训班的学费……

王　枫　小花,学费已经有人替你交了。

安小花　谁替我交的?

王　枫　这你就不要问了。

〔孙发发等人指王老师。

安小花　啊!谢谢王老师!

王　枫　你怎么知道是我?别说了,我现在就带你去培训班报到!

安小花　好!(走而复返)

王　枫　你怎么啦?!

安小花　欣欣,等一会儿你把录音带借给我,我请人翻录以后还给你。

赵欣欣　没问题。(回身进屋)

安小花　(欲走复返)发发,你爸爸说,今天他要吃"童子鸡",我还要烧"童子鸡"。

孙发发　这事包给我了。

安小花　那就麻烦你了!王老师快走,再晚要赶不上了!(快乐地跑下)

王　枫　怎么变成她催我了呢?

孙发发　你的动作是慢了点!

王　枫　小家伙!(追喊着下)小花……

〔赵欣欣拿了磁带从屋里走了出来。

赵欣欣　小花姐姐……

周强强　她走了,你把磁带先放回屋里去。

赵欣欣　不行,等我妈回来就拿不出来了,她不肯借的。

孙发发　……哎,小花姐姐在我家的小屋放了个大包,把这磁带先放到她包里去。

〔赵欣欣点头下。

〔孙发发看着安小花留下的菜篮子直发愣。

周强强　你发什么愣啊?

————儿童剧《一二三，起步走》 〉〉〉〉〉

孙发发　这"童子鸡"怎么烧啊?!

周强强　你刚才拍着胸膛说这事包给你了。

孙发发　说这话的时候我没想到不会呀，你会烧"童子鸡"吗?

〔周强强摇头。

孙发发　难道你就没看见你妈烧"童子鸡"吗?

周强强　我家难得难得吃鸡的!

〔赵欣欣走回来。

赵欣欣　我家前天刚吃过"童子鸡"。

孙发发　那是怎么烧的?

赵欣欣　好像是……把鸡先杀了，再放进锅子里，然后放在煤气灶上点火烧。

孙发发　是吗?!

赵欣欣　没错。

周强强　我猜想也是这个意思。

孙发发　来，咱们一起来……

众学生　动手!

〔之后，他们以极快动作拿刀杀鸡，放进锅子……

〔孙发发把锅子拿进家里去……

〔周强强要往外走……

赵欣欣　强强，你去哪儿?

周强强　去姑苏医院照看苏老师。

赵欣欣　强强，这下该带我去了吧?

周强强　不行，你身体不好!

赵欣欣　装病已被拆穿了!

周强强　走!

孙发发　（边喊边捧着个肥猪型储钱罐奔了出来）我也去……

周强强　你捧着个积钱罐干什么?!

孙发发　（得意地）光有磁带没有录音机，苏老师怎么听?

周强强　好，今天我们暑假小组的活动就到姑苏医院去进行。

〔众学生下。

〔孙千山走进院子。

孙千山　咦，今天院子怎么这么安静！（喊）发发……又出去了！（喊）小花……还没来！（看见菜篮子）小菜已经买来了么！（闻到什么气味）怎么有股焦味？（喊）哎，是哪家把东西烧焦了？（到处嗅闻）不好，这焦味是从我家里发出来的！（急奔进屋）

〔钱闻莺、赵云山上。

钱闻莺　你这个女儿要好好的管一管。

赵云山　太太你今天就饶了我吧，城市现代化，任务紧张，这份图纸明天一早要交的。

钱闻莺　安小花教欣欣装病欺骗我们俩！

赵云山　什么欺骗我们两个人，只有欺骗你一个人，我早就知道欣欣在装病！

〔孙千山边喊边拿了一只烧焦的鸡和烧穿的锅子奔了出来。

孙千山　不好了！

钱闻莺　你哗啦哗啦叫什么！

孙千山　你们看，安小花烧的"童子鸡"既不拔毛，又不放水！

钱闻莺　孙老板，反正你有的是钱，再去买么！欣欣爸，进去！（说罢自己先回屋而去）

赵云山　孙千山，安小花年龄太小，不能当钟点工，依我看你还是把她辞了吧！

〔钱闻莺急奔而去。

钱闻莺　欣欣爸，放在桌上的一套外语磁带你看见了吗？

赵云山　我比你先出去的！

钱闻莺　没了！

赵云山　会不会是欣欣拿出去听了？

钱闻莺　她怎么会把三十盒磁带一起拿出去听呢？（摇头）再说，欣欣说

——儿童剧《一二三，起步走》 〉〉〉〉〉

不愿意学这套磁带！

孙千山　看来闹贼了？！嗨，你们太大意……等等，让我回家去看看！（进屋后叫喊着返回）不好了，我们家的猪不见了！

赵云山　你什么时候变成养猪专业户了？

孙千山　不是的，是我家放着的一只积钱罐没有了！

钱闻莺　孙老板，你起什么哄，一只积钱罐里能放多少钱！

孙千山　我家积钱罐里都是大票面的，是我给发发存的钱！

赵云山　那会不会是发发拿走了呢？

孙千山　不，发发花钱是大手大脚，但他从来不做偷鸡摸狗的事情的！（看到手中的鸡和锅子）我想起来了……只有安小花来过！

钱闻莺　哎，我也想起来了……为什么安小花不让欣欣听这磁带呢？看来她对这磁带也是别有用心哪！

赵云山　你们说话要有证据！

钱闻莺　这至少说明安小花有作案的嫌疑！

孙千山　对呀，为什么现在安小花人影不见了呢？（越想越严重）是不是安小花作案以后仓惶出逃？！

〔安小花唱着歌自外而来。

安小花　（热情地打招呼）阿姨好，叔叔好！我叫欣欣装病是我不对。

钱闻莺　哼！

安小花　不过我是好心！

孙千山　哼！

〔人们神情淡漠。

安小花　你哼什么？

〔孙千山出示鸡和锅子，安小花吓了一大跳。

安小花　叔叔，这桩事情是我不好，我赔你钱。

孙千山　你赔钱？！

安小花　对。

孙千山　你有钱？！

安小花　……有的。

孙千山　（对钱闻莺夫妇）听听，她有钱呀！（对安小花）把积钱罐还给我。

安小花　叔叔，你这话是什么意思？

孙千山　怎么？要把你送到派出所，你才肯老实交代。

安小花　啊？！（连忙地）叔叔，我人穷，但决不会做出没志气的事的！

孙千山　可我知道人穷了就是要发急！没钱了就会动歪脑筋，去拿，去偷，去抢！

〔安小花气极，大喊一声，奔向后屋，拿出自己的旅行包上。

赵云山　小花，你去哪里？

安小花　这里我不做了！

孙千山　在走之前把包打开让我们看一下！

安小花　这是我的包，干吗要给你们看？

钱闻莺　不要心虚么！

安小花　看就看！

〔安小花打开包，一样一样往外拿东西，拿出一套外语磁带。

钱闻莺　（急忙捧起磁带）在这里！欣欣爸，看，果然是她拿去了！

安小花　不！是我跟欣欣借的！

赵云山　噢，是欣欣借的！

安小花　对……（又一想，自白）不对，她还没有给我啊。

孙千山　哈……豁边了吧？哈哈哈，你不是老贼是个小贼。

钱闻莺　都是你把我家欣欣给带坏了！

孙千山　报告公安局，把她押回原籍！

安小花　你们？……哼！（感到受了莫大的污辱，愤怒之极，夺路而去）

〔王枫迎面走来。

王　枫　小花……你这是要去哪里呀？

孙千山　她偷了我家的积钱罐！

钱闻莺　她还偷了我家的外语磁带，被当场查获了！

——儿童剧《一二三，起步走》

王　枫　你们……简直是乱弹琴！

〔家长们吃惊，围上。

〔切光。

# 七

〔紧接前场，在姑苏医院的草坪。

〔学生们围着苏慧芬，孙发发打开收录机让苏慧芬听；周强强在替苏慧芬洗衣服；赵欣欣在给苏慧芬梳头发……

他们暑假小组的活动第一次这样开心，他们情不自禁边唱边干。

苏慧芬　同学们，谢谢你们，你们该回去休息了。

孙发发　再陪你一会儿。（看苏慧芬缝衣）

苏慧芳　不用了，今后我们学校和你们学校联合办学了，以后见面的机会多着呢！

周强强　听王老师说，我们学校的老师要到山区去教课，你也要到我们学校来教课啊？

赵欣欣　听王老师说，要带我们到山村学习呢！

苏慧芬　我也要带小花和她的同学们进城来开眼界！小花怎么现在还没回来呢？

孙发发　苏老师，今天小花姐姐不知道到什么时候才回来呢！

苏慧芬　为什么？

孙发发　今天是她第一次到电脑培训班去面试。

苏慧芬　不对呀，小花说她早就去上课了，而且……

〔孙发发自知失言，后悔至极；众人埋怨孙发发。

苏慧芬　（对学生们）既然小花今天才去面试，你们怎么又是她的同学呢？

〔众学生语塞。

苏慧芬　（疑惑地）你们说，小花这些天到底到哪儿去了？你们说呀！

〔在僵持之时，大家看到了安小花。

〔安小花沮丧地缓缓走来。

安小花　（唱）真的好伤心，

　　　　　　　我的泪水湿衣襟，

　　　　　　　他们的话语刺痛我的心，

　　　　　　　心碎难弥平。

　　　　　　　眼前事真好像一场梦，

　　　　　　　为挣钱招来了百般欺凌。

　　　　　　　怎样去见苏老师？

　　　　　　　怎把不白之冤来洗清？

　　　　　〔伴唱：山村的孩子心太纯，

　　　　　　　山村的孩子情太真。

　　　　　　　心太纯，情太真，

　　　　　　　没见过世面人还嫩！

　　　　　　　只能强咽泪水，

　　　　　　　只能忍气吞声……

　　　　　　　我真的好伤心。

　　　　　〔安小花来到了医院草坪。

　　　　　〔孙发发他们迎上去"小花姐姐……"

安小花　你们怎么都在这里？
孙发发　我们买了一台收录机给苏老师。
安小花　买了一台收录机？
孙发发　是用我家积钱罐里的钱买的，还剩一分钱。
安小花　欣欣，你家那套外语磁带呢？
赵欣欣　怕我妈不肯借，我就把磁带放到你包里了。

　　　　　〔安小花不禁大哭起来。

安小花　哇……
众学生　小花姐姐，你怎么啦？！

　　　　　〔安小花欲说，见苏慧芬，立即止哭。

————儿童剧《一二三，起步走》

安小花　没有什么。

苏慧芬　安小花。

安小花　苏老师……

苏慧芬　你们电脑培训班的课程是怎么安排的？

安小花　……上午教……电脑培训。

苏慧芬　那下午——

安小花　培训电脑。

苏慧芬　还有？

〔四个孩子为难地商量着……

苏慧芬　你们在做什么？

安小花　我们在商量。

苏慧芬　商量好了吗？

安小花　还没商量好。

苏慧芬　到底是怎么安排的？

安小花　总而言之是电脑培训和培训电脑。

苏慧芬　你在撒谎，小花，别瞒我了，这些天到底在干什么呀？说呀！为什么要瞒住我呢？你到底在干什么呀？说呀！说！

安小花　苏……

苏慧芬　我相信你不会做出让老师不安的事。告诉老师，你在干什么？

安小花　我在……做钟、点、工。

〔苏慧芬一晕，众人扶。

苏慧芬　（一时不明白）做钟点工，小花，你去做钟点工赚钱？

周一民　苏慧芬，安小花做钟点工是有人介绍的！

苏慧芬　谁介绍的？

吴阿芳　是我，怪我吧！是我介绍的！

安小花　是我要阿姨介绍我去赚钱的！

苏慧芬　赚钱？小花你为什么要去赚钱呢？我一直为你整天忙碌而感到焦虑不安。可我万万没想到你居然瞒着我在外面打工赚钱。你太让我失望了。

〔王老师和众家长上。

王　枫　怎么啦？

安小花　王老师……

孙发发　（忍不住哭，深深自责）苏老师阿姨啊！你千万不能责怪小花姐姐！都是我不好，那天是我作弄小花姐姐，害得你找不到她，就发了毛病，都怪我……

〔越说越含糊不清，哭了起来。

苏慧芬　王老师，我教的学生竟然瞒着我在外面打工赚钱。

〔安小花委屈地哭。

王　枫　不哭。苏慧芬，你应该为有安小花这样的学生感到自豪。

苏慧芬　王老师……

王　枫　你真的以为医院减免你的伙食、营养费？你真的以为是山村寄来的钱交掉住院费吗？不，这些都是小花为了帮助山区克服暂时的困难，为了让你早日康复，去做钟点工赚来的钱……她吃了多少苦，受了多少气，可没想到这个孩子人这么小，心这么大，情这么重，你们啊！

苏慧芬　小花，这是真的吗？

〔安小花只得点头。两人拥抱痛哭。

苏慧芬　（激动不已）小花，我没有照顾好你。我连累了你，……我……谢谢你……谢谢！（深情地）

安小花　你千万不要说"谢谢"二个字，更不要说要我原谅，你的心思我知道！多少年来，你不回城，不回家，把心血都花在我们这些山区孩子的身上。你希望我们有文化有知识能吃苦能奋斗，你说有了这样的好孩子山区的明天就大有希望！为了这，你为我们天天用心，天天操心。这次你突然发病，我心里非常着急，可是我心里只有一个心愿，希望苏老师早日恢复健康，回到我们山村去，因为我们山村的孩子不能没有你这样的好老师……

—— 儿童剧《一二三，起步走》 〉〉〉〉〉

〔舞台深处出现一大批山区孩子呼唤："苏老师，我们等你回来！"

孙千山　安小花，我冤枉了你！我向你赔礼道歉！

钱闻莺　小花，我对不起你！

安小花　叔叔，阿姨，你们不要这样，刚才是我的脾气不好！

王　枫　苏慧芬，（指家长们）这几位都是你的老同学！

苏慧芬　（上前握手）老同学！

钱闻莺　（拿出外语磁带）请收下我的磁带！

吴阿芳　苏慧芬，你安心在这里住院，一切生活料理由我和一民包了！

孙发发　（急呼）爸爸，你不要落后呀！

孙千山　放心！苏慧芬，你的住院费、医药费、营养费全由我负责。

吴阿芳　孙千山，这件事没有你的份了！

孙千山　为什么？

吴阿芳　刚才医院说，山村里的钱已寄来了！

孙发发　爸，你要没戏了！

孙千山　有戏！我把这钱送给你们学校，帮助山村的孩子！

安小花　叔叔，太谢谢你了！

孙千山　我这是将功补……

孙发发　补过！

孙千山　对，补过！

安小花　叔叔，你不要这样说！说真的，这次我来到这里，看到城市建设得这样好，这样美丽，这样干净，这样文明，真是大开眼界，真是羡慕得不得了！还有，发发、强强、欣欣你们有这么多的大人在关心你们、爱护你们，有这样好的生活条件，我真是眼红得不得了！不过，我们山村的孩子也得到了同样的关怀、爱护，我们要好好学习，为我们山村的明天增光添彩！我想到那个时候我们肯定不会比你们差，你们相信不相信？！

孙发发　我倒真的有点不服气了！强强、欣欣，我们要跟小花姐姐他们山村的孩子比一比，看谁有出息，怎么样？

周强强  
赵欣欣　好，比一比就比一比！

安小花　拉钩！

〔四个孩子拉钩，家长们老师们助威……

〔山区孩子们高声念起来，安小花和三个孩子一起朗诵："白日依山尽，黄河入海流，欲穷千里目，更上一层楼……"

〔在场的大人也同声参加，声音回荡……

王　枫　我的两代学生们！在人生的道路上，每一天都是新的起跑线。让我们扎扎实实地一二三，起步走！各就各位，预备——跑！

〔他们迎着阳光奔向前方，主题歌起……

〔幕闭。

〔剧终。

**精品剧目·儿童剧**

# 红领巾

编剧　杨菊英

**人物**

少先队员

小　伟　男，十二岁。

郝　强　男，十二岁。

壮　壮　男，十三岁。

萌　萌　女，十二岁。

儿童团员

铁　柱　男，十三岁。

二娃子　男，十岁。

马　原　男，十岁。

八妹子　女，十二岁。

————儿童剧《红领巾》 >>>>>

〔在戏开演的最后一遍铃声之后,多媒体开始放映,红领巾的主题歌出现。画幕上打出主创人员的名单及演员剧中扮演的角色剧照。剧场里一直回荡着红领巾的歌声——

有一个传说流传了很久,
有一个故事你不能不听;
如果你听了如果你感动,
让泪水打湿你的红领巾。

很久以前有过一群少年,
他们做过一个美丽的梦;
梦到了新中国梦到了今天,
也梦到了今天欢笑的我们。

很久以前有过一群少年,
他们做过一个美丽的梦;
为了梦他们献出了生命,
我们才有胸前飘扬的红领巾。

〔歌声一停,人声欢快地呼叫,一群手提各种旅游用具的少男少女们坐在汽车里吃着说着——

〔抓扑说词:

公园公寓高速别墅城建实在是快,
考试上课游戏网络视力眼瞅要坏,
中餐西餐生猛海鲜体重可有点怪,
花红草绿山青云白我们来到郊外。

　　　　　　吃的喝的玩的用的一定都要带齐，
　　　　　　爬山探险漂流野炊到时你干着急，
　　　　　　前边小心后边紧跟可别把方向迷，
　　　　　　大话别吹留点力气一会儿见高低。
　　　〔在他们说话的时候，车在舞台上行进，由大变小越走越远。
　　　〔幕内，小伟的喊声："哎——！上山喽——！大家坐稳喽——！"
　　　〔暗场。前区光渐亮。壮壮、萌萌、郝强跑上。

壮　壮　哇！好大的一片水呀——！
郝　强　是湖——，山下老乡说了这个叫神女湖——！
萌　萌　壮壮，快去游泳吧，没准儿还会遇见个神女哪——！
壮　壮　别，别，别啊，那不是把你的位置给顶了嘛，是不是郝强？
萌　萌　说什么哪，说什么哪！再说，我就和郝强像捆猪一样把你捆起来，看你还怎么游泳。
壮　壮　捆啊，捆啊。只要露着手和脚，狗刨就行！
萌　萌
郝　强　啊——狗刨——！
壮　壮　我妈说了，等我熬到初中毕业送我到英国贵族学校念书，到了英国，我这狗刨准把老外给震了。
萌　萌　Stop！再说我可就要吐了，就你那学习成绩还想去英国读书？！郝强去还差不多。就你还贵族哪，大肥仔，扔到水里洗洗呀，没准能卖个好价钱。哈哈哈——！
壮　壮　郝强，你管不管她——
　　　〔三个人正在打闹，远处传来小伟的喊声。
小　伟　郝强——，壮壮——，萌萌——
壮　壮
萌　萌　哎，我们在这儿——
　　　〔郝强急忙捂住他们的嘴。

——儿童剧《红领巾》

郝　强　喊什么啊你，大脑又缺氧啦——！
萌　萌　郝强，咱们真的不和大伙一块儿走啦。
郝　强　你们还真的想去采访老儿童团员啊。
壮　壮　那咱们的采访心得怎么办哪——
郝　强　有我们的大队长小伟在，心得肯定OK啊！
萌　萌　那咱们不会走丢了吧？
郝　强　怕什么，有我呢！
壮　壮　就是，跟着郝强你怕什么呀。
蒙　蒙　我怕小伟批评咱们。
郝　强　走吧，走吧，找小伟去吧，写心得去吧。
壮　壮　对，你一个人找小伟去吧，你找去呀，你找去呀。
萌　萌　不——！我就跟着郝强，就跟着郝强，你管得着吗——！
郝　强
壮　壮　给她一大哄哦，哦吼，哦吼！
萌　萌　郝强，你怎么也哄我——！
郝　强　I am sorry！
　　　　〔萌萌的手机响。
萌　萌　喂，妈我们到了……哎呀，我知道了，到了野外绝对不可以一个人行动。我跟郝强他们在一起呢，您就放心吧。拜拜！
郝　强　哎呀，奇了怪了，我游泳裤呢，我明明放在包里了……我妈！肯定是我妈给偷拿出去了，她就怕我这宝贝儿子掉到水里给淹死。
壮　壮　我的游泳裤也没了，你妈和我妈一个德行。
郝　强　去，你少说我妈。
萌　萌　你们俩在这儿磨蹭吧，我可要游泳去啦啊。
郝　强　萌萌、萌萌别呀，咱们一块来的，别看你一个人表演呀——（顺手拿过了萌萌的红领巾）
壮　壮　就是的，知道你是校游泳队的，显摆什么呀——！
　　　　〔萌萌推了壮壮一下。

1345

萌　萌　去你的——！

壮　壮　郝强，你管不管她——！

〔在他们争吵的时候，郝强盯着手中的红领巾，他突然喊了起来。

郝　强　我有主意了——！（他把手中的红领巾举了起来）

壮　壮
萌　萌　什么主意？

〔音乐起，郝强慢慢地把红领巾系在了腰上，示意用红领巾做游泳裤。

壮　壮　这，这合适吗？

郝　强　你就不想游泳？

萌　萌　郝强，这能行吗？

壮　壮　郝强，这三条红领巾也不够啊，你两条，我才一条，我是挡前面还是挡后头啊？

郝　强　你啊，就遮遮前面行了。

〔郝强和萌萌都笑了起来，这时传来了小伟在远处的喊声。

小　伟　郝强——壮壮——萌萌——！

郝　强　小伟——我们在这儿哪——！

〔壮壮、萌萌急忙上前捂郝强的嘴。

郝　强　干吗呀！小伟来得正好。

壮　壮　你不是不让叫小伟吗？

郝　强　大脑又缺氧啦，小伟来了，把他的红领巾摘下来，你的臀部不就能遮住了吗？

萌　萌　小伟来了，快把红领巾给我。

〔小伟上。

小　伟　哎，原来你们都在这儿啊，大家可都等着你们去采访老儿童团员呢。快走吧。

郝　强　小伟，我的大诗人小伟，你看——这水多清，你再看，这山多绿，咱们在这儿歇会儿，做首诗什么的。

——儿童剧《红领巾》 〉〉〉〉〉

〔小伟来了情绪。

小　伟　啊——白云低垂，微风阵阵，远山和近水相接，绿树和红花相映……

〔在小伟念诗的时候，壮壮、郝强找机会要解他的红领巾，总被小伟无意的动作阻拦，小伟好像感觉到了什么，郝强、壮壮急忙掩饰。

郝　强　啊——大自然啊，真想一脑门儿的扎进你的怀里啊——！

壮　壮　啊——我真想抱抱你啊——！

三　人　啊——！

小　伟　啊、啊、啊，我这好容易有点儿灵感，都让你们啊啊跑了，快，跟我去采访老儿童团员。

〔萌萌急忙拦住他的去路。

萌　萌　小伟，小伟你热了吧，我这儿有电风扇给你扇扇，（拿出风扇给小伟扇）怎么样，凉快了吧。

郝　强　小伟，我这儿有冰镇可乐……你来喝一口。

〔小伟意识到了什么。

小　伟　哎哎，你们这是想干什么，啊——？

郝　强　没，没什么。哎，小伟刚才构思的真不错，接着构思。（摘下耳机戴在小伟的头上）音乐伴奏……

〔音乐起。

小　伟　啊——白云低垂，微风阵阵，远山和近水相接，绿树和红花相映……

〔小伟在音乐声中忘情地朗诵着，郝强趁机解下了他的红领巾，三人高兴地舞蹈起来。小伟突然发现了郝强屁股上的红领巾，一把拽了下来。

小　伟　哎，你们这是干什么？

郝　强　我们想游泳，可没带游泳裤。

小　伟　所以就用红领巾做游泳裤？！哎，我的红领巾呢？我的呢……

壮　壮　在这儿呢。

小　伟　还给我。

〔郝强、壮壮、萌萌喊着、跑着。

三　人　哦——游泳去喽——！

〔小伟追着他们要夺回自己的红领巾，萌萌跑下。小伟叫住壮壮。

小　伟　壮壮，把我的红领巾还给我。

〔壮壮有些犹豫。

郝　强　还什么还，还不快走——！

壮　壮　哎——！（跑下）

〔郝强也欲走，小伟叫住他。

小　伟　郝强！我现在可是以大队长的名义命令啊，把红领巾解下来！

郝　强　我就不解！这红领巾是我在商店里买的，我怎么用你管不着——！（欲下）

小　伟　商店里买的也不行！戴在脖子上的意义就不同了。

郝　强　行了，你哪来那么多话呀，我不就想游会儿泳吗？

小　伟　你忘啦，它是红旗的一角，是烈士的鲜血染成的！

郝　强　烈士鲜血染成的？！那得多少血呀——

〔"扑通"一声，萌萌跳入水中，音乐起。

萌　萌　小伟，郝强——！你们快来呀——

〔郝强羡慕又兴奋地看着水里的萌萌。

郝　强　萌萌——等等我——！小伟游游泳去吧，啊——我说现在都二十一世纪了，你有点儿现代意识好不好？

小　伟　什么是现代意识你说——

郝　强　现代意识就是打破常规，利用一切条件唯我所用。就你这死脑筋，赶明儿到社会上还不得饿死。

小　伟　别以为你聪明就可以强词夺理。郝强，你绝不可以用红领巾做游泳裤，不然你会后悔的！

郝　强　后悔，后悔等游完泳再说，我现在就想游泳。走喽——游泳去

————儿童剧《红领巾》 〉〉〉〉〉

喽——

小 伟　郝强，站住——！

〔郝强跑下，幕后传来郝强的跳水声，突然一声剧响，小伟晃动了起来，天幕处降下时光隧道，幕后传来壮壮惊慌的喊声。

壮 壮　哎——这是怎么回事儿啊——！

小 伟　地震啦——！向我靠拢——！

萌 萌　小伟——这是怎么回事啊——！

壮 壮　小伟，我的红领巾它不知怎么飞了——！

小 伟　飞啦——这是怎么回事儿啊——

〔他们发现飞动的红领巾。

萌 萌　红领巾——！

三 人　红领巾——红领巾——

小 伟　郝强呢，郝强——

三 人　郝强——郝强——！

〔郝强被吊在了半空中。

郝 强　小伟，壮壮——快救救我——！

〔在时光隧道里也有一条飘动的红领巾，郝强几次欲去抓，却怎么也抓不到。

〔壮壮、萌萌分从两边被吸进时光隧道，小伟从正面被吸进时光隧道。他去救小伟，自己也被吸到半空中，最后终于把郝强拉了下来。

小 伟
郝 强　啊——！

〔小伟从隧道里探出头来。

小 伟　这是——这是在哪儿啊——？郝强——郝强——！

郝 强　小伟——我在这儿呢——

郝 强
小 伟　壮壮呢——壮壮——！

壮　　壮　哎——我在这儿哪——怎么地形都变啦——！

小　　伟　看见萌萌了吗？萌萌——！

壮　　壮　萌萌——！

郝　　强　萌萌——！

萌　　萌　（躲在下面喊，慢慢地伸出头来）我在这儿哪——这是怎么回事儿啊——我不是在做梦吧——！

小　　伟　真有点儿科幻电影的感觉！

郝　　强　我怎么觉得像是电影里的时光隧道啊——

壮　　壮　别瞎说——！

萌　　萌　别吓人了——！

〔远处传来枪声，三人喊叫着，爬出时光隧道。

小　　伟　哎，这地形怎么又变啦？

壮　　壮　别是到了伊拉克那儿了吧！

郝　　强　哎呀，别瞎说。

〔传来了狗的叫声，一条黄狗跑上。

郝　　强　狗——！

壮　　壮　一条黄狗！

郝　　强　有狗就有人，不怕找不到回家的路了。咱们快走吧！

〔四人刚要走，幕后又传来了枪声、人声、牲畜的叫声。四人一下愣住了。

〔幕后。

铁　　柱　喂——谁家的羊啊，赶上走啊——！

八妹子　婶子、大娘！带上干粮，多带条被子，山上冷。

马　　原　叔叔大爷好大妈，

　　　　　快跟队伍别恋家，

　　　　　等到消灭敌人后，

　　　　　高高兴兴再回家，再回家！

二娃子　别磨磨蹭蹭的啦，快走啊——！

———— 儿童剧《红领巾》 〉〉〉〉〉

〔郝强突然悟到了什么，大笑了起来。

郝　强　哈哈哈哈，肯定是在拍电视剧。走，咱们瞧瞧去。走喽——！

〔郝强、壮壮、萌萌跑下，小伟在后面提鞋。

小　伟　哎，等等我——！（跑下）

〔郝强他们边说边上。

郝　强　我跟你们说，我老爸拍摄现场我去过，战争场面就是这么拍的。

壮　壮　真的？没准儿是你老爸他们的摄制组呢。

萌　萌　郝强，你爸在不在啊？要在你一定帮我说两句好话，让我演一个角色，你知道我的梦想是当一个影视明星，我要好好展示一下我的表演才能！

郝　强　萌萌，我老爸在青海湖拍外景呢，再大的龙卷风也不可能把咱们刮到青海湖去呀。

〔突然听到了传来的声音，是共产儿童团歌。他们好奇地四处寻找，发现了正在行进的铁柱他们。郝强兴奋。

郝　强　开机啦！

壮　壮　开机了。

郝　强　敢情这个戏的小演员这么多，我们也可以去试个角色。

壮　壮　哎，看这打扮呀，准是在拍闪闪的红星呢。

小　伟　得了吧，闪闪的红星是什么时候拍的呢。

壮　壮　那人就不能重拍呀。

郝　强　别说话，看着。

壮　壮　哎——你们副导演呢？

〔儿童团员们发现少先队员们。

铁　柱　发现敌情，隐蔽前进——

儿童团员　是！

郝　强　瞎喊什么呀，人家正拍着呢，浪费带子。

〔少先队员看不见他们了，郝强兴奋地喊起来。

郝　强　关机啦——

〔双方跑动、相遇。

铁　　柱　站住——！

二娃子
马　　原　不许动——！
八妹子

郝　　强　我说，你们副导演呢？

〔儿童团员们听不懂郝强的话。

壮　　壮　跟你们说话呢，都哑巴啦！不就是几个小角色吗，牛什么呀。

小　　伟　哎，我说同学们，你们是剧组的小演员吧？拍什么戏呢，导演在哪儿呢？

〔马原上来用红缨枪指着小伟，小伟伸手摸红缨枪头。

小　　伟　哇，是真家伙……（对郝强）演戏还用真的呀……

郝　　强　我来看看。

〔八妹子举着镰刀上来挡住郝强的去路。

八妹子　干什么——？

〔萌萌看见八妹子一下来了情绪，上来拉住八妹子。

萌　　萌　哎，你演的是个什么角色呀？戏多不多？跟你们导演说说，让我也演个像你这样的角色行不行——

〔二娃子在一旁拿出弹弓，朝萌萌就打出一颗石子儿，萌萌大叫。

萌　　萌　哎呦！

郝　　强　谁？！

二娃子　我！

郝　　强　把弹弓交出来！

二娃子　哼！

铁　　柱　马原！

马　　原　有！

铁　　柱　没收他的弹弓——

马　　原　是！

——儿童剧《红领巾》

〔马原夺过二娃子的弹弓,二娃子生气地走到一旁。

郝　强　这还差不多。走,找他们导演去!(欲走)

铁　柱　哪儿去?

郝　强　找你们导演去。

铁　柱　导演,导演是什么东西?有路条吗?

郝　强　路条,路条是什么东西?

铁　柱　没有路条休想从这儿过去!

小　伟　哦,过高速公路时候,我们已经交过路费了。

郝　强　别跟他们废话了,走,找他们导演去。

铁　柱　站住!你们到底是从哪儿来的?看你们这身打扮也不像好人。

郝　强　行啊,演坏人更过瘾,坏人才有戏你懂不懂!

壮　壮　就是,老帽儿了吧。

二娃子　说!你们到底是从哪儿来的,老实交代!

八妹子　说实话我们宽大俘虏,不说实话我们就把你们——

马　原　(结巴着)抓、抓、抓、抓起来!

〔少先队员们大笑。

四　人　哈哈哈哈……

壮　壮　原来你是个结……结……结巴呀!

小　伟　你是真结巴,还是演结巴呀,小心改不过来。

铁　柱　不许笑!说,你们到底是哪儿来的?

八妹子
二娃子　说!

壮　壮　说?!打、打、打、打死我也不说!(学结巴)

小伟等　打、打、打、打死你们,我也不说!

〔一个炮弹呼啸而过,远处传来爆炸声。四个儿童团员连忙把四个少先队员护在自己的身下。小伟等他们翻下来后,从地下爬起来。

小　伟　轻点儿,轻点儿,假戏真做也用不着使这么大的劲儿呀!

郝　　强　行啊，哥们儿，刚才这组动效是谁做的，效果还真不错。

壮　　壮　哇噻，这就演上啦？！

萌　　萌　好过瘾哎！

铁　　柱　儿童团员们——

〔四个儿童团员急忙靠拢。

八妹子　铁柱哥，你看他们不知天高地厚的，他们到底是些什么人哪？

铁　　柱　先别管他们是什么人，一个看着一个带他们走。

八妹子
马　　原　是！
二娃子

小　　伟　上哪儿啊！

壮　　壮　真把我们当俘虏啦？

二娃子　走不走？

萌　　萌　咳，凭什么听你的呀？！你算老几呀！

郝　　强　就以为你们会演戏，我们也会！come on！

萌　　萌
小　　伟　yes！
壮　　壮

郝　　强　星球大战，星球大战现在开始，各就各位！

萌　　萌
小　　伟　ok！
壮　　壮

萌　　萌　啊，伟大的指环王，请赐予我力量吧！

郝　　强　我是奥特曼！

小　　伟　我是哈利·波特！

壮　　壮　我是大力水手波波！

〔一声枪响壮壮中弹倒下，铁柱、马原连忙也跑下去。

壮　　壮　啊——！

郝　　强　波波怎么啦，波波怎么啦……

小　　伟　波波需要能量，波波需要能量。

———儿童剧《红领巾》 〉〉〉〉〉

郝　强　　给他能量,给他能量……

郝　强
小　伟　　菠菜,菠菜,菠菜……
萌　萌

〔壮壮连哭带叫地爬起来。

壮　壮　　哇——救命啊!他们跟咱们玩真的,是真子弹!

〔铁柱、马原跑上来。

铁　柱　　马原,怎么样?

马　原　　没事儿,他就擦、擦、擦破点皮儿。

小　伟　　这……这是真的战争?!

郝　强　　是真的在打仗?!

铁　柱　　当然是真的。

萌　萌　　啊——!

〔萌萌吓得大叫起来,郝强立刻捂住她的嘴。

二娃子　　喊呀,怎么不喊啦!

马　原　　怎么样,这下你们都知、知道厉、厉、厉害了吧。

〔又一颗炮弹在稍近处爆炸。音乐起。

八妹子　　啊,铁柱哥,你快看,你们家的房子让敌人给打着了!

铁　柱　　啊——!

〔阿黄跑着叫着,冲向着火的房子,二娃子急得大叫。

二娃子　　阿黄——!阿黄——!我的阿黄——!

〔二娃子欲去救阿黄,被铁柱拦住。

铁　柱　　二娃子你不能去!不能去!

二娃子　　我要我的阿黄,我要我的阿黄!

铁　柱　　你——(铁柱情急之下打了二娃子一个耳光,随之又心疼地把他揽在怀里)

铁　柱　　二娃子你也糊涂了吗,一条狗算什么,救人要紧!大部队和乡亲们已经走远了,我们得赶紧跟上去,不然就来不及了!(对三个儿童团员）一个带上一个走！

小　伟　同志——你们要带我们上哪儿去啊？

马　原　听着——叫同志，听我言，
　　　　　现在不能扯闲篇，
　　　　　枪林弹雨时时有，
　　　　　瞎跑乱撞太危险。
　　　　　叫同志，手拉手，
　　　　　追赶队伍得快走，
　　　　　等到大家得安全，
　　　　　再跟你们说缘由。

二娃子　走——！

　　　　〔八个人手拉手造型。收光。音乐声中孩子们翻山越岭，累极，他们挤在一起睡着了。渐醒，突然发现对方。

萌　萌　这是怎么回事儿啊？

八妹子　他们到底是些什么人呀？

郝　强　等等，让我再确认一下，这真的是在打仗？！

小　伟　当然！

马　原　他们是坏人吗？

铁　柱　不像。

郝　强　炮弹是真的！

壮　壮　当然！

郝　强　子弹是真的，敌人也是真的！

壮　壮
小　伟　是真的——！
萌　萌

二娃子　那他们是好人？！

八妹子　也不像？！

小　伟　由此可见，他们不像是在拍电视剧。

———— 儿童剧《红领巾》 〉〉〉〉〉

萌　　萌　他们肯定不是演员！

八妹子　他们到底是什么人？！

二娃子　他们？

壮　　壮　他们？

二娃子　从哪儿来？

壮　　壮　从哪儿来？

马　　原　看他们穿得稀奇古怪的。

小　　伟　看他们穿得稀奇古怪的。

铁　　柱　看他手里拿的是什么武器？

壮　　壮　难道祖国边境发生战争了？！

郝　　强　不可能！网上根本没有这条信息。再说，现代战争也不是这种打法呀。

八个孩子　那——他们到底是什么人——？

〔他们互相窥视着，当他们的眼光相遇时，铁柱、小伟同时说话。

铁　　柱  
小　　伟　甭管他们是什么人，我们都要提高警惕——！

少先队员　（同时）YES——！

儿童团员　（同时）是——！

〔音乐起。

铁　　柱  
小　　伟　嘿——你们到底是什么人？！

二娃子　你们先说！

郝　　强　你们先说！

儿童团员　我们是共产儿童团！

郝　　强　再说一遍？

儿童团员　共产儿童团！

〔少先队员惊呆了，音乐停。

少先队员　现在还有共产儿童团？！

小　伟　拿什么来证明——？

〔儿童团员连忙去拿他们的队旗。

铁　柱　（指着帽子上的五角星）看——（小伟欲摸）别动！这是红军叔叔送我的！

少先队员　红军叔叔送的？

〔布谷鸟叫，少先队员紧张地去摸儿童团的队旗，郝强用手摸着旗子上的字和红五星。

郝　强　我们可能到了闪闪的红星的年代！

萌　萌　闪闪的红星的年代？我要回家，我要回家！小伟，指北针，指北针呢？

〔小伟赶紧掏兜。

小　伟　指北针，指北针在这儿呢。

〔少先队员赶紧围过来看指北针，紧张的音乐起。

萌　萌　指针怎么转个不停啊——！

郝　强　我们真的到了闪闪的红星的年代啦！时光隧道，我们肯定掉进时光隧道啦！（扔掉指北针）

铁　柱　卧倒！

二娃子　什么武器？

马　原　铁柱哥，要……要……炸了！

〔二娃子捡起指北针，向远处扔去。

小　伟　我的指北针！（跑下找指北针）

儿童团员　怎么没响呀？

壮　壮　（怔了一下，突然"哇"地一声哭了起来）掉进时光隧道了，这可怎么办哪？！我妈还在家等着我呢，赶明儿还送我上英国念书呢……

萌　萌　（也带着哭腔）郝强！咱们还回得了家吗？我妈知道了还不得急死……（急拨手机）赶紧给我妈打个电话……

二娃子　不许发报！

萌　萌　（惊讶地发现手机不对了）啊——！郝强，郝强你快看——

郝　强　（吃惊地念道）1934年……（吓得捂住嘴）

小　伟　（捡回指北针，有些兴奋）啊！真让我们赶上这种事了？同学们，同学们！诗的灵感将从这里产生……啊！

郝　强　都什么时候了，你还在这儿发神经。咱们快走吧。

〔郝强说着，拉起三个少先队员就要走。

铁　柱　站住，你们把话说清楚。

郝　强　我们说的清楚吗？

二娃子　说不清楚就甭想走！

小　伟　事情是这样的，我们掉进了时光隧道。

儿童团员　（不解地）时光隧道？！

小　伟　从21世纪一下子回到了20世纪大约……

郝　强　30年代。

小　伟　这是多么富有诗意的事啊！

铁　柱　什么世纪、世纪的……

小　伟　也就是说，我们之间相隔了七十多年……

铁　柱　你说我们之间相隔了多少年？

郝　强　七十年！（举起手机，音乐起）也就是说，论辈你们应该是我们的祖爷爷、祖奶奶。

〔这回轮到铁柱等吃惊了。

二娃子　这么说，你们是我们的重孙子、重孙女……

〔众笑。音乐止。

马　原　（结巴着）那你们到底是什么人呢？

少先队员　我们是少先队员！

铁　柱　少先队员是什么人？

小　伟　（想着，突然意识到了什么，高兴地）和你们一样也戴红领巾。

儿童团员　红领巾？

郝　强　就是你们现在戴的这个红领带！

八妹子　那你们的红领巾呢?

铁　　柱　是啊,你们的红领巾呢?

壮　　壮　红领巾,飞啦!

马　　原　啊?骗人!

二娃子　红领巾戴在脖子上怎么能飞呢!一听就是在骗人!

壮　　壮　骗你们我是小狗!

二娃子　还提小狗,还提小狗!今天就是为了带你们,我的小狗才让敌人烧死的,今天要是拿不出红领巾就别怪我不客气!(举起手榴弹)

小　　伟　别误会,别误会,自己人可不能打自己人哪!

铁　　柱　是自己人为什么拿不出红领巾?!

郝　　强　好,我来解释!我……我……我怎么说得清楚啊!

铁　　柱　今天说不清楚就甭想活着回去!

郝　　强　小伟!小伟!赶快想一辙来证明我们的身份,要不然咱们就没命了。噢,对,把你平时老说的那套什么红领巾的崇高啊、信念啊,还有烈士鲜血染成的,再跟他们讲一遍。

小　　伟　(又气又无可奈何地对他们挥着手)都是你捅的娄子!

郝　　强　是我,是我!可现在也不是说这时候,得赶紧想个办法。

小　　伟　哎,我有了……(对儿童团员)刚才对方的辩友说……

萌　　萌　什么辩友啊,这又不是开辩论会……

郝　　强　傻帽儿,听着。

小　　伟　(自嘲地)我都急糊涂了,各位祖爷爷、祖奶奶们……

铁　　柱　谁是你们的祖爷爷、祖奶奶!

小　　伟　哎呀,对不起,对不起。祖爷爷我真的是急糊涂了。请问,你们共产儿童团是不是共产党领导的?!

铁　　柱　啊?!

小　　伟　我们也是啊!

〔郝强给小伟佩服的示意。

铁　　柱　啊——你们也是?!

―――儿童剧《红领巾》

〔儿童团员颇感惊讶，铁柱向八妹子示意，八妹子领会点点头，走到少先队员跟前唱了起来。

八妹子　准备好了吗……

郝　强　（愣了一下，立刻明白过来，对小伟他们说）考我们！（接唱）时刻准备着……

小　伟　我们都是共产儿童团……

壮　壮　将来的主人，必定是我们……

萌　萌　嘀嘀嗒嘀嗒，嘀嘀嗒嘀嗒……

〔少先队员和儿童团员合唱：准备好了吗，时刻准备着，我们都是共产儿童团，将来的主人，必定是我们，嘀嘀嗒嘀嗒，嘀嘀嗒嘀……

〔孩子们慢慢地全都合着唱了起来，他们终于在歌声中相认了。

〔孩子们七嘴八舌："自己人，真是自己人，当然是自己人……"

铁　柱　我叫铁柱，共产儿童团团长。

小　伟　我叫小伟，少先队大队长。

八妹子　我叫八妹子。

萌　萌　我叫萌萌。

马　原　马……马……我叫马原。

壮　壮　我叫壮壮。

二娃子　我叫二娃子。

郝　强　My name is Hao Qiang.

二娃子　买来的郝强？

郝　强　（亲了二娃子一下，转对少先队员）Come on.

〔少先队员跳起了现代舞。

〔儿童团员也不甘示弱，在马原的快板声中跳起自己的舞蹈。

马　原　哎！哎！哎！哎！红领巾、红领带，

　　　　儿童团员胸前戴。

　　　　一颗红心跟党走，

　　　　　　　我是革命好后代!
　　　　　〔众大笑了起来,二娃子被壮壮的鞋吸引。
二娃子　(看着壮壮的鞋)你们看哪,这是什么鞋呀?亮亮的。
八妹子　(指着萌萌挂在胸前的手机)这是啥呀?
萌　萌　这叫手机,人际交流的工具!
八妹子　人际交流的工具?
铁　柱　(看着小伟的指北针)这是什么呀?
小　伟　指北针!送你了!
铁　柱　送我?
马　原　(指着郝强的耳机)哎,你们看,他戴的这……这是啥呀?电报吧?
郝　强　这叫沃克曼。
马　原　啥……曼……?
郝　强　你听!
　　　　　〔把耳机戴在了马原头上。音乐声骤起,马原吓了一跳,又让八妹子等人听。
八妹子　不好听,不好听!
马　原　哎,我说,这是啥味呀?不好听!(把耳机扔给郝强)
郝　强　不好听?这可是排行榜的金曲!傻帽儿!
小　伟　郝强!
萌　萌　你们要是到了我们那儿呀,让你们吃惊的事还多着呢!
马　原　你们那儿!你们那儿是哪儿呀?
八妹子
二娃子　你们到底从哪儿来呀……
少先队员　我们来自新中国。
儿童团员　新中国!
铁　柱　这么说革命成功了?
郝　强　当然成功了。

——儿童剧《红领巾》 >>>>>

少先队员　早就成功了。

铁　　柱　早就成功了？吹牛！我们这儿还打仗呢。

二娃子　天天都有白馍吃了？

壮　　壮　何止白馍！每天早晨我坐在餐桌旁，丰盛的早餐保证我的营养和健康。

八妹子　再也不住草房子啦？

萌　　萌　草房子？当晚霞把天边映红，每座高楼大厦都是灯光闪亮。

马　　原　你们，你们……你们都有学上吗？

郝　　强　有学上，网络、数字、信息、高科技，我们肩负着科教兴国的希望！

〔音乐起。

铁　　柱　（含着泪水）这么说，我们的梦终于实现了……

小　　伟　实现了——

　　　　　你们的梦已经实现了，

　　　　　我们的梦已刻在了太空飞船上。

　　　　　假如，假如你们来到新中国，

　　　　　在人民的军队中将会多一个元帅，

　　　　　在诗人的行列中将会有一个马原，

　　　　　（对二娃子）你会抱着你的爱犬在太空上翱翔，

　　　　　（对八妹子）在艺术的殿堂你的美将获得最高的赞赏。

〔音乐止。

〔少先队员互相望着，突然，一声清脆的枪声，打破了场上的气氛。

马　　原　铁柱哥，不好，敌人发现咱们了。

铁　　柱　要是再跟着走，敌人会发现乡亲们的！

二娃子　那怎么办？

铁　　柱　改道，趟过河，走谷底，把敌人引到咱们这边来！

郝　　强　太好了！铁柱，你家的房子不能白烧，我们也不是孬种，跟他们拼了！

小 伟
壮 壮　对，跟他们拼了！（欲走）

萌 萌　（立刻哭叫起来）不，不！我不去！这样一来，我们会死的……

小 伟
郝 强
壮 壮　（唱少先队队歌）不怕困难，不怕敌人，顽强学习，坚决斗争——

萌 萌　（接唱）向着胜利勇敢前进，
　　　　　　向着胜利勇敢前进前进，
　　　　　　向着胜利勇敢前进，
　　　　　　我们是共产主义接班人——！

　　　　　走！

铁　柱　全体集合！儿童团员，少先队员们——！

儿童团员　有！

少先队员　到！

铁　柱　为了保护乡亲们，我们要像红军叔叔那样，牵着敌人的鼻子走，把敌人转晕！趟过河，走谷底，出发——！

众　人　是！

小　伟　向右转，齐步走！

　　　〔音乐起。河水声，孩子们过河的舞蹈。
　　　〔合唱：
　　　　　有一个传说流传了很久，
　　　　　有一个故事你不能不听；
　　　　　如果你听完如果你感动，
　　　　　让泪水打湿你的红领巾。

　　　　　很久以前有过一群少年，
　　　　　他们做过一个美丽的梦；

————儿童剧《红领巾》

　　　　梦到新中国梦到了今天，
　　　　也梦到今天欢笑的我们。

　　　　很久以前有过一群少年，
　　　　他们做过一个美丽的梦；
　　　　为了梦他们献出了生命，
　　　　我们才有胸前飘扬的红领巾。
　　〔收光。
　　〔音乐起。
　　〔八妹子提着篮子上场。壮壮、萌萌、郝强、小伟狼狈地躺在地上喘着气。
　　〔马原、二娃子、铁柱煮野菜汤。

小　伟　累，累死我了，我真不知道红军二万五千里长征到底是怎么走过来的……

萌　萌　把我这十几年没走的路都走了，还拐了个弯……
　　〔音乐起。
　　〔马原、八妹子、二娃子每人都端一碗野菜汤给萌萌、郝强、小伟，三人喝了一口，同时吐了出来。

萌　萌　这是什么呀……苦死了？
八妹子　山里的野菜熬的汤，可好喝呢。
萌　萌　对不起，八妹子！要是再加点盐，加点香油，跟我妈带我在酒楼喝的汤没什么两样……
小　伟　对，这是无污染绿色食品！
郝　强　这个在我们那儿贵着呢！
小　伟　喝！
郝　强
萌　萌　喝！
八妹子等　你们那儿也兴吃野菜？！

郝　强
萌　萌　吃！
小　伟

八妹子等　那我再给你们盛一碗！

铁　柱　哎，壮壮呢？

小　伟　壮壮？壮壮一直在后面！

众　人　壮壮！壮壮！壮壮——！

壮　壮　我在这儿呢……你们瞎喊什么呀？

小　伟　壮壮，你没事吧？

壮　壮　哎哟！

小　伟　壮壮，你到底怎么了，快说话呀！

　　〔二娃子上前三把两把脱掉了壮壮的鞋，大家都惊呆了——他的两只脚打满了泡。

二娃子　他的脚上都是水泡！

铁　柱　壮壮，你怎么不早说呢，我们大家可以轮流背你。

壮　壮　铁柱哥，这一路上都是你们在帮我，我跟你们一比真没用！

小　伟　壮壮又胖又是平足，平时也没走过这么多路……

壮　壮　（强忍着泪，笑着说）在学校我从来不重视体育锻炼，今儿这么一走，我才知道，敢情走路这么难……我还想当英雄呢……看来没戏了。哎哟！你们干什么呢？

　　〔八妹子拿出一根针，一边拔下一根头发，一边穿针。

八妹子　壮壮，别怕！一点都不疼……只要头发穿过水泡，水流出来就好了！咱们队伍上的叔叔住在我家的时候，谁脚上有了泡，我娘就用这个法给他们挑，再烧上一锅热热的水，给叔叔们烫脚……

　　〔壮壮吓得跑了起来，众堵截着他。

壮　壮　不，不，我从小就怕针！

八妹子　好了，好，不挑泡了，我给你唱个歌好吗。

壮　壮　哎！

───—儿童剧《红领巾》 〉〉〉〉〉

〔八妹子把针递给了铁柱。

八妹子 （唱）太阳出来哟，红彤彤哎，
照得人身哟，暖融融哎，
我们是亲亲的小姐妹哟，
我们是革命的好弟兄嘞。

〔众鼓掌。

八妹子 （接唱）太阳出来哟，红彤彤哎，
照得人身哟，暖融融哎，
不怕苦来不怕难哟，
革命路上哟争光荣嘞。

〔在歌声中铁柱悄悄地给壮壮挑完泡，轻轻地穿上了鞋。

壮　壮　八妹子，你唱得真好听！

八妹子　壮壮，你试试你的脚还疼吗？

壮　壮　（跺跺脚）哎，不疼了，噢，我知道了，原来你的歌还能治脚……

铁　柱　（一下子把针亮到壮壮眼前）壮壮，你看这是什么？！

壮　壮　啊——针——！（吓得到处躲）

〔众笑。

壮　壮　八妹子，等我回去后，一定要把这歌刻成CD，让所有的人都能听到你那动人的歌声。

〔少先队员们："对，刻成CD，让所有的人都能听到你的歌声！"
〔变了节奏的"太阳出来哟"的歌声起，现代孩子们唱着、跳着。看着看着，八妹子忽然好奇地问。

八妹子　CD？！CD是什么！

〔音乐戛然而止。

小　伟
壮　壮　他们连CD都不知道。
萌　萌

郝　强　难道牺牲只属于他们，而我们就应该享受？！

〔远处传来了几声枪响。

铁　柱　敌人逼近了！

壮　壮　这么说乡亲们安全转移了！

马　原　对，敌人真的上了咱们的当了……

郝　强　铁柱，你看敌人的熊样，已经被我们拖垮了。敌疲我打，现在可以跟敌人拼了！

铁　柱　郝强，不能硬拼，你看，敌人肩上背着子弹袋，手里拿着刺刀枪，腰里别着手榴弹，还有歪把子机关枪，你有啥呀！

壮　壮　我学过跆拳道，一气儿撂倒他几个没问题。

〔他边说边比划着，一跺脚又蹦了起来，疼得他直叫。

壮　壮　哎哟——！

八妹子　你们是少先队员吗？

小伟等　那当然！

八妹子　是少先队员就懂得服从命令，铁柱哥是我们儿童团长，我们都听他的。

壮　壮　那小伟还是我们大队长呢。

小　伟　那你们服从命令吗？

三少先队员　保证服从命令！

小　伟　好，少先队员们——！

三少先队员　到！

小　伟　从现在起，少先队员的一切行动归儿童团统一指挥。

三少先队员　啊——

壮　壮　他把咱们给卖了！

小　伟　这次行动的最高指挥是我们的元帅——铁柱！

铁　柱　好——！马原！壮壮就交给你了！

马　原　是。来，壮壮我背你。

小　伟　还是交给我吧。

壮　　壮　为什么？为什么你们总把我交来交去的？铁柱同志，我希望你给我一次立功的机会！

铁　　柱　好样的，壮壮！好，壮壮打头，小伟断后，出发吧！

众　　人　是！

〔郝强偷偷拿了二娃子的手榴弹。

郝　　强　我要让敌人尝尝少先队员的厉害！（下）

〔小伟在幕内：哎，郝强？郝强呢？

〔众人：郝强——！郝强——！

〔众寻找着上。

二娃子　（突然发现手榴弹没了）我的手榴弹呢，我的手榴弹呢！刚才还在腰里别着呢……

小　　伟　郝强，肯定是郝强！郝强脾气特拧，他要认准的事儿谁都说不动，他肯定拿着手榴弹找敌人去了！

铁　　柱　冒险主义！

马　　原　他可真浑哪！

八妹子　要是真让敌人给抓住了，这可怎么办哪……

小　　伟　铁柱儿，对不起！我们净给你们添麻烦。我们……

铁　　柱　小伟，什么你们我们的，咱们不是一家人哪？一定要把他们找回来！

壮　　壮　我去！

二娃子　我去！

八妹子　我去！

马　　原　我去！

小　　伟　我去！

铁　　柱　二娃子！

二娃子　有！

铁　　柱　你去！

二娃子　是！

壮　　壮　二娃子，等等，铁柱哥，二娃子太小，就让我去吧！
铁　　柱　别担心，二娃子虽然个小可他路熟啊。再说啊，他那两条兔子腿你可赶不上。
八妹子　要是郝强不听他的呢？
众　　人　是呀！

〔众一时不知如何是好，小伟突然发话了。

小　　伟　铁柱，我有办法！二娃子，过来。

〔小伟摘下了大队长佩章，郑重地交到二娃子手里。

小　　伟　二娃子，你以少先队大队长的名义，命令他立刻归队！

〔萌萌下。

小　　伟　二娃子，拜托了！
二娃子　（看着佩章，惊喜异常）二娃子明白！
二娃子　（冲着铁柱撒娇地）把我的武器还给我！
铁　　柱　什么？
二娃子　弹弓啊。

〔铁柱明白了过来，从兜里掏出了弹弓递给他。

铁　　柱　二娃子，看见前面那棵梅子树了吗？
二娃子　看见了，那就是我种的！我最爱吃梅子了！
铁　　柱　咱们就在那棵梅子树下会师。
二娃子　哎！
铁　　柱　二娃子！小心！
二娃子　知道了！你们就放心吧！（笑着跑下）

〔收光。

〔音乐起，郝强寻找敌人，英雄式舞蹈，后面传来萌萌的喊声。

萌　　萌　郝强——！郝强——！郝强——！
郝　　强　你老跟着我干吗呀？我又不是去游泳！
萌　　萌　谁跟着你了，我是来找你归队的！
郝　　强　我不！人家壮壮都能当英雄，我又不是狗熊！

——儿童剧《红领巾》 〉〉〉〉〉

萌　萌　那也得听铁柱哥的!
郝　强　你回去跟铁柱哥说,我要跟阵地同存亡,走了!
萌　萌　郝强,这可是真打仗,你会吗?
郝　强　什么叫我会吗,告诉你我打仗从来没输过,过关斩将回回都赢!
萌　萌　你?
郝　强　我!
萌　萌　打仗?
郝　强　没错!
萌　萌　还回回赢?
郝　强　对!
萌　萌　你什么时候打过仗?
郝　强　我!
萌　萌　在哪儿?
郝　强　电脑上!
　　　　〔音乐起。
郝　强　萌萌!我的网友都承认我是常胜将军。
萌　萌　郝强!打仗和电脑游戏可不一样,你别逞能了,还是回去吧!
　　　　〔郝强欲走。
萌　萌　站住!
郝　强　我根本没有请你来!
萌　萌　站住,郝强!
郝　强　Leave me alone.
萌　萌　你说什么?
郝　强　走!(推萌萌)快走!
　　　　〔传来了二娃子压低声音的喊声。
二娃子　郝强——!郝强——!郝强——!
萌　萌　是二娃子!二娃子——!郝强在这儿呢——!
　　　　〔郝强忙捂着萌萌的嘴,但二娃子还是很快跑了上来。

〔音乐起。

二娃子　郝强——！郝强——！郝强——！

〔二娃子拉开弹弓，向郝强和萌萌藏身的地方打出一块石子。

萌　萌　唉哟！唉哟！

郝　强　喊，喊，喊什么呀喊，打着你了吗？你就喊！

二娃子　萌萌，你怎么也在这儿？

萌　萌　我是来找郝强归队的！

二娃子　可把你们找着了，走，跟我回去！

郝　强　我不回去！

二娃子　（指着自己胳膊上佩章）你看，这是什么？

郝　强　什么？

二娃子　三道杠。

〔音乐起。

二娃子　我以少先队大队长的名义命令你立刻归队！

萌　萌　郝强，我们有过承诺，必须服从命令。

郝　强　我懂！（用手制止萌萌，突向二娃子敬队礼）大队长二娃子！咱们俩一样大是吧？咱们都是男子汉是吧？

〔二娃子不解地看着郝强。

郝　强　为什么你们能帮助红军转移乡亲们，为什么你们能牵着敌人的鼻子走，为什么你们能保护我们，而我们……

二娃子　（打断郝强）你们和我们不一样！

郝　强　为什么不一样？少先队跟儿童团应该是一样的。你们是英雄，我们也不应该是狗熊。（拿起手榴弹向敌人方向冲去）

二娃子　郝强，敌人就在山下，危险！

郝　强　来得正好，去死吧！（没拉弦就将手榴弹扔了出去，并护住二娃子）快卧倒！

二娃子　干什么呀？气死我了！

郝　强　怎么没响呀？

————儿童剧《红领巾》 〉〉〉〉〉

二娃子　你没拉弦儿!
郝　强　我去给拿回来!
二娃子　郝强,危险! 快躲开——!
　　　　〔二娃子推开郝强,枪声响,二娃子中弹。音乐起。
郝　强　啊!
萌　萌　二娃子——! 二娃子——
郝　强　二娃子! 二娃子——
萌　萌　啊——! 血!
二娃子　萌萌! 郝强! 你们没事吧?
郝　强　我好好的,对不起!
二娃子　啥也别说了,快去找小伟和铁柱他们,千万不要去找敌人,太危险!
郝　强　我知道了!
二娃子　快走! 敌人的大队人马就要来了!
郝　强　二娃子! 咱们一块走!
二娃子　我走不动了,你快带萌萌走!
郝　强　不,是我连累你的,我不能把你一个人留下,我要带你一起走!
萌　萌　咱们一起走!
郝　强　走——!
　　　　〔郝强背起二娃子。
郝　强　二娃子,我们该去哪儿啊?
二娃子　看见前面那棵梅子树了吗?
郝　强　看见了。
二娃子　铁柱、小伟就在那儿等咱们呢……
郝　强　好,走!
　　　　〔音乐起。
郝　强　二娃子,对不起!
二娃子　你要再说对不起我可要生气了! 郝强——

郝　　强　　哎。

二娃子　　能认识你们我真高兴！

郝　　强　　为什么？

二娃子　　我们指导员叔叔总说革命胜利以后的日子可好啦！郝强，我真想到你们那边看看，我连这山都没走出去过！

郝　　强　　好，我带你去！二娃子你要挺住，你一定要活着。

萌　　萌　　看，梅子树，梅子树到了……

铁　　柱　　二娃子——！

小　　伟　　郝强——！

壮　　壮　　萌萌——！

众　　人　　二娃子——！郝强——！萌萌——！

小　　伟　　他们在那儿！

铁　　柱　　二娃子！

小　　伟　　二娃子！

二娃子　　小伟，我的任务完成了。

小　　伟　　完成得好。

　　　　　　〔二娃子身体一晃。

铁　　柱　　二娃子，你怎么了？

二娃子　　没事，让敌人的子弹咬了一口！

众　　人　　二娃子——！！！

小　　伟　　郝强，以红领巾的名义，说，到底是怎么回事？

郝　　强　　（点点头）是我的错，是我连累了二娃子！都是我的错！

壮　　壮　　郝强——！在学校里你学习好、电脑好、英语好，你样样都好，我佩服你，跟着你我脸上也有光……你逞能，你贬我，这都无所谓。可现在是在打仗，你什么也不懂，有你这么逞能的吗！

二娃子　　壮壮，别怪郝强，郝强是好样的，要不是他背我回来，我……我就见不着你们了……（一阵疼痛）哎哟……

众　　人　　二娃子——！

———儿童剧《红领巾》

二娃子　没事，我死不了的！郝强还要带我去新中国呢！铁柱，你哭啥呢，敌人的大队人马马上要来了，你赶快带大家走吧。进前面那个山洞左拐有块大石头，推开石头就是后山的小路……

铁　柱　你咋知道的?

二娃子　掏鸟蛋的时候发现的……

〔远处传来敌人的枪声。

二娃子　你们快走吧……

铁　柱　二娃子，咱们一起走！

众　人　对，我们一起儿走！

二娃子　我困了……想睡会儿，睡醒了我去追你们……

郝　强　不，二娃子，是我连累你的，我就是背着你爬，也要让你和我们一起走……

〔音乐起。

铁　柱　（将二娃子搂在怀里）二娃子，等完成任务以后我给你做个大弹弓，再给你抱只小狗，还叫它阿黄，还让它跟你一起站岗、放哨，晚上陪你睡觉。

二娃子　哎——

〔将二娃子放倒躺在地上，敌人的枪声更近了。

铁　柱　我们走吧！

郝　强　你这是干什么?！你要把他一个人留下?！敌人来了他会死的，你知道不知道！不，我不走，我答应过二娃子要带他到我们那儿，我不能说话不算数。铁柱，你们是从小一起出生入死的哥们儿，关键时刻你就不管他了，你是什么儿童团长！

马　原　郝强！二娃子是铁柱哥的亲弟弟！

〔一声沉闷的炮声。

〔郝强惊呆了。

八妹子　二娃子，这是你最爱吃的梅子，渴了你就吃一个吧！二娃子，二娃子！铁柱哥，二娃子他——

铁　柱　二娃子?! 二娃子?! 二——娃——子——! 二娃子，哥对不起你——

郝　强　不，不，二娃子你不能死，不能死呀!

铁　柱　为了未来，你死得值，哥为你自豪，为你骄傲——（把儿童团旗盖在二娃子的身上）

郝　强　铁柱哥，答应我一个请求好吗？我想给二娃子讲讲新中国。

铁　柱　郝强，别难过，你讲吧，二娃子他听得见——

郝　强　二娃子，让我告诉你新中国是什么样，告诉你革命胜利后的好日子。

〔音乐起。暗场。

郝　强　二娃子，我带你坐火车，坐汽车，坐轮船，坐飞机，我一定要带你把新中国看个遍——!!

〔出现现代城市的画景。

二娃子　郝强，咱们这是在哪儿啊？

郝　强　新中国。你看，高楼大厦四处林立，朗朗的读书声响彻中华大地，太空上飞着中国的宇宙飞船，孩子们的脸上都笑容洋溢。

二娃子　哥——!

铁　柱　哎——!

二娃子　你看到了吗——?

铁　柱　看到了——

二娃子　八妹子——!

八妹子　哎——!

二娃子　马原哥——!

马　原　二娃子——!

二娃子　你们都看到了吗——?

铁　柱
八妹子　看到了——!
马　原

——儿童剧《红领巾》

郝　强　你看，飞机——！

二娃子　未来太美啦——！

儿童团员　未来太美啦——！

　　　　〔收光。

　　　　　〔孩子们低沉着唱……

　　　　　　　太阳出来哟，红彤彤哎——

　　　　　　　照得人身哟，暖融融哎——

　　　　　　　我们是亲亲的小姐妹哟——

　　　　　　　我们是革命的好弟兄嘞——

铁　柱　现在我们就剩下七个人了。（枪声）我命令，任何人不许有个人行动！

郝　强　是！

其他六个人　是！

铁　柱　看来敌人已经发现我们。我们不能再去追赶乡亲们了，马原、八妹子你们明白吗?！

八妹子　八妹子明白！我们就是死也要把他们送回去！

马　原　马原明白！铁柱哥，你就下命令吧！

铁　柱　我们现在还有什么武器？

八妹子　（坚决地）一罐马蜂。

马　原　（坚决地）一杆红缨枪。

铁　柱　我们还有一面红旗！

　　　　〔音乐起。

铁　柱　我们以革命的名义，

八妹子
马　原　我们以革命的名义，

铁　柱　宣誓！

八妹子
马　原　宣誓！

铁　柱　为了美好的未来，

八妹子
马　原　为了美好的未来，

铁　柱　前进！

八妹子
马　原　前进！

郝　强　铁柱哥——！

壮　壮　铁柱哥——！

萌　萌　铁柱哥——！

小　伟　铁柱——！

少先队员　我们也要参加战斗！

铁　柱　听着！现在不是争的时候。小伟、郝强，谢谢你们让我们看到了新中国，它太美了。可他是属于你们的。这块天，这块地，这儿的战斗是属于我们的！我知道我们真的是干了一番大事业！（回身对少先队员们）回去吧，少先队员们，别忘了二娃子，别忘了马原、八妹子，别忘了铁柱哥哟，回去给孩子们讲讲我们的故事吧！

〔时光隧道的音乐起，枪炮声起，铁柱等用力推搡着少先队员们。

铁　柱　快走——！

〔一声炮响炸倒了梅子树。

马　原　铁柱哥，不好，敌人冲上来了。

铁　柱　决不能让敌人发现少先队员们，一定要把敌人吸引到咱们这边来。

〔八妹子不等铁柱发话，抱着马蜂罐冲上山头。

八妹子　（手捧马蜂罐）马蜂，马蜂，你是我的手榴弹，你是我的机关枪，你是我的千军万马，快去执行任务吧！飞吧，飞吧，去蜇死敌人，去蜇死他们——！

〔山峦之间布满马蜂，整个天幕上金光灿灿，马蜂的嗡嗡声、时

——儿童剧《红领巾》 〉〉〉〉〉

光隧道的音乐停,八妹子的歌声起,两句以后,一颗子弹打过来,八妹子应声倒下。少先队员们欲往上冲,铁柱拼命地拦住他们,马原呼喊着"八妹子"冲了上来,把红缨枪扔向敌人,一个炮弹打过来在马原的身边爆炸。马原挣扎着。

马　原　铁柱哥,快带他们走——! (跳下山崖)
〔铁柱用足力气推着少先队员们。
铁　柱　快走——!(急红了眼挥舞着红旗冲向山头大声地喊)来吧!冲我来!我是他们的头儿!我是山里的老虎,林子里的松树,你们杀不尽、斩不绝!明天是我们的,未来是我们的,新中国是我们的!
〔三个儿童团员前仆后继的舞蹈,八妹子、马原中弹倒下,铁柱挥舞着一面巨大的红旗向敌人冲去。
〔无数条红领巾从天而降。
〔少先队员从时光隧道中走出,戴上红领巾。
〔音乐起。
〔歌声起:

　　有一个传说流传了很久,
　　有一个故事你不能不听;
　　如果你听完如果你感动,
　　让泪水打湿你的红领巾。

　　很久以前有过一群少年,
　　他们做过一个美丽的梦;
　　梦到新中国梦到了今天,
　　也梦到今天欢笑的我们。

　　很久以前有过一群少年,
　　他们做过一个美丽的梦;

为了梦他们献出了生命,

我们才有胸前飘扬的红领巾。

〔歌声中,四个儿童团员的雕塑屹立在舞台上。四个少先队员上,肃穆地遥望着他们的塑像,庄严地举起右手敬礼。

〔剧终。

**精品剧目·儿童剧**

# 宝贝儿

编剧 永 涓 田 牛 在 星 乃 芬

**时间**

现代。

**地点**

北方某城市光明小区。

**人物**

丁　放　男孩。

梁爷爷　盲老人。

宝贝儿　人见人爱的小狗。

曹　威　男孩。

张得泉　男孩。

尤　静　女孩。

丁　峰　丁放的父亲，片儿警。

杨　红　张得泉的母亲，邮递员。

老奶奶　宝贝儿的主人。

小宝贝儿　宝贝儿的孩子。

男孩们、女孩们、家长们

———儿童剧《宝贝儿》 〉〉〉〉〉

〔宝贝儿垂头丧气地上,老奶奶牵着狗绳走在后面。

老奶奶　宝贝儿!

〔宝贝儿叫了一声。

老奶奶　奶奶也是没办法才送你走的……

〔宝贝儿要跑。

老奶奶　宝贝儿,别总耷拉个脑袋,还生奶奶的气呀,奶奶也是没办法,才把你送给人的。宝贝儿,不是奶奶狠心不要你,是飞机不让你上。奶奶也舍不得离开你,瞧我这宝贝儿,多懂事啊,奶奶没白疼你。来来来,奶奶去过他们家三次了,把你的照片也拿给人家看了,人家可喜欢你了!奶奶向你保证,他们家的条件绝对比奶奶家还好!哎哟!给你找个好人家真难啊,比奶奶当年找对象还难!(忽然发现宝贝儿不见了)哎哟,宝贝儿——

〔老奶奶要抱宝贝儿,宝贝儿跑。

〔幕启:远处是幢幢造型新颖的楼房,近处是行行绿树、茵茵绿草。

〔丁放和曹威抢篮球,丁放把篮球抢过来。幕后张得泉为丁放加油!

〔丁放抱着篮球唱着歌上,孩子们跟在后面。

丁　放　"喜刷刷!喜刷刷!"……

曹　威　(也抢过书包,冲张得泉)丁放!说好了放了学给我玩的!

丁　放　没说不给你玩啊,你来抢啊。抢着了就给你玩。

张得泉　对对对,曹威,抢着了就给你玩。丁放加油。

曹　威　说话不算数。

丁　放　张得泉接着。

曹　威　哎，我接着喽。

〔老奶奶追宝贝儿上。

老奶奶　抓住它，快抓住它！

丁　放　（冲过去）老奶奶，你抓坏蛋呢？

老奶奶　什么坏蛋哪，是我的狗！

丁　放　狗？在哪儿呢？

老奶奶　是啊，它跑哪去了？急死我了。

丁　放　这个是吗？

老奶奶　哎哟，宝贝儿，你怎么，跑那去了？下来。哎哟，孩子们，快帮我把它抓下来。

丁　放　老奶奶，放心，我们这里有个胆特别大的，（想起什么大笑）一定能帮您把狗捉住。

张得泉　对，老奶奶，丁放胆可大了。

丁　放　张得泉！这事可就交给你啦。

〔音乐。

张得泉　我？我行吗？

老奶奶　行行行，胖乎乎的准行。

曹　威　有什么不行的！快去吧！（把张得泉推过去）

〔宝贝儿怒吼一声，张得泉惊叫。

张得泉　啊！它叫了！它叫了！

老奶奶　快别闹了，快帮我把它抓出来吧！

〔孩子们向宝贝儿聚拢。

丁　放　都别动！看我的！

〔丁放把宝贝儿抓住。

丁　放　（对老奶奶）老奶奶，你的狗叫什么名字啊？

老奶奶　我的狗叫宝贝儿！

丁　放　宝贝儿？（从曹威手里拿过球）宝贝儿下来。

〔宝贝儿跟着丁放从树上下来。

——儿童剧《宝贝儿》

老奶奶　宝贝儿喜欢他。

曹　威　快看哪。

老奶奶　他们俩有缘。

丁　放　（为宝贝儿搔痒）我给你挠挠……

〔宝贝儿很舒服地配合，欢快地哼唧。孩子们也围过来。

张得泉　这有什么了不起的，丁放他们家原来就有狗。

老奶奶　那现在呢？

张得泉　去年老死了。

尤　静　丁放哭得稀里哗啦的！

曹　威　他爸说，我死了你都不一定哭成这样！

丁　放　行了！永远不许再提这伤心事了！

老奶奶　哟……

丁　放　宝贝儿快跟你奶奶回家吧。

〔宝贝儿躲避老奶奶，往后倒退。

丁　放　咳！这是你的狗吗？

老奶奶　是我的狗，是我的狗。

丁　放　那怎么一见你就躲呢？（推着狗靠近老奶奶）

老奶奶　这几天它就躲着我。

〔宝贝儿叫。

丁　放　为什么呀？

老奶奶　我要把它送人，（宝贝叫）你看，它不高兴了，生气了。

丁　放　自己的狗你怎么还舍得送人！

老奶奶　唉。我这也是没办法，我女儿在国外生活，怕我一个人寂寞让我去。一天一个国际长途打过来打过去，我一想，好，去吧，免得孩子牵挂。飞机票是明天的。

尤　静　哟，那可得赶紧送了。

老奶奶　你别咋咋呼呼的。

丁　放　那你要把它送给谁啊？

老奶奶　送到我侄孙女那！（宝贝儿叫，把丁放拉到一边）宝贝儿先别过来，你在那边等着奶奶，乖。（小声的）人家还不愿要呢。

孩子们　啊！人家不要？

老奶奶　嘘，千万别让宝贝儿听见。没办法，我也是倚老卖老，强迫人家收下它。

丁　放　那可不行！养狗必须得爱狗！自己舍不得吃，也得给狗吃！每天早晚都得遛狗！要不然它不高兴啊。

老奶奶　是啊！那小两口，一睡就睡到十一点，吃了上顿没下顿，我的宝贝儿是不是要受罪了，我宝贝儿是不是可怜啊！我也是没办法，挨啊挨，挨到最后一天才送它走的！这两天我一拿起电话，宝贝儿嗖——就跑到沙发底下不出来，不吃不喝的！

尤　静　它怎么能听得懂啊？

丁　放　这你就不懂了！成年的狗有四岁小孩的智商，除了不会说话。对吧宝贝儿，狗是人类最好的朋友啦。你对它好，它就对你好，你对它不好，它还是对你好，反正它就是好。

　　　　〔宝贝儿叫。

丁　放　唉，老奶奶，您把它送给我呗！我保证，天天给它吃红烧排骨！还有，我的哥们儿多，谁都能帮我遛狗！

曹　威　还有，丁放他爸是这个社区的民警，人缘特好，肯定没人欺负他家的狗。

老奶奶　啊，社区民警。那你爸爸能同意要它吗？

丁　放　肯定同意！我家杰克走的时候，我爸还郁闷了好几天呢！

老奶奶　那我就把宝贝儿托付给你……

孩子们　噢，太好了。

老奶奶　哎呀不行不行，你们这些小孩喜欢狗，也就是三天两天的新鲜。我们老年人养狗是为解闷儿，因为孤独……

丁　放　哎呀！我们也孤独啊！

尤　静　就是！我们脖子上挂把钥匙，自己开门——

丁　放　写不完的作业，一个人吃饭，一个人看电视……

曹　威　大人光忙他们的事儿……

尤　静　我爸、我妈叽叽咕咕地说不完的话，把我丢在一边。

张得泉　晚上，我总觉得有人在敲门！

〔孩子们做恐惧状。

丁　放　我们真的很孤独！

孩子们　就是！

〔宝贝儿叫。

老奶奶　（笑）那，奶奶跟它商量商量。宝贝儿，奶奶想把你托付给……

丁　放　丁放！

老奶奶　丁放，行吗？

〔宝贝儿叫，打滚。

老奶奶　丁放，奶奶就把它托付给你了！

〔孩子们兴奋地和宝贝儿玩。

老奶奶　（把一堆东西一样样交给丁放）这是狗证，这是打防疫针的证明，这是狗粮……我宝贝儿只吃这个牌子的！……哎，记住，千万别让它跟小母狗接触。

丁　放　知道了。

老奶奶　宝贝儿！奶奶真的要走了！

〔宝贝儿过来蹭老奶奶。

老奶奶　好好好！给奶奶再见吧！宝贝儿，奶奶真的舍不得你哟，奶奶真的要走了，奶奶真的舍不得你哟。

丁　放　宝贝儿——过来。

〔孩子们兴奋地欢呼，尤静推开众人。

尤　静　宝贝儿，我就不相信你有四岁小孩的智商，我四岁的时候已经可以背十四首半唐诗了，而现在我已经可以作诗了！宝贝儿我送首诗给你吧……啊……

〔孩子们阻止。

丁　放　宝贝儿，她叫尤静，其实一点儿都不幽静，整天咋咋呼呼的！有事没事就作诗！

曹　威　那叫酸！什么咋咋呼呼的！（模仿作诗）啊——！

丁　放　他，叫曹威，外号"杠子头"。说什么都跟你抬杠。

曹　威　你再说一遍！（宝贝儿叫）耶呵——

丁　放　说你怎么了！我还想揍你呢！

曹　威　那你就试试。

〔宝贝儿冲曹威叫，曹威躲，碰到躲在一边的张得泉，他向丁放示意。

丁　放　张得泉。外号"长的不全"——心、肝、肺都有……

孩子们　就是没长胆儿。

〔宝贝儿叫，张得泉吓得跑，被宝贝儿追。张得泉跑不见了。

孩子们　哎，张得泉跑哪去了？

〔丁放发现张得泉爬上了一棵大树。

曹　威　张得泉，你怎么上去的？

张得泉　丁放，咱们该回家了。

〔张得泉狼狈地爬下树，跑下，孩子们哄笑。

曹　威　哟，坏了！我爸要下班了！宝贝儿再见。

尤　静　哎呀！我五点钟还要练琴呢！真是的，讨厌。

〔两个孩子都跑下。宝贝儿追。

丁　放　真扫兴！为什么当小孩总是被人管呢？！每次都是这样，玩到最高兴的时候，准是该回家的时候，每天都是这样，上学，放学，吃饭，睡觉。真郁闷，宝贝儿你说这是不是在浪费我宝贵的童年？（宝贝儿叫）哎，宝贝儿，以后我就是你爸，你就是我儿子，我说什么，你就得听什么。（宝贝儿叫）哈哈哈哈。

〔宝贝儿拱到丁放怀里，把他拱倒。

〔丁放忽然想起什么，他转身呼哨。孩子们马上聚过来。

丁　放　你们总呆在家里，高兴吗？

——儿童剧《宝贝儿》 〉〉〉〉〉

孩子们　不高兴!
丁　放　好!今天咱们就造反了!我发现了一个"新大陆"。
孩子们　新大陆!
丁　放　想不想去?
孩子们　想!
丁　放　准备好了吗?
孩子们　准备好了!
丁　放　ok!let's go!
　　　　〔音乐起。《无拘无束疯一天》。
　　　　〔暗转。
　　　　〔梁爷爷家院里。
　　　　〔丁放带宝贝儿和孩子们露出头。孩子们好奇地巡视、观望。
曹　威　这是什么地方呀?
丁　放　这就是"新大陆"!
张得泉　丁放,这是谁的家啊?
丁　放　家里有家长,学校里有老师,这儿是既没家长也没老师。这儿啊没人管!
　　　　〔孩子们欢呼着冲过来,向四处好奇地看着。
　　　　〔音乐起。
曹　威　哥们,真棒。
尤　静　(抒情地)啊——
　　　　　　绿荫遮天,
　　　　　　果木飘香,
　　　　　　我的心摇摇荡荡(咕噜咕噜)仿佛升上了云端。
曹　威　小心,掉下来摔着!
尤　静　曹威!
　　　　〔张得泉突然发现了一个鸟笼里的鸟,大声喊。
张得泉　哎——你们快来看啊!这有一只鸟!

尤　静　这是什么鸟儿？

丁　放　这是画眉……

曹　威　（不服地）你怎么知道！

丁　放　你没看不长着眉毛吗……

曹　威　那是眉毛吗？哪有眉毛？

丁　放　拿出来看看。

〔两人抢鸟笼，鸟飞。

〔孩子们去追鸟。

〔张得泉发现鸟笼里的两个小罐，拿出来，向孩子们看。

张得泉　哎，你们看……

〔发现同学们没等自己，就把小罐在身上擦了擦，惊讶地发现。

张得泉　哎，这两个小罐儿可怪好看的！（音乐）哎呀！一百单八将！这上面画的可全是胆大的人！（说着，高兴地把东西装进口袋里）

〔其他孩子们追鸟重上。

孩子们　（注意力全在画眉鸟上）完了，完了，这回真的飞了——

〔梁爷爷上。

梁爷爷　哎哟！来了这么多孩子啊！你们在干什么呢？

尤　静　抓鸟呢！

梁爷爷　抓鸟呢？抓着了吗？

孩子们　飞了。

梁爷爷　飞了？没关系，我这还有鸟呢！我这有只相思，来。

〔往原来挂鸟的地方去摸。

丁　放　你是谁？到我们新大陆来干吗？

梁爷爷　什么新大陆？这是我家！

张得泉　丁放……丁放！

曹　威　丁放！你不是说这儿没主吗？

梁爷爷　丁放。

丁　放　哎——爷爷，原来这是您的家啊！

——儿童剧《宝贝儿》

梁爷爷　是啊，这是我的家。丁放，你告诉爷爷你多大了？

丁　放　爷爷，你的家可真漂亮啊！

梁爷爷　这小嘴真甜！

曹　威　爷爷，您一个人住这么大一个院子啊？

梁爷爷　爷爷这好不好啊？

丁　放　好，好极了！

梁爷爷　好就常来玩！

丁　放　爷爷，我们来玩你高兴吗？

梁爷爷　高兴。

曹　威　爷爷，我们一定常来玩！

梁爷爷　这就对了，爷爷随时欢迎你们！

〔丁放在说话的过程中把一些草叶、树叶、泥巴弄到梁爷爷身上。

孩子们陆续"撤退"。

孩子们　爷爷再见！

梁爷爷　哎哟！这就走啦？

丁　放　（走到梁爷爷面前，敬礼）爷爷，再见！

梁爷爷　再见！慢点跑，小心摔着。

〔说完丁放他们跑。

〔梁爷爷想起，去摸鸟笼。

梁爷爷　相思啊，想爷爷了吧！

〔传来杨红的声音："梁叔叔。"

梁爷爷　哎，杨红，杨红啊！

〔杨红上。大笑。

梁爷爷　你笑什么？

杨　红　哟，梁叔叔，您这是到哪儿去了？

梁爷爷　我刚从医院回来……

杨　红　您怎么弄这么一身的花花草草的啊？

梁爷爷　这群小淘气！捉弄我个瞎老头子，你说说。（笑）

杨　红　梁叔叔，相思怎么飞了？

梁爷爷　噢，刚才一帮小家伙们嚷嚷着捉鸟，捉鸟，闹了半天是捉我的相思呀！

杨　红　那您听见是谁了吗？

梁爷爷　"丁放"、"丁放"。

杨　红　丁放！是那个小坏蛋呀！您怎么就碰上他了？平时最能"作"了，和我家张得泉还是一个班的，这正琢磨着给我儿子调班呢。

梁爷爷　你今天怎么过来啦？

杨　红　还说呢，梁燕打电话让我过来看看您怎么回事，梁叔叔，您怎么老不接梁燕电话呀？

梁爷爷　我这两天不是去医院了嘛！

杨　红　人家梁燕最近可忙了，考职称呢！

梁爷爷　忙点好啊，忙点好啊。

杨　红　（忽然发现）哎呀！这两个小罐也没了！

梁爷爷　没了？

杨　红　这可是阿姨给你留下的宝贝啊！

〔梁爷爷痛心地用拐棍杵着地。

梁爷爷　这帮小家伙，真调皮。

杨　红　这还了得！偷东西！不行，我得到学校找他们老师去！

梁爷爷　杨红，算了，算了。

杨　红　这偷东西怎么能算了？

〔杨红说着就要走。

梁爷爷　一帮小孩子，不能说偷！

杨　红　梁叔叔，这事您别管，交给我了！

〔暗转，音乐。

〔丁放家。

〔丁放推开门，进来，把脏衣服搭到椅子上。

〔丁峰提着吃的回来。

——儿童剧《宝贝儿》 >>>>>

丁　峰　怎么才回来呀？
丁　放　哟，老爸在家呢。哎呀！红烧排骨！宝贝儿，快吃。
　　　　〔丁放给了宝贝儿一块，便自顾自地吃起来。
丁　峰　作业做了吗？
　　　　〔丁放停下来，一动不动。
丁　峰　哎——前天你死缠烂磨的要把狗留下来，怎么向我保证的啦？
丁　放　我保证不做作业也遛狗，不不不，遛狗绝不做作业！哎——错了错了，做完作业再遛狗！
丁　峰　（笑）下不为例！吃饭。丁放啊，是不是快考试了？考试前这几天不许出去遛狗了。
丁　放　哎，那可不行！……噢。
丁　峰　真是操不完的心！你爸小时候可懂事了，从不用大人操心，自己的事都安排得好好的。
丁　放　我们现在多忙啊！事情太多了，根本安排不过来！我白天得上课，晚上得做作业吧。好不容易有个周末，还得上英语辅导班，上奥数辅导班，艺术特长辅导班，体育特长辅导班。我总得挤出点时间跟朋友聚聚吧？玩玩游戏吧？遛遛狗吧？
　　　　〔丁峰无奈地看着丁放。
丁　峰　不吃饭了？
丁　放　不吃了！
　　　　〔电话响，丁峰接电话。
丁　峰　吃个饭也不安生。喂，陈奶奶啊！电视不亮了？您先看看插头插了吗？
丁　放　没插吧。
丁　峰　没插吧。您把它插上。哎，小心电着！
丁　放　还不亮。
丁　峰　还不亮？您打开开关。亮了吧？啊？超级女声？
丁　放　哈哈哈哈，老太太还看超级女声啊。

丁　峰　好，您看吧。哎，好好好，再见。
　　　　〔放下电话，转身刚要说话。
丁　峰　捣什么乱啊你？
丁　放　你看你，整天忙乎的全是些小事！你对自己要求就这么低，对我的要求呢，这么高！哼，不公平！（丁峰吃饭不理他）我都保证了做完作业再遛狗。
丁　峰　前天你不是也保证了嘛！
丁　放　哎呀，我保证考个好成绩还不行吗？
丁　峰　抽什么风呢！下来！我怎么对自己要求低了？
丁　放　收个邮件都不会，申请个QQ还得我教你。你有博客吗，会做网页吗？你整天忙乎的都是菜鸟级的事。谁家电视不亮了，你恨不得把咱家电视给人家送去；谁家下水道堵了，你抡着个抽子就蹿出去了；谁的身份证丢了——我看你不得满大街溜达着给人家找去！你说你累不累？
丁　峰　彗星撞地球事大，你管得了吗？！
丁　放　你这不抬杠吗。
丁　峰　你懂什么？人和人之间就是靠这些小事联系着的。你知不知道，就是因为这些小事做得好，我年年都被评为先进片警！在咱们这个社区，甭管你爸走到哪儿，街坊邻居见了我，那个亲啊，啊；那个信赖呀，啊……
丁　放　噢——
丁　峰　唉——人和人之间是只有这些小事才能体现出互相关心的。
丁　放　我可没看见人家关心你！
丁　峰　你不关心我？现在你小，爸养活你，为你操心，等到将来你不得为我操心，你不得挣钱养活我……
丁　放　哎？你有工资、有退休金，花得着我的钱吗？
丁　峰　那，那精神上呢？万一我老得哼哼不动了，万一又得了膩膩歪歪治不好的病……

———儿童剧《宝贝儿》

丁　放　"安乐死"啊。

〔丁峰反应。

丁　放　没听说过？就是给你打上一针，你就舒舒服服地睡死过去了。

〔丁峰反应。

丁　放　一点痛苦都没有……

〔丁峰过去抬起手，要打丁放。电话铃响，丁峰把馒头塞进丁放嘴里去接电话。

丁　放　严重的心理不平衡。

丁　峰　（接电话）喂，是我……哦，什么？！

丁　放　（凑过去）真希望你能碰上个大案、要案……

丁　峰　（打电话）王老师，又让您操心了。

〔丁放欲溜。

丁　峰　（对丁放）你给我站住！……（打电话）不不不，王老师，我不是说您，您说您说……哎呀——啊！我保证循循善诱。（挂电话）坐下！

〔宝贝儿叫。

丁　峰　安静！都是遛狗遛出来的事儿！还想出去遛狗！说，跑到那么远的地方干什么去了？

丁　放　不是你说的嘛，害怕狗在附近拉屎，邻居们不乐意。

丁　峰　我说了？

丁　放　说了。

丁　峰　说了怎么的？今天重说，这狗不准养了！

丁　放　哎！那可不行。

丁　峰　我说什么你就得听什么！

丁　放　我保证给你考个好成绩！

丁　峰　问题就出在这儿。我是光抓你学习成绩，没抓你品德教育，不该光想着让你成才，首先要成人，成个好人。

丁　放　本来我也不是坏蛋。

丁　峰　你不是坏蛋……你不是坏蛋，那你前天跑到梁爷爷家去折腾干什么？你不是坏蛋，把人家七十多岁的老人弄了一身草！欺负一个盲人！

〔丁放开怀大笑。

丁　峰　笑！你不是坏蛋别人都叫你小坏蛋。说，谁？贪便宜，动了人家的东西？哎，我不说"偷"，说"动了"——这是政策水平，分寸。

丁　放　什么呀？

丁　峰　现在东西在哪儿？

丁　放　早就飞了。

丁　峰　你小子挺沉得住气呀，非逼着我点破？要是点破了，性质可就变了！

丁　放　它是飞了嘛！

丁　峰　喂鸟的米罐儿、水罐儿！

〔音乐。

丁　放　罐儿？没动。

丁　峰　先别封口。唉，儿子，谁能永远没错呀？承认错误，改了就好，就像你们做错了题，拿橡皮一擦，干干净净——告诉爸。爸给你保密。

丁　放　不用你保密！没动就是没动。

丁　峰　你现在说，还算你主动坦白交代，没准还能落个宽大处理呢。

丁　放　哼！

〔父子对峙。

丁　峰　你不说？那我问你答，那俩小罐是不是曹威拿的？

〔丁放不说话。

丁　峰　说！

〔宝贝儿吓得尖叫。

丁　放　曹威从不贪小便宜。

丁　峰　那就是张得泉干的。

丁　放　张得泉的外号叫长得不全。这么说吧，就算我借给他个胆儿他都不敢干。

〔丁峰拍桌子，宝贝儿吓得尖叫。

丁　峰　就你的胆大！

丁　放　嗯。

丁　峰　嗯！

〔丁放嘟哝。

丁　放　我胆大也不是我拿的！哎，王老师可是说了，让你循循善诱！

〔丁峰一下揪住丁放的耳朵。丁放哼哼。

丁　峰　说！是不是你干的？

〔宝贝儿一扑丁峰。

丁　放　（趁机会挣脱）干吗？你警察打人啊？

丁　峰　打你是轻的。（追打）

丁　放　凭什么？

丁　峰　就凭人家都说你是个小坏蛋，就凭你这个能"作"，就凭你这个大胆！

丁　放　警察打人了！（呼号）保护妇女儿童合法权益！保护未成年人……

〔丁峰在追逐丁放的过程中，被宝贝儿拽住。丁峰一脚踢开宝贝儿，追。

丁　峰　丁放！今天你敢偷，明天你就敢抢！

〔音乐。

丁　放　好，我在你眼里成了贼了，你打吧，你打死我我也不承认。你打你打！

〔丁放冲上来，丁峰三巴掌把丁放推坐在地上。

丁　放　丁峰，你制造冤假错案，侵犯人权！

丁　峰　你说什么？

丁　放　你必须向我赔礼道歉！

丁　峰　我要是不呢？

丁　放　我跟你断绝父子关系。

〔丁峰冲上。

〔宝贝儿叫。

〔丁峰抱起宝贝儿，扔了出去。

丁　放　（冲上去挡在宝贝儿身前）你干什么！宝贝儿是我儿子！

丁　峰　带着你儿子，滚！

丁　放　（拿书包，招呼宝贝儿）哼！我再也不回来了！

〔丁峰想阻止，但是忍住。

丁　放　走！（下）

丁　峰　你给我回来，你给我回来！

〔音乐。丁峰追。

〔电话响。

丁　峰　喂！什么？抽水马桶坏了！唉！

〔暗转。

〔孩子们碰头的地方。好朋友聚在一起，宝贝儿也乖乖地蹲在一旁。

尤　静　真倒霉！罚我弹了四个小时的钢琴。

曹　威　四个小时的钢琴算什么！我一个月都不能玩《梦幻西游》。昨天刚交了个女朋友，说好了今天晚上要结婚的，一个月见不到我，肯定跟人家跑了！丁放，王老师给你家打电话了吗？

丁　放　怎么没打，挨了一顿胖揍不说，他还……还审问我，（宝贝儿叫）他还要把宝贝儿扔出去！我离家出走了！我跟他断绝父子关系，这个消息，明天我就在QQ上公布！

尤　静　啊？那你怎么办呢？

曹　威　牛啊丁放！你能为宝贝儿两肋插刀，真牛！走，住我家去。我床可大了，够咱仨睡。

尤　静　张得泉，你家呢？

张得泉　（一惊）我？我……我妈说……她说……她不让我跟丁放玩了。

丁　放　为什么偏偏不跟我玩？

张得泉　是我妈说的，她说，她说……

丁　放　说什么？说什么？

张得泉　说你是个小坏蛋。

〔音乐，短句。

丁　放　（委屈地）我一定要把那个偷东西的小坏蛋查出来！

张得泉　丁放。

丁　放　别理我。

尤　静　丁放，别生气了，张得泉的妈妈就是这样。

张得泉　如果查出来，你们打算怎么办？

尤　静　报告老师。

丁　放　报告老师多没出息呀，先给他一顿胖揍。

〔宝贝儿威胁地叫一声。

张得泉　打人？不好吧？

丁　放　打是轻的，严重的逮捕！

张得泉　（极度紧张）还要逮捕啊？

丁　放　咱们现在就破案！

〔孩子们聚过来。

丁　放　案发时谁在现场？

尤　静　咱们都在。

丁　放　那又是谁最后一个离开现场？

尤　静
曹　威　（不约而同）你。

尤　静　宝贝儿也是最后一个离开现场的。

丁　放　肯定不是它拿的，它连个口袋也没有。

〔宝贝儿叫了一声。

尤　静　我早说，我们中间没这种人。

曹　威　那，人家东西怎么不见了？鸟飞了，小罐儿又不会飞。

丁　放　唉，也许根本没丢。这个瞎老头是在制造恐怖事件，把咱们说成小偷，咱们一害怕，就再也不敢去他那儿折腾了！

曹　威　噢——这个瞎老头，太阴险了！

丁　放　整个就是个恐怖分子！

张得泉　那你们打算怎么办？

丁　放　反击！折腾得他没辙了，说了实话，给咱们恢复名誉。

孩子们　对！

尤　静　咱们给这次打击行动起个名字吧。

曹　威　好。

尤　静　叫"光明学校六一中队4小队打击谎言行动"——

曹　威　啰嗦不啰嗦。像我玩的游戏，"反恐精英"、"魔兽争霸"——那名字多刺激！

丁　放　好！咱们就叫"反恐魔兽特警队"！

尤　静　好！

丁　放　我是队长。

曹　威　我是副队长。

丁　放　你们，多想几个点子。

尤　静　给他家门把手上，抹上万能胶！

曹　威　把他的拐杖锯掉一截！

丁　放　哎！咱们就用香蕉皮！悄悄地放在他院里。摔他个仰趴叉。

张得泉　不要！丁放，要是真的摔坏了，那问题就更严重了！丁放……你再好好想想。

曹　威　张得泉，我发现你最近可有点问题。

张得泉　怎么了？

曹　威　不大正常，这情况可不妙啦……

张得泉　干脆……你说出来吧……

曹　威　你都快变成一个小女生了。

张得泉　丁放……我……我走了……（下）

曹　威　哎，张得泉！

丁　放　让他走，咱俩上！尤静把风。瞎老头，你就等着受罪吧！

　　　　〔音乐起。

　　　　〔暗转。

　　　　〔梁爷爷家院里。

　　　　〔梁爷爷在擦笛子。

　　　　〔孩子们露出头，丁放放香蕉皮"布雷"。

　　　　〔宝贝儿突然打喷嚏，梁爷爷站起来。

梁爷爷　谁？谁在那里？

　　　　〔梁爷爷没踩到香蕉皮。

　　　　〔丁放和曹威重新在路上"布雷"。

梁爷爷　没人啊，是风啊。

　　　　〔眼看梁爷爷要踩上香蕉皮了，丁放偷偷笑着。

　　　　〔梁爷爷又一次"脱险"。杨红的声音："梁叔叔。"孩子们藏起来。

梁爷爷　哦，杨红，杨红！

　　　　〔杨红上，应答："哎，梁叔叔。"

杨　红　梁叔叔，燕子给您寄钱来了，我给您取出来了！梁叔叔，我告诉您，您那两小罐一定会找回来的，学校老师已经发动所有家长……

梁爷爷　你真给老师说了？

杨　红　那当然！学生出来偷东西，学校不该管管！

梁爷爷　杨红，我不是给你说过嘛，不能说偷！你这么一弄啊，你说你让那些孩子们……！

杨　红　梁叔叔，那不是阿姨留给您的宝贝嘛！

梁爷爷　他们懂吗？充其量，看着好玩，新鲜两天，就扔一边去了。你一说"偷",那还了得,老师、家长还不把孩子当贼抓了?

〔说着拿拐杖准备出门。

杨　红　（有些不满地）梁叔叔!您去哪啊?

梁爷爷　去学校。现在这小孩子自尊心强着呢,你就说我那外孙子吧……

杨　红　梁叔叔,我这还在班上呢,我来是跟你谈正事的啊。

梁爷爷　好好好,你说。

杨　红　您怎么还不接梁燕电话呀?梁燕快急死了。

梁爷爷　我生她气了!每次来电话外孙子都在学校!她呢,总是:"爸,你挺好的吧。没钱你说话。没事我挂了。再见。"三句半。

杨　红　不会吧!我不信。

梁爷爷　你不信,你打个电话问问她。

〔杨红拨电话。

杨　红　梁燕,我杨红啊,我在你家呢,你爸他挺好,精神着呢……你等会,梁叔叔,给。

梁爷爷　你问问她这钱是不是让我去的路费呀?

杨　红　梁叔叔让问问这钱是不是让他去的路费呀?要是啊,我就把他送上车。噢,梁燕说她最近挺忙,过一阵再说。还有事嘛,没事我挂了。

梁爷爷　（喊）你把乐乐给我送过来吧……

〔杨红索性把电话扣在梁爷爷耳朵上,梁爷爷边听边沉下脸来。

梁爷爷　你说够了没有!我不是杨红,我是你爸!（把手机放在石桌上）我不知道我是个瞎子?这还用你说呀!

杨　红　（对电话）我这不是好心嘛!没事,我劝劝他,啊。（扣了电话）梁叔叔,您这是怎么啦?

梁爷爷　我知道她忙!我就是想让她把外孙子送过来,我帮她带,这也不同意!你听听她说的那些话!

杨　红　她要知道是您在听电话,也不会那么说了。梁叔叔,这确实不现实,真把外孙子给您送过来,您带得了吗?

梁爷爷　怎么带不了？她太小看她爸了！在她那儿我不行，可在我这儿，我就带得了！你看这里有个台阶，对吧？下来了吧？下来了吧？这儿是桌子，笛子、拐杖，对吧？哎，你看我那煤气炉，左边是炒勺，右边是蒸锅。上面的小架子上，放的是油盐酱醋，你还不用看，准保没错！我做的饭菜香着嘞！我外孙子准爱吃！不信，不信你让她送过来试试。

〔梁爷爷走，趔趄一下，摔倒。杨红去搀扶梁爷爷。

杨　红　您看您看，摔着了吧！您呀，逞能！梁叔叔，您把自己照顾好别给梁燕添乱就算是帮了她大忙了！

梁爷爷　唉！燕子这孩子孝顺啊！按月都给我寄钱，一天都没晚过。可她就是不明白，我想我外孙子啊！你看前院老张头，人家天天接送孙子上学放学，我都给他数着呢，一天四趟！趟趟都从我门口走！还要给孩子做两顿饭，整天那个忙啊，那个乐和啊！（拉过杨红）我跟你说，杨红，我羡慕老张头！我这儿空得慌啊！（笑）不说了，不说了。

杨　红　梁叔叔……

梁爷爷　杨红啊，你不是还在班上吗，忙你的去吧！

杨　红　梁叔叔，我走了！

〔杨红下。

梁爷爷　当年，我是消防英雄，火海里出生入死，我没怕过啊，唉……

〔梁爷爷拿起笛子，吹。音乐。

〔宝贝儿爬向梁爷爷。

尤　静　这个梁爷爷可真可怜！

曹　威　他想他的孙子了。

尤　静　他一天到晚就一个人，好孤独啊！

曹　威　那只鸟是他的伴儿！他说哪空得慌？

丁　放　这儿，心！

〔风声。

丁　放　他太理解咱们了，他知道把咱们说成小偷咱们不高兴，他太为咱们着想了，还说小罐找着了！这老爷爷水平高啊，比我老爸强多了。

梁爷爷　（听见）谁，谁在那儿！（起身）

丁　放　哎哟，不好！香蕉皮！

〔丁放冲上去，不小心自己踩到香蕉皮上，摔倒。

丁　放　哎哟。

〔音乐，短句。

〔切光。

〔暗转。

〔孩子们低头坐在那里。

曹　威　我们误会梁爷爷了。

尤　静　有的人还说人家是恐怖分子呢！

丁　放　别有的人了，就是我！（向远方鞠躬）梁爷爷，我错了！多亏香蕉皮滑倒的是我！咱们给梁爷爷做点什么吧，来弥补我们的错误。曹威，你说呢？

曹　威　你是点子大王。

丁　放　那都是调皮点子，歪点子，正经事儿没点子了。笨！哎……

尤　静　（又作诗）假如我变成一只喜鹊，

　　　　为他唱歌；

　　　　假如我变成盲人的眼睛，

　　　　给他领路；

　　　　假如我变成一阵风，

　　　　吹散他的郁闷和寂寞。

丁　放　尤静，你这诗做的是帅呆了，酷毙了，太炫了，一句话，very nice！

曹　威　哎，全是假如，有什么用啊！

〔孩子们挠头，托着下巴，望天苦苦思索。

丁　放　哎，有用，有用，怎么没用啊，咱们可以把假如变成现实！都过来，从现在起，咱们把零花钱攒起来，都得攒啊，都得攒，然后每人给老爷爷买一只鸟。

曹　威　对呀，哥们儿！

尤　静　可是到哪去给他找眼睛啊？

丁　放　眼睛？！

曹　威　要像国外就好了，宠物商店里有专门给盲人领路的"导盲犬"，咱们凑钱给他买一条。

〔宝贝儿叫了一声。音乐。

尤　静　你说这有什么用？

丁　放　有用，有用。

尤　静　有什么用？你说呀。

丁　放　（灵机一动）谁说没用？（对宝贝儿）宝贝儿，咱商量商量：你去给梁爷爷做伴儿，陪他说话，领他上街。（抚胸）他这儿保准不空得慌了。

〔音乐，宝贝儿赖皮地趴在地上。

曹　威　它能给梁爷爷做伴儿还可以，领路，不行。

丁　放　怎么不行啊？

曹　威　比方障碍物上有个洞，宝贝儿一低头钻过去了，梁爷爷就得撞到墙上。再比方说，前面是个大水坑，宝贝儿渴了，咕咚就得把梁爷爷带进水里。

尤　静　说得有道理。

丁　放　我们可以驯它，把它训练成导盲犬。马戏团的狗，公安局的警犬，都是驯出来的。

曹　威　开什么国际玩笑？你以为随便什么人都能成为爱因斯坦？随便什么狗都能驯成导盲犬？

丁　放　宝贝儿可聪明了，肯定行。

曹　威　你就别拿宝贝儿当实验品了。

丁　放　行啦行啦，你说你帮不帮吧！

曹　威　我不是不帮你，狗和狗不一样，公安局的警犬也绝不是老百姓家的笨狗驯出来的。宝贝儿再怎么样，也只是条观赏犬。这种狗只好看不顶用，智商不够。

丁　放　你才智商不够呢！

曹　威　你推我干吗？

丁　放　推你，我还想揍你呢。（推曹威）

〔同学们拉架。

尤　静　你们俩干吗？有话好好说。

曹　威　《少年百科全书》我快背下来了，没见有一条普通的狗能驯成导盲犬的。

丁　放　自然老师也讲了，动物大脑皮层形成条件反射，需要经过无数次的重复，你懂不懂！

曹　威　你！

丁　放　干吗！

曹　威　哼！

丁　放　宝贝儿，起来！

〔宝贝儿刚起来，接着又躺下。

丁　放　你！（上前抱宝贝儿）起来你！

张得泉　丁放。

丁　放　一边去。

张得泉　我帮你驯宝贝儿吧！

丁　放　张得泉，好样的！仗义！尤静！你来当障碍物。

尤　静　啊，怎么当啊？

丁　放　哎呀，趴下！宝贝儿看好了，你要是从这儿跳过来，我就弹你的鼻子。你要是从这里绕过来，我就奖你巧克力吃。

张得泉　宝贝儿，梁爷爷可是盲人，我可真闭上眼睛了。（音乐）

〔宝贝儿叫了一声，自己跑到"障碍物"前。

——儿童剧《宝贝儿》

丁　放　绕过来，绕过来！

〔宝贝儿跳了过去。张得泉摔到地上。

丁　放　张得泉，你没事吧？

张得泉　没事，别管我！

曹　威　哈哈，真是无知者无畏啊。

丁　放　张得泉是英雄，宝贝儿是个大狗熊，奖励块巧克力吃。我们再来一次。宝贝儿过来！

曹　威　行了，别来了！

丁　放　不行！你们两个高点！宝贝儿，不许跳过来，不许跳过来！

〔宝贝儿从下面钻过来。张得泉摔到地上。

丁　放　张得泉！

张得泉　没事，我是英雄！

〔杨红上。

杨　红　哎呦！你们干什么这是？丁放，以后不许跟我们家张得泉一起玩了。

张得泉　妈，丁放给梁爷爷驯导盲犬呢。

杨　红　你看你这点出息，跟你说过多少次了。不让你跟这个小坏蛋玩了吗？没准那俩小罐就是他偷的。

丁　放　哎，凭什么，你凭什么说小罐是我拿的？啊——

张得泉　妈，您别乱说！（音乐）要是别的家长怀疑小罐是我拿的呢？

杨　红　要是我就碰死。回家！

〔杨红拉张得泉下。

丁　放　就冲这，我也要把宝贝儿训练好！宝贝儿，过来！

〔宝贝儿慢吞吞地。

丁　放　你看你那样！你真是个小笨蛋！

〔丁放上前，打了宝贝儿一巴掌。音乐。

〔孩子们都冲上去看宝贝儿。

尤　静　丁放，你干吗打宝贝儿！（见丁放不说话）哼！不和你玩了！讨厌。

曹　威　真没劲！

〔曹威下场。

〔音乐，丁放回头看着宝贝儿。

丁　放　凭什么，凭什么说小罐是我偷的，凭什么说我是小坏蛋！宝贝儿，我知道你不愿意离开我，可是我做错事了。宝贝儿，你能帮帮我吗？宝贝儿，你要去哪啊，你干吗呀？宝贝儿。

〔宝贝儿把丁放拉到一边。从丁放旁边绕了过去，丁放一下子抱住宝贝儿。

〔音乐《我知道你委屈》。双人舞。

〔暗转，梁爷爷家。

〔张得泉蹑手蹑脚地上，掏出小罐，想放到鸟笼里，但是想了一下，跑到梁爷爷门口，故意让两个小罐碰撞出清脆的响声。

〔梁爷爷上。

梁爷爷　谁啊？

〔张得泉继续引梁爷爷向鸟笼走去。

梁爷爷　谁在那儿？谁在跟我开玩笑啊？

〔孩子们欢唱的声音传来。

〔张得泉只好将小罐重新装进口袋，藏起来。

〔曹威、尤静和丁放领着宝贝儿上。

孩子们　梁爷爷！梁爷爷好！

〔张得泉想溜下去，正好碰到丁放。

丁　放　哎？张得泉，你怎么先来了？

梁爷爷　你们是谁家的孩子？

丁　放　我们是"反恐魔兽特警队"。

孩子们　丁放！

梁爷爷　丁放。

丁　放　梁爷爷，我，我就是放跑了您的鸟，弄了您一身草的小坏蛋。

———儿童剧《宝贝儿》 >>>>>

梁爷爷　哎,什么小坏蛋哪,可不能叫自己小坏蛋。爷爷小时候比你们还能淘呢,我上房捉家巧,(雀)把人家的瓦都踩烂了,一下雨这房子准漏,气得人家追得我满院子里跑啊……知道错了,改了就好。

孩子们　梁爷爷,您听,您听。

梁爷爷　这不是百鸟朝凤嘛!

丁　放　这是我们送给您的,您就收下吧。梁爷爷,我们还有个小宝贝儿要送给您……(拽梁爷爷的手,让他摸宝贝儿)

梁爷爷　哦,这不是条狗嘛。

丁　放　它可不是普普通通的狗,是导盲犬,可以给您领路。

梁爷爷　(紧张地跟着)我的手杖……

丁　放　以后这就是您的手杖。宝贝儿,(唱)"亲爱的,你慢慢走,小心前面那块大石头"……

〔丁放跑到宝贝儿前面引导宝贝儿,众人下。传来笑声,喧闹声。

〔张得泉正准备把小罐放回鸟笼,丁放跑进院子,找来书包取出肉肠,发现张得泉。

丁　放　你怎么一个人在这儿?

张得泉　我……我看看……

丁　放　哎,这有什么好看的?你快去看宝贝儿吧!它表现可棒啦,我给它个肉肠好好地奖励奖励它。

张得泉　我马上就去。

〔丁放怀疑地看看张得泉,跑下。

张得泉　(欲放小罐,又改变主意)不能放,丁放看见我在这儿了。

〔孩子们前呼后拥着梁爷爷,宝贝儿进院来。

尤　静　我看您开始可紧张了。其实不用担心,宝贝儿可聪明了,比您的智商……不,比我的智商高。

梁爷爷　瞧这孩子。

曹　威　梁爷爷,它将代替您的手杖,成为新一代"高智能手杖"。

丁　放　服气了吧？

曹　威　（直点头，接着说）该产品是全国首创，填补我国残疾人用品的空白，质量可靠，售后服务周到……

梁爷爷　这小家伙不错。得要多少钱？

丁　放　不要钱，它是我最铁最铁的哥们儿。朋友可不能卖，友情无价。

曹　威　这是丁放专门为您驯的。为这他摔伤了好几回呢。

〔梁爷爷起身刚想说什么。

尤　静　梁爷爷，这把梳子送给您。我不能天天给它梳毛了，以后这个任务就交给您啦。

曹　威　梁爷爷，改天我送个大铃铛过来挂在宝贝儿脖子上，这样它走到哪您就知道了。

丁　放　往后，别一惊一乍地叫唤，小心吓着爷爷。注意环境卫生，爷爷看不见没法儿打扫。你可不比跟我在一起的时候，你得懂事……天哪，我比我爸爸还能唠叨。做家长的就是这样，你可别不耐烦，谁让我是你老爸呢。

曹　威　行了，该走了！（拉丁放）

丁　放　梁爷爷，您得看紧点，最近，它，它可疯了，它随便的……到处的……

尤　静　（快嘴快舌）拉屎？

丁　放　交女朋友。

尤　静　啊！

曹　威　（模仿成人口吻）宝贝儿同学，早恋可是会影响学习，叫你的家长到学校来。这个丁放是怎么教育的？！（声色俱厉）

丁　放　去去，梁爷爷，最近我就不来了，我是怕我……我是怕它……我是……宝贝儿，我要走了……（音乐，丁放走，又停下，宝贝儿叫）再见！（丁放下，孩子们跟下）别跟着我啦，快去找梁爷爷吧，别跟着我啦。

〔宝贝儿随着追过去。发出哀鸣。

——儿童剧《宝贝儿》

梁爷爷　宝贝儿！

〔宝贝儿慢慢地转身，过来。

梁爷爷　宝贝儿啊，瞧瞧，瞧瞧，你这小家伙也知道难过呀？来来来，以后啊，就咱们爷儿俩做伴了，你愿意吗？（宝贝儿把梁爷爷拱倒）不愿意呀？我告诉你啊，爷爷这里有只笛子。

〔说着，梁爷爷摸索着找笛子。宝贝儿忙跑去，叼了来，给梁爷爷，宝贝儿叫。

梁爷爷　（抱住宝贝儿）哎哟，你可真聪明啊！爷爷想要什么，你都知道！（宝贝儿叫）爷爷给你来一段？好，来一段！

〔说着，梁爷爷开始吹笛子，笛子声很悲伤。宝贝儿拱到爷爷怀里，蹭。音乐。

梁爷爷　（抱住宝贝儿）宝贝儿！你这小家伙可真招人爱啊！（混响）

〔说着，梁爷爷忽然感觉到心口疼，倒在地上。宝贝儿慌忙上前叫，扒爷爷，没有反应，它跑下。

〔暗转。

〔梁爷爷家。

曹　威　嘿！宝贝儿可真厉害！它都知道把咱们从半道上给叫回来呢！

尤　静　就是，它还知道药在梁爷爷的口袋里，智商太高了，比我高。

曹　威　丁放能把宝贝儿训成这样，可真牛！

丁　放　嘘！我都把宝贝儿送给梁爷爷了，他怎么还想他的外孙子？

尤　静　就是啊。

曹　威　丁放，宝贝儿再聪明也不会说话，不会叫爷爷，代替不了人家的外孙子。

丁　放　哎！咱们给他女儿写封信，让她把外孙子送到梁爷爷这来。

孩子们　好。怎么写？

丁　放　训她一顿。

〔孩子们兴奋地跑到一边写信。

丁　放　问她："你是孙悟空，从石头缝儿里蹦出来的吗？"

曹　威　"你是梦幻游戏里的人，充点卡就能长大的吗？"

尤　静　"以后打电话不许只说三句半话。"

丁　放　"现在，梁爷爷年纪大了，哼哼不动了，又得了腻腻歪歪治不好的病。"哎，这话是谁说的？

孩子们　你呀！

丁　放　写！梁爷爷是你爸，他说什么，你就得听什么。我命令你以最快的速度把外孙子送到梁爷爷这来！

曹　威　把外孙子送到梁爷爷这来！（正要装信）

张得泉　希望，你以实际行动改正自己的错误。

孩子们　行啊，张得泉！

张得泉　丁放，我……

尤　静　张得泉，你怎么了？

张得泉　我……

尤　静　哎呀，张得泉，快让你憋死了，你到底说不说啊！

张得泉　丁放，我……

〔内传梁爷爷的咳嗽声。

丁　放　你等会儿再说吧。

〔孩子们把梁爷爷扶出来。

孩子们　梁爷爷，您好点了吗？

梁爷爷　好多了，好多了，孩子们，你们没走啊？

孩子们　是宝贝儿把我们从半路上叫回来的！

尤　静　它还知道药在您的口袋里呢！

梁爷爷　噢，宝贝儿！宝贝儿！

丁　放　我们来了，就让宝贝儿放假了。

梁爷爷　放假了，放假了。丁放啊，你们可真聪明啊，我真没想到你们能把宝贝儿训练成这样，救了爷爷的命啊。

丁　放　我们还帮你做了一件大事。

梁爷爷　什么大事啊？

——儿童剧《宝贝儿》

丁　放　我们给您的女儿写了一封信，批评了她一顿，命令她以最快的速度把您的外孙子送到您这来。张得泉发信去！

〔张得泉正要下。

梁爷爷　等等，等等！孩子们，爷爷谢谢你们，可是信不能这样写！

丁　放　那为什么呀？

曹　威　不是您想您的外孙子了吗？

丁　放　不是您女儿不把外孙子送到您这来吗？

梁爷爷　爷爷是想外孙子了，可你们想想，我眼睛不好，真要把孩子送我这，我的闺女得多操心啊。你们应该这样写，就说你们送了我一个小宝贝儿，能帮我办不少的事情，就是我病了它都知道把你们叫回来。我能照顾好自己，让她别挂着，啊。

孩子们　啊？！

丁　放　哎呀梁爷爷，你也太那个了吧！

梁爷爷　哎，你们不懂啊，做父母的都一样。

丁　放　那可不一定。

尤　静　丁放他爸心就特别硬，为这，他都离家出走了。

梁爷爷　丁放，你离家出走了？

丁　放　是他把我赶出来的。梁爷爷，咱们两家可不一样，你们家是女儿不关心父亲。我们家，爸爸不疼儿子。

梁爷爷　是吗？

丁　放　就是，他要是对我有一丁点亲情，能不来看我？能不来接我吗？

梁爷爷　丁放啊，你现在住哪啊？

丁　放　我住曹威家。

梁爷爷　曹威家的饭菜你吃的可口吗？

丁　放　挺好的。顿顿都有我最爱吃的红烧排骨。

梁爷爷　我敢说你吃的红烧排骨都是你爸做好了送过去的。

丁　放　不可能。

曹　威　梁爷爷，你怎么知道的？

丁　放　曹威,真的?

曹　威　你爸不让我告诉你。

梁爷爷　爷爷没猜错吧,你好好想想,你爸爸那么忙,到了吃饭的时候自己顾不上吃,还得忙乎着给你炒菜、送饭,这不是疼你是什么啊!

丁　放　奇了怪了。

梁爷爷　这有什么奇怪的。孩子们,你们想想,这做父母的是什么?像不像你们脚底下踩的泥土?供着营养供着水脉,不管你们能长成了大树,还是一辈子都是棵小草,都一样的护着你们,疼着你们,托着你们。

〔孩子们的心被震动。

丁　放　噢,怪不得都说伟大的母爱,伟大的父爱。

梁爷爷　谁规定只能父母伟大呀,你们也可以"伟大"。

丁　放　我们?

梁爷爷　你们能把宝贝儿驯成导盲犬送给我,这不就证明了你们的伟大吗?

〔雷声。

梁爷爷　快下雨了,孩子们,你们快点回家吧。

孩子们　梁爷爷再见。

丁　放　哎,同学们,你们想不想再伟大一次?

孩子们　想啊!

〔雷声。

丁　放　要下雨了。过去,都是爸爸妈妈给咱们送雨具,今天,我们给爸爸妈妈送。好不好?

孩子们　好!

张得泉　那咱们不就成了伟大的孩子了?

孩子们　耶!

〔音乐起。

〔孩子们带雨具上。

〔狂歌劲舞。

丁　放　（唱）可爱的狂风，

　　　　　　　可爱的雷鸣，

　　　　　　　可爱的大雨，

　　　　　　　盼你下个不停。

孩子们　（齐唱）闪电照亮了脚步，

　　　　　　　雷声伴奏着歌声，

　　　　　　　我们在雨中飞舞，

　　　　　　　为了父母真心的笑容。

〔丁放举着伞，为丁峰遮雨上。

丁　放　爸，你胃病又犯了，疼得厉害吗？

丁　峰　厉害呀。

丁　放　那您吃药了吗？

丁　峰　吃什么药啊，气都吃饱了。

丁　放　爸，我……我不让你安乐死……

丁　峰　安乐死好啊，打上一针就舒舒服服地睡死过去了。

丁　放　我不让你死，你得好好活着，你快快乐乐地活着，活到一百岁，我还得挣钱养活你呢……

〔音乐。

丁　峰　儿子，那天爸爸是不是伤你的自尊心了？

丁　放　（点头）嗯。

丁　峰　那是爸爸不对。爸爸向你道歉，敬个礼。

〔丁峰给丁放敬礼。

丁　放　（不好意思）爸，你干吗呀……其实呀，我早就给你道歉了。我在QQ上给你留言了。走，回去我教你看。

丁　峰　嘿嘿，不用你教了，我已经看过了。你老爸现在除了忙乎菜鸟级的事啊，也是计算机夜校的插班生。

丁　放　哎哟，丁峰同志进步啦！今天的作业做了吗？

〔父子俩笑起来。

丁　峰　哎，你看天晴了。

丁　放　（赶紧给爸爸打上伞）倒霉，它怎么又不下了。

丁　峰　没关系，我继续打着。

丁　放　别打了。雨都停了。

丁　峰　这谁管得着啊，我儿子好不容易给我送回伞，挡不了雨我挡太阳！

丁　放　嘿嘿嘿！

丁　峰　你呀，长大了，有分量喽！走！

丁　放　爸，那俩小罐儿我知道是谁拿的了。

丁　峰　谁？

丁　放　不告诉你。

丁　峰　（开玩笑地）那就是你拿的了？

丁　放　要是我拿的就好了，我敢承认。可偏偏不是我，是他！他根本就没长胆儿。

丁　峰　噢，我儿子的胆儿大，把我们的胆儿借给他用用。

丁　放　好嘞！走。

〔父子搂着欲下。

〔杨红上，又哭又笑，后面跟着张得泉。

张得泉　妈，你怎么啦！？

丁　峰　（发现，过去）杨红，你这是哭啊还是笑啊？

杨　红　啊？哎哟，我儿子给我送伞了，我儿子给我送伞了！你看看，你看看啊，他才多么大点个人儿，他就知道拿着伞在单位门口接我，（哭）那两个小脚丫在水里泡得哟。（蹲下去看脚）都说世上没有十全十美的人，我看我们家泉子真是没的可挑了。（抱张得泉）

张得泉　哎呀，妈——你干什么呀。

——儿童剧《宝贝儿》 〉〉〉〉〉

杨　红　长大了，知道害羞了。
　　　　〔丁放跟张得泉小声说话。
张得泉　（忽然）你怎么知道的！
丁　放　现在就看你有没有勇气把它拿出来了。
张得泉　我……
杨　红　泉子，你们嘀咕什么呢，走，咱们回家了。
　　　　〔张得泉被母亲拽走。
　　　　〔丁峰暗中示意丁放。
丁　放　（进一步鼓动）张得泉，咱们都做了那么多好事了，要是拿小罐的人有胆量把它交出来了，那就太棒了。Perphicte！
杨　红　哎哟，真没想到，丁放都进步了，丁放，阿姨跟你说啊，犯了错误不要紧，改了就是好孩子，听阿姨的没错啊。这孩子也不错，泉子，走，回家。
　　　　〔张得泉想下。
丁　放　张得泉！
　　　　〔音乐。张得泉跑回来，丁放鼓励张得泉。
　　　　〔张得泉跑到杨红身前，从口袋里掏出小罐儿，举到杨红面前。
张得泉　妈，那两个小罐是……是……
丁　放　张得泉！
张得泉　我拿的！
　　　　〔杨红愣住，张得泉如释重负，喜悦。
丁　放　耶！张得泉长胆喽！
张得泉　长胆喽！丁放，咱俩去找梁爷爷吧！
　　　　〔张得泉拉着丁放跑下。
　　　　〔音乐，杨红愣在那里，丁峰过去叫她。
杨　红　哎哟，这是怎么回事嘛，怎么回事，泉子，泉子。
丁　峰　杨红，对孩子信任过了头是不对的。哦，当然，不信任孩子也是不对的。咱俩匀和匀和就好了！走吧！

*1417*

〔暗转，音乐。

〔梁爷爷家。

梁爷爷　乐乐，想爷爷了吧！爷爷也想你呀。噢，语文 98，数学 100 分，爷爷不信，什么时候把成绩单给爷爷送过来啊？哎呀，怎么还下星期一呢，不是已经放暑假了嘛！

孩子们　梁爷爷，星期一就是明天！

梁爷爷　噢，明天，乐乐，明天爷爷到机场去接你。（高兴地）明天，明天。

尤　静　梁爷爷，您的外孙子，这次可真的回来了！

梁爷爷　回来了，回来了！

〔丁峰上，后面跟着老奶奶。

丁　峰　丁放！哟，你们都在这里呢！有人找你。

老奶奶　丁放！

丁　放　老奶奶！您怎么回来了？

老奶奶　回来啦，回来啦。

丁　放　您女儿也回来啦？

老奶奶　没有。

丁　放　您一个人回来多孤单啊。

老奶奶　哎，是孤单，我的宝贝儿呢？

丁　放　那不，在那儿呢！

〔音乐。

老奶奶　宝贝儿！

〔宝贝儿犹豫。

老奶奶　你不认识奶奶了？看，奶奶给你带什么来了！想起来了，想起来了。

〔宝贝儿扑上来，围着老奶奶嗅着、嗅着，唤醒了气味记忆，哼哼唧唧地舔着老奶奶。

老奶奶　哎哟，我的好宝贝儿！（抱住宝贝儿）我在国外啊，奶奶只要想

———儿童剧《宝贝儿》

起你来，就吃不下，睡不着……（她抬头看丁放）这回好了，奶奶不走了不走了。丁放，我要把宝贝儿要回来。

丁　放　什么！老奶奶，您不是把它送给我了？

老奶奶　我送给你的时候，我也没想到还能回来啊。

〔宝贝儿趴在老奶奶的膝上。

孩子们　啊！（音乐）

丁　放　可我已经把宝贝儿送给梁爷爷了。

老奶奶　什么？我就说这小孩喜欢狗啊它就是三天两天的新鲜。丁放，不是我批评你，你怎么能把自己的狗送给别人呢？

梁爷爷　丁放，既然老奶奶回来了，这宝贝儿就……

老奶奶　谢谢，谢谢，老先生。宝贝儿啊，来来来，跟爷爷说拜拜。

丁　放　（从来没发过这么大的火）不行！（对老奶奶）您怎么能这样呢？梁爷爷比您更需要它。您的眼睛好好的，可梁爷爷他看不见！宝贝儿就是我们送给梁爷爷的眼睛！您想女儿了，说飞就飞走了，可梁爷爷他行吗？我一辈子都没见过您这样的老奶奶，不懂事！

丁　峰　哎！过分了啊！

丁　放　本来就是嘛！我们每一个人都应该为别人着想。

孩子们　就是！

老奶奶　是应该为别人着想。可是你们也得为我想想啊！我一个人在这儿孤单，到了国外也孤单，打开电视，外国话，我听不懂；到了唐人街，讲广东话，我还是听不懂；国外生活节奏太快了，孩子们工作压力大很少回家。我去了就是给他们添麻烦去啰。我想来想去，还就是和我的宝贝儿在一起的时候最开心了！我走到哪儿，宝贝儿就跟到哪儿，我说什么，它就听什么。

梁爷爷　是啊是啊！我一起身，它就知道给我拿手杖，我一不高兴，它就知道给我拿笛子。你说它聪明不聪明啊？

老奶奶　聪明。

梁爷爷　它还救过我的命呢。

老奶奶　哎哟，是吗？

梁爷爷　你说它通不通人性啊？

老奶奶　通人性，通人性。

梁爷爷　我现在真的离不开它啦。

老奶奶　我也是真的……离不开它。这怎么办哪？

　　　　〔在这个过程中，宝贝儿下场。而梁爷爷和老奶奶一唱一和地，最后两人忽然发现不对了，分开。

丁　放　完了完了，梁爷爷孤独，老奶奶也孤独！唉——！

曹　威　老奶奶，我们把咱们的课外小组搬到您那去。

尤　静　老奶奶是想要宝贝儿。老奶奶，让宝贝儿一、三、五在爷爷这儿，二、四、六到您那儿。

孩子们　那可不行！

梁爷爷　我说两句。宝贝儿和大伙有缘，前后换了三个主人。按理说呢，应该还给老奶奶。可现在，你也看见了，他成了我的腿，我的眼。我们爷俩加在一块儿，才算个整人。您看这样行不行，我出钱，让丁放比着宝贝儿再给您买一只，行吗？

老奶奶　老先生，这可不行！

尤　静　老奶奶，等将来您的眼睛看不见了，我们也给您驯导盲犬……

丁　放　你！

尤　静　（大悟）哦，您眼睛永远是好好的。

丁　峰　您看，这样行不？

老奶奶　不行不行。这可怎么办哪？

丁　放　咱们问问宝贝儿吧。哎！宝贝儿呢？宝贝儿呢？

　　　　〔大家一同找宝贝儿。

尤　静　哎呀，不得了啦，不得了啦！知道吗，宝贝儿有四岁小孩的智商，它什么都听得懂的，它跟着梁爷爷老奶奶伤心，跟着老奶奶梁爷爷伤心，哎呀，它压力太大了，根本无法选择，只有像丁放一样离家出走啦！

————儿童剧《宝贝儿》 〉〉〉〉〉

〔众人忙喊"宝贝儿",找。

〔音乐。

〔随着两声狗叫,宝贝儿上场。音乐起,它停下,回头看。

〔一只小狗爬上来,看见众人,怯懦地想回去,宝贝儿叫住它,并过来轻声叫着。

〔音乐起。

〔宝贝儿忽然爬向老奶奶,在老奶奶面前,朝小狗叫了两声,小狗向老奶奶爬过来,宝贝儿转身向梁爷爷方向爬去。

〔小狗叫。老奶奶一下抱在怀里。

老奶奶　小宝贝儿!

〔宝贝儿爬到梁爷爷面前,叫。

梁爷爷　宝贝儿!

〔歌声起:

　　如果是小小的太阳,
　　就应该发热发光。
　　敞开我们的心怀,
　　处处为别人着想。
　　如果你孤独,我在你身旁。
　　如果你悲伤,让我来承当。
　　我有了快乐,请你来分享。
　　让整个世界,洒满阳光。

〔剧终。

**精品剧目·儿童剧**

# 柠檬黄的味道

编剧　邱建秀

**时间**

现代。

**地点**

城市。

**人物**

米　未　（网名"冰淇淋"）女，中学生，可爱、心理健康、活泼、开朗。

kiddy　（开开）男，中学生，帅、幽默、阳光、聪明、好胜。

苗　可　男，中学生，酷、倔强、孝顺、好强。

卉　伊　女，中学生，漂亮、温柔、善感、敏感、心细。

夏　木　男，中学生，敦厚、热情。

陈　麦　（网名"卡布其诺"）女，三十八岁，米未的妈妈。

梅　肖　女，四十一岁，老师。

罗　匡　男，四十一岁，kiddy 的爸爸，某公司经理。

————儿童剧《柠檬黄的味道》 〉〉〉〉〉

# 序

〔优美的旋律。满台五彩的星星在空中闪烁飞舞。米未仰望着闪烁飞舞的星，在优美的旋律中旋转着。

米　未　（愉快的声音）五彩的星，深深的情，给我最爱最爱的人。哈哈哈……

〔愉快开朗的笑声。陈麦上场。

陈　麦　（严肃的声音）米未——

米　未　（愉快但有点莫名其妙）妈妈——

陈　麦　米未，（拿出一串彩色的星星）这是什么？

米　未　妈，你……

陈　麦　现在学习这么紧张，马上就要考试了，你做这么多乱七八糟的星送给谁？送给谁？

米　未　妈妈……

陈　麦　米未，你太让我失望了，妈早就跟你说过不要早恋，早恋对自己没一点好处，尤其是女孩子。可是你……我的天啊！我担心的事终于发生了。

米　未　妈妈！

陈　麦　你还五彩的星，深深的情，送给最爱最爱的人，你懂什么是情，你懂什么是爱。小小年纪就谈恋爱，你是会吃亏的呀……

米　未　真无聊！

陈　麦　啊？你说谁？你是说你妈吗？

米　未　就是说你，神经病！

〔"啪！"妈妈打了米未一巴掌。

〔米未执拗地、委屈地、怨恨地望着妈妈，妈妈不知所措地看着米未。

〔音乐起，五彩的星往下掉落，舞台移动。天幕裂开。米未跑下。

陈　麦　米未，米未，你回来！

〔光暗。

〔一束刺目的光直射前方。

〔三岔路口。同学，老师，妈妈快影跑动。

〔行驶而过的汽车声，混杂着大家呼唤米未的声音。

〔穿着各色衣服的人拿着电话急促地走过来走过去。

〔台上旋转着妈妈的呼唤：米未，米未！……

〔画外音："您拨打的电话已关机，请稍后再拨……"妈妈焦急的表情。

〔梅老师上。

陈　麦　梅老师，米未出走了。

梅　肖　陈麦，我知道了，别着急。

陈　麦　我真后悔我怎么会打她……她到底去哪了？

梅　肖　米未不会有事的，我是她的老师我了解她。给她一点空间让她静一静，她会回来的。走吧，我们回家去等她。

〔二人下。

〔霓虹灯此起彼伏，米未茫然地左右无目的地走着。

〔她耳边只有嗡嗡的声音，渐渐地这声音变得清晰，是汽车呼啸声夹着妈妈的声音："回来！你去哪儿？好呀，翅膀硬了，你飞呀！……你给我回来！"

〔米未捂住耳朵。汽车行驶而过的呼声，声音淹没了米未。

〔汽车的呼啸声和刺目的光。米未躲闪着。

〔满台一片刺白。骤然光暗。

〔一束追光打在蜷缩在地上的米未身上。米未冷眼看着周围。

——儿童剧《柠檬黄的味道》 〉〉〉〉〉

〔米未在五颜六色的光照中徘徊着。冷得发抖的她向一家网吧走去。

〔后区光暗。前区特定网吧光起。

〔米未怯怯地环视着网吧,她躲闪着,用手挥去混浊的味道,小心翼翼地坐下。各种画外音混合交替地出现。QQ声此起彼伏。她耳边的嗡嗡声,渐渐变得清晰,是敲键盘的声音。

米　未　卡布其诺,你在吗?

　　　　〔QQ声。另一前区特定网吧光起。陈麦出现。

卡布其诺　冰淇淋。

米　未　卡布其诺,真的是你吗?

卡布其诺　是我。

米　未　正想着你,你就出现了。

卡布其诺　这可能是心灵感应吧。

米　未　你好吗?

卡布其诺　我好烦。

米　未　我好郁闷。(叹气)

卡布其诺　哎,你郁闷什么?

米　未　你烦什么?

二　人　(欲言又止)嗨,不说了。(停顿)

米　未　卡布其诺,你在喝咖啡吗?

卡布其诺　嗯,卡布其诺咖啡。你闻到香味了?

米　未　嗯,好香,人生何时无烦恼,闻香心犹静。

卡布其诺　你说话像个大人,感觉不出来我们是两代人。

米　未　是两代人,可也是无话不谈的忘年交啊。

卡布其诺　哦,对了,冰淇淋,有件事我一直想问你,当初你是怎么把我加入你的QQ好友的?

米　未　我在网上看了你写的文章,特别是那篇散文《玫红色的吊带裙》,觉得特有品位,感觉很亲切。卡布其诺,我可不随便把别人加入我的 QQ 好友的，要不我的 QQ 就爆了。

卡布其诺　你还挺骄傲的。

米　未　可不是，同学们说了，这是我唯一的缺点，骄傲但不自满。

卡布其诺　冰淇淋，我真羡慕你，羡慕你这个年龄，无忧无虑的。

米　未　我们有什么好羡慕的，你听说过吗？中学生活是灰色和蓝色的。

卡布其诺　什么意思？

米　未　灰色代表无奈，蓝色代表忧郁。

卡布其诺　嗯？能跟我说说吗？

米　未　当然可以。不过，告诉你卡布其诺，我的中学生活除了灰色和蓝色，还有一点其他的颜色。

## 校　园

〔闪回。校园一侧。树，白栅栏。

〔kiddy 潇洒地秀着篮球上。苗可拍着篮球从旁边挑衅般地碰撞着 kiddy，Kiddy 笑着看看苗可，两人一起秀起篮球。苗可玩得起劲，回头看到 kiddy 正在张望别处，无趣地坐下。

kiddy　哎，哥儿们，你认识米未吗？

〔苗可不友好地上下打量穿全身名牌，左手抱着塑料盒右手秀着球的 kiddy。

苗　可　你新来的？你找米未干什么？

kiddy　你不知道算了，我找别人去。（欲走）

苗　可　等等，刚才你在操场很出风头啊，一群女生在为你疯狂尖叫哩。

kiddy　有什么不对的吗？（接过苗可猛然踢过来的球）看来你不太友好？

苗　可　我倒想跟你友好下去，可你的花球绣腿我不大喜欢。

kiddy　哼，我要你喜欢？

苗　可　（打量 kiddy 的鞋）哟，还穿的是限量版乔 18，可以呀你。怎么样？往学校爱心箱捐点款，献点爱，要不把我这件球衣买下吧？

——儿童剧《柠檬黄的味道》

kiddy　你是谁呀你？

苗　可　我是苗可。

kiddy　苗可，我为什么买你的球衣？

苗　可　看清楚了，这可是23号球衣，全校就你配穿，（脱下球衣）给你，100块，就当献爱心救灾啦。

kiddy　Qie，怕是要救你吧？这一套我早玩过了。

苗　可　什么意思？

kiddy　不就是没钱上网吗？

苗　可　你说什么？

kiddy　要不我给你。（掏钱）

苗　可　你给我收起来。

〔kiddy和苗可在推推搡搡，夏木拿着画板跑过来。

夏　木　嘿，哪儿来的英雄？

〔卉伊拉着米未跑过来。

卉　伊　米未，就是他！

米　未　——苗可，怎么回事？

卉　伊　你衣服怎么脱了？

〔苗可走到一旁穿衣服。kiddy走到一旁，悄悄戴上墨镜。

夏　木　都，都怪他。

米　未　他怎么了？

夏　木　他们打……打……

卉　伊　打苗可？

米　未　苗可被人打？别怕，有我呢。喂，你新来的？为什么欺负人？赶快道歉！（kiddy打量着米未）看什么看，没见过靓女？（kiddy不理她）喂，跟你说话呢，你装什么酷呀？

kiddy　以前的跟屁虫、小尾巴，现在变成别人的持枪卫士了。（取下墨镜）

米　未　开开，怎么是你？

kiddy　　米未。

米　未　　你怎么跑到我们学校来了？

kiddy　　没想到吧。

卉　伊　　米未，刚才秀球的帅哥就是他。

米　未　　哦，会秀球了。我给你介绍一下，他就是我小时候的好朋友开开。

kiddy　　小时候我就是她的持枪卫士。米未，记得我随我爸妈去深圳上学的头天晚上，我们坐在一起吃了一盆葡萄，你还哭了。

米　未　　去，谁哭了，那时小，好哭。

苗　可　　（冷冷地）看来还有点历史渊源的浪漫。

〔大家起哄。

米　未　　别瞎说，刚才你们俩怎么回事？

苗　可　　就看不惯穿限量版球鞋的人。（无所谓地哼歌）青春有一种心跳，青春还有一种烦躁。

kiddy　　米未，他是你同学呀。没什么，刚才我们闹着玩，啊，对不对？苗，苗可？是这个名吧？

卉　伊　　对。他是苗可。他特会rabo，歌也唱得好。

〔看卉伊夸他，苗可得意了。

苗　可　　（小声嘟噜）我怎么能随便让一生人找我们班长？

夏　木　　对。他以为你是生人哩。苗可就喜欢开个玩笑，没恶意的。我刚才是说打篮球，不是打苗可，这叫不打不相识。

kiddy　　见面礼，对吧？苗可。

〔苗可挑衅地看着kiddy。

夏　木　　我叫夏木。

苗　可　　夏天的木头。

米　未　　夏木是我们班的艺术家，一天到晚拿着速写本。喜欢画别人美，自己嘛……

夏　木　　这叫讲究个性。

苗　可　你那也叫个性？不就是不刷牙不洗澡不换袜子。

卉　伊　苗可，你怎么在新同学面前揭你好朋友的短呢？

夏　木　短什么？（走到米未边）以吾丑衬其美，美德也。

米　未　好了好了，大家都认识了。

卉　伊　米未——

kiddy　这位小姐的芳名？

卉　伊　我叫卉伊，花卉的卉，伊人的伊。所谓伊人，在水一方……

kiddy　你爱写诗？

卉　伊　（惊喜）这个你也知道？

kiddy　那么有诗意的名字，一听就知道是一个非常浪漫，非常……（被愤愤不平的苗可制止住了）米未，刚才听他们称你是班长？

米　未　嗯，有何赐教啊？

kiddy　根据我在深圳的经验，一般来说女班长都有点恐龙，可我们的米未怎么样？

夏　木　beau…beau…

苗　可　beautiful！

kiddy　对！Very beautiful！米未，你看我给你带什么来了？

米　未　啊，葡萄？

〔米未、kiddy坐下吃葡萄。

苗　可　（对夏木小声）这小子特会讨女生喜欢。

夏　木　你可有一对手了。

苗　可　他？切！

米　未　开开……

kiddy　NoNoNo。我现在不叫开开。我叫kiddy。

众　　　嗯？洋名？

kiddy　yes。为了与国际接轨，我进了外语学校，那学校都得取英文名。

苗　可　那你干吗到我们这来了？

kiddy　那是因为我有一可爱的小邻居使我牵魂……

〔众笑。

kiddy　　开玩笑，其实是我迷上了传奇，没考上省重点。唉，把一奥赛尖子玩到了这个学校了。

苗　可　　你的意思是瞧不起我们学校？

kiddy　　不是，我是说凭我这智商，怎么也该上省重点。在拿到那份中考成绩单时，我跪在地下思考了283分钟，痛啊。

苗　可　　人家米未考了498分，都没去省重点，就你！

米　未　　去那儿干吗？在这儿多自信啊。

kiddy　　就是，特别每月月考后，按成绩排定位置，整个你自己都怀疑自己了。

苗　可　　你深有体会吧。

kiddy　　我……米未，别看我成绩下滑，传奇可直线上升。

苗　可　　你多少级？

kiddy　　47级。

苗　可　　哪个区的？

kiddy　　七区。

苗　可　　我也是七区的。

米　未　　（打断）你们俩一聊起游戏就凑到一起了。

kiddy　　米未，我已经发过誓，再也不玩传奇了。

苗　可　　真的？

kiddy　　Of course.

米　未　　哎，kiddy你那吉他还弹吗？

kiddy　　当然。怎么，一见面就要听？

米　未　　怎么几年不见就变得这么油腔滑调。我是说正经的，学校组织的DV大赛，我想咱们班可以搞一个青春组合，你来了当然跑不了，苗可唱歌，你伴奏。

众　　　　太棒了！

kiddy　　（看了苗可一眼）就只是伴奏呀……

苗　可　我看算了，就他……还伴奏呢……

米　未　你可别小看他呀。好了，为了我们班，一块干吧。今天晚上在小操场集合。

苗　可　对不起，我有事来不了。

卉　伊　苗可，我们是一个组合，你不来怎么行呀？

kiddy　看来人家并不想参加。

米　未　苗可……

苗　可　我真有事。

夏　木　苗可，有事大家帮你。

米　未　行了，就这么定了，今天晚上必须来。

kiddy　我来。

苗　可　那好吧，我也来。

〔时尚的梅肖拍着球上。

梅　肖　同学们好！

众　　　梅老师好！

梅　肖　怎么样，苗可，这球练得还行吧？

苗　可　不错。

〔众鼓掌。

梅　肖　谁的球？

kiddy　我的。

梅　肖　你是？

kiddy　梅老师好，我是kiddy。

梅　肖　（上下打量kiddy）你就是kiddy？

kiddy　您怎么这样看我呀？

梅　肖　没有。嗯，你是外语学校过来的？怎么外语成绩那么差呀？

kiddy　所以我就转到您这儿了。

梅　肖　你反应挺快。（看到透明盒中的葡萄）谁把葡萄带到学校来了？

kiddy　米未喜欢，（抢过夏木、苗可手中的葡萄准备给米未，见米未使眼色又急忙转身）老师，您吃葡萄。

梅　肖　哇，好酸。

kiddy　怕酸的人感情敏感。

梅　肖　有这一说？

〔手机铃声响，众笑。kiddy 躲到一旁接电话。

梅　肖　还把手机带到学校来了？

kiddy　我爸非要跟我保持联系。

梅　肖　你不知道学校有规定……

kiddy　（嘟哝）这规定有点蛮不讲理。

梅　肖　你嘟哝什么？

kiddy　没有，喉咙有点痒。

梅　肖　你话还挺快，像你爸。

kiddy　你认识我爸？

梅　肖　哦，认识，你爸来帮你办转学关系时见过。

kiddy　哦。

梅　肖　米未，学校组织的 DV 大赛，你们准备得怎么样了？

米　未　我们决定搞一个青春组合。

梅　肖　青春组合，这个主意真棒。

卉　伊　苗可主唱，对吧苗可？

梅　肖　卉伊，苗可，（叫他俩到一边）听说你们俩放学后经常在一起？

苗　可　是。

卉　伊　不是。

梅　肖　你们都知道我是个非常开通的人，这男女同学在一起互相学习、互相帮助，我是不反对的。但是，不要有事没事就凑在一起，还是要保持一点距离。

苗　可　梅老师，我们在复习功课。

夏　木　我证明。

米　未　我也证明。

kiddy　　我也证明。

梅　肖　　你一个新来的能证明什么？

〔众笑。

梅　肖　　好了，早点回家吧！

〔梅肖踏着坚定的步子走了。大家面面相觑，卉伊委屈地抹着眼泪，米未安慰她。

kiddy　　一个时尚的古板的矛盾混合体。该老师是否单身？

夏　木　　你看出来了？

kiddy　　那么判断正确啰？

众　　　　完全正确。

kiddy　　那就不奇怪了。（梅肖转回来）不知她是否爱过。

梅　肖　　kiddy，再给我几颗葡萄行吗？

kiddy　　（紧张）都给您。

梅　肖　　谢谢。kiddy，你刚才说什么？

kiddy　　我是说您的裙子很漂亮。

梅　肖　　是吗？（看看自己穿的裤子）

kiddy　　我是说您笑起来的时候，特美。

梅　肖　　真的吗？

众　　　　对。

梅　肖　　再见，QQ 上见！

米　未　　kiddy，再给我几颗葡萄。

〔众笑尴尬的 kiddy。

〔收光。

〔转场音乐起。

〔米未和卡布其诺空灵的画外音：

米未：卡布其诺，好玩吧。老师好像没有真的生气。我倒觉得她有点窃喜，四十多岁的女人，不结婚是什么感觉呢？

卡布其诺：你想知道那种感觉？

米未：不想，好奇而已。那葡萄真甜，跟那次吃的味道一样。K还是像小时候一样让人开心。

## 操　场

〔闪回。夜。罗匡急匆匆地上。

梅　肖　罗匡！

罗　匡　梅肖，我又来晚了。

梅　肖　罚你吃葡萄。

罗　匡　好酸。

梅　肖　怕酸的人感情敏感。

罗　匡　感情敏感？

梅　肖　你儿子说的。

〔kiddy推着自行车上，看到爸爸和老师，躲在光影下。

罗　匡　今天见到我儿子了？我儿子怎么样？

梅　肖　挺难对付的。

罗　匡　啊？难对付？

梅　肖　应该说挺有个性，挺阳光的。

罗　匡　那么说你喜欢他？

梅　肖　嗯，可以这么说。

罗　匡　那当然，我儿子嘛，你肯定喜欢。

梅　肖　我的学生我都喜欢。

罗　匡　那我就放心了，走！

〔二人下，kiddy追下。

〔切光。

〔夜。小操场。同学们在等kiddy，苗可焦急地走来走去。

夏　木　苗可，别晃，晕。

苗　可　米未，那个什么kiddy还来吗？我可要走了。

〔米未向远处张望着。然后低头看书。

〔夏木在画速写。苗可心神不定地踢着地下小石子。卉伊看着米未。

米　未　真被他打败了，手机也不开。Kiddy 他到底去哪儿了呢？

苗　可　那能去哪儿，肯定是上网了。

米　未　上网干什么？他不会再玩游戏吧，他可是跪在地下沉思过 283 分钟的。

苗　可　不会？我就见过他酣战，他冲 50 级呢。

米　未　他在哪个网吧？找他去。

苗　可　找他？走。喔，（犹豫）等一下……

卉　伊　怎么哪？

苗　可　还，还是等他来吧，去网吧干什么。

夏　木　对，别去网吧。

米　未　苗可，他车在这儿，人肯定会来的。

kiddy　（背着吉他急匆匆上）对不起，对不起！

米　未　你干什么去了？

苗　可　一定是上网玩传奇去了吧。

米　未　你真的上网去了？

kiddy　（犹豫了一下）嘿嘿，人在江湖，身不由己。

卉　伊　你太过分了，我们好不容易请来的指导老师都走了。

kiddy　啊？我……还真挺严重的？

夏　木　严不严重你也该尊重人呀，我们几个等你这么长时间，你却去玩传奇。

卉　伊　米未，现在怎么办呀？

米　未　kiddy。

kiddy　有什么了不起的，我们这代人可不能轻言放弃呀……

苗　可　现在不是听你说这些豪言壮语的时候，你说怎么办？

kiddy　让我思考几秒钟。

苗　可　　哼……

米　未　　苗可，你别急，kiddy 会有办法的。

kiddy　　对，有了。

米　未　　什么？

kiddy　　上网。

苗　可  
夏　木　　又玩游戏？

kiddy　　我告诉你们：愚蠢的人玩电脑，聪明的人用电脑。

夏　木　　那是陶宏开说的。那你刚才……

kiddy　　对，我刚才愚蠢来着。从现在开始，我将告别游戏，上网做正事。

米　未　　对呀，网上什么没有啊。kiddy，我们可以上网找老师？

kiddy　　对，还是米未能和我想到一起。米未，我把吉他带来了。

卉　伊　　真漂亮！kiddy，先弹一首听听。

kiddy　　想听什么？

米　未　　听刀郎的…

卉　伊　　我要听周杰伦的。

kiddy　　听他们的干吗？要听就听 k–i–d–d–y 的。

夏　木　　哪个组合？

kiddy　　Kiddy，is me.

〔众笑。

kiddy　　我是说咱们这个组合要唱就唱自己的。

米　未　　唱自己的？嗯，你有什么想法？

kiddy　　我还真写了点东西。

〔kiddy 拿歌词，大家上去抢着看。

kiddy　　别抢，我念给你们听。"我悄悄绕到你身后，静静看着你的辫梢……"

苗　可　　干吗看着？拨弄。"我悄悄绕到你的身后，轻轻拨弄你的辫梢"。

（上前拨弄卉伊的发梢，被卉伊追打）

kiddy　　拨弄好啊，看来你比我勇敢。

夏　木　看出来了吧？

kiddy　　对，我只敢看辫梢，他直接就拨弄辫梢了。

卉　伊　是吗？

kiddy　　嗯。"我悄悄绕到你身后，轻轻拨弄你的辫梢，拿起你的钢笔书包，扭头就逃，逗得你追着我一路小跑……"

米　未　你别拨弄我的辫梢，别动我的钢笔书包，请看着我的眼睛和纯真微笑，我在回答你作业上的问号。

　众　　哈哈哈。（众追着，清纯的笑声）

卉　伊　空中飘着纯真的微笑，如同滑出了一行诗那般美妙。

米　未　没有话语，时间在凝固中珍藏起每个声音。（琴弦声）

苗　可　伴着琴弦，唱出我们青春的骄傲。

kiddy　　（弹唱）我悄悄地到你身后，
　　　　　　　轻轻拨弄拨弄你的辫梢……

苗　可　（唱）拿起你的钢笔书包，扭头就逃，
　　　　　　　逗得你追着我一路小跑……

米　未
卉　伊　（合唱）你别拨弄我的辫梢，
　　　　　　　别动我的钢笔书包，
　　　　　　　请看着我的眼睛和纯真微笑，
　　　　　　　我在回答你作业上的问号。

米　未　（唱）柠檬黄……

卉　伊　（唱）的色调……

男声合　（唱）你可曾感觉到……

米　未
卉　伊　（合唱）有点清新，有点绚丽……
　　　　　　　如同青春光彩在朝阳下闪耀。

苗　可　感觉怎么样？

夏　木　我觉得挺能表达我们的心情。

众　　　ye！

米　未　这次比赛我们肯定是 NO.1。

kiddy　对，回去后我把谱子整理一下。

米　未　歌词大家再琢磨琢磨，好不好？

众　　　好！

苗　可　我有事先走了。

卉　伊　（欲追）苗可——

夏　木　卉伊，他真有事。

米　未　时间不早了，今天真是大有收获，夏木，我们回家吧。

夏　木　服装设计，是吧，交给我吧。

〔夏木、卉伊二人下。

kiddy　米未，我送你吧。

〔夏木回头看了他们一眼。

米　未　好啊，我帮你拿吉他。

〔kiddy 骑着自行车送米未回家。米未高兴地哼歌。

kiddy　米未，其实我刚才没去玩游戏。

米　未　那你干吗去了？

kiddy　我看见我爸爸……

米　未　你爸怎么了？

kiddy　我爸……没什么。

米　未　这次回来怎么没看见你妈妈？

kiddy　（刹车，难过地）我妈妈……去世了。

〔米未抱着吉他走到车前，望着这个看起来快乐的男孩。音乐起。

〔天空飘起了小雨，米未用身子挡着飘向吉他的雨。

〔kiddy 拿衣服遮在米未头上，米未抬头看看 kiddy，两人会意地笑笑，这笑特纯。吉他声起。蓝色的夜，濛濛的细雨轻轻飘洒。

〔音乐中收光。

〔现时中的网吧。特定网吧光起。

卡布其诺　好美啊!

米　未　美吗?想起那飘洒的濛濛细雨,心里感觉好清新好凉爽。(轻哼)"轻轻拨弄你的辫梢"这歌词好有趣,就像看到 K 那逗乐而又拘谨的傻样。

卡布其诺　我想起了我在大学时的一个夜晚。也是这样的濛濛细雨,也是这样一件白上衣,也是这样一个画面。

　　　　　米　未　真的?那是你的初恋吗?

卡布其诺　嗯。他把那个画面画了一幅油画送给了我。一个蓝色的夜,他居然画出了缤纷的色彩。

米　未　好浪漫。你们那个年代也有那么绚丽的青春?

卡布其诺　青春在任何年代都同样的绚丽。

米　未　这种感觉你跟你女儿说吗?

卡布其诺　不会。

米　未　为什么?

卡布其诺　因为我是她妈妈呀。

米　未　哦。不知我妈的青春是什么样的,我想肯定没什么色彩。卡布其诺,如果你突然看到那个场面,那个就是你女儿,你会怎么样?

卡布其诺　我?我没想过。也许,我会为此感动,也许,我会回去写一篇散文。

米　未　哇,真令人羡慕。那一幕要是让我妈看到了,恐怕她眼珠子都掉下来了。

卡布其诺　看把你妈说得。

米　未　真的,你不信呀。

卡布其诺　你可以跟她聊聊啊。

米　未　不,不,聊不拢的。(QQ 声)卡布其诺,等一会儿跟你聊,我同学上线了。卉伊吧?

卉　伊　你果然在上面,干吗呢?

米　未　哈哈，聊天呢。

卉　伊　还聊天呢，你不知道大家有多着急。

米　未　急什么，我自己的事你们不用操心。

卉　伊　你从来都不考虑别人的感受，你永远都像一个骄傲的公主！

米　未　卉伊你……

卉　伊　米未，不瞒你说，有时候我都想过你不在我们这个班上就好了。可是，你今天真出走了，我特别地难过，我都哭了。

米　未　卉伊，我，对不起。

卉　伊　好了，米未，什么都别说了，我们是最好的朋友，你要是不想回家就到我家来吧，我陪你。

米　未　不，我正在网上和一个朋友聊天。

卉　伊　又是和你那个大朋友卡布其诺？

米　未　卉伊，我总觉得我和她有一种说不出来的缘分，要是我妈能像她就好了。

卉　伊　没准她就是你妈妈。

米　未　怎么可能呢？我妈那个人你又不是不知道，成天神神叨叨。

卉　伊　你看QQ，我发一东东过去。

米　未　柠檬黄色的小卡片？

卉　伊　是的。每次我不开心就看看我的小卡片，所有的烦恼都会消失的。

米　未　真的吗？这是我和卉伊的秘密。一个迟到的、属于青春的秘密。

〔《柠檬黄的味道》主题音乐起。收光。

## 米未家

〔闪回。米未家。电话铃响。

陈　麦　（上）喂，你好，是米未家。你是谁？同学？你叫什么名字？哦，你找她什么事？她不在。

———儿童剧《柠檬黄的味道》 〉〉〉〉〉

米　未　（从洗手间出）妈，谁的电话？

陈　麦　打错了。

米　未　怎么你老接打错的电话？

陈　麦　你什么意思？

米　未　没什么。

陈　麦　当然是打错了，你就是不相信我，你是我女儿，我要了解你现在和哪些人交往，打来的电话合适的接，不合适的不接，要是男的，我就跟他说打错了……（看到米未质问的目光，感觉说漏了）

米　未　那要是爸爸呢？

陈　麦　他的声音我还听不出来？就他那个破锣嗓子一张嘴我就……

米　未　妈，喝你的咖啡吧。

　　　　〔坐沙发上看书，不理睬妈妈。

陈　麦　奇怪，过去我在大学，现在在网上都和人交流得很好，怎么和你就不能沟通呢。米未，你看，妈妈又写了篇散文《蓝色回忆》，（见米未看书不理她）要不然妈妈念给你听，（米未吃了一颗葡萄）哎呀，你这个孩子真让人受不了，这么不拘小节，怎么吃什么东西都吃得吧吧吧唧响，跟你爸爸一模一样。

米　未　没办法，遗传基因，改不了。（起身去洗手间）

陈　麦　这孩子怎么了，今天老上厕所？算了，十几年了，我也看习惯了。就怕以后别人看不惯。

米　未　（进客厅）管别人干吗？自己高兴就行了。

陈　麦　你将来总是要……

米　未　（上）嫁人？打住吧。看你和爸这样，谁还敢结婚呀。

　　　　〔妈妈发呆，沉闷的空气弥漫着屋子。米未打开了音响。里面放着任贤齐的《天使也一样》：

　　　　你为什么不说话/说真的我好心疼你这样/你这样为了他/茶不思饭不想/而这一切我都看在眼里/啊/而他也搬出你的家/爱情没有

你想象中可怕／你看外面的太阳温暖而明亮／……

〔陈麦突然关了音响。

陈　麦　那怪谁？都怪他，我就想不通了，他在外面跟人家有说有笑，一回到家里他一句话也没有，我跟他简直就没法交流。

米　未　您当心把他推给别的女人。

陈　麦　那我也不让他好过的。

米　未　妈，我看你现在这么痛苦还不如……

陈　麦　不如什么？

米　未　离。

陈　麦　哎呀，你这个疯女儿！哪有女儿劝父母离婚的？嗯？是他派你跟我说的？

米　未　错。我可不当传声筒。

陈　麦　他还跟你说什么了？（门铃响）哎，谁呀？

米　未　妈，我同学来了，注意修养。

陈　麦　（嘀咕）我修养不好吗？

〔卉伊上。

卉　伊　阿姨好！

陈　麦　哦，卉伊，你好！

〔米未拉卉伊进内室，被陈麦拦住。

陈　麦　卉伊，来，请坐，吃点水果。

卉　伊　我不吃。

陈　麦　吃一点吧。

卉　伊　我不渴。

陈　麦　这么晚了，你们要去哪儿？

卉　伊　我们要去学校排练。

陈　麦　马上要考试了，排什么练呀？

卉　伊　学校安排的素质教育活动。

陈　麦　老师知道吗？

卉　伊　知道。

陈　麦　那你们这个节目有几个人呀?

卉　伊　五个。

陈　麦　有男生吗?

米　未　没有没有。妈,你快洗碗去吧。(推陈麦入内)

米　未　卉伊,(见卉伊吃水果不理她)你刚才不是不吃吗?

卉　伊　我现在想吃了不行吗?

米　未　(发现卉伊不对劲)你今天怎么了?

卉　伊　你心里清楚。

米　未　哦,肯定是今天早上排名的事,是不是?早知道我把第一名让给你了。

卉　伊　哟,你还挺高尚的。

米　未　那当然。

卉　伊　我就不明白,我长得不比你差,为什么那些男生老围着你转呀?

米　未　尤其是苗可?

卉　伊　才不是呢,我觉得我好像是你的影子似的。

米　未　就为这事呀,好了,从现在开始我就是你的影子,行了吧,别生气了。

卉　伊　你以为我真生气了?我才没那么小气呢!

米　未　卉伊,我找你真有事。(害羞地)卉伊,来了。

卉　伊　谁来了?

米　未　……它来了!

卉　伊　苗可?

米　未　什么呀!就是你们早就来了的那个……我来了。

卉　伊　(惊喜)你终于来了!恭喜!

米　未　嘘!小点声。

卉　伊　你没告诉你妈?

米　未　不能告诉她。烦人。

卉　伊　今天，哎，你熟得还真晚。今天，你由一个小女孩变成了一个少女了。

米　未　少女？

卉　伊　有点美好对不对？

米　未　（细细地品味着卉伊的话，轻轻地点了一下头）我有点怕。

卉　伊　怕什么？

米　未　你说别人会不会看出来？

卉　伊　幼稚。这哪看得出来？

米　未　我得换条裙子。

卉　伊　对了，得穿条最漂亮的裙子。

米　未　对，穿我那条玫瑰红色的吊带裙。（入室穿裙子）

卉　伊　啊！所有的花都在悄然地绽放，每一朵花都有它自己的名字和它的思想……

〔米未内：又大发诗意了。

卉　伊　（自言自语）米未呀米未，你总算有件事落到我卉伊的后面了。耶！

〔穿裙子出。

米　未　卉伊，你看——

卉　伊　真漂亮啊！今天几号？

米　未　10号。

卉　伊　你得去买张卡。

米　未　你是说记住这个日子？

卉　伊　yes.

米　未　你也有卡？

卉　伊　我早就有了。我的是淡紫色的。

米　未　我要买张柠檬黄色的，和我粉红色的日记本放在一起，那颜色一定谐调。嗯，淡淡的，甜甜的，酸酸的。对了，我叫它青春卡。

卉　伊　嗯，很美好。

米　未　卉伊，咱们赶紧走吧，开开和苗可还等着呢！
卉　伊　看你急的。
〔拿礼品盒进。
陈　麦　米未——
米　未　妈，你吓我一跳。
陈　麦　妈妈今天太高兴了，你终于成了一个大姑娘了，你看妈妈早就给你准备了礼物。
米　未　（生气地）妈，你怎么又偷听？
陈　麦　这怎么是偷听呢？
米　未　妈，您要让我尊敬您，您先得尊敬自己。这算什么？
陈　麦　你怎么这么跟妈说话？
米　未　哼，你以为我不知道，趁我不在的时候你打开我的电脑，偷看我的日记，现在又……
陈　麦　你是我的女儿，我有责任了解你。
米　未　我是你女儿，可我也应该有自己的私人空间，你这样做太没有文化了。
陈　麦　你说什么？我没文化？我是作家……
米　未　"坐"家，成天"坐"在家里，写字多不等于有文化。卉伊，走！
陈　麦　站住！这么晚你们上哪去？
卉　伊　阿姨，我们学校要排节目。
陈　麦　老师知道吗？
卉　伊　知道。
陈　麦　你们节目有几个人？
卉　伊　五个。
陈　麦　有男生吗？
米　未　你刚才不是问过了吗？
陈　麦　哦。那你早点回来。等等。
米　未　什么？还有什么要交代？

陈　麦　米未，你就穿这裙子出去？

米　未　这裙子怎么了？这是我爸给我买的。

陈　麦　你看他买的什么裙子，这肩呀背呀全在外面。

米　未　我爸爸说了，我就是肩和背好看。（对妈做鬼脸）卉伊，走！（和卉伊下）

陈　麦　（拿着礼品盒，无奈地）米未——嗨！

　　　　〔收光。

　　　　〔转场音乐起。

　　　　〔现时中的网吧。特定网吧光起。

苗　可　米未和她妈怎么会这么水火不相容呢？

夏　木　水和火就是不相容，我和我爸就是没话说，我考了第十名他让我进八名，进了八名他让你进前五，我觉得米未应该有一次爆发。

苗　可　你就别火上浇油了。

夏　木　生活就是这样。

苗　可　你这块木头说起话来还挺有点哲理。

夏　木　偶尔露峥嵘。

苗　可　好了，快找米未吧。

夏　木　我两个QQ都上了，没找到她。

　　　　〔QQ声。

米　未　苗可，夏木。

苗　可　米未，你终于出现了，你和你妈到底怎么了？

米　未　你们就别问了。

夏　木　苗可可着急了。

苗　可　你不着急？

夏　木　嘿嘿。

米　未　看到你们真的很高兴。

苗　可　你现在怎么样？

米　未　我好饿。

夏　木　叫羊肉串呀。

米　未　身上只有八角钱了。

苗　可　那我们过来！

米　未　别，你们过来干什么？

苗　可　我们来保护你呀。

米　未　不用了。

夏　木　那地方真不适合你。

苗　可　是啊。我想不明白我们的班长也会出走。

夏　木　就是。

米　未　班长怎么了？我也和你们一样。

苗　可　你不一样，你对同学是那么宽容，那么善解人意，可怎么就不能理解你妈呢？

米　未　我也不知道。也许我真的不该那么和我妈说话的。不知道她现在怎么样了。

苗　可　那你回去看看呀？

米　未　我……哎，这么晚了，你俩怎么在网上？

苗　可
夏　木　我们一起在网上陪你呀。

米　未　真是一对死党。

〔收光。

## 街　头

〔闪回。夜。街边。

夏　木　苗可！

〔苗可上场。

夏　木　又吃几天的烧饼了吧，这是什么呀？

苗　可　炖猪蹄？（抢过饭盒）跟你说过别再给我送饭，你怎么又来了？

你小子。（打开盒子急着把猪蹄放到嘴里）

夏　木　慢点慢点。

苗　可　嗯，明天不许来了啊。

夏　木　嘿嘿，给，四十元。

苗　可　你哪儿来这么多的钱？

夏　木　赚的。今天画了两张素描头像，劳动所得。

苗　可　你也学着我不上晚自习，你爸知道了不抽你。

夏　木　我比我爸高了，他现在抽不了我了。拿着。

苗　可　不要。

夏　木　别硬挺了，是朋友就拿着。

苗　可　我……

夏　木　正好逼我练习一下素描头像。

苗　可　木头……

〔内喊：网管。

夏　木　快去吧，小心扣工资。

〔苗可下。

〔夏木看着进去的苗可，向后退着撞在了罗匡身上。

夏　木　对不起。

罗　匡　没关系。

夏　木　叔叔，您在等人？

罗　匡　是啊。

夏　木　您真帅。我能给您画张素描吗？

罗　匡　这个……

夏　木　不要紧，如果时间不多，就画一张速写，就五元钱。行吗？

罗　匡　嗯，好吧。

〔夏木给罗匡画速写，罗匡感兴趣地看着这个专心画画的男生。

罗　匡　不错啊，作品可以有价值了。

夏　木　嗯。

罗　匡　准备考美院吧?

夏　木　嗯。

罗　匡　你晚上没晚自习呀?

夏　木　……画好了。

罗　匡　好快。嗨,梅肖,这里。

〔夏木抬眼看到梅老师,用画板遮住脸,溜到后面躲起。

梅　肖　罗匡,早到了吧?今晚有两个同学没上晚自习,我了解了下情况,所以来晚了。

罗　匡　没关系,我刚才……咦,那孩子给我画速写的,人呢?画在这儿,嗯,画得还挺不错。

梅　肖　嗯,是不错,像我的一个学生的笔法。他人呢?

罗　匡　是啊,钱还没给他呢?

〔梅肖若有所思。

罗　匡　梅肖,记得这地方吗?

梅　肖　怎么能忘呢?一切都像是昨天。

〔米未和卉伊上,发现梅老师和罗匡,卉伊刚要叫老师,米未捂住了她的嘴,把她拉到了后面。

罗　匡　梅肖。(拿出戒指)

梅　肖　戒指?

罗　匡　"爱情恒久远,一颗永流传",请收下。

梅　肖　你酸不酸呀。

罗　匡　酸什么呀?现在都兴这个。

梅　肖　先收起来。

罗　匡　怎么,你不接受?

梅　肖　我们的事你跟开开说了吗?

罗　匡　我今晚就跟他说。

梅　肖　不,再过一段时间。

罗　匡　为什么?

梅　肖　二十年都等了，还在乎再等吗？

罗　匡　你是在埋怨我？

梅　肖　没有。我是在想，开开马上就要考试了，我真的不想在这个时候因为我们俩的事引起孩子情绪上的波动，影响他的学习。另外，我想让开开对我了解更多一点。

罗　匡　我怎么没想到这么多呢？

梅　肖　你这个做父亲的！

罗　匡　嗯，男人的心就是粗一点。

梅　肖　开开的生日你不会忘了吧？

罗　匡　那不会。儿子在我心中位置重着呢。我每年都要给他定一个生日蛋糕。

梅　肖　今年我给他定。

罗　匡　什么？那他不是就……

梅　肖　不，不用知道是我送的，孩子开心就可以了。

罗　匡　梅肖……

梅　肖　怎么了你？好了，走吧，有两个学生家里我还要去一趟。

罗　匡　好吧。那这个戒指？

梅　肖　你觉得呢，嗯？

罗　匡　看来这戒指我还得多保留一段时间，好惨，求婚失败！

〔梅肖、罗匡下。米未、卉伊和夏木分头从后面出来，碰到了一起。

米　未
卉　伊　夏木。

夏　木　米未、卉伊。

米　未　刚才的事你也看见了？

夏　木　我……嗯。梅老师要成 kiddy 的后妈了。

卉　伊　哇，Kiddy 的爸和梅老师是初恋情人呢，多浪漫呀！

米　未　Kiddy 的妈妈去世了，Kiddy 小时候和妈妈感情特别好。梅老师还

　　　　　要送他蛋糕，他能接受这件事吗？你们说，他们会结婚吗？

夏　木　不会吧。

卉　伊　很有可能的，梅老师那么漂亮，那么有气质，谁都会喜欢她的。

夏　木　要是 kiddy 知道了，他会难为梅老师吗？

米　未　这件事千万不能让 kiddy 知道。

卉　伊　我保证不说。

夏　木　打死我也不说。

米　未　说！夏木，你不上晚自习，在这儿干什么？

卉　伊　还拿着画板呢。

夏　木　我，我体验生活，找感觉。

米　未　是吗？最近的晚上一直都在找感觉吗？

夏　木　是，我还赚……

米　未　赚什么？

夏　木　赚，赚，转了一大圈才找到这个地方。你看，服装设计图，我已经准备好了。（拿设计图）

卉　伊　哇。（米未拉了她一把）这是什么呀？不就是布条缠在身上吗？

夏　木　你懂什么？这是艺术。

米　未　是艺术，可惜没用了。

夏　木　怎么了？

米　未　咱们组合就要散了。（对卉伊做眼色）

卉　伊　（会意地）散了。

夏　木　好好的怎么散了？

米　未　咱们的主唱苗可……

夏　木　苗可……苗可怎么了？

米　未　最近苗可老玩失踪。

卉　伊　晚自习一次也没上。

米　未　最关键的是我们的组合排练他老不参加。

夏　木　就是。

米 未  
卉 伊　哪去了？

夏　木　我哪知道。

米　未　你会不知道？这几天你不是和他在一起？

夏　木　我……没，没有。

卉　伊　那他是不是上网包夜去了？

夏　木　不，绝对不会。他早就戒网了。

卉　伊　真的吗？

夏　木　是。为了戒掉网瘾，他用布条把手指头缠了一个多月呢。

米　未　那你说，他上哪去了？

夏　木　我不知道。

米　未　夏木，梅老师说了今天务必要找到苗可，还有你。

夏　木　还有我？

米　未　不然的话……

夏　木　嗯？

卉　伊　夏木，真是好朋友的话，你就应该……

夏　木　你们以为我不急？他的性格你们又不是不知道。我找过他……

米　未  
卉　伊　他在哪儿？

夏　木　他真不在这儿。

〔苗可（内）来了！一碗热干面，十串羊肉串，不要辣椒。

〔苗可穿着工作服跑出来。

米　未  
卉　伊　苗可！

苗　可　（背着她们，夏木下意识地挡住苗可）今天完了。

卉　伊　苗可？你被人呼来喝去，还帮人买宵夜？

米　未　是真的吗？你真在做网管？

苗　可　（冷冷地）网管怎么了？是朋友就替我保密。

卉　伊　苗可，你是不是没钱上网啊？

——儿童剧《柠檬黄的味道》

苗　可　你就永远那么看我吗？
卉　伊　那是为什么？你告诉我们呀。
苗　可　我不想说。
米　未　苗可，我们是同学是不是？我们是朋友是不是？
卉　伊　我们不希望你这样的。
〔苗可默不作声。
米　未　你知道梅老师有多着急呀，马上就要考试了，学校的DV大赛也越来越近了，我们的组合没有你就会前功尽弃的。
卉　伊　米未……
米　未　既然这样我们就不替你保密了。
夏　木　苗可。
〔苗可瞪了夏木一眼。
米　未　你不把我们当朋友，就再也别想参加我们的组合了。
卉　伊　米未！……苗可——
米　未　卉伊，夏木，咱们走！
〔苗可低头不动。米未三人向外走去。
〔苗可一拳打在椅子上，声音让他们停下来，他们看着垂着头的苗可。
〔苗可突然抬起头，他已是泪流满面。
〔强烈的音乐起，苗可的身体随着音乐倾诉着他的痛苦、他的无奈、他的刚强和他的脆弱。
〔三个人慢慢走到他的身边。
〔他无助地虚脱般地跪在地上，卉伊扶住了苗可。
卉　伊　苗可，别，你要是不想说就不说吧。
苗　可　（内心充满了要倾诉的欲望，音乐中，一种憋得太久的、压抑的、自语般的诉说）都怪我，我可真不懂事，前不久我答应我爸不包夜了，要好好学习考大学，爸妈高兴极了，说要奖我一双我最想要的篮球鞋。后来，爸一直没买，我还说他不守信用。他望着我一声不吭，眼圈红红的。有一天，我在汉正街看到一个很熟的背影，扛着一袋沉重的货物，走近一看，那人竟然是我爸爸。原来我爸妈早就下岗了，我爸一直在汉正街做扁担，也许就为了给我买那双篮球鞋，下雨了，他还想多扛一趟，结果……他的腰扭伤了，现在我爸不能下床，我妈说，她可以去做钟点工，钟点工！我一大小伙子，我能让我妈去做钟点工吗?!……

米　未　所以你就……

苗　可　我不打算考大学了。

卉　伊　不，我们说好的!

苗　可　我应该早点做事。

米　未　可这不是你爸妈希望的。

苗　可　你不知道他们每天什么样……

卉　伊　什么样?

苗　可　他们吃的是稀饭和咸菜，而我，而我每晚回去都有排骨汤喝。

米　未　苗可。

苗　可　我好难过……

卉　伊　苗可，我不知道你心里那么苦。

米　未　不管怎么样，你爸妈都是希望你上大学的。

苗　可　我真的恨我自己，怎么还不快点长大，好让我爸爸妈妈不再受苦。

卉　伊　你承受那么大的压力，可你怎么就不告诉我们呢?

苗　可　有用吗?

〔米未、卉伊互相对望着。是的，有用吗?

卉　伊　(从书包中掏出一瓶可乐给苗可) 喝吧，喝可乐能喝出五彩心情。

苗　可　看着我爸妈那样，喝什么也只能喝出灰色心情。

卉　伊　苗可，我真不知道该怎么帮你。

米　未　我有个主意。

卉　伊　快说。

——儿童剧《柠檬黄的味道》

米　未　开开的爸爸回来办了个分公司,听他说正在招聘哩,不如让你爸去试试。

苗　可　不去。

米　未　怎么？你跟他较劲,你爸也跟他爸较劲呀。

苗　可　我爸凭什么跟他爸打工？

卉　伊　这就是你的不对了,干工作有工资就行,跟谁打工不一样？

苗　可　就是不跟他爸打工！（他大声唱起任贤齐的《兄弟》）不是我不够坚强/是现实太多僵硬/逆流的鱼/是天生命运/不是我不肯低头/是眼泪让人刺痛……

卉　伊　米未,你看他死要面子……

米　未　（悄悄对卉伊）不会让他丢一点面子。

卉　伊　你是说让 kiddy 去找他爸？

苗　可　你们的好意我心领了,告诉你们千万别去找 kiddy。

卉　伊　苗可,你……（和米未两人无奈地对望）

米　未　那好吧。（对卉伊做眼色,卉伊点头）

苗　可　嗯,这里的羊肉串不错,今天我请客。

米　未　你请客？

苗　可　我今天拿了工钱,（自语）明天就可以给爸爸妈妈买排骨汤了。（过早成熟中夹着一种说不出的酸楚）走,烤羊肉串去。

米　未　苗可,羊肉串真的很香,我们已经闻到了。

卉　伊　嗯。留着你的工资给你爸爸妈妈多买几斤排骨吧。

苗　可　（感激地望着同学,抑制住要掉下来的泪水。一种涩涩的但很坚定的笑浮现在他脸上）好,给爸妈多买几斤排骨。那你们……我是说,我现在形象如何？

卉　伊　我觉得你今天的形象比以前更酷。

米　未　而且是有厚度的酷。

苗　可　是吗？比 kiddy 呢？

米　未　kiddy？

〔纯真的笑声回荡在空中。

〔收光。

〔现时中的网吧。特定网吧光起。米未疲倦的样子。

米　未　kiddy 好像没苗可酷,可他比苗可帅。那个帅小子,他会在找我吗?

〔QQ 的声音。

kiddy　米未,你在吗?

米　未　kiddy?是你?

kiddy　你收到我的信息了吧?

米　未　你给我发短信了?我没开机。

kiddy　米未,快回来吧,你妈急死了,理解一下你妈吧,你可是她的全部。(由衷地)嗨,有妈多好啊!

米　未　kiddy,你又想你妈妈了?

kiddy　我又不是小孩了。哈哈……

米　未　kiddy,你总是那么开心吗?

kiddy　也不是,我也有流泪的时候。

米　未　是吗?

kiddy　其实人和人在一起总会有不理解的时候,可是只要多替别人想想,也许就会变得轻松一些。

米　未　kiddy……

〔收光。

## kiddy 家

〔闪回。kiddy 家。

〔kiddy 靠在栏杆边弹着吉他,不时地看着门。一曲终了,他走到桌子前,对着蛋糕发呆。

〔他静静地看着蜡烛飘动的火苗:哥们儿,就咱俩过这凉嗖嗖的

——儿童剧《柠檬黄的味道》

生日了。好想妈呀。妈在的时候，我们三个人一起过我的生日，听妈唱歌，听爸讲笑话，真开心极了。可现在都没有了，妈妈不在了，爸爸，爸爸，忙！唉，好孤独啊。切，男人流什么眼泪嘛，没出息，不过真的很难受，好想找人聊聊。算了，男子汉了，有什么该自己扛着，是不是？……他摘下墙上的照片，抚摸着……其实，爸爸也很孤独，那天看到他和梅老师一起，我心里好复杂，想到妈妈，我好后悔转到这个学校，不然，爸和梅老师就不会……他把照片挂在了墙上，端详着，——可想到爸爸，我又希望他们在一起。妈妈，你没怪爸爸吧，他真的好苦，——他用手拨弄着火苗——哎，这生日好像有点伤感，是吧？爸妈吃蛋糕吧，该许愿了……他合掌许愿。吹蜡烛……

〔门铃声。

kiddy　爸爸回来了？（擦了擦脸，调整好了自己状态）罗匡——你怎么又忘了带钥匙，下次不带我不给你开了……（开门）米未，你怎么来了？

米　未　我来吃蛋糕的，怎么就你一个人在家，你爸呢？

kiddy　我爸他没下班。（掩饰着自己的伤感）

米　未　哦，Kiddy，（拿礼物）生日快乐！

kiddy　你还记得我的生日呀！

米　未　我哪能忘了我的持枪卫士的生日呢？（唱）Happy birthday to you……

〔吉他声起。音乐声中，Kiddy看着米未，眼中充满了感动，时间在年轻的纯情中凝固。

米　未　请我吃蛋糕吧。

〔二人高兴地吃着蛋糕。

米　未　这蛋糕真漂亮。"Kiddy生日快乐！"

kiddy　每年我爸都会在蛋糕上给我写一句笑话，今年写得好正版。

米　未　是你爸爸买的吗？

kiddy　　当然。早上我没起床他就放在桌上了。

米　未　　哦。看到蛋糕开心吗?

kiddy　　是啊,怎么了你?

米　未　　没什么,好好吃。

kiddy　　馋猫。(Kiddy点了一点奶油在米未鼻子上,米未追着Kiddy)

kiddy　　好,我投降。米未,今天你怎么突破重围到我们家来的?

米　未　　对了,差点忘了。我跟我妈妈说找你有正经事她才让我出来的,还让我带上这个。(拿出录音笔)

kiddy　　录音笔?干什么?

米　未　　把我们的谈话录下来,等于我妈跟着我。

kiddy　　(哭笑不得)这算什么?还有人权没有?搞监听?干脆弄个视频得了……

米　未　　别愤愤不平了,这又不是第一次了,监听就监听吧,咱们就录一段给她听。

kiddy　　好。

〔二人准备录音。

米　未　　等等,小心,说话别跑题了。

〔kiddy按下按钮。

米　未　　kiddy你好!

kiddy　　米未,你好!

米　未　　你爸爸呢?

kiddy　　他还没下班,找他有事吗?

米　未　　我想让你爸爸给苗可的爸爸安排个工作。

kiddy　　没问题。(小声地)他爸怎么了?

米　未　　他爸下岗了,听说你爸正在招人,想找你爸……

kiddy　　就这个呀,小case,跟我爸一说,没问题。

米　未　　这么简单呀?他平时老跟你较劲,你不在意?

kiddy　　No,什么叫潇洒?这就是。

米　未　（示意录音笔，大声地）那就等你爸爸回来落实一下吧。

kiddy　好吧。（关掉录音笔，二人大笑）真憋死我了，哈哈哈哈……

米　未　不行，我们还得录点什么。

kiddy　干吗呀？

米　未　你看我到你们家这么长时间，只录了这么点，回家以后我妈又得追问。

kiddy　那再录点什么？

米　未　录点她喜欢的。

kiddy　学习？

米　未　对，就录学习。还是你聪明。（开录音笔）Kiddy，你转到我们学校来以后成绩有进步呀！

kiddy　那当然。

米　未　你每天晚上都复习到几点呀？

kiddy　复习？谁复习呀，我从来不复习。

米　未　真的？我每天晚上都复习到12点呢。

kiddy　才12点？哦，我早就睡了。

米　未　你这么厉害呀！

kiddy　那当然，我是谁呀，我是天才！你没注意我每天放学就玩，打球，回家就弹吉他，可我哪次考试不是前三名？

米　未　是啊，佩服。真的，我是由衷的，我们的青春动感组合DV小片你剪得真棒。

kiddy　就差片头了，还有几个压缩的问题还真卡。

米　未　那怎么办？

kiddy　没问题，我是谁呀？有难倒我的事吗？玩儿一样。

米　未　吹吧你，真的，找到办法没呀？

kiddy　放心吧，我在网上跟梅老师探讨呢……

米　未　等等，等等，梅老师？

kiddy　对呀，她可是我的网友。

米　未　你不一直看不惯她吗？怎么成网友了？

kiddy　谁看不惯她了？建议你在网上跟她聊聊，幽默，酷！

米　未　如果，如果她……

kiddy　怎么了？吞吞吐吐的。

米　未　没有，我是问她谈爱情吗？

kiddy　谈。当然，过去不谈，现在有了新的认识，尤其对早恋有独到的见解。

米　未　独到的见解？

kiddy　这个啊，要下手早，下手晚了好的就没了。

米　未　啊？梅老师这么说？

kiddy　Sorry，那是我的高论。梅老师告诉我，不要去有意早恋，因为年轻担负不起太多的承诺，可万一碰到了你认为就是你心目中的那个人，你就埋在心里，努力做人，在将来的时候，就那个什么……

米　未　（调皮地）那个什么？

kiddy　（装傻）嗯，嘿嘿嘿……

米　未　别动，你脸上有个痘痘。

kiddy　（很难为情）嗯，那消痘洗面奶洗了几天都洗不掉。

米　未　这可是宝贵的美丽青春痘哩。过来，我帮你挤掉。

kiddy　挤掉？（米未帮他挤痘痘）啊！疼。

米　未　那我轻点，好了！我去洗手间。

　　　　〔kiddy 摸着挤掉痘痘的脸。门铃声。

kiddy　罗匡，你怎么这个时候回来啊？（开门，停住）

　　　　〔陈麦上。

陈　麦　kiddy，我这个时候不能来吗？

kiddy　哦，阿姨请进。

陈　麦　我是怕米未来的时间长了，忘了苗可他爸的事，所以我才来。

kiddy　他没忘，哦。（关录音笔）

陈　麦　（发现桌上的蛋糕和生日礼物）你过生日？还有生日礼物。

kiddy　米未送的。

陈　麦　啊？哦，祝你生日快乐。

kiddy　阿姨请坐。

陈　麦　你爸爸呢？

kiddy　还没回来。

陈　麦　（紧张地站起）刚才就你们俩在家？（东张西望）

kiddy　怎么了？

陈　麦　咦，米未呢？

米　未　（从洗手间出）我在这儿呢，妈，你终于憋不住过来了。

陈　麦　我是……

米　未　好了好了，别重复您的理论让人笑话了。

陈　麦　谁会笑话？kiddy 会笑话阿姨？

kiddy　不会不会。米未，你真好，还有人说你，我想找人说还没有呢。

陈　麦　看看 kiddy 多懂事，kiddy，不是阿姨说你，你这头发怎么弄得这么乱啊？

米　未　妈啊，这叫时尚。

陈　麦　哦。刚才你俩在干什么呢？

米　未　我们在等开开爸回来，你都看见了，一切很正常吧。

陈　麦　（拍米未）你怎么又穿这条吊带裙？你不要老嫌妈妈啰嗦，你要理解……

米　未　理解，这理解是否该从信任开始呢？

陈　麦　你认为妈不信任你？

米　未　信任，信任还让我带这个？听吧。想听就听吧。

陈　麦　那我听了。

　　　　〔陈麦按下录音笔。录音笔内："别动！你脸上有个痘痘。""那消痘洗面奶洗了几天都洗不掉。""这可是宝贵的美丽青春痘哩。"陈麦眼睛盯住了米未。

米　未　妈，不是这个。前面。

〔录音笔内："啊！疼。""那我轻点。"

米　未　这也不是。（她倒带放带，"是宝贵的美丽青春痘哩"。关掉再开，越弄越乱，她都快急哭了）

陈　麦　总认为我小题大做，怎么样？这不算小题吧？

kiddy　陈麦阿姨，你真的该听听别的。

陈　麦　我真的不想听了。

米　未　妈，（几乎绝望地）我希望你再听一听。

陈　麦　不，我相信我自己。走！

米　未　（喊叫地）我要你听！

陈　麦　（吃惊地看着米未。二人对峙着）走，回家！

kiddy　阿姨……

陈　麦　不用你送。

〔kiddy 的爸爸进来。对屋内的气氛愣住了，但很快缓过来。

罗　匡　哎呀，来稀客了。你们来的正好，今天是开开的生日，一块吃蛋糕吧。

kiddy　阿姨，请坐！

罗　匡　（对 kiddy）对不起，回来晚了。（给生日礼物）生日快乐！

米　未　叔叔好！

罗　匡　米未长大了，越来越漂亮了。

陈　麦　是这样的，他们班上一同学家长下岗了，孩子们乐于助人，听说你们公司在招聘，米未才到你们家来的，是这样吗，米未？

米　未　是的。

罗　匡　哦，可招聘时间早就过了。

kiddy　罗匡，（拉他到一边）怎么也给我一个面子。

罗　匡　可人都满了。我有什么办法？

kiddy　我不管。那把你的位置让出来给他。

罗　匡　别开玩笑。

| kiddy | 想办法吧,快点,别让我在女生面前没面子。 |
| --- | --- |
| 罗匡 | (看看米未)哦。好,让我想想办法。让他做保安?(开开摇头)保安不行,清洁工?(米未摆手)清洁工也不行。那让他干什么呢? |
| 米未 | Kiddy,听说他爸原来是宾馆厨师,还当过劳模的。 |
| kiddy | 听见没有? |
| 罗匡 | 厨师,劳模,那就把员工食堂办起来,他来管,怎么样? |
| 米未 | 行。 |
| kiddy | 罗匡,(捶了他爸一拳)我帮你放一个月的洗澡水,保证水温30度。米未,这事就不要告诉苗可了。 |
| 罗匡 | 你们说的也是苗可他爸爸? |
| 米未 | 您认识他? |
| 罗匡 | 不,已经有人比你们先推荐了。 |
| kiddy | 谁呀?比我们还快? |
| 米未 | 我知道是谁了。(对着kiddy耳朵说悄悄话) |
| kiddy | 梅…… |
| 陈麦 | (站在两人之间)既然事情办好了,那我们就告辞了。 |
| 罗匡 | 别,吃了蛋糕再走吧,你喝什么?咖啡还是茶? |
| 米未 | 我妈喝咖啡。 |

〔kiddy进屋冲咖啡。

| 罗匡 | 我们家开开就喜欢和你们家米未在一起……做作业呀,复习功课什么的,他们俩互相学习,互相帮助,肯定能考上大学。唉,现在他们的功课太重了,开开每天晚上做功课要搞到晚上两点多…… |
| --- | --- |
| 米未 | 啊!? |
| kiddy | (端咖啡上)罗匡—— |
| 罗匡 | 啊?哦!(捂住嘴) |
| 米未 | (大笑)天才! |

〔kiddy 尴尬地蹲下。

〔收光。

〔转场音乐起。

〔现时中的网吧。特定网吧光起。

陈　麦　梅老师，我这个妈妈是不是做得很失败。

梅　肖　不，其实你在你女儿心中是很优秀的。

陈　麦　是吗？

梅　肖　她有一篇作文《我的骄傲》写的就是你。

陈　麦　真的吗？我怎么从来没有听她说过呢？

梅　肖　你像她那么大的时候，当面称赞过你的妈妈吗？

陈　麦　我妈妈？

梅　肖　是啊，我们是妈妈，同时我们也是女儿，换位思考一下，妈妈和女儿为什么不能是朋友呢？

陈　麦　是啊，我跟别人都能成为无话不谈的好朋友，比如我在网上和一个小朋友就聊得很开心，每次和她聊天，我都会忘掉烦恼。

梅　肖　那当然啦，因为她是冰淇淋嘛。

陈　麦　你也认识冰淇淋？

梅　肖　认识。

陈　麦　梅老师？冰淇淋？（下）

梅　肖　（笑）卡布其诺？冰淇淋？

米　未　真困呀！这个体验真的不好玩，真的好想回家呀，妈妈会怎么样我呢？

〔QQ 声。

梅　肖　冰淇淋。

米　未　梅老师！

梅　肖　困了吧？米未。

米　未　是我妈让你找我的吧？肯定的，她恨不得让全世界的人都知道。

梅　肖　你怎么也会出走？

米　未　我妈误会我了。

梅　肖　你没跟她解释吗？

米　未　她根本不听我解释，我跟她没法沟通。

梅　肖　其实是可以沟通的。

米　未　跟您，跟别人都可以，跟她……太难了。

梅　肖　所以你就用出走来吓你妈妈？

米　未　其实我也不愿这样。

梅　肖　你知道大人最怕的就是孩子出走。

米　未　我知道。

梅　肖　可为什么怕，你想过吗？

米　未　没想过。

梅　肖　那是因为爱。

米　未　因为爱？

梅　肖　给别人一点爱自己就会多一些快乐。（隐去）

米　未　给别人一点爱自己就会多一些快乐？

　　　　〔收光。

## 郊　外

〔闪回。黄昏时的郊外。

kiddy　你要我提前来干什么？又要打架呀。

苗　可　我俩在一起一定要打架呀？

kiddy　那干什么？我和你不可能约会吧？

苗　可　我才不跟你约会呢，给你。

kiddy　什么？

苗　可　听米未说你做DV编辑时，压缩MPG出了点问题，我在网上下载了些资料，也许有用。

kiddy　这，这个，苗可！

苗　可　别感动。我可不是为了你。我是为了我们组合。

kiddy　好了,哥们儿,啥也不说了。谢谢了。

苗　可　该是我谢谢你。我爸要请你和你爸爸去我家,他要亲自为你做几样他的拿手好菜呢。

kiddy　为什么?

苗　可　我都知道了。以前我老跟你过不去,其实我……

kiddy　嗨,男子汉,怎么磨叽起来了,没事,我欣赏你小子。

苗　可　我也一样。来,我跟你说件事。

kiddy　什么?

苗　可　这个。(拿出一漂亮的瓶子,里面装满了五颜六色)

kiddy　哇,好漂亮。(抢过瓶子,一串折着的彩色纸片掉出来)一定是哪个MM送给你的吧?是谁呢?让我猜猜。

苗　可　小点声,(把彩色纸片放进玻璃瓶)告诉我怎么办吧,我可没经历过这个。我想,你有经验。

kiddy　嗯。这叫什么话?!我哪有经验?拆两个我看看。

苗　可　不能给你看,你认得笔迹的。

kiddy　笔迹?(紧张)我认识笔迹?谁写的?写的什么?(抢玻璃瓶)

苗　可　你紧张什么?写的诗。

kiddy　喔,写诗好,写诗的就好,我知道是谁了。

苗　可　保密啊。

kiddy　保密。说说你现在什么感觉?

苗　可　我,我没感觉。

kiddy　没感觉?可怜的MM。

苗　可　不是,我是说……我没心理准备,我说不清楚。

kiddy　说不清楚也得给人一回应呀。

苗　可　怎么回应?

kiddy　让我想想……对了,怎么感觉就怎么说。

苗　可　怎么感觉就怎么说?

kiddy　　只是千万别伤别人的心。

〔米未、卉伊、夏木上。

米　未　　你们俩先来了？好了，（接过开开的 DV 机）今天我们要拍 DV 的片头花絮，大家随便一点。夏木，片头人物素描画好了没有？

kiddy　　还差我的。

米　未　　那赶紧去吧。

〔kiddy 给苗可使眼色，夏木画 kiddy，米未正在拍镜，卉伊边玩手机边不时看看不安地走来走去的苗可。

苗　可　　卉伊。

卉　伊　　苗可。

苗　可　　卉伊，这个玻璃瓶……

卉　伊　　怎么样？

苗　可　　真透明。

卉　伊　　里面的色彩好看吗？

苗　可　　我，我看了一种颜色就没看了。

卉　伊　　为什么？怕，还是不想看？

苗　可　　我担心被我看褪了色。

卉　伊　　你不管它它才会褪色呢。

苗　可　　……卉伊，我想把它封起来。

卉　伊　　你不怕我流泪吗？

苗　可　　我……我给你唱歌吧。

卉　伊　　我不听。

苗　可　　我唱了啊，（唱）柠檬黄的味道，你可曾品尝到，有点……

卉　伊　　（唱）酸甜，有点苦涩，让我一直回味在心中忘不了……（卉伊仰着脸，任由泪水流下来）

苗　可　　卉伊……（笨拙地给卉伊擦着眼泪）

卉　伊　　（推开苗可的手）苗可，给我吧。

苗　可　　卉伊……（把玻璃瓶藏在身后，然后又递给卉伊）

〔卉伊接过玻璃瓶,把瓶盖打开,一片彩色小诗随风飘去。

卉　伊　(盖上瓶盖)把它封起来吧!

〔苗可似想抓住那片飞扬的彩色小诗。

〔彩色小诗飞到米未的镜头上。他看到米未的镜头,慌乱地躲开。

〔米未向苗可走去,卉伊拉住了米未。米未看着流着眼泪微笑着的卉伊。

卉　伊　米未,我来拍。(接过 DV 机,对着不知所措的苗可)苗可,你真透明!

〔Kiddy、夏木的眼光追随着那片美丽的彩色小诗。

卉　伊　你们怎么了?夏木,画好了?

夏　木　哦,嗯,画好了。

kiddy　我看看。哎,夏木,(拉夏木到另一边)你看这脸上的……

夏　木　豆豆?

kiddy　对,是不是可以省略?

夏　木　就这个东西美。有个性,特青春的。

kiddy　可是我觉得……好像……

夏　木　那好吧,我擦掉吧,不过挺可惜的,我想长还长不出呢。

米　未　走了,启程下一景点。

kiddy　等等,我还等一个人。

众　　　谁呀?

kiddy　梅老师。

米　未　梅老师?

kiddy　她马上就到了。

〔梅肖上。

梅　肖　同学们好!

四　人　梅老师好!

梅　肖　很高兴参加你们的活动。

〔众围着梅老师拍照。摆着造型,拍完后 kiddy 将 DV 机递给苗

———儿童剧《柠檬黄的味道》 〉〉〉〉

可。

kiddy 　梅老师。

梅　肖　kiddy。

kiddy 　（拿出戒指）我要给您一样东西。

梅　肖　戒指？kiddy……

kiddy 　罗匡太忙了。（回头）告诉大家一个好消息：梅老师就要跟我爸结婚了。

米　未　kiddy？

〔kiddy眼中充满了真诚。

梅　肖　（感动地）kiddy，谢谢你。

米　未　梅老师。

梅　肖　（搂住米未和kiddy）谢谢你们！（眼中闪着晶莹的泪花）能做你们的老师，我真的很幸福，真的！

〔大家围着老师，仰望着天空。收光。

## 尾　声

〔现时中的网吧。特定网吧光起。QQ声。

米　未　没想到他能够用这样的方式接受他的后妈，真有个性。

卡布其诺　你好像很喜欢他？

米　未　我喜欢和他在一起。他总是让别人很开心。可我见他把他妈妈的照片藏起来的时候，他流泪了。男生流泪好让人感动。嗨，人与人之间多一些宽容就好了。

卡布其诺　人与人之间多一些宽容？冰淇淋，你说得真好。

米　未　说起来简单，可做起来怎么那么难呢，卡布其诺，我突然心里好难过。

卡布其诺　怎么了？有什么难过你就说吧，我听着呢。

米　未　其实我是很爱我妈妈的，可我和她一起的时候怎么就是另一种样子呢？记得有一次，我生病了，就无缘无故地对她大喊大叫，好几天没和她说话，晚上，我睡在床上，妈妈走进来了，我闭上眼睛装睡，妈妈坐在我的床边，好一会儿，我感到她轻轻地抚摸着我。她的手好轻，好柔和，我好想转过身来抱住她。可我没有，我屏住呼吸，在心里叫着：妈妈，妈妈，妈妈，泪水打湿了我的枕头……可是第二天我见到她，仍然冷冷的，还是不想和她说话。

卡布其诺　为什么呢？

米　　未　为什么呢？我不知道。我要知道为什么我就不会离家出走了。

卡布其诺　什么？你出走了？

米　　未　每年妈妈的生日我都是随便买一张生日卡给她，今年我想给她一个惊喜，我做了很多五彩的星星，还写了我心里想说的话，想在妈妈过生日那天送给她，可妈妈却误认为我是送给男生的，你说这……

卡布其诺　五彩的星星？米未？

米　　未　你是……

〔特定网吧光收。后一空间，随着两人的走动光渐起。

米　　未　妈妈！

陈　　麦　米未！

米　　未　卡布其诺？

陈　　麦　冰淇淋！

米　　未　你怎么会是卡布其诺？

陈　　麦　你怎么会是冰淇淋？

米　　未　为什么我不跟你解释呢？

陈　　麦　为什么我不听你解释呢？

米　　未　我怎么会离家出走？

陈　　麦　我怎么会动手打你？

米　　未　我让我妈妈担心了。

陈　麦　我让我女儿受苦了。

米　未　为什么我只能跟卡布其诺说心里话呢？

陈　麦　为什么我只能跟冰淇淋说心里话呢？

二　人　我们为什么不能成为朋友呢？

　　　　〔陈麦懊悔而痛苦地蹲下，米未上前扶起她。

陈　麦　米未，妈妈把你打疼了吧？（抚摸着米未的头发和她的肩）

米　未　妈，我——想——回——家！

　　　　〔音乐起。

　　　　〔二人拥抱。所有的爱全在这一刻倾泻了。

米　未　妈，你的生日过去了。

陈　麦　你每年都记得妈妈的生日。

米　未　当然，金牛座21号，一个属于品位高、朴实、有点古典浪漫的人的生日。

陈　麦　米未……

米　未　妈，你知道那些星星是我和谁一起做的吗？

陈　麦　谁？

米　未　是爸爸。我们一起做了好几个晚上，也谈了您几个晚上，妈，爸爸爱您，真的。他跟我说起你们的初恋，那弥漫着香味的、带着爱的泡沫的卡布其诺咖啡。哇，好浪漫啊！

陈　麦　米未！

米　未　要是我们能像冰淇淋和卡布其诺一样该有多好。

陈　麦　米未。

米　未　妈，爸爸还住在办公室，我陪你去找他。

陈　麦　嗯。

　　　　〔同学们上。"米未——"

同学们　阿姨好！

陈　麦　那我自己去找他吧，你早点回家。

米　未　卡布其诺，祝你好运。

陈　麦　谢谢你，冰淇淋。

〔陈麦下。

〔米未环视着她周围的人。

米　未　我想死你们了。

五　人　郁闷吧？

米　未　不，是孤独。

苗　可　孤独？

米　未　大家在一起的感觉真好。这一晚上我觉得好长好长。脑子里放电影一样，全是你们。kiddy，好怕我们毕业后就会这样分开，可我们总有一天会分手，我们都要去追梦，追逐青春的梦，除了祝福，沉淀下来的都是美好的回忆。

kiddy　将来值得我们回忆的东西真的很多。（他看着米未）

苗　可　可惜我不会画画，不然我也画一本同学画集。

卉　伊　对，也可以写诗。

米　未　我要把所有的人写在我的日记里。

kiddy　记得我曾问过你们一个问题？

夏　木　什么问题？

kiddy　"青春的感觉是什么？"

苗　可　有什么特别吗？

kiddy　我录下了我们班所有人的声音。你们听！

〔按下随身听。男声：青春是一种任性和盲目。

卉　伊　这是李科。

〔女声：青春是躁动和叛逆。

夏　木　这是江玟。

〔女声：青春呀，完美得让人不敢拥有，因为害怕失去。

苗　可　王艳的声音。

〔男声：青春是穿破的牛仔裤。

kiddy　这是王小。

———儿童剧《柠檬黄的味道》

〔男声：青春是妈妈的唠叨。

〔女声：青春是七彩的泡泡。

〔女声：青春就是等待。

苗　可　青春是五彩的心情。

夏　木　青春是夏日的风，冬天的火。

卉　伊　青春是如此活泼，因为你的生活一路笑声；青春是如此温馨，因为你的青春宁静美丽；青春是人间不败的鲜花——它就是友谊。

kiddy　青春是如诗的梦想。

米　未　青春，是柠檬黄的味道。

kiddy　柠檬黄？颜色也有味道？

米　未　当然有。柠檬黄的颜色给人的感觉是淡淡的、纯纯的、很清新、很年轻，细细地品味，它带有几丝酸酸的、甜甜的，还有一点点苦涩的味道，它就是——

　众　青春的味道。

〔音乐起。音乐中，传来短信的声音。kiddy拿出手机传来梅老师的声音：你们的青春组合进入决赛前三名。

　众　耶！

〔kidd弹起吉他，苗可担当MC，慢速动感舞中，大家脱掉外衣，开始舞动。《柠檬黄的味道》歌声起。

男　　　我悄悄绕到你的身后，

　　　　轻轻拨弄你的辫梢，

　　　　拿起你的钢笔和书包扭头就逃，

　　　　逗得你追着我一路小跑。

女　　　你别拨弄我的辫梢，

　　　　别拿起我的钢笔和书包，

　　　　请看着我的眼睛和纯真的微笑，

　　　　我在回答你作业上的问号。

合　　　柠檬黄的味道你可曾品尝到，

有点酸甜，有点苦涩，让你一直回味在心中忘不了，

柠檬黄的色调你可曾感觉到，

有点清新，有点绚丽，如同青春光彩在朝阳下闪耀。

男　　空中飘着纯真的微笑，

如同滑出了一行诗那般美妙，

没有话语，时间在凝固中珍藏起每个声音，

伴着琴弦，青春在放飞中弹拨着春的歌谣，

轻轻地，轻轻地感觉，感觉那

淡淡的、纯纯的、片片清新的色调。

女　　另存起年轻的串串记忆，

珍藏起青春的束束骄傲。

一串笑声，阳光在绿色的丛林追逐着希望，

一溜小跑，青春在纯情中吹出了七彩的泡泡。

细细地，细细地品味，品味那

甜甜的、酸酸的、丝丝苦涩的味道。

合　　柠檬黄的味道你可曾品尝到，

有点酸甜，有点苦涩，让你一直回味在心中忘不了，

柠檬黄的色调你可曾感觉到，

有点清新，有点绚丽，如同青春光彩在朝阳下闪耀。

柠檬黄的味道，

那是，那是一种青春的味道。

〔剧终。

**精品提名剧目·儿童剧**

# 春雨沙沙

编剧 李 冰

**时间**

十一届三中全会后的中国农村。

**地点**

大别山深处的南洼小学。

**人物**

王老师（山子）　　男，二十多岁，南洼小学教师。

换　　　女，南洼小学学生。

石　头　男，南洼小学学生。

腊　月　女，南洼小学学生。

锁　柱　男，南洼小学学生。

福　生　男，南洼小学学生。

根　宝　男，南洼小学学生。

腊月妈　南洼村村民。

张队长　南洼村队长，石头爹。

锁柱妈　南洼村村民。

根宝爹　南洼村村民。

李货郎　山村货郎。

表　姐　县城学校教师。

根宝舅

收税人

————儿童剧《春雨沙沙》 〉〉〉〉〉

一

〔大别山深处的南洼村。炎热的夏天。
〔一束微弱的光照着空地前的一棵大树，树上吊着一口铁钟，这就是即将成立的南洼小学。学校后面是一处高坡，远处，炊烟袅袅，片片村舍若隐若现。
〔幕启。换背着妹妹在自家的院里做农活。锁柱戴着草帽，福生拿着放羊的鞭子跑上。

锁　柱　福生，快点！
福　生　来了来了。
　换　　福生，你们这么早就来啦？
福　生　今天不是要来个老师吗？我和锁柱先来抢个地方。
锁　柱　对，只要画了圈，就是我的地盘。
　　〔福生和锁柱忙着占地盘，腊月和妈妈上。
腊月妈　腊月啊，今天新老师要来，快找个好地方坐下。
　　〔腊月刚要坐下，被锁柱推到一边。
锁　柱　谁让你坐这儿，起来！
腊　月　你干吗？
锁　柱　这是我占的地！我要在这里认字！
腊　月　妈……
腊月妈　小子，你干吗？
锁　柱　她占了我的地。
腊月妈　胎毛还没干呢，你就学会欺负人了，看我不打你！

锁　　柱　你是媒婆！媒婆媒婆不害羞，提门亲事喝碗粥……
腊月妈　好小子，长大了我就不给你提亲，让你打一辈子光棍！
锁　　柱　打就打，媒婆媒婆不害羞，提门亲事喝碗粥……
〔腊月妈追打锁柱，张队长、锁柱妈上。
张队长　孩子们，快过来欢迎新老师！
腊月妈　快看看，新老师长啥样？
〔货郎内喊："来喽——"
〔孩子们冲到后台的高坡上张望。稍停，货郎挑担子上，后面跟着王老师。王老师是一个年轻的农村小伙子，他提着行李，背着一个挎包，看上去比孩子们大不了多少。
李货郎　张队长，我把人给你领来啦！
张队长　娃娃们，大家欢迎。笑啊，拍巴掌！
〔张队长带领孩子们向王老师鼓掌，王老师没明白过来，也急忙看着身后，乐呵呵地跟着鼓掌。
李货郎　看什么呀，这是欢迎你！
王老师　啊？
张队长　（迎上去）王老师，别看孩子们欢迎得不够热闹，可都是真心的，我们等你好些日子了！
王老师　等等，你刚才叫我什么？
锁　　柱　王老师。
众　　人　王老师，嘻嘻……
王老师　（躲闪）不不不，你们肯定搞错了，队长，李货郎喊我来，是让我算账的……
李货郎　（忙打岔）嘿嘿有学问的人就是不一样。我问你，你会认字吧？
王老师　啊！
李货郎　还能算账吧？
王老师　啊！
李货郎　要不张队长你在我背篓里拿张包东西的报纸，让给我们大伙

———儿童剧《春雨沙沙》

念念。
王老师　别别！
张队长　错不了，现在，你就是南洼小学的老师啦！
王老师　不不不，我从来没当过老师……
张队长　王老师你听我说，我到县里去了三趟了，想请个老师来，可眼下各村都忙着办学校，老师太缺了，像我们南洼小地方就这几个娃排不上队！读书是大事，我不能让这几个娃干等着过了趟呀，李货郎说你有学问我信。
王老师　可是我……
李货郎　行啦行啦，你就别谦虚啦！
王老师　（对张队长）可张队长，我只是认几个字，当不了老师……
张队长　这不就成啦？老师嘛，就是教学生认字算账！乡亲们，是不是？
众　人　是啊是啊。
王老师　可是……
张队长　王老师，行也得教，不行也得教。锁柱，把老师的行李拿进去。
锁　柱　哎！
张队长　换，到你家打点水给老师喝！
换　　　哎！
张队长　腊月妈，搬个凳子请老师坐。
腊月妈　来啦。坐这儿，王老师坐这儿。
换　　　（把一瓢水递给王老师）老师喝水。
王老师　这……
张队长　（命令似的）喝！
王老师　唉，喝。
〔王老师向换笑了笑，把水喝干，锁柱把一块布递给老师，王老师擦脸。
换　　　别擦，那是尿布！
〔众人大笑。

〔一阵吵闹声,根宝爹一手拧着根宝的耳朵,一手提鞋上。

根宝爹　反了天了,连学都不想上了,看我不揍你……

张队长　怎么了?

根宝爹　队长,这小子不来上学,让我抽了两鞋底。

张队长　别胡闹,我请的老师在这儿!

根宝爹　老师?根宝,快给老师磕头!

根　宝　不!

根宝爹　看我不揍你!(欲打)

王老师　(对根宝)你叫什么名字?

〔根宝翻翻眼,不说话。

张队长　王老师,这孩子有点傻……

根宝爹　张队长,我们家根宝可不傻呀。这孩子勤打着点,学认字能行!

王老师　啊,先收下吧。

根宝爹　快,给老师磕头!

王老师　不用不用。同学们……

〔随着一声尖利的呼哨,石头跑上,他挑衅地看了王老师一眼,脸上完全是不屑一顾的神情。

石　头　锁柱,跟我上山逮鸟去!

张队长　站住!

王老师　这是谁家的孩子?

张队长　我的,我的。王老师,他娘死得早,这孩子让我惯坏了。石头,过来!

石　头　(看着王老师,挑衅地)他教不了我!

张队长　这孩子,不许胡说……

王老师　(不服输的)你怎么知道我教不了你?

石　头　我有老师,你有老师吗?

王老师　你的老师是谁?

石　头　说书的刘瞎子。刘瞎子上通天文,下知地理,懂阴阳,会八卦,

——儿童剧《春雨沙沙》

你的老师呢？

王老师　（拿出字典）在这里。

众　人　这是什么？

王老师　字典。

众　人　字典？

王老师　字典学问可大呢，上下五千年，方圆十万里，上面都写得明明白白，中国的字，这上面全有！

石　头　牛皮不是吹的，说大话没用，是骡子是马得拉出来遛遛！

李货郎　等等，小子，你是想跟他比试比试？（暗示王）怎么样？

王老师　行，比就比！

孩子们　对，比！

李货郎　那可说好了！当着全村老少爷们的面，你要是输了怎么说？

石　头　那，我先考你！

王老师　出题目吧！

石　头　岳母刺字，刺的哪四个字？

王老师　精忠报国！

石　头　三顾茅庐，谁请的谁？

王老师　刘备请诸葛亮！

石　头　我再问你，古时候有个三十六计，你都知道吗？

王老师　那我先考你，这三十六计，什么是上计？

〔石头语塞。

王老师　听着！瞒天过海第一计，围魏救赵第二计，借刀杀人第三计，声东击西第四计……以逸代劳、趁火打劫、无中生有……暗渡陈仓、隔岸观火、笑里藏刀、欲擒故纵、抛砖引玉、擒贼擒王……李代桃僵、顺手牵羊、打草惊蛇、借尸还魂、调虎离山、釜底抽薪……美人计、空城计……三十六计走为上计！

〔石头愣住了，众人窃窃私语，敬佩地看着王老师。

王老师　好，现在轮到我考你了，我就考你个最简单的，你叫什么名字？

石　　头　张石头！

王老师　写出来。

〔石头咧嘴。

王老师　写啊。

〔石头难堪地摇头。

王老师　连名字都不会写，你神气个啥？（王老师用石头在地上写下几个字）这就是你的名字！你说，我能不能教你？

〔众人围上去看字，又窃窃私语。

〔石头执拗地低下头，孩子们围上。

张队长　王老师，这小子就等着你这样的给我治治。娃们，从今天开始，你们要好好学，给南洼村争口气，谁要是把老师气跑了，我就开他的斗争会！王老师，上课吧。

王老师　张队长，那课本呢？

张队长　课本？什么课本？

王老师　就是教课的书啊。

张队长　刚才你拿的那个，不是课本吗？

王老师　这是字典。

腊月妈　这字典是干什么用的？

王老师　不认识的字，一查就找着了。

张队长　这不就行了吗？他们呀，一个字都不认识，你就挨个教吧。

王老师　这不是课本。

张队长　咱农村没那么多讲究，就这么教吧。

王老师　小李子，这……

李货郎　张队长说行就是行，你就这么教吧。

〔"哇"的一声，换的妹妹哭起来。

张队长　换，叫你妹妹别哭了。

王老师　你叫什么名字？

换　　　我叫换。

———儿童剧《春雨沙沙》

王老师　换？

腊　月　他们家都是女的，他爸爸想换个弟弟，就叫她换。

锁　柱　换了半天还是个丫头片子！

王老师　你想上学吗？

换　　　想！

张队长　王老师，哪有带着自己妹妹上学的？

腊月妈　是啊，王老师，她爸爸到山外干活去了，她妈是个病秧子，她家里头，大大小小的活都得这孩子干，她可没空读书。换，你妹妹一哭，腊月他们怎么上课呀？

腊　月　妈！

腊月妈　换，干你的活去吧。

〔换默默地退到一边。

张队长　好了好了，孩子们留下，大人们下地干活去，走吧。

李货郎　等等，山子，我想弄点学习用具来这儿卖，到时候你可要多帮着点……

张队长　李货郎，我这学校刚办起来，现在还没钱，等以后有钱了再来吧。

李货郎　张队长，这你还信不过我？老师都是我给请的。

张队长　快进村卖你的东西去吧。

李货郎　行，我走，这么快就卸磨杀驴。山子你心里得有点数……

张队长　快走吧，王老师还要上课呢。

〔货郎、众村民下。

王老师　同学们，从今天开始，咱南洼村就有学校了，我是老师，你们就是学生，学生就要有个学生的样子。这位同学，叫什么名字？

石　头　锁柱！

王老师　同学们，上课发言要先举手。

锁　柱　我叫刘锁柱！

王老师　噢，你叫啥？

锁　柱　老师，他叫张石头，他叫孙福生，她叫小媒婆。

腊　月　胡说老师，我叫赵腊月。

锁　柱　她妈是媒婆，我们都叫她小媒婆。

腊　月　媒婆怎么了？没有媒婆，你还找不着媳妇呢。

锁　柱　小媒婆！小媒婆！

王老师　好了好了，不要闹了。那位同学，你叫什么？

根　宝　不上学！

王老师　为什么不上学？

石　头　他的大名叫赵根宝，他不愿意上学就让他回去吧。

锁　柱　老师，我们都叫他苕货！

福　生　老师，苕货笨，他用不着上学。

王老师　同学们，不管笨不笨，都得上学，现在我宣布一条纪律，以后谁也不许叫他苕货，叫他赵根宝。

根　宝　（愣了愣）赵根宝？

王老师　同学们，你们想认字吗？

同学们　想！

王老师　大家去找点树枝，我教你们写字。

　　　　〔众同学找树枝，赵根宝扛了个树桩上来，大家都笑起来。

王老师　根宝，你怎么把树桩子抱来了？

根　宝　写字！

王老师　这个不能写字。石头，捡个树枝给他。

　　　　〔王老师拿出小黑板，写上字。换悄悄背着妹妹坐在门口，一边干活一边学习着。

王老师　同学们，这些字你们都不认识，现在我教给你们，这个字念"土"，这个字念"大"，这个字念"白"。现在我读一遍，你们跟着念一遍。土，土，土豆的"土"。

同学们　土，土，土豆的"土"。

王老师　大，大，大蒜的"大"。

——儿童剧《春雨沙沙》 〉〉〉〉〉

同学们　大，大，大蒜的"大"。

王老师　白，白，白菜的"白"。

同学们　白，白，白菜的"白"。

　　　　〔琅琅的读书声在山村里回荡，同学们一边念书，一边在地上写字，换在教室门外也跟着一笔一画的写起来……

　　　　〔灯渐暗。

## 二

　　　　〔幕启。初秋。太阳刚刚升起，大山里烟雾缭绕。换在家门口一边搓着玉米一边背口诀，根宝骑在院墙上算算术，腊月在最后面院墙上读课文，锁柱、石头也在背课文。

锁　柱　哎，根宝，你在干啥呢？

根　宝　（扳着自己的手指头）一、二……

锁　柱　这是一，这是二。

根　宝　（高兴地）二，二。

石　头　锁柱，告诉他一加一等于四。

锁　柱　等于二。

石　头　笨蛋。

锁　柱　噢，明白了。根宝，一加二等于四。

根　宝　（开心地）四！四！

换　　　根宝，过来，一加二等于三。

根　宝　四！

换　　　不对，你看，一个加上二个，搁一块儿，一、二、三，等于三。

根　宝　三？三！（对锁柱大喊）三！

锁　柱　那我再问你，二加二等于？

根　宝　三。

腊　月　（喊上）不好了不好了，换，打起来了！

换　　谁打起来了？

腊　月　你大妹、二妹在河边和狗子打起来了！

换　　啊！（抽一木棍气愤冲下）

〔孩子们笑起来。

石　头　（拿出自己的玉米）根宝，我这有几个玉米呀？

根　宝　二个。

石　头　你的呢？

根　宝　（拿出玉米）二个。

石　头　来，咱们换。

〔石头用两个小玉米换了根宝的大玉米，大口吃起来。

根　宝　大的，我的！

〔石头和根宝打了起来。王老师背着大捆柴上。

王老师　哎，石头，怎么啦？

腊　月　老师，石头抢了赵根宝的玉米。

王老师　石头，把玉米还给根宝。

〔石头还给根宝玉米。

王老师　同学们，上课吧。

〔外面起风，呼啸的风声一阵阵传来。

腊　月　呀，起风了。

锁　柱　要下大雨。

福　生　我给羊割的草还没收呢，我得回去收草。

腊　月　下雨了，大水淹了路，我们就回不去了。

石　头　我是班长，我命令，放学！

〔石头带头要走，同学们跟在后面。

王老师　都给我站住！这点风，就想走？石头，你这当班长的怎么乱下命令？同学们，你们想想，你们家里的事那么多，地里的活那么忙，可你们的家长硬是把你们送到学校里，这是为什么？不就是为了让你们多认两个字，将来能有出息吗？你们这一跑，我怎么

——儿童剧《春雨沙沙》  〉〉〉〉〉

跟你们家长交待。草烂了，星期天我帮你们拔。大水淹了路，我背你们回家，可是，我们不能离开学校，咱们得接着上课。

〔同学们默默地坐下来。换蓬头垢面委屈地抽泣着上，并坐到教室外，渐渐恢复平静。

〔风声，雨声，一滴滴的水落了下来，同学们忙拿出碗盆接雨。

王老师　来，同学们都到这儿来，挤紧点。

腊　月　老师，城里的学校也是这样的吗？

王老师　不，城里的学校可漂亮了，有大大的操场，有高高的楼房，有宽敞的教室，同学们都穿着漂亮的衣服，背着崭新的书包……

锁　柱　老师，我们什么时候有这样的学校啊？

王老师　不会太久的，一定不会太久的，到那个时候呀，我们南洼村也会有这样的学校，高高的屋顶，大大的窗户。风吹不着，雨淋不着，每个同学都有自己的课本，自己的书包……

〔梦幻般的音乐中，一群现代孩子缓缓走过，他们穿着漂亮的衣服，背着崭新的书包……南洼小学的孩子呆呆地站着，如痴如醉地看着他们。

〔音乐消失，现代孩子渐渐远去。换见雨停了忙开始干活。

王老师　来，现在我们上新课。同学们，今天我们要学三个词，你们要把三个词串成一句话，一个是"过去"，一个是"现在"，一个是"将来"。我打个比方，过去咱们南洼没有老师，现在来了王老师，将来你们当中也会有人当老师……

〔坐在门口的换背着妹妹，她一边新奇地看着这一切，一边哗哗地切着猪草，王老师看了换一眼，换意识到自己声音太大，急忙放轻了动作。

王老师　石头，你说说看。

石　头　过去刘瞎子学问大，现在王老师学问大，将来我的学问最大。

王老师　好，说得不错！

〔换切猪草的声音又大起来，王老师又看了换一眼，换吐了一下舌头，收起大木盆。

王老师　腊月，你说。

腊　月　过去别人说我妈是媒婆，现在锁柱说我是小媒婆，将来呀，我就是不当媒婆，让他一辈子没老婆。

锁　柱　过去我欺负腊月，现在我还欺负腊月，将来我就娶她当老婆，我使劲欺负她！

〔换的妹妹发出响亮的啼哭声。

王老师　怎么了？

换　　我妹妹撒尿了。

锁　柱　真难闻！

石　头　熏死人了。

根　宝　臭！臭！

王老师　换，把你妹妹抱远点。

腊　月　别叫你妹妹哭了。

换　　老师我妹妹不哭了。

王老师　好，上课。

腊　月　王老师让换进来吧！

王老师　对！同学们，换跟我们学了这么长时间了，也挺用功的，老坐在外面也不是个事，我看，就让她进来，当个正式的学生吧？

石　头　那可不行，她妹妹一哭，我们就不能上课了。

换　　我妹妹平常不哭。

锁　柱　她还撒尿！

福　生　换的学习也不好。

腊　月　你怎么知道？

福　生　她老在外边闹，烦死了，怎么学得好。

锁　柱　对，让换走！

王老师　同学们，换还是挺用功的……

石　头　那又怎么样？丫头片子，有什么好学的！

——儿童剧《春雨沙沙》

腊　　月　丫头怎么啦？丫头怎么啦？

石　　头　你就是个多余的。我爹说了，不让她进来！

王老师　石头！

〔男孩子们哄着换，并将换推出教室。

王老师　别吵了！

〔换被推出门去，委屈而伤心地在一旁哄着妹妹并无奈地背着妹妹离开教室门口。

〔王老师默默地看着换……

〔根宝爹上。

根宝爹　王老师！王老师！

王老师　我们正在上课呢。

根宝爹　没关系，就一点事，找你给算算，上个月隔壁家大毛借了我十个鸡蛋，今天他还给我一筐茄子，你说，我亏了还是赚了？

〔根宝看看众同学，同学们大眼瞪小眼。

根　　宝　1+2=3。

王老师　根宝，这是一道混合算式，关键要知道这些东西的价格，鸡蛋多少钱一个？

换　　六分。

王老师　茄子多少钱一斤？

换　　八分。鸡蛋六分钱一个，十个鸡蛋六毛钱，茄子八分钱一斤，一筐茄子八斤整，八八六十四，六毛四减六毛，你赚了四分钱！

根　　宝　赚四分。

根宝爹　（惊喜地看着儿子）噢，会算账了，会算账了！（根宝爹兴奋地冲村子里喊起来）爹，爹，孩子们会算账啦！会算账啦！

〔根宝爹大喊着跑下。

〔静场。

〔王老师和众孩子转过身，注视着换。

王老师　换，你是怎么知道的？

换　　　我经常到集上卖东西，就这么算的。
腊　月　换，你真行！
福　生　换，你进来吧。
石　头　进来，坐我这儿。
锁　柱　坐我这儿。
老　师　换，同学们都欢迎你，进来上课吧。
　　　　〔换走上前，给同学们鞠了个躬，大伙把换拥进教室。
　　　　〔腊月妈上。
腊月妈　王老师！
腊　月　妈，我们在上课呢。
腊月妈　哎呀，我是来表扬王老师的。王老师，我们家腊月呀，可跟以前不一样啦。她不光会写自己的名字，还在家里写了一副对联呢。
锁　柱　写的啥？
腊月妈　大葱大蒜一枝花，要娶媳妇找我妈。这都是你王老师的功劳。
王老师　不不！
腊月妈　您别客气，王老师，教书累的是脑袋瓜子，比我们下地干活还苦呢。哟，王老师，你的衣服怎么破成这样了，也不知道补补哇？
王老师　没时间。
腊月妈　王老师，你这一个人过日子还真不行。我看呀，得好好给你找个媳妇。
同学们　（一下子来了兴趣）找媳妇？
腊月妈　我要给你说的这位呀，可漂亮啦！柳叶眉、杏仁脸、樱桃小口一点点，生辰八字我都算过了，般配！
王老师　别别……
腊　月　妈，你是不是说的我表姐啊？
腊月妈　小孩子别插嘴……怎么，王老师信不过我？
王老师　不是，腊月妈，这事以后再说吧，时候不早了，我们还得交学费呢。

——儿童剧《春雨沙沙》 >>>>>

腊月妈　那好，你先忙，我就不耽误你啦！王老师，哪天选个日子跟姑娘见面，彩礼我替你准备。腊月，别忘了把王老师的衣服带回去补补。

〔腊月妈下，同学们围着王老师哄笑。

同学们　娶媳妇了！

王老师　同学们，时候不早了，咱们现在交学费吧。换，你算术好，帮着记账。石头，你是班长，负责清点。

〔同学们依次把蔬菜放到石头面前，这就是他们的学费。

石　头　记好了，张石头二斤鸡蛋，赵腊月四串辣椒。

换　　　老师，"辣椒"两个字怎么写呀？

王老师　噢。（教换写字）

石　头　孙福生的一筐黄花菜，刘锁柱的一筐玉米。

〔一阵猪的嘶叫声，根宝牵一头猪上。

锁　柱　看！猪！

根　宝　交学费！

王老师　根宝，怎么把你们家的猪赶来啦？

根　宝　交学费！

王老师　快放回去。你爹要打你的！

同学们　跑了！猪跑了！

根　宝　跑了。

同学们　快追呀！

〔王老师和众孩子追起猪来，哄笑声中，石头被绊了个跟头。
〔光渐暗。

# 三

〔深秋。县城集贸市场一角。王老师和换背着背篓提着篮子上。

换　　　老师，就在这儿卖吧，你看，这里人挺多的。

王老师　好吧。看你累的，出了一头汗呢。

换　　没事！我在家老干活，习惯了。

王老师　那，你还有时间学习吗？

换　　等我妹妹睡了，我就点上煤油灯，能学到下半夜呢……老师，我们把菜摆出来吧？（叫卖）啷个们啦……

王老师　换，你还真行啊，来，（把葫芦递给换）先润润嗓子！

换　　（晃了晃葫芦）王老师，喝光了，我去打一点。

王老师　行，快点回来。

〔换跑下，王老师把菜摆开，收税人戴了个红袖章上。

王老师　同志，买点什么？

收税人　什么也不买。赚了多少钱？

王老师　还没开张呢！

收税人　你们这些小商小贩，从来不说实话，来，交摊位费。

王老师　什么？

收税人　做生意就要交摊位费，这是规矩。

王老师　那……交多少？

收税人　就你这一堆，两毛吧！（撕下票据，塞在王老师手里）

王老师　两毛？这么多啊！

收税人　多什么？你到菜市场打听打听，那些卖菜的叫我什么？叫我铁嘴！我说话从不改口。你犟一句，我涨一毛！

王老师　同志，你听我说……

收税人　三毛！

王老师　老哥，你看看我这儿……

收税人　四毛！

王老师　怎么又成四毛了？

收税人　五毛！

王老师　你……你一分也别想拿走！

〔收税人动手抢菜，王老师一下子扑在菜上。

———儿童剧《春雨沙沙》

王老师　这是学生的学费呀！

〔收税人愣住了，静场。

王老师　同志，我是南洼小学的老师，我们那里穷，学生们交不起学费，这不，学生们从菜园子里摘了点黄瓜、青菜拿来卖，换点钱好买文具……

〔收税人从王老师手里默默地拿回收据。

收税人　老师，做买卖得大声吆喝，动静大，生意自然好，喊吧！

〔王老师感激地望着收税人。

收税人　喊啊！

〔收税人下。

王老师　卖——黄——瓜——喽！谁要黄瓜，卖——黄——瓜——喽！

〔换拿着葫芦跑上。

换　　老师，我来喊，黄瓜！顶花带刺的小黄瓜；老玉米！刚掰下来的老玉米……

〔石头带着同学们气喘吁吁地跑上。

同学们　王老师！

王老师　你们怎么来了？

石　头　老师，我们怕你卖不了，来帮帮你！

王老师　你们能帮什么呀……这么远的路，你们怎么找来的？

腊　月　鼻子底下是张嘴，问呗！

王老师　来，喝点水！看你们这一脸的土。

石　头　顾不上了，福生、锁柱，你们俩到那边去，腊月、换，照计划行事。

〔换抱起一筐花生，和同学们跑下。

王老师　石头，他们这是干什么呀！

石　头　老师，您就别管了。

王老师　石头，这样坐着不出声可不行，得大声吆喝！卖黄瓜喽！新鲜的小黄瓜……

石　　头　不用,坐着。

　　　　〔喊声中,腊月拉表姐上,表姐一身城里人的打扮,手里拿着计算尺和教学用具。

表　　姐　腊月,你今天到城里来干什么?

腊　　月　看你呗!

表　　姐　看我?你别拿话甜我了,又在跟我耍心眼!

　　　　〔王老师欲叫腊月,被石头阻止。

腊　　月　嗨,我说了你也不信。哎呀,这天可真热呀!表姐,你热吗?

表　　姐　是挺热,腊月,我带你去买冰棒吃!

石　　头　卖黄瓜喽!

腊　　月　我不吃冰棒,我想吃黄瓜!

表　　姐　你们家菜地里黄瓜多得是,跑到城里还吃什么黄瓜。

石　　头　黄瓜喽,又解渴,又好吃!

腊　　月　我忍不住了,渴死了!我就是要吃黄瓜!

表　　姐　好,那我们就买黄瓜。哎,买两根黄瓜。

腊　　月　不,我要吃十根。

表　　姐　十根?那会闹肚子的。

腊　　月　不会的,不信我吃给你看!

表　　姐　不行,脏!还没洗呢!

王老师　不用洗,这黄瓜是刚从地里摘下来的,大姐,不信你看!

表　　姐　谁是你大姐,瞧你这滑头滑脑的样子,就知道欺负我表妹不懂事!

腊　　月　表姐,他人可好了!

王老师　(拉石头)是她表姐?

表　　姐　你怎么知道?

腊　　月　他是……嗯……

表　　姐　他是什么,不就卖你十根黄瓜吗?

　　　　〔福生跑上。

福　　生　王老师，花生都卖完了……

石　　头　你瞎喊什么？（压低声音）她是表姐！

表　　姐　（意外地）老师？

王老师　啊……是。

表　　姐　你也是老师？

石　　头　对，他是我们老师，我们摘了菜到城里来卖，是为了买文具的。

腊　　月　表姐，买吧，买吧！

表　　姐　（看了看地上的蔬菜，沉默有顷）老师，这些黄瓜我全要了！

王老师　要这么多？吃多了真会闹肚子的。

表　　姐　给你钱。腊月，这黄瓜你先拿着，呆会儿到学校门口等我，下了班跟我一起回家去。

腊　　月　表姐。你真好！

〔表姐刚要走，王老师突然喊了一声。

王老师　表姐！

〔表姐一愣，看着王老师。

王老师　……钱多了，这是找你的钱。

表　　姐　看不出，你还真是个实在人啊。

〔表姐看了看王老师，接过钱，下。

〔王老师注视着表姐的背影，石头捅了捅他，王老师有些不好意思。

〔锁柱气喘吁吁地跑上。换、腊月跟着赶上。

锁　　柱　石头，快吆喝……

〔根宝连拉加拽，使劲拉根宝舅上。

根　　宝　买，买！

根宝舅　我的好外甥，舅舅不跑，舅舅给你买，要买啥？

根　　宝　糖！

〔同学们急得抓耳挠腮。

锁　　柱　错了错了！

根　宝　没错，是糖！

石　头　玉米，卖玉米！

〔孩子们冲根宝跺脚，摆手，使眼色。

根　宝　买玉米。

根宝舅　要玉米？好，还要什么？

锁　柱　辣椒。

根　宝　辣椒！

根宝舅　好，辣椒，行了吧！

换　　　鸡蛋。

根　宝　鸡蛋！

根宝舅　根宝，舅舅又不是大老板，还能啥都买呀？再说，这些东西你们自家地里都有。我们不要了。走，舅舅给你买糖吃去！

同学们　玉米、辣椒、鸡蛋！

根　宝　玉米、辣椒、鸡蛋！买！

根宝舅　好好，买！行了吧？

根　宝　给钱！

根宝舅　好，给钱。

同学们　谢谢！

根宝舅　根宝，你一会儿怎么回去呀？出来也不跟家里说一声！

换　　　舅舅，您放心吧！我也是南洼村的，呆会儿我带他回去。

根宝舅　这么长的路，你行吗？

根　宝　行！

根宝舅　可得小心点。

同学们　舅舅再见！

〔根宝舅下。

同学们　根宝真聪明，连糖都不吃了，好样的！

王老师　同学们，咱们数钱吧！

〔同学们兴致勃勃地数钱。

——儿童剧《春雨沙沙》

王老师　同学们，咱们一共卖了四块五毛五！

〔大家欢呼，换的妹妹"哇"的一声哭起来。

锁　柱　你妹妹怎么又哭了？

换　　她饿了。

王老师　那怎么办？

石　头　我这儿有个玉米！

锁　柱　我这儿有地瓜！

根　宝　辣椒！

换　　我妹妹没长牙，这些东西不能吃。

王老师　换，你妹妹在家吃什么？

换　　喝奶！

锁　柱　谁有奶？

福　生　谁有水？

腊　月　我有，这是我妈给我带的糖水！

福　生　换的妹妹还小，要直接喝水，会呛着的，来，拿根玉米叶，慢慢把水倒进去。

〔众同学围拢过来，一起看着换的妹妹。福生把玉米叶放到妹妹的口中，然后用糖水一滴一滴地喂婴儿，换的妹妹不哭了。

石　头　福生，你可真行啊！

王老师　福生，你怎么会喂孩子？

福　生　羊妈妈奶水不足，小羊羔也会闹，我就这么喂。

腊　月　福生把换的妹妹当小羊羔了！

〔众人大笑。李货郎背着筐子上。

石　头　老师，看，李货郎！

王老师　小李子。

李货郎　山子，孩子们，怎么都进城了？

同学们　李货郎——李货郎——！

李货郎　王老师，你们也进城啦？

同学们　我们要铅笔，要本子！

李货郎　买铅笔本子，说一声就行了还费那么大劲。

锁　柱　李货郎，作业本多少钱一本。

李货郎　便宜，八分！

王老师　原来不是七分钱吗？

李货郎　不就一分钱嘛，争来争去多难看，再说，（捅捅王老师）胳膊肘哪有向外拐的？

王老师　那可不行，这是学生的钱。

〔石头在一旁盯着货郎。

李货郎　好好好，就七分吧！

王老师　四十个本子，二十支铅笔，三盒粉笔，一瓶红墨水。

李货郎　四七二十八，二五一十，四块五毛八！

换　　　你骗人，我早算出来了，应该是四块五毛四！

福　生　什么，你想多赚我们四分钱！

王老师　小李子……

李货郎　不跟你们说。山子，你这是干吗？

王老师　就四块五毛四！

李货郎　你？！

王老师　这可是孩子们第一次买学习用具。

李货郎　好，行，过河拆桥，我算认识你了，给钱吧！

王老师　李货郎，再给我一支铅笔吧！

李货郎　行，给钱。

王老师　可我只剩下一分钱了。

李货郎　开玩笑，一支铅笔三分钱呢！

王老师　我们买了这么多东西，就让一支吧！

李货郎　不行！

同学们　是啊，你就让一支嘛。

〔同学们围着李货郎不让走，争执中，担子翻倒在地，李货郎的

———儿童剧《春雨沙沙》

货撒了一地。

李货郎　你们这是干啥！瞧瞧你教的这些学生，都成什么样子了！别忘了，你这份工作还是我帮你找的呢！（把铅笔扔在地上）行，这支笔就送给你了！今天我把话搁这儿：你要是真能把这些娃娃教到县城里读书，我小李子倒着走给你看！哼，给你个棒槌还当针（真）了！（怒气冲冲地下）

〔王老师和同学们默默地站着，看着地上的铅笔。一个城里的学生上，他看见了铅笔。

学　生　等等，这是你的铅笔吗？

〔王老师默默地点点头。

〔学生把铅笔交给王老师。

学　生　拜拜。

〔同学们吃惊地望着城里的学生，并跟着追了过去。稍停，读书声遥遥传来，这是小学课本里的一篇名为《春雨》的课文："春雨沙沙，春雨沙沙，细如牛毛，飘飘洒洒……"

石　头　你们听！

换　　　学校！

福　生　那是城里的学校！

王老师　对，城里的学校！

腊　月　春雨沙沙……

换　　　春雨沙沙……

石　头　飘飘洒洒……

锁　柱　飘在果林……

福　生　点红桃花……

根　宝　（扑向前大喊，众惊）春雨沙沙！

〔孩子们完全被读书声震撼了，他们一边跟着念，一边围拢到一起，向学校的方向久久凝视……

〔读书声越来越响。

〔光渐暗。

# 四

〔隆冬。

〔钟声，光渐亮。

〔同学们紧张地准备考试，家长们在门外树下窃窃私语。王老师站在讲台上，讲台上摆着茶壶茶碗。

王老师　同学们，经过这个学期的学习，大家的成绩都有了很大的提高。可咱们南洼小学只有一、二年级，要想再读书只能去县城的小学。今天是全县的统一升学考试，考好了，就能去县城读书了。监考的老师马上就到……

腊　月　王老师，监考的老师厉害吗？

王老师　别怕，都是老师……

腊　月　啊，王老师，换还没来。

王老师　糟了！

〔福生猫着腰，飞快地跑上。

福　生　来啦来啦！监考的老师来啦！

〔张队长领表姐上。

表　姐　（对腊月妈）姨妈。

腊月妈　小祖宗，怎么是你啊。

同学们　表姐？

张队长　王老师，她就是县里派来监考的刘老师。

表　姐　王老师好。

王老师　哦！刘老师，欢迎，欢迎！大家快欢迎。

表　姐　就这几个同学？

王老师　嗯！

表　姐　哦！同学们，今天是全县的统一考试，大家都要认真，假如有谁违反了考场纪律，将被取消考试资格。希望大家配合我们完成好今天的考试！你们听明白了吗？

〔王老师和同学们紧张地盯着表姐，同学们没有说话，站在一边的王老师却接了一句。

王老师　听明白了……哎，你们听明白了吗？

〔同学们面面相觑，腊月紧张得发抖。

王老师　腊月，你哆嗦啥？

腊　月　我……我害怕……

王老师　别怕别怕……

〔锁柱一脸痛苦的表情，捂着肚子扭来扭去。

表　姐　这位同学，你怎么啦？

锁　柱　老师，我想撒尿。

王老师　表姐，哦，不！刘老师。他一着急就想撒尿。快去吧。（锁柱下，王老师对表姐笑）山里孩子没见过世面，有点紧张。来，先喝点水。

〔王老师哆哆嗦嗦把茶给表姐，不小心烫了表姐的手。

表　姐　啊呀！

王老师　对不起，对不起！（用毛巾擦）

表　姐　没关系，王老师，不用紧张。

王老师　我不紧张，不紧张……

〔锁柱跑了回来，换背着柴抱着妹妹跑来。

王老师　换，你怎么才来？

张队长　锁柱妈，你替换看着妹妹。

腊月妈　（接过孩子）换，好好考吧！

表　姐　王老师，开始吧！

王老师　刘老师，能不能让我和孩子们再说几句？

表　姐　抓紧时间。

王老师　同学们，大家别紧张。考卷发下来以后，先做会做的，只要能把平常的水平发挥出来就行了，千万别紧张，别紧张啊！刘老师，开始吧。

〔表姐发下考卷，然后把闹钟放在桌子上，放大的闹钟声音马上在屋子里咔咔地回响起来，教室里的气氛陡然紧张。

〔根宝爹上。

根宝爹　（急切地喊上）腊月妈，怎么样了？

张队长　开始了，小声点！

腊　月　哎呀，老师，我的铅笔断了！

〔表姐将自己的笔递给腊月。

锁柱妈　我们家锁柱在干啥呢？不行，我得去看看。

王老师　不能进去。

锁柱妈　我在他旁边他就不害怕了。

张队长　回去！不懂规矩！王老师，我们家石头考得怎样？

王老师　正考着呢！

根宝爹　根宝，你愣在那儿干吗？怎么不写啊？

〔锁柱又捂着肚子拧来拧去。

表　姐　这位同学，你怎么了？

锁　柱　我想撒尿。

表　姐　这位同学，一出考场，就不能回来做题了，再坚持一会儿。

锁　柱　我，我憋不住了。老师，我交卷！（跑出课堂）

王老师　哎，你怎么出来了？

锁　柱　老师，我憋不住了。

王老师　考卷呢？

锁　柱　交了！

锁柱妈　你刚才不是尿过了吗？

锁　柱　我没尿出来。

锁柱妈　好你个兔崽子，该尿的不尿，不该尿的你瞎尿，你怎么那么没出息呢？

张队长　别吵了!

锁柱妈　连泡尿都憋不住! 你怎么就不能给你妈争口气呢?

根宝爹　嗨,你们家孩子本来就有点傻。

锁柱妈　你怎么说话? 你们家根宝才傻呢!

张队长　别吵了! 娃娃们要是考砸了,我开你的斗争会!

〔考场内,根宝抬起头来。

根　宝　教,教。

表　姐　这位同学,你怎么就做了这么一点? 你还没做完呢!

根　宝　王老师教!

表　姐　可现在是考试,老师不能教你。

根　宝　(冲表姐吼) 教,老师教!

王老师　根宝! 刘老师……

根　宝　王老师,教、教、教!

王老师　根宝,我现在不能教你……考完后,老师再……

表　姐　同学,你回来……

根　宝　你走开! 教! (王老师被根宝追出教室)

根宝爹　你怎么出来了? 你倒是做完了再出来呀! 看我不揍你……

根　宝　教。

根宝爹　教,平时你怎么就不给我多学点。

〔根宝爹脱下鞋来追打根宝,被众人拉住。

王老师　别打他,别打他啦!

〔考场上,闹铃响起,腊月吓得一屁股摔在地上。

腊　月　哎呀!

表　姐　同学们,时间到了,该交卷了。这位同学,把你的名字写上。

换　　老师,我能检查一遍吗?

表　姐　不行,时间到了!

腊　月　表姐,我还没做完呢!

表　姐　这是规矩,不能再做了。

〔表姐收好考卷，看了几张后，轻轻地叹了口气。然后把王老师拉到一边。

表　　姐　　王老师，你好像没有按教学大纲教学。

王老师　　我们还没有课本呢。

表　　姐　　那你们的教材呢？

〔王老师拿出字典。

表　　姐　　字典？

〔静场。

表　　姐　　王老师，我真没想到居然是这样……你放心，我这次回去，一定帮你想办法！

王老师　　刘老师，谢谢，谢谢你！

〔表姐走出考场门，又转过身来，她看了看同学，又看了看王老师。

表　　姐　　同学们，你们有一位好老师。

〔张队长送表姐下，王老师急切地把学生围拢到一起。

王老师　　大家考得怎么样？

换　　　　我还没来得及检查，我不知道。

腊　　月　　我不会用那支笔。

腊月妈　　傻丫头，你怎么就不会用那支水笔呢？你没吃过猪肉还没见过猪走？

锁柱妈　　你这不争气的就坏在一泡尿上，该揍！

〔众家长责骂孩子。

〔张队长送走表姐，重新回来，他看了看王老师，叹口气。

王老师　　乡亲们，别责备孩子们了，他们已经尽了力了！课本的事，责任在我！

张队长　　不，那要怪我这个队长！

王老师　　同学们，大家考得不好，我也不好受，可我们心里不能服输啊。只要我们振作起来，再狠心干他一年，明年的这个时候，准能有人考到县城里去！

锁柱妈　唉，王老师，话是这么说，可是庄户人家手头紧，活也多，怕是耽搁不起呀！王老师，我们知道你是为了娃娃们好，可娃们学到这会儿，会写字，能算个账就不错了，学问大了，在咱们山里也使不开。

腊月妈　腊月，回家。

〔众家长欲拉孩子下。

王老师　等等！

〔乡亲们都站住了，大家默默地看着王老师。

王老师　大伙儿今天都累了，早点回去歇着。明天，南洼小学照常上课！

〔众人慢慢下场，只有换一个人抱着板凳，站在一边，默默地看着王老师。

王老师　啊！

〔王老师痛苦地蹲下，慢慢地捂住了自己的面孔。

〔换把一块毛巾递给王老师，王老师无声地摆摆手。

〔张队长见后默默朝村口走去。

〔高坡上留下孤独的王老师的身影。

〔光渐暗。

## 五

〔紧接上场。次日凌晨，霹雳电闪、风雨大作了一夜，阴沉沉地天此时像是闹累了般缓缓喘着。

〔天滴滴答答的还在下着细雨，潮湿的教室里只有换背着妹妹一边掰着玉米，一边口中念念有词的学习着。王老师戴着斗笠、提着小黑板走上，来到教室门口，王老师一下子愣住了。

王老师　换，怎么就你一个人？

换　　　嗯……他们会来的，你别担心。

王老师　哎。这是你的作文，我看了，不错，真没想到，你这么坚强。

换　　　不上课我心里就憋得发慌。

〔稍停，石头从大树后慢慢走出来，他背着背篓，提着扁担，默默地看着王老师。

王老师　石头，同学们呢？

〔石头默不作声。

王老师　你倒是说话呀？

石　头　锁柱在家里喂猪，福生在打扫羊圈，腊月被她妈关在家里了。

换　　　昨天不是说好了吗？

王老师　家长们同意继续上课啊？

石　头　其实他们根本没答应。

换　　　你爹呢？他是队长，这事他该管啊？

石　头　他到县城去了。

王老师　（吃惊悲伤地）是啊，我不是个称职的老师。去找刘老师，她会帮你去找个好老师的。

换　　　王老师，我去把同学们找回来！

石　头　等等，我和你去。

王老师　别去了。

石　头　你……要去哪？

〔石头站住了，他疑惑地看着王老师。

王老师　（沉默有顷，长长地叹了口气），同学们不来上课，说明大家已经不信任我了……

石　头　三十六计……走……为上计。是吗？

王老师　石头，其实我知道我不是个好老师。你以为我愿意走吗？这课桌，是我和你们一起钉的，这作业本，是我和你们一起买的，我还想把你们送出大山呢！

石　头
换　　　王老师……

——儿童剧《春雨沙沙》

王老师　记得那天到县城的事吗？当我听到城里学校里传来的读书声时，我忽然感到我教不了你们了。"春雨沙沙，春雨沙沙"……像唱歌，老师要教你们的不该只是认字、算账，还应该有……"春雨沙沙"。你把同学们喊来，就说，我要和大家告个别。

石　头　老师？

〔换示意石头去找同学们。

石　头　好，我马上回来。

〔李货郎上。

李货郎　娃子，你先出去一下，我跟你们老师说点事。

〔石头下。

李货郎　王老师，孩子们考砸了，你也别太难过。这都怪我把你拉到这儿来的。看来，教书这碗饭也不是那么好混的。

王老师　什么？你的意思是说我来混饭吃？

李货郎　不不不，我没那么说。我只是想给你另找个差事。不管怎么说，我们是一起长大的，你有难，老哥我，也不会见死不救。唉，这些年，我也算看透了，要想做城里人，换个活法，没别的，就两个字——捞钱！别的都他妈扯蛋。

王老师　小李子，你就别添乱了。

李货郎　你看你，又叫真的吧，不就几个孩子吗，考砸了他们还照样在乡里种他们的地，养他们的猪。你呢跟我挣钱去，要过年了，我们给山里人写对联去，还省得他们跑十几里山路，求爷爷告奶奶的去请字，也算是我们帮了这些没文化的山里人。

王老师　你……你什么意思？

李货郎　我可不是有意戳你的痛，我这是为你好，在这儿教书，你图个啥？还不如跟我一块到山里去，给乡亲们写对联。只要你大笔一挥，那是要吃有吃，要喝有喝，赚了钱，咱对半分……

王老师　我学认字，难道就为了赚山里人的钱吗？

李货郎　你真是的，赚钱有什么不好意思的嘛！

王老师　你走，你给我走！

李货郎　山子，你这是干吗？

王老师　小李子，你知道山里人没有文化是多么苦吗？你知道孩子们认几个字是多么难吗？不错，我不是个好老师，可我知道这些山里孩子不能只为了喂饱这张嘴活着。

〔石头和众学生上。

李货郎　我知道你心里难过，放不下这些山里娃，可说句不该说的话，你要是再和这些娃靠在一起，你不光把自己毁了，也把这帮孩子给毁了。

石　头　你胡说！

李货郎　我胡说？唉，娃，你们哪里知道你们老师心里那点苦啊，他呀，也不是教书的料。

石　头　你给我走！

李货郎　好好好，我不说了。山子，我们走吧。

王老师　小李子，你把话说完。

李货郎　山子，你这是何苦呢？

王老师　（歇斯底里地大喊）我让你说！

李货郎　这可是你叫我说的。娃娃们，几年前，人家给他姐姐提亲，他爹一高兴跑了十几里路山路，请人写了副对联叫他贴出去，可他不认字，愣是把贴在猪圈里的"肥猪满圈"贴在了供祖宗的堂屋里，把贴在堂屋里的对联"人丁兴旺"又给贴在了猪圈上！提亲的人非说他们是在骂人，还说他们家是人和畜生都分不清，把桌子一掀，走人。可怜他姐姐哭着追着迎亲的队伍，跑了十几里山路……

〔砸碗、掀桌子的声音猛然传来，王老师猛地冲上后面的高坡，对着遥远的大山，撕心裂肺地喊了一声："姐姐——"

王老师　（梦呓般地）姐姐，你别走，留下来，你别走，我学认字，我学认字，我好好的学认字……

———儿童剧《春雨沙沙》

〔一缕忧伤的音乐隐隐传来，稍停，音乐渐渐消失。

李货郎　从那以后，他姐姐跑出了大山就再也没有消息了。

王老师　（回到现实）从那天开始，我就暗暗发誓，我要认字，只要有了文化，别人就不会瞧不起我！我攒了钱，买下了我平生的第一本书，就是这本字典，凭着它，我把带字的纸都找来学，找来认。我想把给山里人丢的那份脸找回来，我想把山里的孩子一个个送出这大山沟，做个有文化的人，让你们看看山外的世界！可是……（哽咽着说不下去了）

〔王老师提起自己的行李。

同学们　王老师！你不能走！

〔王老师拿着行李走去，众同学阻拦，王老师推开众人欲下，石头急忙敲钟。

同学们　王老师！

〔王老师犹豫了片刻，他转回身，阻止了石头敲钟，然后登上高高的山坡。

〔同学们愣愣地站着，突然，换冲上前，冲着王老师的背影猛喊了一句。

换　春雨沙沙！

〔王老师愣了一下，猛然站住了。

同学们　春雨沙沙，细如牛毛，飘飘洒洒，飘在果林，点红桃花，落在田野，滋润庄稼……

〔王老师慢慢回过头来，看着学生们，南洼村的孩子们泪流满面，他们一边扯着嗓子背着，一边深情地看着王老师。

〔王老师听着，看着，一步步走回来。

王老师　（大步走上讲台）同学们，上课！

〔《春雨》的朗诵渐渐变成吟唱。南洼小学的孩子们擦干泪水，又开始了学习……

〔充满激情的吟唱越来越响。

〔站在一边的货郎也被震撼了，他呆呆地看着眼前的一幕……

〔光渐暗。

# 六

〔王老师一个人站在高坡上，向远处张望，张队长上。

张队长　王老师，在这里干啥呀？

王老师　李货郎捎信来说城里的刘老师今天到南洼村来。

张队长　我说王老师，这么大的事怎么不对我们说呀？赶紧让腊月妈给你准备啊，乡亲们……

王老师　别喊别喊，张队长你误会了，刘老师说了，今天要给咱南洼小学送课本来，同学们每人一本呢。

张队长　他爷的，可算是出了头了，给告诉这帮小兔崽子们去。哦，你在这里等着，我去叫人来热烈欢迎，娃娃们也有课本啦！娃娃们也有课本啦！

〔张队长下，同学们急急忙忙跑上。

石　头　锁柱，去前面看着，有情况就赶紧向我报告。

锁　柱　是。

石　头　福生，快去准备见面礼！

福　生　是。

〔福生和锁柱跑下。

石　头　腊月，现在该你了！

腊　月　好嘞！王老师，过来！

王老师　你们这是干吗呀？

腊　月　我给你梳妆打扮，坐下，低头。

〔腊月给王老师头上洒水，准备给王老师梳头。

王老师　（被水迷了眼睛）眼睛……

腊　月　王老师，见了我表姐，一定得问她是属鸡、属猴，还是属狗。

——儿童剧《春雨沙沙》

换　　问这些干什么？

腊　月　我妈说了，鸡猴不到头，马跟牛儿走，属兔的男人怕媳妇，属鼠的媳妇会偷油！

王老师　哎呀，你们搞错了！

腊　月　错不了，王老师，你还得把见面礼送给我表姐。

王老师　什么见面礼？

换　　王老师，你看。

〔福生、根宝抱着一篮子黄瓜上，换从篮中拿出一张条幅给王老师看，上写"你要嫁给王老师"。

同学们　你要嫁给王老师！

根　宝　黄瓜！

王老师　哎呀，你们胡闹什么呀？你们误会了，我这会儿心里正着急呢……同学们，刘老师今天是来给咱们送课本的，从现在起，我们每个人都有自己的课本啦！

同学们　真的？这可太好啦……

〔锁柱气喘吁吁地跑上。

锁　柱　来了来了！表姐来了……

张队长　快快，欢迎，热烈欢迎，拍巴掌，笑……

〔李货郎、表姐上。

李货郎　别，别，大伙别这样隆重地欢迎我。

张队长　刘老师，你可帮了我们山里娃的大忙呀。

表　姐　张队长，这是县教委给你们送来的课本和学习用具。

王老师　刘老师，谢谢你！

根　宝　（又把篮子塞给王老师）给表姐。

王老师　（把篮子递给表姐）给。

表　姐　这么多黄瓜呀？

王老师　这是孩子们刚从菜地里摘的，挺新鲜……

腊　月　表姐，你快收下吧。

表　姐　这么多吃了会闹肚子吧。

〔王老师尴尬地笑。

王老师　刘老师,谢谢你!

表　姐　不,我还要替山里的孩子谢谢你呢。

王老师　谢我?

表　姐　对,乡亲们,我们山里娃终于有出息了。

〔静场。表姐把一封信交给王老师,王老师颤抖着手,一把撕开信封。

王老师　录取通知书。南洼小学的张换同学:你被我校三年级录取,明天前来报到。大河县城关小学。(慢慢抬起头来)换,你考上了……

换　　　(梦呓般地喃喃自语)考上了?老师,我考上了?

王老师　换,你真的考上了。南洼村有人认字了!(控制不住自己,终于喊了起来)换考上了!乡亲们,换考上了!换真的考上了……

换　　　(眼泪流了出来)我想认字,我想读书,我不想像我妈那样活一辈子,我想,我就是想换个活法!

石　头　换,祝贺你!

同学们　换,祝贺你!

换　　　(深深向老师鞠了一躬)王老师。

同学们　(一起向王老师鞠躬)王老师!

〔换沉思了片刻,轻轻读起了《春雨》,同学们跟着一起念起来。

同学们　春雨沙沙,春雨沙沙。细如牛毛,飘飘洒洒。飘在果林,点红桃花。落在田野,滋润庄稼……

〔现代孩子在舞台的一角出现,他们默默地看着南洼小学的学生,渐渐的,他们和南洼村的孩子融到了一起。

换　　　1981年,张换考取大河县城关小学。

石　头　1982年,张石头考取大河县城关小学。

腊　月　1986年,赵腊月考取大河县城关小学。

福　生　1986年，孙福生考取县职业学校。

锁　柱　1987年，刘锁柱考取县职业学校。

根　宝　1993年，南洼村希望小学正式成立！

〔"春雨沙沙"的朗诵变成童谣，同学们深情地看着他们的校舍，简陋的学校在郁郁葱葱的绿叶中，似乎变得如诗如画，生机盎然……

〔光渐暗。

〔剧终。

精品提名剧目·儿童剧

# 二小放牛郎

编剧 代 路

**时间**

1942年秋天。

**地点**

当年的晋察冀根据地。

**人物**

王二小　十四岁，放牛娃。

杏　儿　十三岁，货郎爷爷的孙女。

秋　秸　十四岁，王二小的小伙伴。

锁　儿　十三岁，王二小的小伙伴。

货郎爷爷　五十多岁，货郎。

二小娘　三十多岁，王二小的妈妈。

韩大队长　四十岁，八路军县大队大队长。

狗　剩　三十多岁，王二小的舅舅。

小　野　三十岁，日本军少尉。

歌队、日本兵、汉奸、大黄（牛）、二黑（牛）

——儿童剧《二小放牛郎》 〉〉〉〉〉

〔太平庄的村头。这是一个群山环抱的山凹,远处山峦叠翠,近处散落着依坡而建的农舍,村头上有一处年代已经久远的古老戏台……呈现在观众眼前的是一幅北方农村山区的秋色画卷。
〔帷幕是在歌队演唱《歌唱二小放牛郎》的歌声中拉开的……

    牛儿还在山坡吃草,

    放牛的却不知哪儿去了,

    不是他贪玩耍丢了牛,

    放牛的孩子王二小……

歌　　队　(喊)王二小——

  〔幕后传来王二小的歌声,稍顷,王二小唱着歌上。

王二小　我是二小放牛郎,

    赶着牛儿上山岗,

    不怕风吹日头晒,

    喂得牛儿肥又壮。

    我是二小放牛郎,

    小树伴我一齐长,

    树长高,我长大,

    长大扛枪打东洋!

王二小　(喊)锁儿,秫秸,快来呀——

  〔秫秸和锁儿跑着上。

锁　　儿　二小,你听我说。

秫　　秸　二小,你听我说。

王二小　别吵了,别吵了,慢慢说。

锁　　儿　二小,你评评理,是我们家二黑厉害还是他们家大黄厉害?

秋 秸　手下败将，还不服气？

锁 儿　就是不服。

王二小　秋秸，不服再斗一回。

秋 秸　斗就斗。

锁 儿　斗就斗，谁怕谁。

王二小　（喊）斗牛了！

〔大黄像懂事一样撒开腿向二黑冲去，二黑也不示弱，挣开锁儿迎了上去。歌队欢快地喊着歌谣，两头牛表演一段"斗牛舞"。

柳树柳，槐树槐，

柳树底下摆戏台，

牵来老牛唱大戏，

亮出犄角斗起来。

嘿嘿嘿，嘿嘿嘿，

亮出犄角斗起来。

〔两头牛斗得难解难分，孩子们沉浸在欢乐之中。二黑渐渐败下阵来。

锁 儿　二黑，真给我丢人。

王二小　锁儿，这回你服了吧？（上前亲切地抚摸着大黄）

锁 儿　我还是不服，等明天接着斗！（没好气地朝二黑屁股上踢了一脚）回家去！

秋 秸　（挑衅地）服不服？

锁 儿　不服！

〔锁儿悻悻地下。

王二小　（冲锁儿的背影）锁儿输不起喽——

秋 秸　（得意洋洋地）回家喽——人之初，性本善——

王二小　秋秸，秋秸，你教我念三字经吧。

秋 秸　教你念三字经？（狡黠地把二小的草帽一扔）你等着吧。（下）

王二小　秋秸，秋秸——（追下）

———— 儿童剧《二小放牛郎》 〉〉〉〉〉

〔稍顷，货郎爷爷唱着小曲上。

货郎爷爷　货郎鼓儿咣啷啷，

　　　　　走了南庄串北庄，

　　　　　货色齐全生意旺，

　　　　　唱着小曲走四方。

王二小　（闻声上）爷爷——（上前去抢爷爷的货郎鼓）

〔歌队喊着"货郎爷爷"随上。

王二小　爷爷，今天遇到啥高兴的事了？

货郎爷爷　（环顾四周，神秘地）你真想听？

王二小　当然想听。

货郎爷爷　（卖关子地）你想听我还不想说哩。

歌　队　（央求）爷爷，爷爷——

王二小　爷爷，快说吧，都急死人了。

货郎爷爷　好。（有些神秘地）孩子们，告诉你们吧，昨天八路军县大队

　　　　　在劈石口打了个漂亮的伏击战。

歌　队　啊？

货郎爷爷　这回呀，小鬼子——

歌　队　怎么样？

货郎爷爷　可吃了大亏了。

歌　队　（欢呼雀跃）噢——

货郎爷爷　嘘——

王二小　爷爷说详细点嘛。

歌　队　是呀，爷爷，说详细点嘛。

货郎爷爷　（唱）那一天，太阳快下山，

　　　　　劈石口来了鬼子兵一片，

　　　　　拖着膏药旗，

　　　　　提心又吊胆，

　　　　　他们鬼鬼祟祟，偷偷摸摸，

*1521*

歌　　队　怎么样？

货郎爷爷　（唱）就进了咱的埋伏圈。

歌　　队　噢——

货郎爷爷　（唱）韩队长，一声号令传，

　　　　　　　　劈石口枪声响成一串，

　　　　　　　　前边地雷炸，

　　　　　　　　后边起硝烟，

　　　　　　　　他们战战兢兢，哆哆嗦嗦，

　　　　　　　　吓破了鬼子胆。

货郎爷爷　（唱）劈石口大捷，家家乐得像过年。

歌　　队　（唱）劈石口大捷，家家乐得像过年，

货郎爷爷　（唱）家家乐得像过年。

〔杏儿匆匆上。

杏　　儿　爷爷。

王二小　杏儿。

杏　　儿　（把爷爷拉到一边，神秘地）爷爷，韩大队长来了。

货郎爷爷　（警惕地）瞧，说曹操，曹操到，在哪儿？

杏　　儿　已经等你好半天了，就在咱们家。

王二小　爷爷，就是刚刚领着县大队打完伏击战的那位韩大队长？

货郎爷爷　（点点头）啊。

王二小　带我一起去见见这位英雄好汉行吗？

歌　　队　爷爷，我们也去。

货郎爷爷　嘘——，你们谁也不准去。

〔货郎爷爷领杏儿刚要走，不远处传来"劈劈啪啪"的枪声。

锁　　儿　爷爷，谁家盖房要上梁放鞭炮呢？

货郎爷爷　这可不是放鞭炮的声音，孩子们，这是枪声。

歌　　队　啊？

货郎爷爷　是鬼子来了，快跑！

——儿童剧《二小放牛郎》

杏　　儿　爷爷，韩大队长还在咱们家呢。

货郎爷爷　杏儿，赶快告诉韩大队长，让他抓紧时间赶紧隐蔽！

王二小　爷爷，我跑得快，还是我去吧。

〔货郎爷爷刚刚带孩子们散去，鬼子已经进村了。

汉　　奸　（说唱）这一带，有八路的在活动，在活动。

〔小野队长带鬼子兵上。

小　　野　（说唱）昨天傍晚皇军在劈石口——

汉　　奸　（说唱）遭到了八路的偷袭！

小　　野　（说唱）损失惨重！

汉　　奸　唉——

小　　野　据情报，有八路就在这附近——

汉　　奸　太平庄！

小　　野　把他们给我带上来！

〔日本兵气势汹汹地把村里老百姓押到村头的广场上。王二小也在其中。

小　　野　（说唱）你们要好好和皇军合作，告诉我，告诉我八路的下落，我会，我会，我会，我会大大的有赏。

〔一阵沉默过后，汉奸走向孩子，从兜里掏出几块水果糖分给孩子们。孩子们怯怯地接过糖拿在手里不敢吃。

汉　　奸　今天皇军有赏，给你们糖吃。尝尝吧，甜甜的。

小　　野　吃吧吃吧，快吃吧，好吃好吃，很好吃。

〔王二小大胆地剥开糖纸舔了一下。

秫　　秸　（悄悄地）二小，别吃，有毒！

二小娘　二小，不能吃！

众　　人　（喊）二小，不能吃！

小　　野　八嘎！

王二小　娘。（王二小学着小野的样子把糖吃了下去）好吃。

〔锁儿和秫秸也学着吃了起来。

1523

小　野　（满意地）幺西，小孩，你大大的好。过来，你只要好好和皇军合作，我会给你们很多很多的糖吃。告诉我八路的后方机关在什么地方？

王二小　太君，什么是后方机关？

小　野　就是藏八路伤病员的地方。

王二小　（似懂非懂）噢——

小　野　你的知道？

王二小　我的——，不知道。

〔汉奸欲打王二小。

货郎爷爷　（赶紧站出来打圆场）太君，小孩子不懂事，他们哪里知道八路的事，俺们村可都是顺民。

小　野　八嘎，小孩不知道，你的肯定知道，（抽出军刀）说！

杏　儿　（担心地）爷爷！

〔突然响起枪声。一个日本兵上。

日本兵　报告小野队长，我们抓住一个形迹可疑的人。

小　野　带过来！

日本兵　是。

〔稍顷，日本兵押狗剩上来。

狗　剩　太君，太君，误会误会，大大的误会！

小　野　你什么的干活？

狗　剩　良民。我就是这个庄的。不信你问问乡亲们。（指二小娘）这就是我姐。

二小娘　（怯怯地走上前）太君，这确实是我弟弟。

小　野　你是干什么的？

狗　剩　小的就在县城的六合堂大药房里抓药，抓药。我在城里见过太君。

小　野　你们中国大人的良心统统地坏了，（指着王二小）小孩，过来，你的说，他是什么人？

———儿童剧《二小放牛郎》

王二小　（走出来拉住狗剩的手）他是我舅舅。

小　野　舅舅？他叫什么名字？

王二小　他叫狗剩。

小　野　狗剩？什么的狗剩？

汉　奸　太君，这狗剩就是连狗都不吃的东西。

小　野　（大笑）你的大便的不如。

〔突然，不远处又响起枪声。一个日本兵上。

日本兵　报告小野队长，又发现一个八路向村外头跑去！

小　野　开枪，打死他！

日本兵　他已经跑了。

小　野　八嘎，追！（带领日本兵跑下，稍顷，幕后传来枪声）

杏　儿　（担心地）爷爷——

〔灯暗。

〔王二小家。

二小娘　（惊魂未定，边纳着鞋底边说）吓死了，真是吓死了。要不是二小，你这条小命就没了。

狗　剩　二小这孩子我平时没白疼他，没白疼。

二小娘　你说，这鬼子咋这么狠毒呢？

狗　剩　要不是因为最近八路打伏击，日本人吃了亏，他们能到我们这穷山沟来吗？你是不知道，这几天鬼子杀人都杀红眼了。

二小娘　狗剩，你千万小心点。唉，本来咱太平庄挺太平的，自从鬼子来了以后整天没个消停。

狗　剩　还不都是让八路给闹的，你看人家那些日本人，洋枪洋炮，财大气粗。这穷八路土枪土炮，没钱没饷的，还想和日本人斗？

二小娘　你少说这些没用的吧。

狗　剩　姐，那我先回县城了。对了，以后让二小少跟货郎大叔的屁股后面转。

二小娘　为什么？

狗　剩　我听说货郎大叔和八路有来往。姐，我走了。
二小娘　你也小心点。

〔狗剩下。

〔二小娘喊着"二小"下。

〔稍顷，货郎爷爷上。

王二小　爷爷。
货郎爷爷　二小，找到没有？
王二小　没有。
货郎爷爷　韩大队长究竟到哪去了呢？
王二小　爷爷，韩大队长会不会已经走了？
货郎爷爷　不会。你想，这些日子鬼子几乎天天下来扫荡，没有要紧事他是不会冒着危险大白天来找我的。

〔二小娘上。

王二小　娘。
二小娘　（着急地，欲打）二小，你又跑哪去了。
王二小　娘，你紧张啥？我这不是回来了吗。
二小娘　大叔，这孩子整天让我提心吊胆的一点也不听话。
杏　儿　婶儿，您别和他生气。
二小娘　（拉起杏儿的手）你看，杏儿这闺女越长越俊了。
货郎爷爷　（笑）二小娘，正好我也有件事想和你商量商量。
二小娘　大叔有啥事您尽管说。
货郎爷爷　（欲言又止）杏儿，你和二小出去玩。
二小娘　别走远了。

〔王二小和杏儿应声下。

二小娘　大叔，有啥事您说。
货郎爷爷　二小他娘，

（唱）小鬼子，发淫威，四处扫荡，

杏儿她，年纪小，爹娘早亡，

　　　　　　　货郎我，整天里，走街串巷，

　　　　　　　孙女他，孤伶仃，谁来照望。

二小娘　　大叔，

　　　　　（唱）福同享，难同当，邻里相帮，

　　　　　　　货郎叔，有难处，您尽管讲，

　　　　　　　小杏儿，如同我，亲生儿女，

　　　　　　　不嫌弃，让孩子，到我身旁。

货郎爷爷　（唱）我有心，把杏儿许给二小，

二小娘　　（唱）二小他，娶杏儿烧了高香，

货郎爷爷　（唱）你若愿，成全这对小鸳鸯，

二小娘　　（唱）从今后，我就是杏儿亲娘。

货郎爷爷
二小娘　　（合唱）没想到，今天会喜从天降。

货郎爷爷
二小娘　　（重唱）　乐得我，老货郎心花怒放。

　　　　　　　乐得我，二小娘心花怒放

　　　〔王二小和杏儿踢着毽儿上。

杏　儿　（唱）一个毽儿，踢两半儿，

　　　　　　　打花鼓，绕花线儿，

　　　　　　　里拐外拐，八仙过海，

　　　　　　　九十九，一百……

货郎爷爷　（高兴地）二小他娘，瞧，多般配的一对呀。

二小娘　　是呀是呀。

货郎爷爷　这下我就放心了。

杏　儿　（嗔怪地）爷爷……

二小娘　　（瞅着傻笑的儿子）傻小子！

王二小　　娘……

　　　〔灯暗。

〔稍顷，韩大队长和爷爷上。

货郎爷爷　（迎上去）韩大队长，你让我们担心死了。

韩大队长　没事。

货郎爷爷　找我有急事？

韩大队长　（点点头）急事。大叔，你整天走南闯北门路多，能不能马上搞一些药品回来。

货郎爷爷　缺啥药？

韩大队长　现在最急需的就是止血药品。

货郎爷爷　怎么？

韩大队长　劈石口这一仗虽然打得痛快，可是咱们的伤亡也不少，光负伤的同志就有十好几个呢。

货郎爷爷　我说鬼子一个劲地要乡亲们说出咱们的后方机关呢。伤病员都安全吧？

韩大队长　已经转移到后方医院去了，放心吧。

货郎爷爷　行，我马上去想办法。

韩大队长　大叔，我听说这类药品最近鬼子控制得非常严格。

货郎爷爷　韩大队长，你就别管了。

韩大队长　（发现有人，警惕地掏出枪）有人！

〔传来猫叫声。

货郎爷爷　（知道是二小和杏儿，舒了一口气）出来吧。

〔王二小和杏儿不好意思地从藏身之处走出来。

韩大队长　这是……

货郎爷爷　这就是我给你说过的王二小。

王二小　你就是韩大队长？

韩大队长　怎么，不像？

王二小　就是你领着县大队在劈石口打了日本人一个伏击？

韩大队长　不信呀？

王二小　爷爷，韩大队长，你们要的药我有办法。

货郎爷爷　去去，大人说正事小孩子掺和啥？又偷听？

王二小　我没偷听。

韩大队长　二小，说说看，你有什么办法？

王二小　韩大队长，这事你放心，交给我了。

货郎爷爷　（担心地）二小，你想干啥？不许胡来！

王二小　爷爷，我知道。杏儿，快走。（王二小与杏儿下）

货郎爷爷　二小，这孩子……

韩大队长　大叔，这药？

货郎爷爷　你就放心吧，我来想办法。

韩大队长　那咱们神仙谷见。

〔灯暗。

〔紧接前场。早上，去县城的路上。

〔王二小欢快地领着杏儿边唱边走，此处二人可跳一段双人舞。

王二小
杏　儿　（唱）满树的柿子满树灯，
　　　　　　枣儿挂枝头红彤彤。

王二小　（唱）心里高兴脚步儿急呀，

王二小
杏　儿　（齐唱）我带杏儿要进城。
　　　　　　我陪哥哥要进城。

　　　〔副歌：
　　　　一路欢笑一路歌，
　　　　不怕山难走，不怕路难行，
　　　　早日赶走东洋兵，
　　　　盼着家乡得太平。

王二小
杏　儿　（唱）满树的柿子满树灯，
　　　　　　枣儿挂枝头红彤彤，

杏　儿　（唱）二小哥哥决心大呀，

　　　　　　　想当八路早立功。

　　　　　〔王二小冲着大山喊杏儿，传来一阵回声。

杏　　儿　看把你高兴的，明明爷爷不同意你去城里买药，为什么你不听他的话？

王二小　都像你爷爷那样前怕狼后怕虎的什么时候能搞到药？没听韩大队长说伤病员急等着止血药吗？

杏　　儿　我爷爷说，最近日本鬼子对药品控制得可严了。

王二小　他严他的，我又不找日本人买药，我去找我舅舅。

杏　　儿　你编的那些瞎话，你舅舅他能信？

王二小　他绝对能信。你不知道，我舅舅可疼我了。杏儿，这药如果买成了，我参加县大队的事保准有希望。

杏　　儿　真的？

王二小　啊。

杏　　儿　到时候可别忘了我呀。

王二小　你？一个女孩儿怎么能参加县大队呢？我走了你就好好在家陪着我娘过日子呗。

杏　　儿　哼，你这还没娶我呢，就想把我关在家里呀？

王二小　杏儿，你怎么不懂好赖话呢？我这是向着你。县大队天天行军打仗多危险，那可是我们男人干的事。

杏　　儿　男人怎么了？八路军里照样有女兵。瞧你那样，就和你已经参加了县大队似的。

王二小　这还不是早一天晚一天的事，不信你走着瞧。

杏　　儿　二小，你舅舅的药店怎么还不到？

王二小　别着急，快到了。

杏　　儿　我怎么两条腿有点打哆嗦呢。

王二小　你紧张啥，一切有我呢。

杏　　儿　二小，万一让日本人碰上怎么办？

王二小　哎呀，哪有那么多日本鬼子。

―――儿童剧《二小放牛郎》 〉〉〉〉〉

〔突然,一队日本兵从远处走来。

杏　儿　（惊惶地）二小……

〔灯暗。

〔六合堂大药房。

〔狗剩正在打瞌睡,二小和杏儿连叫了几声舅舅他都没听见。王二小恶作剧地学着大人的样子,大声叫了一声"狗剩",狗剩被惊醒。

狗　剩　原来是你们俩呀,你们来干啥?

〔二小给杏儿使了一个眼色,二人突然大哭起来。

狗　剩　你们两个哭什么?

王二小　舅舅,不好了,咱家出事了!

杏　儿　出大事了。

狗　剩　出啥大事了?

王二小　我娘喂猪的时候让猪给咬了。

杏　儿　对,婶儿的手上出了好多血。手上都露出骨头来了。

王二小　（附和）是呀,是呀!

狗　剩　让猪咬的是左手还是右手呀?

〔王二小和杏儿一个说右手,一个说左手……

狗　剩　哎呀,杏儿说左手,你说右手,到底是左手还是右手呀?

王二小　舅舅,甭管哪只手了,止血药。

狗　剩　对,止血药。（转身去取药）

王二小　（洋洋得意）怎么样?药弄到手了吧?

杏　儿　（佩服地）二小,你可真行。

王二小　舅舅,可得拿最好的呀。

狗　剩　你放心,这云南白药止血就很好。

王二小　舅舅,你可多拿点呀。

杏　儿　婶儿手伤得可厉害了。

狗　剩　你先拿上一些用着，等我抽空回去看看再说。

王二小　回家？不用了，你要是忙就不用回去了，家里有我呢。

狗　剩　你一个孩子家懂啥，家里出这么大的事，不回去看看能行吗。给。（刚要把药递给二小）这事我还得去给掌柜的打个招呼。

王二小　舅舅，你先把药给我们呀。（和狗剩追逐着抢药）

狗　剩　这孩子就知道闹。现在这类药日本宪兵队控制得很严，隔三差五的来查，弄不好要杀头的。药虽然是咱们自己家里用，可也得给掌柜的说清楚。你们等着。（欲走）

〔小野带几个日本兵突然闯进来。

小　野　（对狗剩）站住，你手里拿的是什么？

狗　剩　（支吾）太君，没，没什么。

小　野　（拿过来）这是什么？

狗　剩　是一些普通的药。

小　野　（打开看了看）这不是普通的药，这是云南白药。说，这是谁买的？

狗　剩　太君，是这么回事，我外甥从乡下来，说我姐姐的手受伤了，需要一点止血药。

小　野　（看了看王二小和杏儿）噢，这个小孩我认识，太平庄。（对王二小）小孩，你的过来。

〔王二小怯怯地走到小野面前。

小　野　告诉我，你妈妈的手是怎么受伤的？

王二小　她，她喂猪的时候不小心让猪给咬伤了。

小　野　猪怎么会咬人呢？难道你们家养的是头野猪？

王二小　这……俗话说兔子急了还咬人呢，这有什么奇怪的。

小　野　小孩，撒谎是要杀头的，说实话，是不是八路支使你来的？

王二小　（一惊）俺不认识八路。

小　野　哈哈哈哈，（拿糖给二小）来，吃糖。

王二小　俺不要。

小　　野　告诉我，你娘手上让猪咬了多大一条伤口？

王二小　（用手比划）这么长。

小　　野　是公猪还是母猪？

王二小　（一时不知该怎样回答）这……

小　　野　（笑）哈哈，明明说你娘的手让猪给咬的，猪的牙齿怎么会咬出这么长的一个口子来呢？你骗我。

　　　　　（说唱）小孩明明在撒谎，
　　　　　　　　　这药肯定有文章，
　　　　　　　　　绞尽脑汁找八路，
　　　　　　　　　诱饵就在我身旁。

王二小　（唱）没想到，半路遇恶狼，
　　　　　　　吓得我，顿时没主张。
　　　　　　　二小呀，千万沉住气，
　　　　　　　咬紧牙，绝对不把实情讲！

杏　　儿　（唱）二小这回把大祸闯，
　　　　　　　　吓得我浑身像筛糠，
　　　　　　　　眼看鬼子要下毒手，
　　　　　　　　舅舅呀舅舅快帮忙。

狗　　剩　（说唱）我帮忙？泥菩萨过河自难保，
　　　　　　　　　求神仙，多多保佑我烧高香，
　　　　　　　　　这一回，小蚂蚱跳到了鸡嘴里，
　　　　　　　　　凶多吉少要遭殃！

小　　野　（突然拉过杏儿）你说！

杏　　儿　说什么？

小　　野　说实话！

杏　　儿　（吓得哆嗦）他说的都是实话。

小　　野　你们统统地撒谎！小姑娘，你是他什么人？

杏　　儿　俺，俺和他是一个庄的。

狗　　剩　太君，这小妞和我外甥刚刚订了娃娃亲。

小　　野　噢，好俊俏的小姐，（指二小）你的好福气。你要不说实话，（转对杏儿）我就把她带到宪兵队去！（大笑）说实话，到底是谁让你来买药的？

王二小　舅舅，你快告诉他，我说的全是实话。

狗　　剩　太君，是实话，都是实话。

小　　野　好，既然是实话，那就带我去你姐姐家看看吧。

狗　　剩　太平庄？

小　　野　对，开路，太平庄！

〔王二小突然在地上打起滚来。

王二小　哎哟，我肚子好疼呀！

〔小野在一旁狡黠地冷笑着，把药扔到地上。

小　　野　（对狗剩）我要找你的老板说话。

狗　　剩　掌柜的就在后边，请。

〔小野带日本兵进里屋。

狗　　剩　二小，说实话，你是真肚子疼还是假肚子疼？

王二小　（一把抓起地上的药）反正鬼子一走，现在疼得轻一点了。

狗　　剩　（悄声地）二小，你告诉我，是不是真给你娘买药的？

王二小　看把你吓的，没事。我先走了。（欲走）

狗　　剩　别走，万一那个日本人再回来找你怎么办？

王二小　有你帮我应付呗。杏儿，快走！（二人匆匆下）

〔狗剩心有余悸地目送两个孩子走远。一个日本兵上。

日本兵　（对狗剩）那两个小孩呢？

狗　　剩　他们已经走了。

〔小野上。

狗　　剩　太君，两个小孩子不懂事，太君有什么事尽管问我。

〔小野突然拔出刀架在狗剩的脖子上。

〔狗剩吓得瘫软在地。

——儿童剧《二小放牛郎》 〉〉〉〉〉

〔灯暗。

〔紧接前场。村头。
〔锁儿和秋秸带着小伙伴们边唱边上。
　　山葱葱，天蓝蓝，
　　大路上走来一群小伙伴。
　　别着小手枪，
　　掖着手榴弹，
　　立定，稍息，向前看，
　　卧倒，瞄准，拉枪栓。
　　我们是勇敢的小八路，
　　打鬼子，除汉奸，看谁争模范。
　　我们是勇敢的小八路，
　　打鬼子，除汉奸，看谁争模范。

锁　儿　集合了，别吵了。咱们玩打鬼子捉汉奸的游戏怎么样？
众孩子　好。
锁　儿　秋秸，出来，你当小鬼子。
秋　秸　我不当我不当。
〔王二小和杏儿上。
王二小　你们吵吵什么呢？
锁　儿　二小，你可回来了，我们到处找你，你去哪了？
王二小　今天我和杏儿……
杏　儿　（制止）二小！
王二小　我帮我娘下地干活去了。
锁　儿　二小，快，还是你带我们玩打鬼子捉汉奸的游戏吧。
王二小　好，集合！锁儿，柱子，出列！一个当鬼子，一个当汉奸。
锁　儿　（不情愿地）二小，怎么又是我？
〔在王二小的带领下与歌队表演了一段八路打鬼子的游戏。

锁　儿　不干了不干了！王二小，干啥你老是当八路，俺老当汉奸？

王二小　就你这个头能当八路吗？给人家八路提鞋还差不多。

锁　儿　不行不行，这回说啥俺也不当了，让秫秸当一回。

王二小　好。

秫　秸　（狡黠地）锁儿，让二小当一回怎么样？

锁　儿　对呀，让王二小当一回小鬼子！

众孩子　（起哄）好——

王二小　让我当小鬼子？实话告诉你们吧，我马上就要参加县大队了。

众孩子　啊？

秫　秸　（对锁儿）他吹牛！

锁　儿　对，你吹牛！

王二小　吹牛？（有些神秘地）告诉你们吧，我和杏儿今天干了一件大事。

锁　儿　二小，啥大事？快说出来让我们也高兴高兴。

王二小　（洋洋得意）让你也高兴高兴？你够级别吗？

锁　儿　哥，亲哥哥，那得啥级别？

王二小　起码得县大队以上的。

锁　儿　啊？

秫　秸　锁儿，别听他在这儿瞎吹，说他胖他就喘。

王二小　我瞎吹？

秫　秸　对，不敢说就是吹牛。

众孩子　（起哄）吹牛，吹牛，吹牛！

王二小　（涨红了脸）我没吹牛。说就说，谁怕谁。

众孩子　快说呀——

王二小　（清清嗓唱）今天，就在今天，

　　　　　我和杏儿越岭又翻山，

　　　　　一路小跑走的急呀，

　　　　　来到那——

杏　儿　（唱）嘘——，二小别把事说穿。

———儿童剧《二小放牛郎》 〉〉〉〉〉

王二小　（欲言又止）杏儿不让我说！

锁　儿　（唱）二小二小你说不说，

　　　　　　　　不说我可要抡胳膊，

　　　　　　　　杏儿她到你家才几天呀？

　　　　　　　　现在就开始怕老婆。

众孩子　（唱）哈哈哈，哈哈哈，

　　　　　　　　二小他不说就是怕老婆，

　　　　　　　　怕老婆，怕老婆，二小怕老婆。

杏　儿　（抓住锁儿使劲捶打唱）

　　　　　　　　胡说胡说你胡说，

　　　　　　　　赶紧赔罪把头磕。

锁　儿　（唱）二小快来救救我，

王二小　（唱）打得越狠我越快活。

众孩子　（唱）哈哈哈，哈哈哈，

　　　　　　　　打得越狠二小他越快活。

秫　秸　锁儿，咱不给他磨牙了，反正好事不背人，背人没好事。（拉起锁儿）走走。

王二小　哎呀，不是我不告诉你们，这事真的不能说。这样吧，秫秸，你要教我们念"人之初"，我就告诉你。

秫　秸　行，说话算数？

王二小　拉钩上吊。

秫　秸　拉钩上吊，一百年不许变。

王二小　念书了——

秫　秸　听着，我念一句你们跟一句。（摇头晃脑数着板说）人之初，性本善——

众孩子　（学着秫秸）人之初，性本善——

秫　秸　烟袋锅子炒鸡蛋——

众孩子　烟袋锅子炒鸡蛋——

秫　秸　老师不给我吃，我不给老师念。

众孩子　老师不给我吃，我不给老师念。

锁　儿　（大笑）二小，秫秸他骗你呢！

王二小　（追打秫秸）好你个秫秸！过来，好好教。

秫　秸　好好教，好好教。人之初，性本善——

众孩子　（学着秫秸）人之初，性本善——

秫　秸　性相近，习相远——

众孩子　（学着秫秸）性相近，习相远——

〔货郎爷爷上，众孩子围上去。

锁　儿　货郎爷爷，二小刚才说，他干了一件大事，你知道吗？

秫　秸　他还说韩大队长要吸收他参加县大队呢。

货郎爷爷　（没好气地看了二小一眼）哼，你就在这儿吹吧！

秫　秸　（对小伙伴们）怎么样？我说二小他吹牛吧。

〔小伙伴们奚落着王二小下。

杏　儿
王二小　爷爷，我们今天确实是……

货郎爷爷　别说了，今天的事我全知道了，自作聪明私自去城里买药，万一让鬼子识破了真相，后果将不可收拾，太让人后怕了。

王二小　我还不是一片好心？

货郎爷爷　二小，

　　　　（唱）你的好心我知道，
　　　　　　　盼望早日立功劳。
　　　　　　　现在斗争太残酷，
　　　　　　　是凶是吉难预料。

杏　儿　（唱）爷爷爷爷莫生气，
　　　　　　　应该表扬王二小。
　　　　　　　冒着危险去县城，
　　　　　　　关键时刻逞英豪。

货郎爷爷　哼，

　　　　　（唱）你以为小孩过家家？

　　　　　　　　斗争面前开玩笑？

王二小　（唱）反正我把药搞到手，

货郎爷爷　（唱）你惹来麻烦真不少。

王二小　（唱）要杀要剐随他便，

　　　　　　　天大危险一人挑！

货郎爷爷　二小，你怎么就不明白爷爷的心哪。

王二小　我不是想好好表现表现早一天参加县大队嘛。

货郎爷爷　就你这无组织无纪律的样儿，还想参加县大队？这件事要让韩大队长知道了，非狠狠批你一顿不可！

王二小　怎么？还要批评我？

货郎爷爷　你以为怎么的？

杏　儿　不管怎么说，二小还是把药弄到手了。

货郎爷爷　指望你弄的那点药顶什么用？（拿药）看。

杏　儿　这么多啊！

王二小　那我该怎么办？

货郎爷爷　你呀，要好好接受教训，买药的秘密对谁也不能说。

王二小　连我娘和我舅舅也不能说吗？

货郎爷爷　不能！孩子，现在斗争十分残酷，凡事你要多长个心眼儿，懂吗？

王二小　（点点头）懂了。

〔狗剩上。

王二小　舅舅。

狗　剩　（看见二小气不打一处来，追打）我看你小子往哪里跑！

货郎爷爷　狗剩，这是为啥事呀？

狗　剩　大叔，今天上午他和杏儿跑到城里药房去找我，说是他娘的手让猪给咬了，我回家一看，啥事没有。正巧碰上那个日本人小野，让他好一顿审问，多危险！（厉声地问二小）你说，要止血药干什么用？

王二小　我……（看看货郎爷爷没敢说话）

狗　剩　我什么我，你娘都为这事气坏了，你就等着挨揍吧！

货郎爷爷　狗剩，你消消气。（对杏儿和二小）去去去，出去玩。

〔王二小和杏儿下。

货郎爷爷　狗剩，你别生气，是这么回事。我整天走街串巷，发现现在买这种药的人很多，心想，这生意准能赚钱。没想到这话让二小听到了，也没给我打招呼就跑到城里找你去了。

狗　剩　哦，是这么回事。（神不知鬼不觉地从兜里掏出一大包药来）大叔，给，你看这些够吗？

货郎爷爷　狗剩，你这是……

狗　剩　（大义凛然地）大叔，这中国人能不向着中国人吗？这些药你先用着，不够你尽管说。你放心，今天这事儿，天知地知，你知我知，我走了。（下）

货郎爷爷　狗剩。（疑惑地拿起狗剩送来的药）这可真是踏破铁鞋无觅处，得来全不费工夫……

〔灯暗。

〔王二小家。

二小娘　狗剩，你说你跟着掺和什么？货郎大叔就够让人担心的了，什么时候把命搭上你就知道厉害了！狗剩，狗剩，我刚才说的你听见没有？

狗　剩　听见了，听见了，姐，你放心，没事。

二小娘　你就在日本人鼻子底下混事，日子长了还有不透风的墙？没事？除非你当汉奸。

狗　剩　（急了）谁当汉奸？你怎么这么说话，多难听呀！

二小娘　你又没当汉奸急啥？（递上一双新鞋）穿穿看，合不合脚。

——————儿童剧《二小放牛郎》 〉〉〉〉〉

〔王二小上。

王二小　娘,你又给舅舅做新鞋。你看我的鞋都破成什么样了。

二小娘　你个死种还穿新鞋,惹了这么大的祸,我还没打你呢!(说着就要打二小)

狗　剩　(拦住姐姐)姐,你消消气。二小,还不给你娘赔不是!

〔王二小执拗地硬着头不告饶。

二小娘　你看他还有理了不是,他舅,你快帮着我,今天我非打断他的腿!看他还敢不敢再给我出去惹事!打呀,打呀。

狗　剩　姐姐。

王二小　娘。

〔又追打二小,二小跑出屋,二小娘追出去。她哪里追得上儿子,干脆坐在地上哭了起来。

王二小　(走到娘身边)娘……

狗　剩　姐。

二小娘　(唱)叶儿绿,花儿黄,

　　　　　　　结个瓜儿连着秧,

　　　　　　　孩儿你是娘的命呀,

　　　　　　　有个好歹我哭断肠。(说着又哭了起来)

王二小　娘,你别哭,你听我说呀!

　　　　(唱)娘呀娘你宽心肠,

　　　　　　　擦干眼泪听儿讲,

　　　　　　　二小没做亏心事呀,

　　　　　　　想当猎手打豺狼!

狗　剩　(唱)鬼子的刺刀实在可怕,

　　　　　　　我的脑袋差点搬家,

　　　　　　　逼我找到八路的秘密地点,

　　　　　　　不妨先从二小嘴里套套话。

　　　　(白)姐,你别生气了,二小今天做的是不对,起码不该撒谎。

王二小　舅舅，不是我不说实话，是……

狗　剩　我知道你货郎爷爷让你保密，可保密也得分谁呀，你把舅舅当成什么人了？（把那双新鞋递给二小）给。

二小娘　（一把夺过来）甭给他穿，让他穿瞎了。

狗　剩　姐，就让他穿了吧，二小成天在山上放牛，穿鞋比我费。

二小娘　（嗔怪地）你呀。（进屋）

狗　剩　（拿过鞋）还不谢谢舅舅。

王二小　舅舅，你真好。穿新鞋喽——

狗　剩　这小子，脚丫子和舅舅一般大了。

王二小　舅舅，还是你疼我。

狗　剩　那当然。二小，咱们八路军的后方机关在哪儿呀？

王二小　不知道。

狗　剩　二小，你是不是信不过舅舅？

王二小　我真的不知道。你不会亲自去问货郎爷爷吗？

〔王二小进屋。

〔两个汉奸悄悄上，与狗剩交头接耳后一起下。

王二小　娘，我穿新鞋了。咦，红肚兜。

二小娘　穿穿看，合不合身。二小，听娘的话，从今往后不准再掺和那种事！

王二小　娘。

〔灯暗。

〔山上。二小边放牛边唱。人牛共舞，其乐融融。

王二小　（唱）我是二小放牛郎，

　　　　　　　赶着牛儿上山岗，

　　　　　　　不怕风吹日头晒，

　　　　　　　喂得牛儿肥又壮。

　　　　　　　我是二小放牛郎，

———儿童剧《二小放牛郎》

    小树伴我一齐长，

    树长高，我长大，

    我长大扛枪打东洋！

  〔货郎爷爷挑着货郎担急匆匆上。

货郎爷爷 （唱）货郎担儿两头尖，

    老汉今天要进山，

    负伤战士急等药呀，

    我一路小跑往前赶。

    一边走，四下看，

    当心有狗跟后边。

    放下担子擦擦汗，

    果然身后有汉奸。

  不好，我让汉奸盯上了！

王二小 爷爷，你怎么到这里来了？

货郎爷爷 二小，我让汉奸盯上了。

王二小 （环顾四周）汉奸？爷爷，他们为啥盯你？

货郎爷爷 他们想跟我找到咱们的后方机关。

王二小 爷爷，你今天这是……？

货郎爷爷 孩子，今天我就是给伤病员送药去呀。

王二小 鬼子是怎么知道你要去送药的呢？

货郎爷爷 我也纳闷，送药的事没外人知道呀，莫非出汉奸了？

王二小 爷爷，谁是汉奸？

货郎爷爷 二小，你就别问了。

王二小 爷爷，我跑得快，要不我去送药吧。

货郎爷爷 你？不行。

王二小 爷爷，你是不是不相信我？

货郎爷爷 （心情复杂地）孩子，不是爷爷不相信你，是太危险。

王二小 爷爷，我知道上次的事惹你生气了，你放心，这次我保证完成

　　　　　　任务！

货郎爷爷　（下决心）好吧。万一要让鬼子抓住，就是打死你，也不能说。

王二小　　（点点头）记住了，打死我也不说！

货郎爷爷　（神秘地）二小，八路的后方机关就在神仙谷。

王二小　　神仙谷？

货郎爷爷　对。到了那里你把药交给韩大队长，（把货郎鼓递给二小）就说是我让你来的，记住了吗？

王二小　　（点点头）我记住了。爷爷我先走了。（牵大黄欲走）

货郎爷爷　二小，爷爷还得嘱咐你一件事。

王二小　　爷爷，你说。

货郎爷爷　（唱）杏儿是个好姑娘，

　　　　　　　　从小没了爹和娘，

　　　　　　　　爷爷把她托给你，

　　　　　　　　待她要比亲兄长。

王二小　　爷爷，你放心，杏儿就是我的亲妹妹！

货郎爷爷　好孩子，爷爷把汉奸引开，你快走！

王二小　　（不放心地）爷爷——

货郎爷爷　快走！

　　　　　〔二小急下。货郎爷爷从另一方向下。

　　　　　〔稍顷，两个汉奸上。

汉奸甲　　咦？老头呢？

汉奸乙　　是呀，怎么连放牛的小孩也不见了？

　　　　　〔远处传来货郎爷爷的歌声。

汉奸甲　　听，老头往那跑了，追！

　　　　　〔大黄和二黑挡住汉奸的去路。

汉奸甲　　妈的，一边去！

　　　　　〔然而，两头牛像懂事一样死缠住两个汉奸不放。两头牛哞叫着一齐向汉奸冲去，吓得俩汉奸抱头鼠窜。

——儿童剧《二小放牛郎》 〉〉〉〉〉

〔灯暗。

〔太平庄村头。

〔荷枪实弹的日本兵在小野的指挥下把太平庄包围得严严实实。

汉奸甲　报告太君，没发现有情况。

小　野　嗯？不会吧，那个老头没给八路去送药？

汉奸乙　没发现去送药。

小　野　八嘎，我让你盯着他，你们干什么去了？

汉奸乙　一直都盯着呢，实在是没发现。

小　野　一路上他都和谁接触过？

汉奸甲　（唱）路上接触的人儿很多很多，

　　　　　　　　大姑娘，小媳妇，

　　　　　　　　老头子还有老婆婆。

小　野　八嘎！

汉奸乙　对对对，

　　　　（唱）还发现，他和一个放牛的小孩子很亲热。

小　野　放牛的孩子？然后哪？

汉奸乙　然后就下山了。

小　野　我是说那个放牛的小孩呢？

汉奸乙　扔下牛进山了。

小　野　进山了？不好，肯定是他把药给了那个放牛的小孩，赶快去给我追！

〔俩汉奸应声欲走，货郎爷爷唱着小曲，装出一副若无其事的样子上。

小　野　站住！

货郎爷爷　太君，找我有事？

小　野　不要装糊涂，告诉我，你今天要到哪里去？

货郎爷爷　做买卖嘛，走街串巷也没个准地方。

小　　野　撒谎。你的要给八路伤病员送药！

货郎爷爷　给八路送药？送什么药？

小　　野　老家伙，不要装出一副若无其事的样子。告诉你，我们已经跟踪你很长时间了，把你身上的药交出来！

货郎爷爷　什么药？你怎么越说我越糊涂？

小　　野　（指示汉奸）搜！

〔两个汉奸搜遍全身又搜遍货郎担一无所获。

小　　野　老家伙，你把药交给谁了？

货郎爷爷　太君，不是说过了吗，我根本就没什么药。

小　　野　你们中国有句老话叫不见棺材不落泪，把他给我带上来。

汉　　奸　狗剩先生。

〔狗剩应声上。

小　　野　狗剩先生，还是你来启发启发他吧。

狗　　剩　哎。（走到货郎爷爷面前）大叔……

货郎爷爷　谁是你大叔，狗汉奸，果然是你。

小　　野　怎么样？还有什么话说？说吧，你把药交给谁了？

货郎爷爷　（一不做二不休地）我谁也没交。

小　　野　你不要以为我什么都不知道，你是不是把药交给了一个放牛的孩子？嗯？

货郎爷爷　（一怔）孩子？

　　　　　（唱）鬼子的话让我担惊受怕，

　　　　　　　　二小他是否安全到达？

　　　　　　　　万一让汉奸抓了去，

　　　　　　　　凶多吉少心乱如麻。

小　　野　（唱）老家伙，说实话，八路到底藏在哪？

狗　　剩　（唱）好汉不吃眼前亏，大叔大叔快说吧。

货郎爷爷　（咬牙切齿）狗剩，你过来，你过来我告诉你。

狗　　剩　大叔。（凑过去）

货郎爷爷　（一巴掌狠狠地打在狗剩的脸上）狗汉奸！

小　野　（笑着对狗剩唱）

　　　　　他打你，你为什么不打他？

狗　剩　（怯怯地唱）

　　　　　我我我，我的太君呀。

货郎爷爷　（怒目而视唱）

　　　　　狗杂种，你敢过来吗？

　　　　　爷爷在这等你呐！

小　野　（威逼）打！

〔狗剩鼓足勇气上前打了货郎爷爷一记耳光。

货郎爷爷　狗日的！你狗仗人势还算中国人吗？！我打死你个狗汉奸！

〔几个日本兵上前凶狠地殴打货郎爷爷，不一会儿，货郎爷爷就让他们打得奄奄一息，站立不住。

货郎爷爷　（用尽全身力气站起来）我老了，打不过你们，可是我的乡亲们打得过你们，我的孩子们打得过你们！（抡起扁担朝小野打去）我打死你个日本鬼子！

〔几个日本兵拿刺刀向货郎爷爷刺去，货郎爷爷倒在血泊里。

〔苍穹中传来货郎爷爷的歌声，伴着低沉的合声：

　　　　　货郎鼓儿咣唧唧，

　　　　　走了南庄串北庄，

　　　　　货色齐全生意旺，

　　　　　唱着小曲走四方。

〔灯暗。

〔在音乐的衬托下，王二小背着药机警地穿梭在山林小路之中。

〔王二小送药归来，疲惫不堪地瘫坐在一棵大树下。他渐渐睡去，梦中遇到货郎爷爷。

王二小　（唱）爷爷，爷爷你在哪里？

〔货郎爷爷的画外唱：我的好孩子，爷爷就在你的心里。

王二小　（唱）爷爷，爷爷我好想你。

〔货郎爷爷画外唱：深仇大恨，你可要牢牢的记！

王二小　（唱）您交代的任务，我已经圆满完成。

〔货郎爷爷画外唱：我知道你是好样的。

王二小　（唱）打鬼子除汉奸，我要报仇雪恨。

〔货郎爷爷画外唱：爷爷我没看错，你勇敢有出息！

〔这段戏货郎爷爷可以出现在另一个时空，他和王二小边唱边跳一段双人舞。

〔梦幻结束。稍顷，大黄牛上，看见自己的好朋友正在树下酣睡，上前用犄角爱抚二小。

王二小　（醒来）大黄。

〔锁儿和秫秸上。

秫　秸　大黄，回家去！

王二小　锁儿。

锁　儿　（不理他）哼！

王二小　秫秸。

秫　秸　哼！

王二小　锁儿，你们今天这是怎么啦？

锁　儿　你们家做的坏事难道还用我说？

王二小　秫秸，我们家做什么坏事啦？

秫　秸　我娘说了，从今天开始我们家的牛就不用你放了。（对大黄）回家！

王二小　为什么？

秫　秸　（吞吞吐吐）不为什么。

锁　儿　人家怕你脏了他家的牛。

王二小　你们俩今天这到底是怎么了？

锁　儿　（唱）二小二小真丢脸，

———— 儿童剧《二小放牛郎》 >>>>>

歌　队　（合）二小二小真丢脸，

锁　儿　（唱）你家出了大汉奸！

歌　队　（合）你家出了大汉奸！

锁　儿　（唱）害死我们的货郎爷，

歌　队　（合）害死我们的货郎爷，

王二小　（唱）千刀万剐恶名传。

歌　队　（合）千刀万剐恶名传。

王二小　什么？爷爷他死了？

锁　儿　你还装什么糊涂。

王二小　锁儿，你告诉我，爷爷是怎么死的？

锁　儿　（泣不成声）还不是让小鬼子狗汉奸给害死的。

〔王二小不敢相信这是真的，他撕心裂肺地呼唤着"爷爷，爷爷……"，抱着货郎爷爷留给他的货郎鼓伤心地哭泣着……

王二小　锁儿，你告诉我谁是汉奸？

锁　儿　装蒜，现在全村都传开了，你还是回家问你舅吧。

王二小　什么？我舅是……

锁　儿　你舅舅是汉奸，就是他向鬼子告的密。（扭头欲下）

王二小　（拉住锁儿）你等等。

锁　儿　别拉我，你舅舅是汉奸，你也不是什么好东西。

王二小　不，请你们相信我，我不是孬种！

锁　儿　还充什么英雄好汉，从今往后我们再也不会理你了！（领歌队下）

王二小　锁儿——（苦闷地）难道锁儿他们说的都是真的？不，我不信，我要亲自去问问他。（欲走）

〔杏儿提一个小包袱上。

王二小　杏儿，你这是上哪？

杏　儿　（一把夺过爷爷的货郎鼓）王二小，你还我爷爷，还我爷爷……

王二小　杏儿，爷爷临终前已经把你托付给我了，嘱咐我要好好待诚你。

　　　　（唱）一根藤上结俩瓜，

二小杏儿是一家。

即便我舅是汉奸，

我是我来他是他。

杏　　儿　谁再信你这些话，我就是逃荒要饭也再不回你们家！

王二小　杏儿，你听我说！

杏　　儿　我不听，我不听，我不听。（哭泣）爷爷——

王二小　杏儿，你别哭了。

杏　　儿　（唱）想当年，爷爷领全家闯关东，

为糊口，冰天雪地，四处谋生。

谁料想，小鬼子占领东三省，

狗豺狼，杀爹娘，让我孤苦伶仃。

跟爷爷，货郎担，四处流浪，

回老家，见乡亲，情深义浓。

狗汉奸，害死了我的爷爷，

让杏儿，从今后何去何从？（哭）

王二小　杏儿，别哭，你们家的冤仇我一定会替你报的！跟我回家吧。

杏　　儿　不回！不回！我永远也不要再看到你舅舅那个大汉奸！（头也不回地走了）

王二小　杏儿——

歌　　队　（唱）杏儿的话如晴天霹雳，

二小他心里没了主意。

王二小　（唱）难道真是他告的密？

舅舅他为啥叛变投敌？

歌　　队　（唱）还不是为发财丧尽天良，

难道你真的蒙在鼓里？

王二小　（唱）你们说，你们说，你们说，我该怎么办？

歌　　队　（唱）洗清冤屈靠你自己，

洗清冤屈靠你自己。

王二小　（唱）洗清冤屈靠你自己，

　　　　　　　洗清冤屈靠你自己。

　　　　〔王二小掩面哭泣。杏儿和韩大队长上。

韩大队长　哪儿呢？

杏　儿　没找到。

韩大队长　继续找。

杏　儿　（发现王二小）二小。

王二小　（突然发现韩大队长和杏儿站在他的面前，激动万分，许多话儿要对他们说）韩大队长，我舅舅他真的是汉奸吗？

韩大队长　据我们掌握的情报，就是他向鬼子告的密。

王二小　（怯怯地）韩大队长，你还相信我吗？

韩大队长　（坚定地）相信。

王二小　（心中冤屈一下子涌了上来，扑到韩大队长怀里恸哭起来）韩大队长……

韩大队长　二小，你冒着生命危险给伤病员搞来了止血药品，还亲自送到后方机关，我们怎么能不相信你呢？

王二小　我要参加县大队，给货郎爷爷报仇。

韩大队长　二小，既然是战士就要服从指挥。（神秘地）据可靠情报，敌人这几天又要下来扫荡，我们打算在狼牙口再打一次伏击。

王二小　什么？要在狼牙口打伏击？

韩大队长　对。狠狠教训教训鬼子的嚣张气焰，你的任务是密切注意你舅舅的行踪，有什么紧急情况马上向我报告。

王二小　是。杏儿……

韩大队长　噢，杏儿这次我先带走了，让她先去后方机关，那里正缺小护士哩。

王二小　杏儿你可真有福气。

杏　儿　二小，你要多加小心。

　　　　〔灯暗。

〔小野的办公室。

小　　野　（暴跳如雷）混蛋！到现在还找不到八路的后方机关，限你在一天之内必须要找到藏八路伤病员的准确地址！

狗　　剩　太君，我真的不知道……

小　　野　嗯？！

狗　　剩　是，我一定再想办法。

小　　野　狗剩先生，我现在怀疑你对我们皇军的忠诚。你好像不是我们的密探，倒像是八路的密探。

狗　　剩　不不，我对皇军是绝对忠诚的，我可以对天发誓，我是说……

小　　野　说什么？

狗　　剩　太君，我是说能不能再宽限我几天？

小　　野　不行！一天，只有一天，再找不到八路的后方机关我就把你全家统统杀光！

〔灯暗。

〔山上。

〔王二小陷入极度苦恼之中。

王 二 小　（唱）大山为我作证，
　　　　　　　小草儿你可听得清？
　　　　　　　本是一家亲骨肉呀，
　　　　　　　这狗剩，吃里扒外太绝情！
　　　　　　　是娘把他拉扯大，
　　　　　　　众乡亲待他如父兄。
　　　　　　　投靠鬼子，害死了货郎爷爷，
　　　　　　　认贼作父，天理不容！
　　　　　　　他休想找到后方机关，
　　　　　　　如意算盘决不会得逞！

———儿童剧《二小放牛郎》 >>>>>

　　　　　　从今后，我没有他这个舅舅，
　　　　　　一刀两断，各奔西东！
　　　　　　从今起，让他滚出这个家，
　　　　　　一刀两断，各奔西东！
　　　〔狗剩上。

狗　剩　二小，我可找到你了。
王二小　说，你为啥要出卖货郎爷爷？
狗　剩　货郎大叔当时如果不和皇军作对根本就死不了。
王二小　让爷爷和你一样当汉奸？
狗　剩　二小，你可别犯糊涂，赶紧把那个后方机关说出来吧。
王二小　说出来好让你拿着几百条人命到日本鬼子那里去领赏？
狗　剩　你今天说也得说不说也得说，否则咱全家就都没命了。
王二小　我死也不当汉奸。
狗　剩　我还不是为了你们娘俩好吗？
王二小　你是害了我和娘呀！
狗　剩　二小，现在说啥也晚了，走，跟我去宪兵队。
王二小　我不去。
狗　剩　你今天去也得去，不去也得去。（拉二小走）
王二小　我不去，你放开我。（挣扎着跑下）
　　　〔狗剩追去。
　　　〔稍顷，二小娘上。王二小跑上躲在娘的身后，狗剩追上。

狗　剩　（哀求）姐，帮帮我吧。
二小娘　滚，你给我滚！你丧尽天良害死货郎大叔还算人吗？倚仗日本人发你的财去吧，从今往后别让我再见到你！
狗　剩　姐。
二小娘　我没你这个弟弟，你也没我这个姐姐，我丢不起这个人！现在全村的人都在指我的脊梁骨，你让我往后在村里还怎么活呀！（怒不可遏）你这个畜生！（扑上前连打了狗剩好几个耳光）

　　　　　（唱）可恨你这狗畜生，

　　　　　　　　丧心病狂太绝情，

　　　　　　　　从小把你拉扯大，

　　　　　　　　谁料想，养了一条害人虫！

　　　　　　　　快快给我滚出去，

　　　　　　　　从今后，一刀两断姐弟情！

狗　剩　姐呀，

　　　　　（唱）姐呀姐你可别犯傻，日本人早晚掌天下。

二小娘　（唱）谁掌天下我不管，

　　　　　　　　伤天害理罪孽大。

狗　剩　（唱）姐姐恩情比海深，

　　　　　　　　投靠皇军为报答。

二小娘　（唱）踩着乡亲往上爬，

　　　　　　　　认贼作父遭人骂！

王二小　（唱）娘呀娘你别理他，

　　　　　　　　好鞋不把狗屎蹅（cha）。

　　　　　　　　井水不把河水犯，

　　　　　　　　咱是咱来他是他！

狗　剩　（唱）二小跟我去见小野，

　　　　　　　　不交八路他就把全家杀！

二小娘　（唱）货郎叔是你亲手害，

　　　　　　　　又想把我儿子的命来搭。

王二小　（唱）狗剩你就死了这条心，

　　　　　　　　我宁死不做坏人渣！

狗　剩　（唱）姐姐呀，我一片苦心为了啥？

二小娘　（唱）畜生呀，你狼心狗肺害全家！

王二小　（唱）狗剩呀，你当汉奸不得好死，

三　人　（同唱）啊——，家破人亡，家破人亡就在眼下！

―――儿童剧《二小放牛郎》

二小娘　二小，快跑，跑得慢命就没了！

〔狗剩没命地要抓住王二小，二小娘挡在其中。

二小娘　（狠狠在狗剩手上咬了一口）二小，快跑！跑得越远越好。

王二小　娘……（跑下）

狗　剩　（用力甩开二小娘）姐。

〔灯暗。


〔太平庄村头。

〔太平庄已经被鬼子洗劫得面目全非，农舍被烧得只剩残垣断壁，太平庄昔日那美丽的秋色已经荡然无存，一片国破山河碎的凄凉景象。

〔小野带领鬼子把村民押到广场上。

小　野　（气急败坏地）小孩，说，八路的后方机关在哪里？

秋　秸　（怯怯地）不知道。

小　野　你们说，八路在什么地方？你们不说，我就打他，给我狠狠地打！

狗　剩　乡亲们，谁要知道就快说出来吧，免得咱村的父老乡亲遭难呀！

小　野　你们的良心统统的坏了，今天如果不说出来，我把你们全部杀光！（指秋秸）把他给我吊起来。

〔场上只有秋秸的哭泣声，人群中寂静的可怕……

小　野　小孩，你说还是不说？

秋　秸　（呻吟着）我……不知道。

小　野　（抽出刺刀一刀劈下去，秋秸立刻倒在血泊中）八嘎――

锁　儿　（大声呼喊着）秋秸――，（转向小野）日本鬼儿，我日你祖宗八辈儿――（上前欲和小野拼命）

〔小野被激怒，再一次举起屠刀劈向锁儿。

〔王二小突然从人群中跳了出来。

王二小　等等，太君，我知道八路的后方机关藏在哪里。

二小娘 （扑上去）二小，你这是自己来找死呀！

狗　剩 （高兴地）太君，这是我外甥，二小，好孩子，我就知道你会回来的，太君，我外甥他知道八路军的后方机关。

小　野 幺西。

王二小 （扑上去）秫秸，我的好兄弟。我还等着你教给我三字经呢。

（唱）人之初，性本善，

鬼子杀人太凶残，

秫秸我的好兄弟，

血债要用血来还！

二小娘 （上前拉起王二小）孩子……

（唱）二小我的好儿郎，

你为啥，逃出虎口又落魔掌？

你是娘的心头肉呀，

快离开这杀人的魔王。

王二小 （唱）娘呀娘，秋风阵阵天渐凉，

儿走后，您老别忘添衣裳，

握着亲娘一双手，

暖流涌我热泪淌，

孩儿远去无归日，

报仇雪恨杀豺狼！

〔二小娘抱住儿子哭作一团。

王二小 娘，哭啥，你就不怕人家笑话？（给娘擦泪）

小　野 （走向二小）小孩，我们认识。去城里给八路买药的就是你，对不对？

王二小 对，没错。

小　野 你要好好向你舅舅学习，他是大大的良民。

王二小 那是当然。（悄声地）舅舅，太君既然对你这么好，你咋不把藏八路的地方告诉太君呢？

———儿童剧《二小放牛郎》 》》》》

小　野　你的知道？

狗　剩　我哪知道，小孩子撒谎。

王二小　太君，小孩不撒谎，咱实话实说。俺舅舅知道这几天八路军缺药，所以就来了个将计就计。

狗　剩　二小，你别胡说。

王二小　他想借这个机会找八路挣点钱花花，太君千万别见怪，对吧舅舅。

狗　剩　太君，我真的不知道八路的后方机关，我外甥他知道。

王二小　舅舅，关键时刻你怎么打起退堂鼓来了？你要不愿带皇军去，我去！

小　野　嗯？你可以带我们去找八路？

王二小　当然可以。舅舅，你真没种，皇军，甭理他，咱们走。

锁　儿　（喊）王二小，你舅当汉奸，你也当汉奸，你和你舅都不得好死！
　　　　〔小野朝锁儿举起刀。

王二小　（拦住）太君，他是我的好朋友，你要打死他，我可不带你们去了。（向锁儿跑去的方向喊）锁儿，你小子敢骂我，等我回来绝饶不了你！

二小娘　二小——，我的孩子呀——

王二小　娘，等我的好消息，我会回来的——
　　　　（唱）我是二小放牛郎，
　　　　　　　小树伴我一齐长，
　　　　　　　树长高，我长大，
　　　　　　　我长大扛枪打东洋！（下）

小　野　开路！
　　　　〔小野带日本兵下。

锁　儿　（疑惑不解地唱）
　　　　　　　小扁担，两头翘，
　　　　　　　谁知二小卖的是什么药？

领着鬼子上了山，

难道真把八路找？

歌　队　（喊）二小——

〔灯暗。


〔狼牙口。王二小唱着上，小野及日本兵随上。

王小二　我是二小放牛郎，

赶着牛儿上山岗，

不怕风吹日头晒，

喂得牛儿肥又壮。

我是二小放牛郎，

小树伴我一齐长，

树长高，我长大，

我长大扛枪打东洋！

小　野　（警惕地）站住，小孩，八路在什么地方？

王二小　你别着急呀，咱们再往里走走就到了，那里的八路大大的有。

（带鬼子继续走）

小　野　（感到有些不对头）嗯？怎么前面没有路了？

王二小　太君，我记错路了，咱们应该往那边走。

小　野　（有些烦躁地）统统的退回去。

〔此时鬼子已经被王二小拖得筋疲力尽。小野刚刚要上轿子……

王二小　哎哟，太君，我的脚崴了，不能走路了。

汉　奸　妈的，你小子给我耍滑头。你想找死呀。（欲打）

王二小　你要想早点找到八路，就让他们抬着我走。

汉　奸　你小子烧包！还想坐轿子？（打王二小）我让你抬着走！

小　野　（无可奈何）抬他走，快快的。

〔两汉奸极不情愿地抬起王二小。

王二小　（坐在轿子上，自在地）哎呀，走山路还是坐轿子舒服。

———— 儿童剧《二小放牛郎》

小　野　（疲惫不堪地）这是什么地方？
狗　剩　狼牙口。
小　野　（知道自己上了当，命令鬼子兵）停止前进！你骗我！
王二小　太君，你别急，我给你吆喝一声他们就出来了。（跑到山坡上喊）韩大队长——，鬼子来了——
小　野　给我抓住他！
〔王二小迅速遁去。
小　野　（问狗剩）这是怎么回事？
狗　剩　太君，我们上当了！
小　野　（穷凶极恶）八嘎！（一刀将狗剩劈死）
〔狗剩毙命。
〔冲锋号响起，枪声大作。
小　野　（像疯狗一般）突围，突围，给我突围——
〔远处传来更加激烈的枪声、喊杀声……
王二小　（站在一个山坡上）韩大队长，鬼子来了，狠狠地打呀——
〔小野一枪击中王二小。
〔大黄、二黑上。像懂事一样冲小野吼叫着，"哞——"
王二小　大黄，二黑，挑死他，给爷爷报仇！
〔大黄和二黑勇猛地朝小野冲去，用犄角将小野挑死。
小　野　（垂死挣扎）中国八路小孩的厉害！（爬起来又朝王二小打了一枪，小野毙命）
〔王二小撤下身上的红肚兜向空中抛去，用尽全身的力气呼喊着"娘——"定格，他像一尊塑像屹立在山坡之上。
〔《歌唱二小放牛郎》的歌声响起，响彻全场。
〔帷幕徐徐落下。
〔剧终。

精品提名剧目·儿童剧

# 月光摇篮曲

编剧 王 正

**人物**（以出场为序）

| | |
|---|---|
| 高山娃 | 高莽汉 |
| 杨秀云 | 黎　歌 |
| 芳　芳 | 张小圆 |
| 阿米娜（小新疆） | 陈家楠 |
| 兰　兰 | 金大辉 |
| 金小辉 | 众土家乡亲 |
| 众学生 | 工　人 |
| 钢琴师 | |

————儿童剧《月光摇篮曲》 〉〉〉〉〉

# 序

〔峡江、弯月、小船、一盏小灯……

〔音乐,《山歌》远处的合唱……

〔高山娃坐在船头,和着远处的山歌,爷爷高莽汉在收着鱼网。

高山娃 (唱)五月端阳哟喂……

十里八乡汇峡江,

背篓背来一路歌,

送走太阳喊月亮……

高莽汉 娃子,你知道你唱的是什么吗?

高山娃 《喊月亮》啊!

高莽汉 那你知道为什么端午节要唱《喊月亮》吗?

高山娃 不知道!

高莽汉 在咱们土家啊,每到端午,年满15岁的男孩都要唱着《喊月亮》参加成人仪式。

高山娃 爷爷,今年我也15岁了。

高莽汉 是啊,娃子长大了,爷爷也老了,咱们该回家了。

高山娃 回家?……这船上、这江上难道不是咱们的家吗?

高莽汉 不,咱们的家在大巴山,在吊脚楼!

高山娃 大巴山?吊脚楼?

高莽汉 对,爷爷今天就带你回家——喊月亮。

〔M,《号子》。

高山娃  （唱）嘿左嘿左嘿左嘿左嘿左
高莽汉
　　　　　嘿左嘿左嘿左嘿左嘿左

　　　　　嘿左嘿左嘿左嘿左嘿左

　　　〔歌声中，景观变化，土家族的吊脚楼缓缓地出现了……

## 第一场

　　　〔M，《喊月亮》。

　　　〔土家的吊脚楼前。

　　　〔人们从四面八方上，有的推木轮车、有的背背篓、有的手里拿着筐、有的肩上搭着西兰卡普。

众　人  （唱）喊月亮喊月亮，

　　　　　弯弯的月亮山后藏。

　　　　　喊月亮喊月亮，

　　　　　快快露出红脸庞。

　　　　　喊月亮喊月亮，

　　　　　弯弯的月亮山后藏。

　　　　　喊月亮喊月亮，

　　　　　快快露出红脸庞。

　　　　　呦哦，呦哦……

　　　　　呦哦，呦哦……

　　　　　喊月亮喊月亮，

　　　　　喊个月亮啊挂树上。

　　　　　提起月亮呀当铜锣，

　　　　　敲得地摇山也晃哟喂那个地也晃。

　　　〔高山娃出现在高处，引起众人的目光。

高山娃  （唱）喊月亮哟喊月亮，

————儿童剧《月光摇篮曲》

喊个月亮啊挂天上，

月是小船啊云是海，

我驾月亮追太阳哟喂那个追太阳。

〔高山娃欣喜地在人群中穿梭，众人议论。

村民甲　这是谁家的孩可够俊的。

村民丙　我怎么从来没有见过啊？

男村民　你们看，高莽汉回来了。

高莽汉　乡亲们，你们好啊！

男村民　高莽汉，你可回来了。

高莽汉　人老啰，落叶要归根哪！

男村民　那孩子是高山娃吧？

高莽汉　是啊。

村民甲　十几年不见，孩子长这么大了！

高莽汉　可不，十五岁啦，我带他回来参加成人仪式，一起喊月亮。

众　人　（唱）喊月亮喊月亮，

喊个月亮啊戴头上，

月亮摸着我的光脑壳呀，

我跟月亮牵衣裳牵衣裳。

喊月亮喊月亮，

喊个月亮啊戴头上，

月亮摸着我的光脑壳呀，

我跟月亮牵衣裳牵衣裳。

〔M，《爷爷的喊月亮》。

高莽汉　（唱）喊月亮喊月亮，

我给月亮点高香。

月亮里那个山娘娘，

今晚给娃换新装，

今晚给娃换新装。

〔M,《挂香包》。

〔一轮弯月出现了。

〔男孩子们各自寻找自己的妈妈,在吊脚楼中,妈妈们给孩子挂香包。

〔高山娃独自看着,爷爷在远处拿着香包。

众　人　（合唱）星星是你的目光哟,

　　　　　　　月亮是你的胸膛哟,

　　　　　　　香包里藏着妈妈的祝福,

　　　　　　　都挂在了我的心上。

　　　　　　　香包里藏着妈妈的祝福,

　　　　　　　都挂在了我的心上。

　　　　　　　彩线是你的光芒哟,

　　　　　　　香草是你的芬芳哟,

　　　　　　　香包里藏着美丽的故事,

　　　　　　　还有那首古老的歌谣。

　　　　　　　噢……

〔众人下。

〔爷爷给高山娃挂上香包,高山娃把香包摘下来,甩到一旁跑下。

〔爷爷捡起香包,四处寻找。

〔光景变化,出现了小木屋的内景。

〔高山娃坐在吊脚楼上。

高莽汉　娃子,你下来。

高山娃　（哼唱）月亮走哟,我也走哟……

高莽汉　你给我下来。

高山娃　（继续哼唱）我跟那月亮背笆篓……

高莽汉　娃子,快下来,爷爷把香包给你挂上。

高山娃　我要我妈妈给我挂!

高莽汉　那爷爷挂不是一样的吗?

——儿童剧《月光摇篮曲》

高山娃　不一样！你看看村里的孩子都是妈妈给挂香包，我妈呢？
高莽汉　我不是早就跟你说了吗，你妈她走了，远远地走了。
高山娃　妈妈为啥要走，你说呀？
高莽汉　那腿长在她身上，她要走，哪个拦得住？
高山娃　爷爷，我可听村里人说了，我妈不是不要我，她是被你赶走了！
〔爷爷不语，在摆弄着蘑菇。
高山娃　你别动那些蘑菇了，你说，你为啥要赶走我妈妈，你说，你说呀！
高莽汉　那些烂舌头的话你也信哪？
高山娃　爷爷，你看看这村里村外，哪个妈妈不爱自己的孩子，就我妈那么狠心，难道我是被你捡来的野孩子？
高莽汉　唉，你可是咱高家的独苗，爷爷就你这么一个孙子。
高山娃　爷爷你疼我，可我妈为啥不疼我，唉，天下的孩子就我最倒霉，摊上个没良心的妈，跟豺狼虎豹一样！
高莽汉　不许你这么说你妈妈！这个香包就是她亲手给你做的……
高山娃　你说什么，我妈妈做的？爷爷，你快告诉我，这到底是怎么回事？
〔爷爷欲言又止。
高山娃　每次我问起妈妈的事，你一会儿说这个，一会儿说那个，就是不肯告诉我，我长大了，我应该知道！你不说也行，那你就永远都别说了。（摔蘑菇，欲走）
高莽汉　娃子，都是爷爷的错，在你周岁那年，你爹得了场疾病，撒手去了，村里的巫婆说你妈是鬼，克死了我的儿子，还要克死我的孙子你呀，为了保住你的性命，为了咱高家不断香火，我就对你妈说，你走，永远别再回来，我把你抱进屋，插上门，任凭你妈怎么哭喊我就是没开，整整三天三夜呀，就这样你妈妈走出了大山，我知道她肯定会回来找你，我怕她把你带走，就带着你到江上放排、打鱼，一漂就是十四年。爷爷对不起你的妈妈。

高山娃　爷爷，你可算告诉我了。

高莽汉　娃子，爷爷告诉了你，你恨爷爷了吧？（拿出烟斗）

高山娃　不恨！

高莽汉　真的不恨？

高山娃　真的。（给爷爷点烟）

〔M，月光主题。

高莽汉　娃子，这蘑菇，是你妈妈最爱吃的。

高山娃　（接过蘑菇）我妈妈……

高莽汉　你妈妈是个好妈妈，她疼你爱你。在你很小的时候，每当月亮升起来，她就抱着你坐在树墩上，唱着歌哄你睡觉……

高莽汉　（唱）吊脚楼、小木屋，太阳歇了月亮出。

　　　　　　峡江是那醉人的酒，

　　　　　　山是男人的大酒壶。

高山娃　爷爷，那我妈现在在哪儿？

高莽汉　在北京。

高山娃　北京？真的？

高莽汉　真的，（拿出一堆东西）娃子，她还回来找过你，这些都是她托老村长留下来的东西，还有信。

高山娃　这么多，（拿出信和西兰卡普）妈妈……

〔幻觉：小木屋发出光亮，映照着美丽的西兰卡普，杨秀云出现。

杨秀云
高山娃　（合唱）吊脚楼、小木屋，

　　　　　　太阳歇了月亮出。

　　　　　　月是银梭水是线，

　　　　　　织出美丽的西兰卡普。

〔杨秀云幻影隐去，舞台上只剩下一轮弯月。

高山娃　（唱）吊脚楼、小木屋，

　　　　　　太阳歇了月亮出。

妈妈呀妈妈你在哪里,

为什么不回这小木屋?

我要去找妈妈。

我要去找妈妈。

千山万水也挡不住挡不住。

〔收光。

## 第二场

〔排练厅。

〔M,钢琴伴奏。

〔排练场一派忙碌的景象。芳芳在钢琴旁和钢琴师研究动作、有人扛梯子过场、有两人滑着旱冰、把杆边人做芭蕾的、阿米娜在敲着手鼓……

〔黎歌匆忙的上来,后面跟着工作人员。

黎 歌 ……叫他马上过来。(对男生)把你们的动作做一遍!……还不行,缺乏力度,腿一下要到位,再去练练!

兰 兰 (滑旱冰)黎导,什么时候排我们的旱冰啊?

黎 歌 等一会儿。芳芳,你过来。注意动作的力度,眼睛往上看。旁边的人安静!大家注意芳芳的动作。

〔芳芳单独示范,众人鼓掌。

黎 歌 芳芳不错!好,全体女生准备——

工 人 黎导,这个车子放在哪儿?

黎 歌 那边。好,准备5678……好。不错!大家休息一下。

〔众人散开,黎歌走到钢琴旁,和钢琴师交流着……

金大辉 (跑到芳芳跟前,递上饮料)张小圆给你的!

〔芳芳看着远处的张小圆,张小圆给她挥挥手。

阿米娜 芳芳,你跳得真不错。

兰　兰　那当然，人家芳芳是谁啊！

阿米娜　那也别太骄傲了，你们知不知道，艺无止境，台上一分钟，台下十年功，我吃饭的时候都在练我的手鼓！

〔阿米娜边说边跳，大家起哄。

黎　歌　好了，阿米娜，你去旁边练着，我一会儿再检查。大家安静，集合。同学们，电视台对我们这台中学生民族风情晚会十分重视，所以我们大家要加倍的努力。你们的动作现在是不错了，但还很不够。比如土家的舞蹈，和我采风时所看到的还有差距，主要是缺乏山里孩子的那种淳朴、热情、奔放。

工　人　导演，您请的人在门口站了好半天了。

黎　歌　噢，为了让我们能够更好地去理解这个舞蹈，今天，我给大家请来一位老师。秀云，快进来。

〔杨秀云上。

杨秀云　黎姐。

〔众人观察，芳芳发现妈妈，有些不自在。

陈家楠　呦，这不是在这打扫卫生的保洁员吗？

张小圆　芳芳，居然把你妈叫来了，看来我们的黎大编导真要搞原生态歌舞啊。

〔兰兰和陈家楠、阿米娜听到张小圆的话。

芳　芳　你怎么这么多话啊。（有意避开）

黎　歌　杨阿姨是地道的土家人，也是我的好朋友。我特意把她请过来，就是让她给我们讲讲当地的风土人情，大家欢迎！

杨秀云　大家好！导演让我给大家讲讲我们家乡的事，我激动得一夜都没睡好觉。刚才在门外，看见你们的舞蹈，觉得特别亲切。听说你们排的是土家族的歌舞，所以我就带了些我们当地的东西，希望对你们有些帮助。

阿米娜　这是什么？

杨秀云　这是西兰卡普。

———儿童剧《月光摇篮曲》

陈家楠　够洋的，我以为是卡普其诺呢。

〔有人笑。

杨秀云　西兰卡普是我们土家族的织锦。

兰　兰　（拿出一个香包）阿姨，这是什么？

陈家楠　我知道，就是少数民族的绣球！

杨秀云　不，我们土家族的香包，是妈妈给孩子的成人礼物。在我们那儿，每到端午，十里八乡的乡亲们就要聚到一起，唱着山歌，等到月亮升起的时候，妈妈们就把自己亲手绣好的香包挂在孩子的胸前。

阿米娜　阿姨，你也会唱山歌吗？

黎　歌　当然了，杨阿姨唱得可好了。我们请杨阿姨唱一个好不好？

众　人　好！

〔M，《山歌》。

〔芳芳躲到一旁，兰兰看见了。

杨秀云　（唱）五月端阳，

　　　　　　　十里八乡汇峡江，

　　　　　　　背篓背来一路歌，

　　　　　　　送走太阳喊月亮。

〔芳芳回避，走开。

黎　歌　秀云，你唱得真好！

〔大家鼓掌。

〔怪异的手机彩铃声音。

张小圆　喂，我就是。哦，哦，好的。（挂掉电话，走到黎歌面前）妈，我们赶紧走，大使馆来电话了。

黎　歌　小圆，我们的节目还没排完呢，这个节目对妈妈很重要。

张小圆　我的事就不重要了？

黎　歌　好，重要、重要。我们回家再说好吗？请帮妈妈这个忙好吗？（对大家）好，同学们，我们把刚才排的节目来一遍，请杨阿姨给指导一下。大家准备好！预备！

〔M，钢琴和张小圆的吉他。

张小圆　（故意瞎喊）喊月亮——

黎　歌　别捣乱。（对大家）预备……

张小圆　（继续捣乱）喊月亮——

黎　歌　张小圆，你干什么？

张小圆　不就是喊月亮吗。

（唱）喊月亮啊喊月亮，

　　　月亮走啊我也走，

　　　喊月亮啊喊月亮，

　　　遥远的天空有个月亮。

　　　……

〔大家都跟着张小圆唱了起来。

芳　芳　黎阿姨，你看他！

钢琴师　（从人群中冲出来）黎导，这个活我没法干了，真是太不像话了，太不像话了。（下）

〔黎歌阻止，但无济于事。

〔有人把西兰卡普抛到空中、有人戴着头巾做怪样、有人推着小车乱跑、有人背着背篓……

兰　兰　芳芳，没想到你原来是个土家人啊！怪不得导演总是表扬你呢！

芳　芳　谁是土家人！

陈家楠　你妈是土家人，你当然也是土家人啦？

兰　兰　早知道是这样，你教我们不就得了！哈哈。

陈家楠　没想到啊，咱们的芳芳是土家寨里飞出的金凤凰！哈！

芳　芳　你们别闹了！（下）

〔音乐止。

张小圆　芳芳。（对兰兰和陈家楠）你们说什么了！芳芳！（追下）

黎　歌　小圆！（追下）

——儿童剧《月光摇篮曲》 〉〉〉〉〉

金大辉  
金小辉   说什么了!(下)

陈家楠   去!看来,我们可以休息了。

众　人   哦……

阿米娜   哎,你们……阿姨,您的歌真好听,等我去把他们找回来!(下)

〔大家悄悄地四散。

〔杨秀云看着一地散落的东西,慢慢地捡起来。

〔M,《月光的主题》配乐。

杨秀云   (唱)月是银梭水是线,

　　　　　　织出美丽的西兰卡普。

〔黎歌上。

黎　歌   秀云,对不起,我……

杨秀云   没事,可惜我没能帮上你的忙!

黎　歌   现在的孩子真是不一样了!

〔收光。

## 第三场

〔街头。

〔M,三场开。

〔孩子们一边玩着属于自己的玩乐,一边舞蹈、歌唱。

〔芳芳独自在楼群中,十分惆怅。

〔张小圆追上。

张小圆   芳芳,你别生气了。我今天绝不是故意的。

金大辉  
金小辉   就是!

张小圆   都怪兰兰和家楠。

金大辉  
金小辉   就是。

陈家楠　小圆，你说什么呢？

兰　兰　你要不说，谁会知道那个保洁员阿姨是芳芳的妈妈。

金大辉
金小辉　就是。

张小圆　去！家楠，给点面子呗！

陈家楠　呵呵，行！芳芳，你永远是我们大家心目中的公主！

〔大家附和。

兰　兰　切……！

张小圆　芳芳，别生气了好吗。要不，我就从这跳下去。

〔芳芳笑。

〔众起哄。

张小圆　哎，这都怪我妈妈，非要搞什么原生态，真够烦的。

〔M，《烦烦烦》。

张小圆　（唱）烦、烦、烦，烦死了——
　　　　　　老妈那总也不变的腔调。
　　　　　　烦、烦、烦，烦死了——
　　　　　　肩上的书包压得比山高。
　　　　　　烦、烦、烦，烦死了——
　　　　　　那总也背不完的 ABC。
　　　　　　烦、烦、烦，烦死了——
　　　　　　真想把书本课本全扔掉！
　　　　　　老爸老妈没完没了恼人的说教，
　　　　　　爷爷奶奶从早到晚总是在唠叨！

众　人　（合）出了校门进了家门一样的无聊，
　　　　　　一天一天生活就是这样的枯燥！
　　　　　　烦、烦、烦，真烦！
　　　　　　烦、烦、烦，真烦！

〔高山娃上。

————儿童剧《月光摇篮曲》 〉〉〉〉〉

高山娃 （唱）走过了巴山出巫峡，
　　　　　　　走进这城里的高楼大厦。
　　　　　　　条条马路曲曲弯弯，
　　　　　　　哪里是我妈妈的家，
　　　　　　　哪里是我妈妈的家？
　　　〔在高山娃的歌声中，杨秀云劳动的身影出现在另一个空间，景观变化，母子二人擦肩而过。
　　　〔孩子们这个过程中，仍然在戏耍，最后发展成街舞表演……
　　　〔高山娃在高处看着他们。
　　　〔阿米娜上。
阿米娜　嘿！你们跑到这儿来干什么？赶紧回去！黎导还等着你们排戏呢！
　　　〔众人哄散。
阿米娜　张小圆、芳芳，站住。他们回不回去我不管。你们得跟我回去！
芳　芳　我们怎么了。
金大辉　哟，小新疆还要管我们呢！
金小辉　（新疆味儿的普通话）快走吧，他生气了你就吃不了兜着走啦！
金大辉　快，那边人多，乖！去那边玩，拜拜！
阿米娜　芳芳，你们俩太让妈妈伤心了、太不懂事了、太没良心了……
张小圆　小新疆！我好不容易才把芳芳哄开心了，你来捣什么乱？
　　　〔金大辉将其举起，欲送走。
陈家楠　小新疆，你的舞蹈练得怎么样了？
阿米娜　你没看过？呀克西！
　　　〔M，《阿米娜的歌》。
阿米娜　（唱）美丽的姑娘阿米娜，
　　　　　　　打起手鼓唱起歌，
　　　　　　　动人的歌声飞啊飞啊，
　　　　　　　飞到了你的心窝窝。

听我的手鼓敲啊敲，

敲过山啊敲过河，

唱起歌儿跳起舞，

小气的人儿你别过来。

〔小新疆边舞边唱，张小圆将鼓抢下。

张小圆　别跳了！

阿米娜　把鼓还给我！

张小圆　来，给你……

〔将鼓扔给了金大辉。

阿米娜　你，你还我手鼓！

〔金大辉又把手鼓扔给了陈家楠。

阿米娜　还给我。

〔陈家楠又把手鼓扔给金小辉。

〔高山娃上，抢过手鼓。

金大辉
金小辉　哟，从哪冒出来的？

陈家楠　整个一乡村骑士嘛！

〔众起哄，高山娃将鼓还给小新疆，张小圆欲抢被高山娃推倒。

张小圆　呵！你想干吗？

高山娃　不许你们欺负小姑娘。

张小圆　呵呵，谁欺负她了，我欺负她了吗？

众男孩　（同时）就是，谁欺负她了。

张小圆　你管不着！

高山娃　我管得着！

陈家楠　小圆，这我可忍不了了！

张小圆　哼，大人不记小人过，君子动口不动手！芳芳，咱们走，跟这两人在一块儿，有失身份。

〔张小圆和芳芳下。

———儿童剧《月光摇篮曲》 >>>>>

　　　　　〔众学生跟下。
阿米娜　你们，你们回来。
高山娃　别追了！人家都走了，你还追什么？
阿米娜　都怪你，把人都吓跑了。
高山娃　你，我好心帮你你还说我，好心当成驴肝肺。
　　　　　〔阿米娜凑近高山娃。
高山娃　你想干什么……
阿米娜　你从哪来的？
高山娃　我从大巴山来的。
阿米娜　我从新疆来的，叫阿米娜，来北京排戏。
高山娃　排戏？你是明星？
阿米娜　未来的。你叫什么名字？
高山娃　我叫高山娃。
阿米娜　你来北京干什么？
高山娃　我来北京，来北京找人。
阿米娜　找谁？
高山娃　找一个对我特别重要的人。
阿米娜　谁？
高山娃　嘘，保密。
　　　　　〔阿米娜发现。
阿米娜　西兰卡普——
高山娃　你怎么知道西兰卡普？
阿米娜　我们老师刚说过。
　　　　　〔阿米娜想抢包。
高山娃　别动，这包里装着特别重要的东西。
阿米娜　你是间谍？特务？
高山娃　手榴弹！（笑）我告诉你，这个包里装着带给我妈妈的蘑菇。
阿米娜　哦，你是来北京找你妈妈的。

高山娃　对。

阿米娜　你这么大人，怎么到北京把妈妈丢了？

高山娃　不是我把妈妈给丢了，是我妈妈她……

阿米娜　噢，我知道了，是你妈妈把你给丢了！你妈妈怎么会把你给丢了呢？难道你是个布娃娃？

高山娃　不是我把妈妈给丢了，也不是妈妈把我给丢了，是我找不到妈妈，妈妈也见不到我了……

阿米娜　哎，你有你妈妈的地址吗？

高山娃　有啊，朝阳区劲松东里5号楼328号。

阿米娜　朝阳区？哎呀，那是朝着太阳的区啊，一定是在东边。对不对？

高山娃　那劲松呢？

阿米娜　劲松是长满大松树的地方，西边有大山，那一定是在西边。哦，没错，走！（拽高山娃）

高山娃　哎，先往东再往西，这不又回来了吗？

阿米娜　对呀，怎么又回来了？

高山娃　原来你也不认识呀？

阿米娜　谁说我不认识呀？北京我熟着呢！快走啊！（拽高山娃下）

〔收光。

## 第四场

〔张小圆家。

〔张小圆在阳台上弹吉他。

〔黎歌在旁边劝阻。

〔M，《烦烦烦》。

张小圆　（说唱）老妈老妈老妈老妈，

　　　　　　总是在唠叨！

　　　　　　走出校门进了家门一样的无聊！

——儿童剧《月光摇篮曲》

　　　　　一天一天生活就是这样的枯燥！

　　　　　澳大利亚我是去定了！

黎　　歌　澳大利亚，你就是不能去！

张小圆　我偏去！（继续弹）

黎　　歌　圆圆，你就别弹了。

张小圆　这是我爸从澳大利亚给我买的，我爱弹！（唱）烦……

黎　　歌　圆圆，听妈妈跟你说！

张小圆　老妈，你什么时候才能听我说呀？我要去澳大利亚，我要去我爸爸那儿，我想和他在一起！

黎　　歌　那好，妈妈给你看一样东西——（进屋）

　　　　〔门铃声。

张小圆　屋里没人！

　　　　〔门铃声。

张小圆　别再按了！

　　　　〔门铃声。

张小圆　真烦！（去开门）

　　　　〔高山娃、阿米娜进屋，照直往里走——

张小圆　嘿，站住！

阿米娜　（对张小圆）你怎么在这儿？

张小圆　我为什么不能在这儿？

高山娃　这里是朝阳区——

阿米娜　劲松东里——

高山娃　5号楼3门28号？

张小圆　没错儿。

阿米娜
高山娃　（拍手）到家了！

阿米娜　（观察，自言自语）哇，你们家还挺漂亮的！

高山娃　哇，这还有楼梯呢！

阿米娜　笨蛋，这叫复式！

张小圆　嘿，你们俩干吗来了？

阿米娜　（看一眼张小圆，对高山娃）你看你看，怎么让客人站着呢？（拽张小圆）请坐，请坐，快请坐。

张小圆　我请坐？

高山娃　你是客人当然要请坐了。

张小圆　（疑惑）我为什么要"客气"？

阿米娜　就是嘛，咱们不打不成交，既然你们俩认识了，那就是朋友！

高山娃　对对对。（对张小圆）你也认识我妈妈？

张小圆　（不解）我认识你妈妈？

阿米娜　对呀！

高山娃　你不认识我妈妈，怎么会在我家呢？

阿米娜　就是嘛！

张小圆　（对高山娃）你说这是谁的家？

高山娃　我的家呀！

张小圆　出去，把门从外面带上。

阿米娜　你怎么能赶主人出去呢！

高山娃　阿米娜，是不是咱们找错了？

阿米娜　没错呀！地址上就是这个地方。

高山娃　这是怎么回事呀？

张小圆　出去！

〔黎歌画外：圆圆，和谁说话呢？

阿米娜　（对高山娃）你妈妈，快叫呀！快叫啊！

〔黎歌上。

高山娃　（犹豫）妈？

黎　歌　孩子，我怎么是你妈妈呢？你……

阿米娜　黎阿姨！

黎　歌　阿米娜，你怎么来了？

张小圆　妈，他俩是神经病，别理他们。

黎　歌　圆圆，你怎么不懂得尊敬别人啊？

张小圆　我——你倒是挺尊重他们的，可对我却总是那么冷漠无情！

黎　歌　圆圆！……妈妈心里只有你呀！

张小圆　我看不出来。

黎　歌　难道你要妈妈把心掏出来给你看吗？

张小圆　我早就把心掏出来了，可你看见了吗？你理解了吗？

黎　歌　妈妈理解！

张小圆　你成天就知道忙你的节目，你管过我吗？我要去澳大利亚和我爸爸在一起。这有什么不好？你不想他，我想！

黎　歌　站住！妈妈不是反对你去澳大利亚……

张小圆　那好，明天就去办签证！

黎　歌　现在还不行……

张小圆　为什么？

黎　歌　因为……因为你还小……

张小圆　我不小了！我也不想听你再说话了。（欲走）

黎　歌　（叫住）圆圆，既然你不想听妈妈说话，那就看看这个吧——（递上文件）

张小圆　我不看。

黎　歌　你看了这个就什么都明白了。

张小圆　你别唠叨了，烦死了！（打掉文件）

黎　歌　你……

高山娃　张小圆！你怎么能够这样对待你的妈妈？

张小圆　你管不着！

高山娃　你不尊重妈妈，我们谁都能管！

阿米娜　管！

张小圆　好，你管，你们管！我走！

黎　歌　小圆，你别走，儿子，你听妈妈说，妈妈错了，别走孩子，澳大利亚你真的不能去啊！

张小圆　别说了，我没你这样的妈。（下）

黎　歌　圆圆——（伤心地跑上楼）

高山娃　我真不明白，有妈妈多好哇，怎么会烦呢？

阿米娜　（捡起地上的文件，愣头愣脑地读）"离婚协议书"。……谁离婚？

〔两人看信，怔住了。

〔M，四重唱《只有月光懂得我的泪》。

〔黎歌在阳台上，高山娃、阿米娜在倾听母亲的诉说。

〔月光出现了，杨秀云出现在舞台的另一个空间。

黎　歌　（唱）该告诉谁？我的心在沉坠，

这世界哪里才是我的安慰？

亲爱的人远走高飞默默相对，

只有月光轻轻擦去我的泪水。

张小圆　（唱）我又是谁？我不怕雨打风吹，

为什么就不能够展翅高飞？

我一定要去远方流浪无所谓，

只要有月光我就觉得很美。

高山娃　（唱）月光啊月光，给我温柔光辉，

就像妈妈的脸庞无怨无悔。

请你告诉我，我的妈妈她是谁？

让我找到她和她一起把家回！

杨秀云　（唱）该去问谁？有谁能够体会，

这思念其实永远不会憔悴。

山里的风在我心里吹拂，

还有月光给了我无私的安慰。

合　　　只有月光懂得我的泪，

让曾经丢失的爱都一起来归！

有爱就不会再有苦和累，

——儿童剧《月光摇篮曲》 〉〉〉〉〉

静静月光和我们一生相随……

〔收光。

## 第五场

〔芳芳家。

芳　芳　为什么妈妈的出现让我想逃？为什么陈家楠和兰兰的话让我感觉到从来没有过的无地自容？这回同学们都知道我的底细了，以后我怎么面对他们呢？妈呀，都怨你！我要找她谈谈！怎么说呢？妈！坐！你干吗要去我们那儿！（停顿一下）哎呀！（换了一种态度）妈啊，你去我们那儿干吗啊！哎呀！怎么说呀！哎，真烦！

杨秀云　（手里拿着干活的工具和土家族的服装）芳芳，你回来了！告诉你个好消息，妈妈今天又找到一份工作！

芳　芳　（接过了土家族的衣服包）你怎么把土家族衣服拿回来了？

杨秀云　不拿回来放哪儿呀？

芳　芳　（怪声怪调的）你就应该穿着回来！

杨秀云　（笑）这又不是土家山寨，走在大街上还不让人家笑话啊！

芳　芳　你也怕人家笑啊！我还以为你不怕呢。

杨秀云　芳芳，你猜妈妈今天给你买什么了？

芳　芳　什么？

杨秀云　你看，喜欢吗？

芳　芳　（接过来看看）不是名牌啊？

杨秀云　是不是名牌不都一样穿吗？

芳　芳　那可不一样，我们同学现在特认名牌。你看我们班的兰兰，不是名牌她都不穿。像什么耐克、彪马、阿迪、ONLY，最起码也得背靠背。

杨秀云　芳芳，你比什么？

芳　芳　没比什么。

杨秀云　饿了吧，妈这就给你做饭去！

芳　芳　我不饿。

芳　芳　妈，你坐下来歇会儿。

杨秀云　妈妈不累。

芳　芳　来吧，我给你捶捶。（扶妈妈坐）

杨秀云　有女儿真好。

芳　芳　妈，你干了一天的活，还到排练厅讲风土人情，又唱山歌，多辛苦啊。（站在妈妈身后生气，还比划小动作）

杨秀云　不，妈妈心里高兴。

芳　芳　你管这些闲事干吗啊？

杨秀云　这怎么是闲事呢，你黎阿姨的事，就是我的事。我觉得你们这些同学对土家的歌舞还不太理解，尤其是张小圆成心跟她妈捣乱。

芳　芳　张小圆的好坏关你什么事。这台歌舞晚会的好坏跟你也没关系。你真不该帮这个忙。

杨秀云　芳芳你不是最喜欢帮助别人的吗？

芳　芳　我，我帮助别人那是应该的，我是班长是三好学生，是全年级里最优异的学生！可是，你应该维护我的荣誉！

杨秀云　是不是我今天在你们那你觉得有什么不得体的地方吗？哦，今天的歌没唱好？妈妈好久没唱了，你别说，今天当着那么多人，妈妈的心怦怦直跳！以后不唱了！

芳　芳　不是，你唱的挺好的，是因为西兰卡普，香包！

杨秀云　香包？你看端午节都过去好几天了，妈妈做好的香包忘记给你了，芳芳，你看这是今年做的新图案，喜欢吗？等你们演出的时候，我送给你们同学一人一个！

芳　芳　你还要再去啊？

杨秀云　当然要去了，我来北京黎阿姨给我那么多的帮助！我都不知道该怎么感谢她，我是土家人，妈妈正好帮帮她！

芳　芳　妈，你怎么还不明白呢？我实话跟您说了吧，我想说的不是香包也不是山歌，总之求你以后不要去了行吗？你去了，我怎么办？你不要面子，我还要！（扔掉香包）

杨秀云　（停顿）芳芳，你是说我不该到那去，清洁工的身份给你丢人了，是吗？

杨秀云　我记得小时候你放了学，就往妈妈上班的地方跑。你抢过比你还高的大扫把，扫来扫去。妈妈要给你买个冰棍，你说：妈，我不吃，你的钱是用汗水换来的。还记得有一年的冬天，天气冷得可怕，你捧着一块热乎乎的红薯跑过来对我说，妈妈，你吃了吧，吃下去就不会冷了。妈，我长大了帮你一块干活，这样你就可以早点回家了！

芳　芳　妈，你别说了！

〔芳芳捡起香包。

〔M，二重唱《永不分离》。

芳　芳　（唱）我曾经度过那一段悲伤，

　　　　　　　妈妈的话让我猛然回望，

　　　　　　　就在那大雪纷飞的晚上，

　　　　　　　是您走进我的泪光。

杨秀云　（唱）为了让你不再悲伤，

　　　　　　　我把你带在我的身旁。

　　　　　　　驱散你眼里凄苦的目光，

　　　　　　　也唤醒我心底的向往。

芳　芳
杨秀云　（合唱）我是星星你就是那慈爱的月亮，

　　　　　　　　我是流云你就是那皎洁的月光。

　　　　　　　　你照耀我我依恋你，

　　　　　　　　为了走进生活的梦想。

我拥抱你你拥抱我，

一同挽起明天的希望。

啊星星，啊月亮，

在夜空中相互发光。

啊星星，啊月亮，

相互厮守相互厮守永不分离。

〔芳芳把香包挂在自己的胸前。

芳　芳　妈，过两天就是你的生日了。

杨秀云　妈妈都忘了。

芳　芳　可是每年您都给我过生日，今年我给您过个生日吧。

杨秀云　给我过生日是浪费。

芳　芳　妈，我知道，您想用攒下来的钱，在您的家乡，盖起一个小木屋，在小木屋里办一个小小的学校，把孩子们的梦想编织得像西兰卡普一样美丽……

杨秀云　那大山里不光有我的梦想，还有我的牵挂啊！

〔M，《西兰卡普》。

杨秀云　（唱）吊脚楼、小木屋，

太阳歇了月亮出。

月是银梭水是线，

织出美丽的西兰卡普。

西兰卡普，西兰卡普，

妈妈的心愿，妈妈的祝福。

松明子点不亮愚昧的目光，

神女峰等不来智慧的天书。

山里人啊几辈子穷来几辈子苦，

就盼着有个读书的小木屋。

芳　芳
杨秀云　（合唱）吊脚楼、小木屋，

　　　　　　——儿童剧《月光摇篮曲》〉〉〉〉〉

　　　太阳歇了月亮出。

　　　月是银梭水是线，

　　　织出美丽的西兰卡普。

〔歌声中，西兰卡普从天而降，新的小木屋出现了，土家少男少女围在小屋前……

〔灯光渐灭。

## 第六场

〔高山娃、阿米娜走了出来。

高山娃　你说怎么办哪？这么多天一点进展都没有，你还说你是北京通，还认识那么多导演，看来也不过如此，指望你啊，没戏。

阿米娜　哎，你说什么呢？这两天我跟着你跑前跑后的，都耽误我排戏了。

高山娃　对不起啊！

阿米娜　再说了，你给我提供什么了？

高山娃　地址啊！

阿米娜　地址我帮你找到了？我多聪明，多能干啊！

高山娃　是聪明能干，可有时候也挺傻的。

阿米娜　我傻？你才傻呢！那么大人把妈妈给丢了！

高山娃　好，以后你别理我这傻子。

阿米娜　高山娃，我有个好办法——咱们哪，到人多的地方去！我打起手鼓唱起歌，下面围着好多好多的人，然后我拉着你到处喊——哎，瞧一瞧、看一看啦啊！哎，瞧一瞧啦啊！谁是他的妈妈谁快举手！他是谁的儿子快领走哇！

高山娃　哎，耍猴儿呢？

阿米娜　什么耍猴儿？我要让北京的人都知道，你高山娃是来北京找妈妈的！

高山娃　有你这么找的吗？我成羊肉串了！

阿米娜　哎，我又有一个办法，我认识一个电视台的导演，特厉害，咱们让她登个寻人启事，帮你找妈妈。

高山娃　寻人启事，行吗？

啊米娜　怎么不行，快走！

〔M，吉他声。

〔一个男孩在某个角落弹吉他。

张小圆　（唱）我又是谁？我不怕雨打风吹，

　　　　　　　为什么就不能够展翅高飞？

　　　　　　　我一定要去远方流浪无所谓，

　　　　　　　只要有月光我就觉得很美。

　　　　　　　……

高山娃　阿米娜，天这么晚了，他怎么一个人……

阿米娜　高山娃，你看，世界上可怜的人不止你一个。

高山娃　他在这儿干什么？

阿米娜　卖唱呗。

〔高山娃从口袋里拿出一个硬币，扔到男孩的面前。

〔男孩抬头，是张小圆。

阿米娜　张小圆！

高山娃　怎么是他！

阿米娜　真是踏破铁鞋无觅处，得来全不费工夫。我们要找的电视台导演就是他妈妈。

高山娃　什么？（欲走）

阿米娜　快去求求他。

高山娃　求他？不去！

阿米娜　你不想找妈妈了？

高山娃　当然想。

阿米娜　快去啊！

————儿童剧《月光摇篮曲》 〉〉〉〉〉

〔高山娃过去,张小圆不理他,自己还在哼着歌。

高山娃　你好……你好……

阿米娜　(大声的)张小圆!

高山娃　(真诚地)你好,张小圆。我叫高山娃,那天在你家真是不好意思。

张小圆　你想干吗?

高山娃　我……我想请你帮个忙,让你妈妈帮我登个寻人启事。

阿米娜　找他妈妈!

高山娃　谢谢了!

张小圆　刚刚这些是广告费啊?

高山娃　(笑)误会、误会。(拿起硬币)

张小圆　怎么,还要拿回去?

〔旱冰男孩上,随后跟着的是金大辉和金小辉。

陈家楠　小圆,快走,玩 CS 去啊。

张小圆　好啊,可我还没吃饭呢。

金大辉　
金小辉　饭来喽!

张小圆　你们怎么才来?我都快饿死了。

金大辉　小圆,比萨!

张小圆　又是比萨,你想比死我啊。

〔阿米娜笑。

陈家楠　哎,小圆,你怎么跟他在一块啊?

张小圆　他们想求我帮他找妈妈。

陈家楠　找妈妈?多大了还找妈妈,乡巴佬!

〔众起哄。

高山娃　我不叫乡巴佬,我叫高山娃!

〔芳芳上。

芳　芳　张小圆。

张小圆　芳芳，你怎么知道我在这儿？

芳　芳　跟着这两个木瓜还找不着你啊！张小圆，行啊你又玩儿离家出走！

张小圆　那是！这可是我和她解决问题的法宝。

芳　芳　别装酷了！你妈妈都快急死了，有什么事不能谈清楚的，非要这样？你妈妈……

张小圆　少跟我提她！烦死了。

高山娃　你妈对你挺好的。

张小圆　关你屁事！

芳　芳　小圆，你怎么这么对人说话！

张小圆　芳芳，你怎么替他说话？

高山娃　你妈妈真的对你挺好的，那天你走以后你妈妈说……

〔阿米娜捂住高山娃的嘴。

张小圆　说什么，说什么！

芳　芳　行了张小圆，快跟我回去吧！（拽他走）

张小圆　我说了我不回去！

高山娃　张小圆，你必须回去！

张小圆　哟，这么着急找妈啊！

高山娃　不是，你妈妈为你都快急疯了！

陈家楠　嘿，我说你这乡巴佬还真爱管闲事！

金大辉　就是！

高山娃　你们懂什么！

张小圆　好，我回去，我回去！（示意）

〔众人去撞高山娃，把高山娃的蘑菇弄得满地都是。

张小圆　呦，娃子，摔疼了吧？原来是个卖蘑菇的小贩啊。

高山娃　我不是卖蘑菇的。

张小圆　你的蘑菇多少钱一斤啊？

芳　芳　张小圆，你要干什么。

张小圆　不干什么，我就是想买他的蘑菇。

高山娃　我不卖!

张小圆　来啊,朋友们,今天咱把这蘑菇全给踩烂了,看谁踩得多!

〔M,《踩蘑菇》。

〔众人踩蘑菇,高山娃将张小圆推倒在地。

高山娃　张小圆!我求你帮忙,你不帮忙也就算了,你为什么要踩我的蘑菇!

众　人　你敢打人——

张小圆　这些蘑菇我都买下了,爱怎么着就怎么着!

高山娃　(又把张小圆推开)爱怎么着就怎么着?在你妈面前行,在我面前不行!

张小圆　我妈妈处处限制我,连你也敢限制我?

高山娃　你妈不是限制你,而是爱护你你懂吗?

张小圆　呸!你也敢来教训我!

高山娃　我早就想教训你,你太不懂你妈妈的心了。

张小圆　我不懂谁懂?

高山娃　好,我问你——你的电吉他谁买的?

张小圆　是我爸爸从澳大利亚买来的!

高山娃　那是你妈妈从琉璃厂买来的!

张小圆　你胡说!

高山娃　你妈妈不让你去澳大利亚是因为……

张小圆　是因为我还小,她不放心……

高山娃　不是为了这个!

张小圆　那你说是为什么?

高山娃　是因为你爸跟你妈……

张小圆　我爸和我妈怎么了!

高山娃　早就离婚了!

〔众人震惊。

张小圆　(震惊)你胡说!

〔两人再次厮打。

阿米娜 （制止，对张小圆）他说的全都是真的！那天，你跟你妈妈吵完架以后阿姨亲口跟我们说的！

芳　芳　阿米娜，这是真的？

阿米娜 他爸爸在澳大利亚又有新家了，阿姨怕他跟后妈合不来，所以才不让他去澳大利亚的……

芳　芳　小圆——

张小圆 （痛苦）可我妈为什么要瞒着我呀？

高山娃 你妈怕你受不了这个打击，什么都忍了。这是多好的妈妈呀！张小圆，我真的很羡慕你！（捡蘑菇）

张小圆 我……

〔M，《小蘑菇，你莫哭》。

芳　芳　你为什么死死地抱着这些蘑菇？它们对你就这么重要吗？

高山娃 这些蘑菇是带给妈妈的。……她最爱吃这种蘑菇了。这都是我和爷爷一个一个挑着采的，晒干了，又从里边选出最大最香的带给她，可是，它们……

高山娃 （唱）小蘑菇你莫哭你莫哭，
　　　　　找妈的孩子哟比你苦。
　　　　　蘑菇揉碎哟心也碎，
　　　　　我轻轻为你擦去眼泪。
　　　　　轻轻为你擦去眼泪。

〔众人帮高山娃捡蘑菇。

张小圆 高山娃，你的忙我一定帮！

〔众人走向高山娃。

〔收光。

——儿童剧《月光摇篮曲》

## 第七场

〔排练厅。

杨秀云　芳芳……

黎　歌　秀云，你来了。

杨秀云　是芳芳让我来的，也不知道她跑到哪去了。

黎　歌　秀云，我正好有事要找你呢。（拿出钱）给。这是我们电视台的同事为你捐了一笔经费。

杨秀云　不……为了帮我找到孩子，你每次到土家采风都带上我，我已经给你添了太多麻烦了，这钱我不能收。

黎　歌　拿着吧，秀云。为了你的梦想、为了山里的孩子能早一天读上书，你一定要收下。

杨秀云　谢谢，以前别人说我是克夫克子的鬼，我还以为是自己命苦，可到了北京，到了你们家认识了你，我才明白我糊里糊涂地过了半辈子就是因为没有文化呀，现在好了，有了这笔钱，再加上我攒的那笔钱，就够盖一所小木屋学校了，山里的孩子，我的孩子就会有希望啊。

〔灯突然灭了。

杨秀云　怎么停电了？我去看看。

黎　歌　秀云，不用你去。

杨秀云　这是怎么回事？

黎　歌　（神秘的）秀云，今天是什么日子？

〔M，《生日歌》。

杨秀云　是芳芳！

黎　歌　对。

〔众人在芳芳的带领下，手捧红烛，缓缓上。

众学生　（合唱）轻轻唱着歌

　　　　　紧紧手拉手，

　　　　　为妈妈点起生日的红烛。

　　　　　心花放，泪花流，

　　　　　烛光亮悠悠。

芳　芳　（唱）妈妈的故事写进了皱纹，

　　　　　妈妈的岁月搬上了眉头，

　　　　　妈妈的微笑是动人的歌呀，

　　　　　妈妈的细语妈妈的细语滋润我心头。

众学生　（合唱）轻轻唱着歌，

　　　　　紧紧手拉手，

　　　　　为妈妈点起生日的红烛，

　　　　　祝妈妈祝妈妈健康长寿。

芳　芳　妈妈，祝您生日快乐。

杨秀云　芳芳！

兰　兰　阿姨，请接受我们的祝福！

众　人　请接受我们的祝福。

杨秀云　谢谢、谢谢！

　　　〔张小圆的歌声起，众人看去，张小圆边唱边走到黎歌面前。

张小圆　（唱）喊月亮喊月亮，

　　　　　弯弯的月亮山后藏。

　　　　　喊月亮喊月亮，

　　　　　快快露出红脸庞。

　　　　　妈，你为什么不早告诉我？

黎　歌　（十分感动）小圆……

众　人　（唱）喊月亮喊月亮，

　　　　　喊月亮喊月亮，

　　　　　喊个月亮啊挂树上。

　　　　　提起月亮呀当铜锣，

——儿童剧《月光摇篮曲》

敲得地摇山也晃哟喂那个地也晃。

〔众人唱得起劲时,高山娃从人群中跃出来。

高山娃　(唱)月亮走,我也走。

我跟月亮背笆篓。

笆篓小,背草药。

草药苦,背蘑菇。

笆篓大,背黄瓜。

黄瓜苦,背萝卜。

萝卜甜,找到妈妈哟那个过大年喽喂——

找到妈妈哟那个过大年。

杨秀云　孩子,你跳得真好!

〔M,《月光主题配乐》。

〔高山娃笑。

杨秀云　你是……土家人吧?

高山娃　对,我是从大巴山来的。

杨秀云　大巴山?

高山娃　阿姨,你知道?

杨秀云　知道……

高山娃　那你去过吗?

杨秀云　(颇有意味地)去过……吊脚楼、小木屋……还有美丽的西兰卡普……

高山娃　西兰卡普?你看——(递上挎包)多漂亮啊!

〔杨秀云惊诧地看着挎包。

高山娃　听爷爷说,这是妈妈亲手为我织的。

杨秀云　这是你爷爷交给你的?

高山娃　嗯。里边还装着我妈妈最爱吃的蘑菇呢!

杨秀云　……孩子,你今年多大了?

高山娃　十五。

黎　歌　你妈妈叫什么名字？

高山娃　杨秀云。

阿米娜　（叫高山娃）喂，吃蛋糕了……

〔阿米娜拉走高山娃。

杨秀云　黎姐，他……他是我的儿子。

黎　歌　秀云，前两天这个孩子拿着地址上我们家找过你，当时我气糊涂了，没往这方面想……

张小圆　妈，他就是杨阿姨的儿子……

黎　歌　是啊！

张小圆　高山娃，祝贺你终于找到妈妈了。

高山娃　真的，在哪儿，快带我去啊！

张小圆　哎呀，你还要去哪，这不就是你的妈妈吗？

高山娃　什么？

阿米娜　张小圆，你别瞎说！

张小圆　你不知道，以前杨阿姨在我们家做保姆的时候，一直用我们家的地址给你写信，所以那天你才会找到我们家呀！

黎　歌　孩子，这就是你的妈妈！

高山娃　你是我妈妈？！

杨秀云　孩子，这些年你和爷爷上哪儿去了？让妈妈找得好苦啊！

芳　芳　妈妈，他就是……

高山娃　芳芳，她是你妈妈？

芳　芳　她是我的妈妈。

高山娃　她真是你妈妈？

芳　芳　是啊！

杨秀云　我的孩子……

〔高山娃抢过妈妈手中的西兰卡普，跑下。

杨秀云　孩子！

众　人　（惊愕）高山娃！

〔收光。

〔雷雨交加。

# 第八场

〔雨中街头。

〔M,《风在刮,雨在下》。

〔众人寻找、呼喊"高山娃"。

〔高山娃跑上。

高山娃 (唱) 风在刮,雨在下,

一盆凉水当头洒。

我日思夜想的妈妈呀,

已在北京安了家。

妈妈呀,妈妈呀,

你早就忘了高山娃!

妈妈呀,妈妈呀,

你早就忘了高山娃!

后悔来到北京的家,

恨不得插翅飞回巴山下,

我不想妈妈想回家。

我想回家,我想回家,我要回家。

芳 芳 (唱) 风停吧,雨停吧!

声声呼唤高山娃。

众 人 (合唱) 风停吧,雨停吧!

风停吧,雨停吧!

芳 芳 (唱) 我要对你说,我要对你说——

她就是你找的妈妈!

你的妈妈!

阿米娜　（唱）风停啦！雨停啦！
女　声　　　　圆圆的月亮出来啦！
张小圆　（唱）高山娃，高山娃，
　　　　　　　走遍天涯走遍海角——
众　人　（唱）总在妈妈的月光下。
　　　　〔众人下，台上只有高山娃和芳芳、张小圆、阿米娜。
芳　芳　高山娃……
　　　　〔高山娃跑开。
阿米娜　高山娃，你这是干什么？
张小圆　你为什么不认你的妈妈！
高山娃　你们不懂！
张小圆　我懂！你想妈妈，找妈妈，爱妈妈，让我感动，更让我惭愧……说实在的，自从认识你以后，我才知道妈妈的爱是那么无私！高山娃，我们都不小了，应该学会怎样去理解妈妈。……可是我不明白，你妈妈就在眼前，你为什么不认啊？
高山娃　你让我怎么认？（转身跑去）
芳　芳　高山娃，咱们回家吧！
高山娃　回家？妈妈有了自己的家，有了自己的女儿，我成了多余的人！
芳　芳　高山娃，我不是妈妈的亲生女儿。
　　　　〔众人惊。
　　　　〔M，配乐。
芳　芳　在我很小的时候，我就成了孤儿。是你妈妈收养了我。她疼我，爱我，就像对待亲生女儿一样。每到端午节的时候，她总要亲手为我缝制香包。而且，每次都做两个，一个给我，另一个却珍藏起来。我问妈妈另一个香包是做给谁的，妈妈说，在那遥远的大巴山，有她的梦想，有她的牵挂。我今天终于明白了，原来妈妈一直牵挂的人就是你！

——儿童剧《月光摇篮曲》

高山娃　妈妈……

〔M，《月光的主题》。

杨秀云　（唱）吊脚楼、小木屋。

太阳歇了月亮出。

峡江是那醉人的酒，

山是男人的大酒壶。

杨秀云
高山娃　（合唱）吊脚楼、小木屋，

太阳歇了月亮出。

月是银梭水是线，

织出美丽的西兰卡普。

〔景观变化，一轮圆月升起……

〔吊脚楼出现了，爷爷出现在高坡上。

〔妈妈、高山娃和芳芳奔向爷爷。

高山娃　爷爷，妈妈回来了！

杨秀云　爸爸。

高莽汉　秀云！

众　人　（合唱）吊脚楼、小木屋，

太阳歇了月亮出。

月光洒下摇篮曲，

牵着梦里回家的路。

〔黎歌、张小圆、阿米娜、陈家楠、兰兰和所有的土家乡亲们，纵情合唱……

〔收光。

〔M，《谢幕曲》。

众　人　（合唱）星星是你的月光哟，

月亮是你的胸膛哟。

香包里藏着妈妈的祝福，

都挂在了我的心上。
彩线是你的光芒哟,
香草是你的芬芳哟,
香包里藏着美丽的故事,
还有那首古老的歌谣。

〔剧终。

精品提名剧目·儿童剧

# 青春跑道

编剧　陆伦章

**时间**

现代。

**地点**

古城。

**人物**

陶　伟　男,高一学生。
胡晓甜　女,高一学生。
章可立　男,高一学生。
宋茜茜　女,高一学生。
豆小葱　男,高一学生。
吴　迪　女,高一学生。
陶坚强　男,陶伟的爸爸。
马丽亚　女,假日辅导员。

————儿童剧《青春跑道》 〉〉〉〉〉

一

〔础园中学。

〔序曲《十七岁的天空》：

　　　　十七岁的天空很绚烂，

　　　　阳光触摸着你的脸，

　　　　黑头发飘起来飘起来，

　　　　花季展开了梦的帆。

　　　　十七岁的天空无穷大，

　　　　鼓励你远航去探险，

　　　　伙伴们手拉手手拉手，

　　　　心语千千路漫漫。

　　　　也许花季多风雨，

　　　　也许彼岸很遥远，

　　　　雁阵展翅济沧海，

　　　　每一步都是风景线。

〔高一（5）班"五一"长假前的大扫除。豆小葱端着半盆水走到教室门口，不小心被扫帚一绊，弄湿了吴迪的裙子。

吴　迪　（尖叫着）做啥，做啥啦？

豆小葱　对不起，俺不是故意的……

　　　　〔抬脚一踢，扫帚又飞向章可立。

章可立　（躲过袭击）乖乖，大侠功夫了得，小人甘拜下风。

吴　迪　（不依不饶）豆小葱，侬看哪能办？

豆小葱　大扫除不就是为了庆祝"五一"吗，明天就是"五一"黄金周，要不，俺赔……陪你去旅游，怎么样？

吴　迪　讨厌！

豆小葱　谢谢！讨厌就是讨人喜欢，百看不厌。

吴　迪　有毛病！

豆小葱　俺知道你喜欢的不是我。

吴　迪　喜欢谁呀？

豆小葱　周杰伦、谢霆锋、沙宝亮……

吴　迪　我就喜欢，你看哪能？

豆小葱　送你一个雅号：每周一哥。

〔众笑。

陶　伟　别闹了！放假7天，等待我们的将是奥数培训、公共英语等等枯燥乏味的补习班。胡晓甜，你有何高见？

胡晓甜　……不知道。

豆小葱　啊，陶帮主心仪的女生坐在几何角落里对他说，不知道，残酷！

〔宋茜茜上。

宋茜茜　同学们，请安静！现在由本班长发布最新消息——

陶　伟　最新消息，老班生了个小宝宝。

宋茜茜　（严肃地）谁是班长？

陶　伟　好像不是我

〔众笑。

宋茜茜　我们敬爱的班主任纽老师于20分钟前，顺利地生下了一对双胞胎。（欢呼声）我代表咱们全班送了一束鲜花。

吴　迪　怪不得她没有参加大扫除。

豆小葱　马屁精！

宋茜茜　同学们，为了保证高一（5）班放假期间的补习，学校临时安排了一位马老师当我们的假日辅导员。听说，是有些来头的。

〔同学们七嘴八舌："从没有听说过什么假日辅导员。""辅导数还是外语?""恐怕是代课老师吧!"

宋茜茜　都不是。(故作神秘)新来的马老师是一位心理学博士。

同学们　心理学?没这门课啊!

章可立　我猜测,可能是针对青少年的心理健康……

吴　迪　进行心理指导的老师?

宋茜茜　听说她很另类噢!

〔铃响,大家各自入座。

〔陶坚强夹皮包上。

同学们　(起立)老师好!

陶坚强　同学们好!请坐下。

陶　伟　喂,你来干什么?

陶坚强　发言要举手。

陶　伟　有毛病啊!

宋茜茜　陶伟!对老师要有礼貌。

陶　伟　他不是老师,他是我老爸。

陶坚强　Sorry,我今天是来开家长会的。

同学们　(指)开家长会在那边——

陶坚强　对不起,跑错地方哉!(下)

吴　迪　陶伟,吾笃爸爸有点痴头怪脑的。

〔众笑。

豆小葱　(守在门口)先生们,女士们,家长会请向前走,上楼,右拐——

〔马丽亚上。

马丽亚　同学们好!

同学们　(端坐不动)开家长会,在那边——

马丽亚　我姓马,我是你们的 holiday teacher(假日辅导员)。

同学们　(起立)老师好!

马丽亚　请坐下。首先自我介绍一下,我叫马丽亚。身高1米62,年龄保密。请注意，我还是你们的校友。这次到础园中学来，也许只是一个匆匆的过客，也许我们将成为朝夕相处的朋友，今天初次见面……

〔吴迪突然发出一声尖叫——

马丽亚　这位同学，发生了什么？

吴　迪　……一只蜜蜂！（对同桌的豆小葱）肯定是你恶作剧。

豆小葱　（起立）蜜蜂是有翅膀的，俺也没有遥控器。俺从来不欺负女生。不信可以问"灭绝师太"。

马丽亚　灭绝师太？谁是灭绝师太？

陶　伟　报告老师，原来的班主任纽老师对我们很严格，平时不放过任何早读午休，甚至是下课的时间，她见缝插针，下手又毫不留情，所以我们送她一个武林外号。

宋茜茜　给老师起外号是不对的！

马丽亚　看来用不了几天，你们也会送我一个？

同学们　有、可、能！

马丽亚　明天就是"五一"节，放假7天，作为假日辅导员，我想先听听同学们有什么打算？顺便，请大家做个自我介绍。

宋茜茜　报告老师，我叫宋茜茜，是这个班的班长。

章可立　我们都叫她红绿灯，因为她爸爸是交通巡警大队的大队长。

豆小葱　俺叫豆小葱。外号"四季豆"，俺的打算是旅游，想去印尼、印度玩玩，顺便调研一下海啸过后生姜的销售情况。

马丽亚　生姜？

宋茜茜　报告老师，他爸爸是山东的生姜大王，豆小葱是本班唯一的插班生。

豆小葱　是的，初中我读了4年，高中我读了2年。俺是老爸花了5万元赞助费才转到础园中学来的。

马丽亚　人生的道路可以这样走，也可以那样走，同一年级读两次，你就得到了两倍的同学和朋友，这也是一种收获嘛！

———儿童剧《青春跑道》 〉〉〉〉〉

豆小葱　马老师，我基础较差，上星期数学测验俺只考了 33 分。

马丽亚　33 分？哦，属于掩护大部队撤退的那部分噢？

章可立　后来他把 33 分改成 88 分，乐得老山东眉开眼笑，奖了小山东一巴掌。

马丽亚　哈哈……你很有天赋啊！但是，撒谎不好！这位女生，你叫什么？

吴　迪　我叫吴迪，吴奇隆的吴，迪克牛仔的迪。我爸认为中学生追星不好，但我认为追星只是一种寄托，我常常一边痛苦地看书，一边揪自己的头发，三年高中，那么大的压力，我怎样才能安然度过？最近，我又成了玉米。

马丽亚　李宇春的粉丝。

吴　迪　（如遇知己）哇，你也知道春春？她的《请你恰恰》唱的特别棒。

马丽亚　听纽老师介绍，你 9 岁就拍过广告片？

吴　迪　地球人都知道。

马丽亚　真不简单。

吴　迪　（广告语）没有最好的，只有更好！

马丽亚　吴迪同学很谦虚，当然啦！（广告语）大家好，才是真的好！
　　　　〔教室里顿时活跃起来。

马丽亚　那位戴眼镜的男生。

章可立　我叫章可立。"五一"长假，除了做功课，我打算教会我爷爷玩电脑游戏。古人云：以孝为先。小时候爷爷陪我玩，爷爷老了，我陪他玩。

马丽亚　很有意思。你就是胡晓甜吧？
　　　　〔胡晓甜点头……

陶　伟　（主动代言）她就是胡晓甜，班里的第一名，是我们班的才女，她还喜欢写诗……

宋茜茜　陶伟，老师又没问你。

胡晓甜　马老师，我就是胡晓甜。

马丽亚　（问胡晓甜）放假7天，你有什么打算吗？

胡晓甜　打算是有的，但是不想说。

马丽亚　不想说……（唱）妹不开口，妹不说话，妹心怎么想……

陶　伟　（接唱）她不开口，她不说话，你想怎么样？

马丽亚　请你告诉我，你叫什么名字？

陶　伟　我叫陶伟。在"五一"长假里，想做的事情很多，我最希望能在QQ上聊天，最好是……

马丽亚　最好是女生。

吴　迪　你想聊什么？

陶　伟　无聊对无聊，相互聊一聊。

宋茜茜　无聊的话到此为止。下面，让我们用热烈的掌声欢迎辅导员讲话！

马丽亚　首先声明：我这个辅导员有效期为7天。在这7天中间，我准备进行一次中学生青春期心理调研——调研的题目是"我眼中的孩子们"。现在我宣布——把假期还给你们！

〔欢呼声。

马丽亚　没有作业……那是不可能的。

〔唉叹声。

马丽亚　这次布置的作业也是一道调查题。可以是课堂内外，也可以围绕成长中的烦恼。这道题的题目，也由同学自己来出。

吴　迪　（举手发言）我认为，我们每个人都有挥之不去的烦恼，所以我出的题目是《花季的雨点》。

豆小葱　走向社会，贴近生活。我的题目是《生姜为什么是老的辣？》

章可立　我认为这个题目比较适合调查——《虎丘，是丘还是山？》

宋茜茜　我也出一个：《考试作弊，为何屡禁不绝？》

马丽亚　陶伟同学，你呢？

陶　伟　我认为你可以调查我们，我们也可以调查你。

马丽亚　调查我？！

——儿童剧《青春跑道》

陶　伟　　当老师布置作业的那一刻,我忽然想起了"碰碰车",调查应该是互动的,有碰撞才能产生火花。我出的题目是(闪露出一丝叛逆和挑衅的眼光)——《我眼中的马丽亚》。

〔全班哗然。

宋茜茜　　你想调查老师？

陶　伟　　老师可以调查学生,学生为什么不可以调查老师？

宋茜茜　　反对的请举手——

吴　迪　　赞成的请举手——

马丽亚　　(猝不及防却坦然地)看来,陶伟同学的选题引起了多数同学的兴趣,豆小葱,说说你的理由。

豆小葱　　陶伟虽然不是"执政党",但他在同学中间有亲和力、号召力,特别成绩在下游的弱势群体,我们都叫他"丐帮帮主"。

马丽亚　　吴迪。

吴　迪　　我认为,调查老师很有创意,很刺激。

马丽亚　　想不到我来础园中学的第一天就面对一次挑战。也许在某一天,你们会发现马老师……怎么说呢,可能不像你们想象的那样,也可能会让你们失望。但我不会戴着面具生活,会让你们看到一个真实的我。因为你们的每一个发现都是美丽的。我赞同陶伟同学提出的"碰碰车"公式,并建议由陶伟担任组长。

陶　伟　　(意外、暗喜)我？!

马丽亚　　有问题吗？

陶　伟　　我……也能当"头"？

吴　迪
豆小葱　　(相互击掌)Yes!

马丽亚　　你人气很旺噢! 同学们,"碰碰车"可以进行社会调查,也可以在网上作业。也就是说,今天布置的是一道QQ作业,从今天起,我将和大家一起建立高一(5)班的芳草地网站。

同学们　　(学马老师的广式普通话)荒草地网站？

宋茜茜　（举手）马老师，我想应该是芳草地（拼音）fāng。

马丽亚　fāng，芳草地，谢谢！

〔同学们鼓掌。

马丽亚　我还要告诉大家，调查的过程是互动的，你在调查我，我也在调查你，让我们开始零距离的交流。7天以后，希望同学们给我一个惊喜。

同学们　（欢呼）耶——

（师生同唱《驱动问号》）

　　　　这是一片浩渺的星空，

　　　　连接着我的追寻你的梦，

　　　　用心去感受爱之旅，

　　　　把昨天的烦恼交给风。

　　　　这是一条迷人的水巷，

　　　　飘流着你的快乐我的痛，

　　　　内存的秘密已定格，

　　　　新编的程序已启动。（同学们唱）

　　　　打开门，推开窗，

　　　　呼风唤雨架彩虹，

　　　　驱动问号向前冲，

　　　　我们是未来号的主人翁。

〔教室里春意盎然。

## 二

〔陶家。

陶　伟　（接电话）吴迪，你说什么？你看到胡晓甜在……百合公寓？我知道，那个小区住了不少老外。她住那儿，不可能！胡晓甜是免费生，家里很困难。什么，胡晓甜每天晚上都去？好，我马上就

来！（欲外出）

陶坚强　（拎资料上）站住！

陶　伟　（匆匆关上电脑）我出去一趟。

陶坚强　干什么？

陶　伟　完成老师布置的作业。

陶坚强　当调查组长？

陶　伟　你怎么知道？

陶坚强　（点击一下电脑）不知道怎么当你的爹爹！我还知道，你在学校里的外号叫"丐帮帮主"。可惜手里少样东西。

陶　伟　什么东西啊？

陶坚强　打狗棒。

陶　伟　没时间和你切磋武功。

陶坚强　站住！学校里的丐帮不是差生就是另类，告诉你，有本事就找班里第一第二的同学交朋友，开碰碰车，我才服帖你！

陶　伟　说话算数？

陶坚强　你可以拷贝下来。

陶　伟　一言为定。

陶坚强　先给你加点油，壮壮胆。喏，这是最新的学习资料，高考状元的经验，指导老师的体会，统统是高中生必读的葵花宝典。

陶　伟　老爸，放假了，你还不放过我？

陶坚强　你从第七名掉到二十一名，怎么没有一点危机感，没有一点上进心？

陶　伟　老爸！（唱《做梦都是ABC》）

　　　　千篇一律的程序，

　　　　克隆了个个奴隶。

　　　　解三角，孔乙己，

　　　　做梦都是ABC。

　　　　小考中考模拟考，

　　　　　　冷毛巾加热咖啡。
　　　　　　热胀冷缩头发昏,
　　　　　　肯德基当成高尔基。
陶坚强　　成绩是检验学习的唯一标准,其他统统都是无用功!
　　　　（唱）开天辟地老传统,
　　　　　　爹妈都望子成龙。
　　　　　　古有名家冯梦龙,
　　　　　　今有飞天费俊龙。
　　　　　　指望你把龙门跳,
　　　　　　你却跳成淘米虫。
　　　　　　第七跌到二十一,
　　　　　　练的什么蛤蟆功。
　　　　〔电话铃响。
陶坚强　　（接电话）你好……汇款收到了,以后你就不要再寄了,儿子在我身边——（把电话递给陶伟）
陶　伟　　妈妈,节日快乐!想,我想妈妈,我一直把妈妈的照片放在床头柜上,让妈妈的目光天天能看到我。今天早上,我刚给你发过E-mail,妈妈再见,拜拜!
陶坚强　　大家看,多么幸福的一个家庭,爹爹在中国,妈妈在外国,就这么一个独生子,名符其实的"中外合资"。（陶伟不耐烦,陶坚强不依不饶盯在身后转圈）可你呢,任凭爹爹怎么疼你,妈妈怎么爱你……
陶　伟　　爱孩子是母鸡都会做的事。
陶坚强　　没良心。
陶　伟　　这是高尔基说的。
陶坚强　　不管高尔基还是肯德基,我只管盯牢你这只小公鸡。放假7天,不认真复习功课,而是别出心裁想去调查老师,什么调查老师,无非是找几个女同学玩玩,看过来看过去……

陶　　伟　庸俗！

陶坚强　用事实说话。从昨天到今天，家里的电话就像非常周末……

〔电话铃响。

陶　　伟　（接电话）……我是陶伟。胡晓甜不在家？什么，她家里连电脑都没有？知道了。

〔吴迪上。

吴　　迪　（打手机）你出来一下可以吗？

陶　　伟　老爸不让出门。

〔陶坚强出门察看——

吴　　迪　你老爸也是的，放假也不给自由。不是更年期，就是十三点。哇，你是谁？

陶坚强　我是十三点。

吴　　迪　陶伯伯……你好！

陶坚强　你是谁啊？

吴　　迪　我姓吴……

陶坚强　胡晓甜？我知道，你跟陶伟蛮友谊的。

吴　　迪　我不是胡晓甜，我是吴迪。

陶坚强　噢，两只蝴蝶。找陶伟有什么事？

吴　　迪　告诉他，老师要来家访。

陶坚强　老师要来家访？

吴　　迪　陶伯伯，886！（下）

陶坚强　886，886是什么意思？嘿，现在的学生说话都用密电码。（入内对陶伟）刚才有只花蝴蝶来过了，要我告诉你……

陶　　伟　我听到了。

陶坚强　那我就不传达了。

陶　　伟　爸，这个月零花钱你还没给呢！

陶坚强　零花钱……（一拍脑门）想起来了。今天一早我去进货，发现家里少了二千元钱，却多了一张借条，是你写的？

陶　伟　是我写的：暂借人民币二千元，请在妈妈下次的汇款中扣除。

陶坚强　你要二千元干什么？

陶　伟　暂时保密。

陶坚强　你打了鸡血了？分数不高，玩得蛮好，调查教师，莫名其妙，伸手要钱，写张借条，哪像我的儿子，天生一个"韦小宝"。

陶　伟　我不像你儿子，你也不像我爹爹！

陶坚强　有毛病！

陶　伟　有其父必有其子。

陶坚强　滚！

陶　伟　Yes！

陶坚强　轻骨头！等会儿纽老师来了，我非得告你一状。

陶　伟　纽老师走了。

陶坚强　纽老师走了？

陶　伟　来了马老师。

陶坚强　走了一头牛，又牵来一匹马，你们的羊校长真厉害。

〔马丽亚循门牌上。

马丽亚　陶伟同学在家吗？

陶　伟　（惊喜地）马老师，这是我爸。

陶坚强　豆豆花店法人代表陶坚强。

〔两人四目相视……双方忽远忽近地在记忆中搜索着岁月的印记。

马丽亚　是你……陶班长？

陶坚强　是你……马兰头？

陶　伟　他们认识？

陶坚强
马丽亚　——老同学！

陶　伟　哇噻，气温升高，地球变暖了。

陶坚强　快给老师泡茶。泡新茶，碧螺春。

〔陶伟应声下。

| | |
|---|---|
| 马丽亚 | 想不到,你就是陶伟的爸爸。 |
| 陶坚强 | 想不到,你成了陶伟的老师。 |
| | 〔短暂的停顿,千言万语不知从何说起。两人欲言又止,又不约而同。 |
| 马丽亚<br>陶坚强 | 离开校门这么多年了,我们就没见过面……(笑) |
| 陶坚强 | 不知道你离开这个城市之后,去了哪儿,在做什么? |
| 马丽亚 | (不正面回答他的问题)……你看我改变了多少? |
| 陶坚强 | 在我眼里,你永远十七岁,永远是我的同桌,马兰头。 |
| 马丽亚 | 很多年以后,很多事情都改变了,快乐、痛苦、烦恼……不变的,只是小孩子美好天真的愿望。还记得,初一的时候你在课桌上划过一条"三八线"? |
| 陶坚强 | 记得。初三的时候,我们还在一起跳过舞,放过风筝……想不到,那次放风筝成了美好的回忆。 |
| 马丽亚<br>陶坚强 | (同唱《放风筝》)<br>　　我们俩牵着线儿,<br>　　放风筝呀放风筝,<br>　　得呀格一路跑,<br>　　得儿呀格一路奔,<br>　　像雁儿一路上青云呀,<br>　　结伴觅知音。<br>　　我们俩牵着线儿,<br>　　放风筝呀放风筝,<br>　　来到了太湖边,<br>　　水呀水清清,<br>　　好像天上雁飞,<br>　　飞在湖中心呀,<br>　　水天一片情。 |

马丽亚　想不到昔日副班长当了花店老板，老板娘呢？

陶坚强　老板娘？……家主婆在英国，八年了……

马丽亚　又当爹又当妈的，累不累？

陶坚强　怎么不累，不过也习惯了；现在想起来，真有些后悔。

马丽亚　后悔什么？

陶坚强　也许你不知道，当年……

马丽亚　我知道。当年每次轮到我值日，你总是抢着扫地擦玻璃窗，惹得所有的女同学都妒忌我。

陶坚强　说老实话，我真希望你天天值日。

马丽亚　那么多年了，好像就在昨天……

〔陶伟复上。

陶　伟　老师，请用茶。

马丽亚　谢谢！

陶坚强　马老师，听说你让陶伟担任调查组组长？

马丽亚　据纽老师介绍，陶伟在班里待人热情，助人为乐，在同学中很有威信。陶伟，你坐下，我们一起谈谈。

〔陶伟刚坐下，陶坚强示意儿子回避，陶伟装作没看见。

陶坚强　进去！

陶　伟　（不满地）做啥？

陶坚强　叫你进去就进去！

马丽亚　老同学，你怎么能这样对待儿子呢？

陶坚强　在学校里听你的。在家里就要听我的。

马丽亚　听你的，为什么要听你的？

陶坚强　因为我是他爸爸！

马丽亚　你以为爸爸总比儿子聪明？

陶坚强　那是当然的。

马丽亚　电灯是谁发明的？

陶坚强　爱迪生。

马丽亚　爱迪生的爸爸怎么没有发明电灯?

陶坚强　那爱迪生不也是他爸爸生出来的呀!马老师,我始终认为,陶伟的智商没有问题,我家长配合也是卖力的,可他条件这么好,却不争气,成绩下滑,比如陶伟他姑姑是农村的,两个表哥没人带,照样考取名牌大学。

马丽亚　这就是你的毛病,盲目攀比。

陶坚强　我不是攀比,是对比。还有现在的孩子和我们那时候根本不一样!不好好读书,就只知道男生女生。

马丽亚　你怕男生女生交往?你怕异性相吸,怕摩擦起电?而这些恰恰是正常青春期的心理特征,你怕什么?

陶坚强　不是我怕不怕的问题,而是我亲眼目睹,十三四岁的小朋友竟然在马路边打Kiss!这样的孩子肯定有毛病!

马丽亚　很多时候,孩子有病,但父母需要治疗。

陶坚强　你说怎么治疗?

马丽亚　化对抗为对话。

陶坚强　化对抗为对话?所以你让学生调查老师、调查你?我是怕你被动。

马丽亚　担心我被动?老同学,础园中学有一个很好的传统,不鼓励学生死读书,而是培养学生自主学习,引导学习创新,这对一个人走向成功极为重要。

陶坚强　那么多年了,你依然那么青春。

马丽亚　那么多年了,我依然是那样固执。

〔短暂的停顿。

〔胡晓甜上。

胡晓甜　请问陶伟在家吗?

陶坚强　你是谁?

胡晓甜　我是他的同学,胡晓甜。

陶坚强　瞧瞧,找陶伟的全是女生。

马丽亚　胡晓甜，找陶伟有事吗？

胡晓甜　（想不到在这里遇到马老师）马老师？……我是来向陶伟请假的！对老师的调查我不参加了。

马丽亚　有困难吗？

胡晓甜　（慌乱）没什么……

马丽亚　晓甜同学，走到一起是一种缘分。师生也好，贫富也好，我们都是平等的，都是朋友。（拉起手）孩子，我们谈谈好吗？

胡晓甜　我没有困难，真的没有！

〔胡晓甜轻轻推开马老师的手，低头奔下。

陶　伟　（欲追）胡……

陶坚强　干什么？

陶　伟　追啊！

陶坚强　看见女生就像吃了兴奋剂。

陶　伟　她就是第一名。

马丽亚　陶伟，追啊！

陶坚强　（气极）追她干什么？

马丽亚　make friends！（交朋友）

〔陶伟追下。

陶坚强　（气急）你啊！

〔切光。

〔评弹摇滚《平地风起》：

　　如今读书真奇妙，

　　师生互动抢跑道。

　　碰碰车开进象牙塔，

　　谜底挂在树梢梢。

　　同学少年共探求，

　　恍若登上"发现号"。

　　有人发现有隐患，

挺身要做啄木鸟。

平地风起哗啦啦,

小河流水也喧闹。

## 三

〔湖滨大道。

〔晚,绿树丛中彩灯闪烁,似花雨缤纷。

〔章可立催促豆小葱。豆小葱一路喝着矿泉水。

豆小葱　怎么又要集合了,弄得像军训一样。

章可立　班头要宣布一个决定。

豆小葱　四眼,你是什么时候傍上班头的?

章可立　我觉得和"红绿灯"在一起有安全感。

豆小葱　没出息!

章可立　我爸就是给她爸开车的司机。

豆小葱　将来你也准备给宋茜茜开车?

章可立　你也太小看我了。今后,她读中文系,我也读中文系。

豆小葱　她考研?

章可立　我也考研。

豆小葱　她当女市长?

章可立　我当男秘书。

〔豆小葱忍不住喷出一口矿泉水。宋茜茜和吴迪上。

宋茜茜　章可立,看到陶伟没有?

章可立　暂时还没有。

宋茜茜　同学们,希望你们不要再调查马老师了。

豆小葱　班头,怎么回事啊?

宋茜茜　经过初步调查,马老师曾经是个问题学生,在学校里受过处分。

吴　迪　你怎么知道?

豆小葱　为什么受处分？

宋茜茜　反正……你们就不要问了。如果继续调查，有损为人师表的形象，是对老师不负责任的表现。

章可立　我同意！

吴　迪　我反对！

宋茜茜　同学们，高一到了，高三还会远吗？高一是高考的起跑线，我们的每一天，每一分都连着高考。学习不是做游戏，不能因为师生玩"碰碰车"，搞乱了正常的教育秩序。

章可立　我同意！

吴　迪　我反对！

豆小葱　弄得像开会一样，一点不好玩。

宋茜茜　现在的问题，班里已经出现了不正常的苗子，有人发现，最近胡晓甜和一个非洲男孩在一起。

吴豆章　非洲男孩？

宋茜茜　反正是个小黑人。陶伟也跌进去了。

吴　迪　"跌进去"什么意思？

章可立　古人云："近朱者赤，近墨者黑。"大家都处在青春期，这是一个与过渡元素很相似的年龄，有可能与外界发生有害物质的反应。

豆小葱　你是说会产生化学反应？

吴　迪　不，是物理现象：尖端放电。

宋茜茜　不要争了，我是班长！

吴　迪　班长又怎么样？

章可立　老师不在，班长说了算。

宋茜茜　本班长决定，先把他们两位找到再说。

吴　迪　（不满）这人从娘胎里就喜欢亮红灯，我去找马老师。

豆小葱　现在这女孩都怎么啦，哦，大概是生姜吃多了。

〔同学们下。

〔胡晓甜发现有人跟踪，闪身一边。

〔陶伟骑车上，寻找……

胡晓甜　（疑惑）你在跟踪我？

陶　伟　两天了……

胡晓甜　两天？你跟踪我两天了？

陶　伟　不不，我说放假两天了，我一直想找你……谈谈。

胡晓甜　谈什么？

陶　伟　我知道你家里没有电脑，所以，我想……你先凑合着用吧！

胡晓甜　（打断）谢谢，我不需要。

陶　伟　（尴尬）……还有，宋茜茜突然通知我停止对马老师的调查，原因是当年马老师因为"早恋"受过处分。

胡晓甜　（冷漠地）不感兴趣！

陶　伟　（拦）可我隐隐觉得，这事和我老爸有关。

胡晓甜　和我无关！（欲走）

陶　伟　（拉）可我想……找人说说话。

胡晓甜　放手！

陶　伟　如果老爸就是那个和马老师"早恋"的男生，我该怎么办？

胡晓甜　放手！

〔陶伟无奈，沮丧地松手……

胡晓甜　为什么不找别人，找我？

陶　伟　因为我觉得，你是一个有主见的女孩。

胡晓甜　还有？

陶　伟　还有，你和其他的女孩都不一样，不说话，但挺有内涵。

胡晓甜　就这么简单？

陶　伟　……我喜欢你。

胡晓甜　（淡然一笑）喜欢我？！

陶　伟　……你不大活泼，但笑起来很阳光，能令人怦然心动的那种。

胡晓甜　感觉不要太好。你以为所有的女孩都喜欢会打篮球的男生？你以

　　　　　　为穿上阿迪达斯就成了名牌？
陶　伟　你怎么会这样想？
胡晓甜　我知道你妈妈在英国，也知道一双阿迪达斯值多少钱，但我还是那句话：不感兴趣！
陶　伟　我知道你妈妈是个下岗女工，也知道你家里没有电脑。
胡晓甜　这跟你有什么关系？
陶　伟　你不能把什么都拒之门外，不能用一双鞋就否定我。
胡晓甜　我没有否定你啊！
陶　伟　如果你不喜欢我，给我一个理由，好吗？
胡晓甜　一件不可能的事情根本不需要理由。
　　　　〔短暂的停顿。
陶　伟　你可以拒绝交朋友，这电脑……不为别的，为了学习。
胡晓甜　电脑……我会自己挣钱去买。
陶　伟　挣钱？你凭什么挣钱？
　　　　〔胡晓甜不想说，掉头就走。
陶　伟　站住！
胡晓甜　干什么？
陶　伟　我要对你负责！
胡晓甜　对我负责？你是我什么人啊？
陶　伟　我是你的朋友……同学，我真诚地希望你保持清醒的头脑。
胡晓甜　你以为我在发烧吗？
陶　伟　我什么都看到了。
胡晓甜　你看到什么了？
陶　伟　我看到了你和黑……
胡晓甜　黑什么？
陶　伟　黑色的黑，黑夜的黑，黑幕的黑，漆黑一片的黑，伸手不见五指的黑，……我看到了你身边的那个小黑人，而且，你和他的样子，好像很亲密。

——儿童剧《青春跑道》

胡晓甜 （坦然地）海内存知己，天涯若比邻。

陶　伟 小姐，你才十七岁！

胡晓甜 十七岁，可以做自己的主了。

陶　伟 自己做主？你就这样不分黑白地挣钱？

胡晓甜 什么意思啊，陶伟！你说这种话，我看不起你，你不配做我的朋友！

陶　伟 你有什么了不起？你以为你是谁？星星还是月亮？

胡晓甜 我不过是只丑小鸭，可偏偏有人掷小纸条，约我看电影，无聊！

陶　伟 （受伤害、被激怒）我无聊，你可爱——可怜没人爱！

胡晓甜 谢谢你，天使——天上掉下的狗屎！

陶　伟 胡晓甜，你可以瞧不起我陶伟，但我不能眼睁睁看着你误入歧途。

胡晓甜 误入歧途？！

陶　伟 我们可以不交朋友，无所谓……但我决不允许你堕落！堕落到和一个小黑人……

〔胡晓甜突然抬手一记耳光。

〔上场的豆小葱和吴迪被惊呆了！

豆小葱 胡晓甜！你不是一向以"淑女"自居吗？怎么一变脸就成了野蛮女友？

吴　迪 （心疼陶伟）胡晓甜，你会死得很难看！

〔慌然失措的胡晓甜一转身发现了同学和马丽亚。

马丽亚 胡晓甜同学，你怎么这样不冷静！

胡晓甜 你们？陶伟，你出卖我？

〔幕后唱《男生和女生》：

　　　天空涌来翻腾的乌云，

　　　注视着一个男生和一个女生。

　　　渴望飞翔却又瘦弱的翅膀，

　　　苦恼着却又封闭着美丽的心灵。

马丽亚　（接唱）闪电照亮湖畔的脚印，
　　　　　　　　牵挂着一群男生和一群女生。
　　　　　　　　这是一段没有标点的情节，
　　　　　　　　愿孩子学会发现学会校正。
　　　　　　　　这是一次稚嫩的碰撞，
　　　　　　　　敲打着我的挚爱我的责任。
　　　　〔幕后伴唱：
　　　　　　　　呼风唤雨，让小树长成茂盛的丛林，
　　　　　　　　推波助澜，让海燕在雷电中勇敢穿行。

马丽亚　胡晓甜同学，大家都在关心你。
胡晓甜　关心？我不需要这样的关心。
宋茜茜　报告老师，不让每一个同学掉队，这是我的责任。我们发现她和一个小黑人在一起……
马丽亚　不管黑人白人，在事情没有调查清楚以前，我反对你们这样做。
宋茜茜　掉在网里的人总是昏迷的。
马丽亚　是谁掉在网里了？正常的同学交往有什么不可以？
宋茜茜　我们决不让老师的污点在学生身上留下痕迹。
吴　迪　宋茜茜，不许你污蔑老师！我知道，你生来就有"恐高症"，唯恐别人比你高，别看你说得好听，为了和胡晓甜争夺一个"三好生"的名额，你就希望别人闯红灯！
豆小葱　太可怕了。
章可立　同学们，班长这也是为大家好……
马丽亚　同学们，听我说！（冷静地）我十分信任同学之间特别"要好"的朋友关系，也十分信任同学之间的特别"友好"的竞争关系，这都是光明正大的友谊，并不可怕，也不要紧张。
宋茜茜　（仿效着大学生辩论会的"经典"动作）马老师，你是海外归来的博士，我只是础园中学高一（5）班的班长，可是我还是要善意地提醒您：外国的方向盘在右边，中国的方向盘在左边，在中国就必须遵守中国的交通规则!

马丽亚 （被熟悉的手势唤醒了辩手的冲动）方向盘在哪边并不重要，重要的是学会开车，把握方向，系上安全带!

〔同学们为马丽亚的激情和风采叫好。

章可立 （悄悄地提醒宋茜茜）不要跟老师争了!

宋茜茜 不，中学生应该树立远大的理想，而不是鼓励他们与异性交往，去做不该做的事。

陶　伟 谁去做不该做的事?

宋茜茜 （脱口而出）马老师的过去就是我们的教训。

马丽亚 说得很好，很有意思，请同学们继续发表意见。

吴　迪 思想家歌德说过："哪个少女不怀春，哪个少男不钟情?"我认为，每个男生或女生都会有他们心仪的男生或女生形象，这是每一位心智健全的人，到了这一年龄段，必具的正常心理。试问那些正值豆蔻年华的女孩，谁不想成为别人心中的公主?

宋茜茜 这一年龄段，你是指小学、中学，还是大学?

吴　迪 当然不是小学，也不是大学，进了大学才恋爱，那叫黄昏恋。

宋茜茜 吴迪，你这是公开向中学生守则叫板，煽动早恋!

吴　迪 神经如此脆弱，你还怎么当班长?

宋茜茜 胡闹!

吴　迪 幼稚!

〔两人气立两旁。

章可立 据我所知，有人早已把"早恋"当作"早锻炼"。但有关资料显示，有90%以上的"早锻炼"都是没有终点的，只开花不结果的，电闪雷鸣不下雨的。

豆小葱 我认为，爱是阳光……

宋茜茜 晒得太久会中暑!调查还没有深入，问题已经碰撞出了火花，而且成燎原之势。

陶　伟 （欲解释）我……

宋茜茜　没有必要再纠缠了。请问在场投赞成票的同学，这道调查题还要不要再做下去？

同学们　（面面相觑）马老师？

马丽亚　陶伟同学，这道题是你出的，你说呢？

章可立　（悄悄提醒陶伟）陶伟，事情没那么简单，再调查下去，你死定了！

豆小葱　帮主，调查老师本来就有点"犯上"，如果再调查又查出点什么……依我看，还是撤，我掩护。

吴　迪　算了，什么样的歌不能唱，偏要唱"伤心的泪"？

　　　　〔一串闷雷沉重地碾过陶伟的心灵……

陶　伟　（突然面对观众）同学们，是放弃？还是坚持？

宋茜茜　问别人干吗？问你自己呀！

陶　伟　问自己，大家都在问我！你为什么去找胡晓甜？却反而换来一记耳光？为什么要去调查老师？我又为什么不能调查老师？为什么不能知道老师的过去、老师的青春？曾经是问题学生，受到处分的老师怎么又成了心理学博士成了海归派？难道我们只能天天俯首试卷，而为什么不能唱两只蝴蝶？马老师，你说我该不该继续调查下去？

宋茜茜　（恰到好处地把握主动）现在请辅导员老师给我们辅导。

　　　　〔所有的目光都投向马丽亚——

马丽亚　（平静地）陶行知先生说过这样一句话："学习从提问题开始。"如果我们从调查中发现了问题，甚至发现"伟大的"老师也会骂人、犯错误、哭鼻子时，那么，我们就可以把别人的失误当作对自己的大声忠告，我们就会发现世界如此多彩！（依然微笑着）为了支持同学们继续调查，我决定在网上公开我的日记，由老师讲述自己的故事。

同学们　公开日记？

胡晓甜　报告老师，我不想参加任何活动，只想好好学习。

马丽亚　　可你也不能把自己孤立起来啊！

宋茜茜　　报告老师，胡晓甜是免费生，她始终保持着班级第一，就是为了回报社会。

胡晓甜　　（自卑的心理又受到伤害）这与你们无关。

陶　伟　　胡晓甜，我希望你一起参加。

胡晓甜　　（倔强地）我就不参加。

〔推开陶伟，奔下。

陶　伟　　（欲喊）胡……

宋茜茜　　你以为在拍电视剧啊？组长不是那么好当的，自己影子不正是要乱套的。

吴　迪　　就你水平高。天上飘点毛毛雨就喊地震，毛病！

章可立　　班长也是向老师反映情况嘛！

吴　迪　　怕老师不知道她是红绿灯？

宋茜茜　　我是红绿灯，你是什么？十三妹？！

吴　迪　　我就十三妹，怎么样，想找个地方PK吗？

宋茜茜　　PK就PK。（问章可立）PK什么意思？

章可立　　PK就是单挑。

宋茜茜　　好啊，想打架？

豆小葱　　我来啦，佛山无影脚。

章可立　　耶——降龙十八掌！

〔全场大乱。

马丽亚　　（大声地）同学们！同学们，我很高兴，真的，你们让我大开眼界！在我的眼里，无论是班长还是帮主，无论吵架还是想打架，都说明了……说明了你们还是个孩子，我眼中的孩子都是真实的，勇敢的。孩子们，想打架的请到我这儿报名，好不好？

〔陶坚强上。

陶坚强　　报——报告老师，我有话要说。

同学们　　陶伯伯？

陶坚强　我什么都看到了，什么都听到了。马老师，陶伟从小到大，我连手指头都舍不得碰一下。今天算是烧了高香，听你的话来追姓胡的女生，结果遭遇梅超风，一记九阴白骨掌。（对陶伟）亲爱的调查组长，二千元换一记耳光，爽！现在我以个人的名义宣布调查到此结束。散会！

〔幕后唱《一场祸》：

　　金鸡湖边一场祸，

　　碰碰车撞翻了马蜂窠。

　　甜妹满脸苦盈盈，

　　小帅哥心里一团火。

　　谁说这是必修课，

　　星星齐唱"东风破"。

〔切光。

## 四

〔陶家，陶伟沮丧地拨弄着吉他，哼着"最近有点烦"……忽然，"啪"地窗外飞来一只折叠的燕子。陶伟疑惑地拿起来，只见上面写着："……我要飞翔，哪怕没有坚硬的翅膀；我要歌唱，哪怕没有人为我鼓掌……"

〔吴迪上。

吴　迪　这是汪国真的诗：《挡不住的青春》，送给你，与你共勉。

陶　伟　谢谢！

吴　迪　一夜之间，你眼圈都发黑了。

陶　伟　我一直在想，早恋就要开除，太不可思议了。马老师和我爸，除了同学，还有什么关系？

吴　迪　这道题有点刺激。嘘，好像你老爸回来了。

陶　伟　老爸回来……对，我有主意了。

吴　迪　什么主意？

陶　伟　我们来做一个套子，把调查进行下去。

吴　迪　你的意思是让你老爸钻进你的套子？

陶　伟　以此来求证老爸是不是那个男生？

吴　迪　可能吗？

陶　伟　你得配合一下。

吴　迪　怎么配合？

陶　伟　看过电影《泰坦尼克号》吗？

吴　迪　看过，看过5遍。

陶　伟　感觉怎么样？

吴　迪　太浪漫了。

陶　伟　咱们就从《泰坦尼克号》开始。模仿一下，怎么样？假的。

吴　迪　真的，假的，都是甜蜜的。其实我最最喜欢《泰坦尼克号》主题曲。

〔哼唱。两人情不自禁地模仿男女主角。

〔陶坚强回家，进退两难。

陶　伟　我老爸回来了。

吴　迪　手哪？手上来啊！菜鸟！（故意嗲声嗲气地）陶伟，提一个问题，可以吗？

陶　伟　可以啊。

吴　迪　喂，你紧张什么？

陶　伟　不紧张……

陶坚强　你不紧张，我紧张。

吴　迪　放松！请回答，什么叫初恋？

陶　伟　有人说，初恋是人生绽放的第一朵鲜花。

吴　迪　也有人说，初恋是酸奶，甜甜的，酸酸地。

陶坚强　（插话）还有人说，初恋是红辣椒，看着挺美，真要咬一口，辣死你！

吴　迪　如果一个女孩，从心底喜欢一个男孩，算不算初恋？

陶　伟　比方说？

吴　迪　比方说，女孩子喜欢姚明、刘翔、周杰伦、谢霆锋……

陶　伟　那是偶像，不是初恋。

吴　迪　要是一个女生喜欢一个男生呢？

陶　伟　初恋应该是情感最原始的摩擦起电。

陶坚强　（插话）毕业后招工就到发电厂。

吴　迪　初恋等于爱情吗？

陶　伟　NO！初恋时往往不懂爱情。正确的方式要先提取公因式，再合并同类项。

陶坚强　我也学过的。

陶　伟　这是琼瑶说的，我没有研究过。

吴　迪　我妈别的不担心，就怕我早熟。

陶　伟　我老爸也是，神经特脆弱。

吴　迪　早熟不好。但女孩子的天空也不能太苍白，我就喜欢做梦，喜欢坐在自行车后面轻轻地搂着他的腰的那种感觉。

陶　伟　你说的他，是谁？

吴　迪　这是秘密。只在日记里写给自己看，你也写日记吗？

陶　伟　写啊，日记就是我的聊天室，里面有我的知心朋友。

吴　迪　在你写日记的时候，有没有这种感觉……

陶　伟　什么感觉？

吴　迪　我似乎看到了泰坦尼克号沉没前，那刻骨铭心的一幕，（扮露丝）YOU　JUMP　I　JUMP！

陶　伟　两个人都跳下去了，杰克把生的希望给了露丝，自己却浸在北大西洋冰冷刺骨的海水中，他握着露丝的双手不停地在颤抖……

〔两人模仿。

吴　迪　他用尽力气仍然笑对死亡。当他从嘴中抖出自己的告白时，我真的流泪了，那种无畏死神的从容，那种感人肺腑的悲怆……杰克！

陶　伟　露丝……

陶坚强　（忍无可忍）喂！再抖啊！不抖了，再抖下去，不要说南大北大，就是电大也没有希望了。

吴　迪　陶伯伯，经典就是经典，你是不可能理解的。

陶坚强　你以为看过几遍《泰坦尼克号》你就是"露丝"了？告诉你，我小学三年级学唱《牡丹亭》，初中二年级熟读《茶花女》、《奥赛罗》、《梁山伯与祝英台》、《罗密欧与朱丽叶》……

陶　伟　吹牛！

陶坚强　不相信你去问马老师。

吴　迪　马老师怎么知道？

陶坚强　我看过的"经典"，马老师都看过的。

陶　伟　不可能！

陶坚强　不可能的事情就是这样发生的。

吴　迪　你是说，在相互传递"经典"的过程中，阴差阳错地交了朋友？

陶坚强　（忘乎所以）对！

吴　迪　还写情书？

陶坚强　对！

吴　迪　天天一封？

陶坚强　对，一共二十四封……（捂嘴）我寻死啊！

陶　伟　老爸，后来呢？

陶坚强　后来……小赤佬，正经事体不做，专门想听"绯闻"。侬想想，昨日追胡晓甜，今朝又搭牢吴迪，侬倒是左右逢源，轧在当中拉二胡嘛！

吴　迪　陶伯伯，二胡拉得好高考也可以加分的。

陶坚强　（不耐烦）你就会来套我的口供，小燕子，请你飞出去！

吴　迪　我不是小燕子，我是吴迪！

陶坚强　蝴蝶、蜜蜂都飞出去！

陶　伟　乌鸦要飞吗？

陶坚强　统统飞出去！

〔吴迪拉着陶伟雀跃而去。

陶坚强　（摇头）咳，同学们，你们看我的儿子像谁？像我？有其父必有其子，说对了。其实，不喜欢女孩子的男孩是不正常的，以前我在学校里打篮球的时候，只要有女孩子在场，我就特别兴奋，俗称"人来疯"，我就欢喜对面的女孩看过来。（唱）对面的女孩看过来……（突然发现陶伟的日记）日记本！打开儿子的日记，就像打开了"黑匣子"，我可以看看吗？不可以？反正现在没有人，我不过是随便翻翻……

〔陶坚强固执地打开陶伟的日记本——

〔陶伟的画外音：

"……前天，我不小心打碎了爸爸妈妈的结婚照，在镜框的背后，突然发现了一张离婚证。原来，妈妈去英国的第二年就跟爸爸离婚了……想不到爸爸他忍了八年，隐瞒了八年，爸爸，你为什么不告诉我……"

陶坚强　（伤感地）儿子啊，八年前，你才九岁，我怎么能让一个九岁的小孩受到这么大伤害呢。

〔陶伟的画外音："老爸，这八年来，你一直让我生活在幸福之中，每当晚上我做作业的时候，爸爸总是把电视机的音量压到最低。每天晚上过了九点，你总是把磨好的豆浆端放在我的桌上，看着我喝完再递上一块纸巾，点点滴滴，无微不至。"

陶坚强　我要用双倍的爱，让你的每一天都充满阳光。

〔陶伟的画外音："可深深的父爱，重重地压在我的心头，压得我几乎喘不过气来……"

〔陶坚强从日记上抬起愕然的目光……陶伟上。

陶　伟　爸爸，我已经努力了，但每次面对考试成绩的时候，我都有一种

———儿童剧《青春跑道》

愧疚……

陶坚强　儿子，你懂事了，长大了……只要你努力了，不管你将来造原子弹还是卖茶叶蛋，老爸都爱你，支持你，永远为你喝彩。

〔陶伟激动地扑到老爸怀里。

陶坚强　儿子，你飞回来了？

陶　伟　我根本没有飞出去。老爸，我们不再对抗，好吗？（替老爸擦眼泪）

陶坚强　（充满感情地）好，从此开始对话，好好谈谈，沟通沟通。儿子，你为什么一定要调查马老师呢？

陶　伟　因为我觉得马老师和其他老师不一样，她很另类。

陶坚强　儿子，你一提起马老师，老爸心里总有种说不出的滋味。

陶　伟　老爸，当年马老师真的受过处分吗？

陶坚强　（点头）是的，当年马老师和你现在一样大。

陶　伟　那为什么会被开除呢？

陶坚强　这要从一封"情书"说起……

陶　伟　情书？

〔暗转，一个美丽动人的故事在键盘声的伴奏下一气呵成，动人心魄。

马丽亚　……当我在语文课本里发现那封情书的时候，已是繁星密布的夜晚，我认真地读，天真地读，我感到脸在发烧，感到心神不定，坐立不安。后来藏在书包里的情书被别人发现了，老师要我交出这封情书，同学们这封情书我该交吗？

宋茜茜　应该交，只有交出，才能说清楚。

陶　伟　不！交出去就意味着出卖同学出卖友谊！

章可立　我认为交也可以，不交也可以。

胡晓甜　心正不怕影子斜，只要心底坦荡，交出来也不怕。

吴　迪　我不交，但也不留，情愿把它撕成碎片，随它"月朦胧，鸟朦胧"。

豆小葱　换作俺，俺就不承认。

陶　伟　马老师，最后你交了没有？

马丽亚　我决心做一只沉默的羔羊，用花季少女的真诚去掩护悄悄撤退的男孩……

陶　伟　马老师，你掩护了那个男孩？

同学们　老师，你就这样被迫离开了校园？

马丽亚　那年我十七岁，开始在一个伤残军人家里当过小保姆，后来又和表姐一起，开了一家点心店。原来生意并不好，一直勉勉强强地维持着。但是我从来没有放下课本，我参加了高考，幸运地被北师大录取。而姐妹俩在本城已没有任何亲友，生活拮据，甚至要分出一个铺盖来都有困难。

同学们　怎么办？

马丽亚　消息马上传遍了街道，老邻居老街坊并没有捐钱捐物，而小店的生意却在一夜间突然红火起来。有一天早上才5点多，刚开店门，突然小巷口排着长长的队伍，都是来买花卷和刀切馒头的。

〔音乐。舞台上出现了一长队流动的烛光——

章可立　……爷爷说，一星期内买来的那些刀切馒头，后来切成片，晒成干，全家吃了三个月。

马丽亚　望着小巷口涌动的爱意，我流下了感激的泪水。原来爱也可以用这样的方式来表达……那些素不相识的爷爷奶奶、大叔大婶用这种特殊的方式，保护了一个女孩子的尊严，用他们的爱心放飞了我的梦想……（泪流满面）

同学们　（深情地呼唤着）老师——老师——

豆小葱　老师，没想到你吃了那么多的苦。

吴　迪　老师，这对你不公平！

陶　伟　老师，是谁给你带来了厄运？

马丽亚　（深情地关注着学生泪水盈盈的目光，心潮起伏）同学们，请打

——儿童剧《青春跑道》 〉〉〉〉〉

开语文课本第 36 页……

〔小提琴独奏曲似小河淌水。

〔中学生集体朗诵：

天空收容每一片云彩，

不论其美丑，

故天空广阔无比；

高山收容每一块岩石，

不论其大小，

故高山雄伟壮观；

大海收容每一朵浪花，

不论其清浊，

故大海浩瀚无比；

……

〔小河淌水化作浪涛滚滚，席卷全场。

## 五

〔"五一"长假后。

〔础园中学电教室，教室里键盘敲击声似潇潇春雨。

同学们　豆小葱呢？

〔豆小葱上。

豆小葱　到——

宋茜茜　怎么又迟到了？

豆小葱　哎呀，骑自行车摔了一跤。

宋茜茜　摔一跤迟到那么长时间啊？撒谎！

豆小葱　地上有油……

同学们　又编故事了。

〔马丽亚匆匆上。

同学们　老师好！

马丽亚　同学们好！Sorry，我迟到了，原因是在我走进教室之前，交通巡警支队电话打到了校长办公室……

〔教室里气氛瞬间紧张起来——

马丽亚　他们正在寻找一位穿础园中学校服的学生。如果这位同学就在我们中间，请他勇敢地站起来。

〔豆小葱犹犹豫豫地起立……

同学们　又闯祸了？

马丽亚　豆小葱确实摔了一跤，原因是地上有油。就是他，在自己跌跤以后，一直守在现场，提醒行人注意安全，直到警察到来。这就是我见到的真实可爱的豆小葱。

〔同学们鼓掌。

〔陶坚强上。

陶坚强　同学们好！

同学们　开家长会，在那边——

陶坚强　今天我不是来开家长会的，是我自己主动要求来当旁听生的。

同学们　欢迎陶伯伯。

马丽亚　同学们，7天的假期结束了，除了其他学科的补习作业之外，大家热情参与了对本人的调查，你们综合运用了多种渠道的信息，也包括我在网上公布的私人日记。

宋茜茜　（起立）老师，7天中，你始终带着微笑，为我们打开了一本青春的书，引导我们走近了彼此的心灵。我代表全体同学向您表示感谢和敬意！

陶　伟　公开日记是需要勇气的，至少我做不到。

陶坚强　偷看别人的日记也是需要勇气的，我做到了。但这是不应该的，在这里向儿子道歉。

〔同学们鼓掌。

马丽亚　同学们，7天来，大家释放了大量的"热能"，依靠集体的智慧，完成了这个课题，大家合作都很愉快。同学们，让我们一起点击芳草地网站。

〔师生两重唱《第二课堂》：

　　芳草地洒满了活泼的阳光，

　　放下书本我们走进第二课堂，

　　这里有蓝天有大海，

　　渴望长出美丽的翅膀。

　　芳草地洒满了活泼的阳光，

　　放下书本我们走进第二课堂，

　　这里有春天有希望，

　　老师伴你们共同成长。

马丽亚　同学们请注意，我希望听到的并不是调查的结果，而是通过调查，你自己琢磨出了什么？悟到了什么？包括你对同学之间友情友爱的看法，可以给老师提意见，也可以表达自己的感情，好不好？

陶　伟　假期中，马老师并没有给我们上一节课，但我却感到她天天在给我们补课，该从哪儿说起呢……

陶坚强　先从二千元钱和一记耳光说起。

陶　伟　我是向爸爸借了二千元钱，我是去找胡晓甜，因为她没有电脑，我想帮助她，当然，我还另有目的……

〔同学起哄。

陶　伟　自从进了础园中学以后，我感到学习上压力非常大，我渴望找个人，倾吐我的烦恼和压抑，本以为在同样单亲家庭的胡晓甜身上能找到共同的心语，谁知她……

胡晓甜　其实我也渴望有个好朋友，渴望友谊……每次晚上回家，我总是无法看到家的位置，小巷深处，只有漆黑一片的窗口和心灵深处的叹息。我时时提醒自己要争第一，更不敢与男生交往，整天低着头，沿着墙脚行走在家与学校之间。我只有拼命地学习，用表面的自傲来掩饰内心的自卑……陶伟，我一直以为你是班里最幸福的人，我一直把你对我的关心把同学之间的友爱当成富家子弟的轻薄，甚至伤害了你……我错了，我向你道歉。

〔两人伸手相握。

陶 伟　如果说我曾经为胡晓甜的误解而痛苦过，那么，今天我要说，二千元换一记耳光，我不后悔，因为，我是个男子汉！

马丽亚　放假期间，我走访了胡晓甜同学的家庭，她的妈妈下岗已有五年了，经过培训，在园区百合公寓的一位黑人工程师家里做钟点工。家里除了一台17英寸的电视机，里里外外没有一件像样的家具……贫穷不是她的错，贫困的生活也没有让她流泪，当她得知黑人工程师十五岁的儿子想学中文时，胡晓甜同学就担当了黑人少年的中文家教。

同学们　啊？原来如此。

陶 伟　胡晓甜，我还是不明白，既然学校减免了你的学费，你为什么还要去打工？

胡晓甜　……家庭困难并不是我应该享受免费的资本，我觉得一个人自强自立才是最重要的。马老师来家访的那一天，和我谈了很久，她让我感受到了高一（5）班这个集体的温暖，她鼓励我，那条搁浅的小鱼回到大海的怀抱。

马丽亚　我永远忘不了卖刀切馒头的那家点心店，忘不了那个寒冷的冬天，涌动在小巷口的爱心。同学们！我们都是在被爱和爱别人中不断成长的，我忘不了小巷对我的养育之恩。

胡晓甜　（发自肺腑地）——马老师！

〔同学们报以热烈的掌声。

陶坚强　（被眼前的一幕感动得热泪盈眶）孩子们，你们真棒！我羡慕你们！真希望回到十七岁，和马老师一起坐在三八线的两旁……再当一回学生。

吴 迪　陶伯伯，听说当年你给马老师写过二十四封情书？

———儿童剧《青春跑道》

陶坚强　过去的事，别提了。

章可立　古人云，温故而知新。要是过去的事都不提，那就没有历史了。

豆小葱　再碰撞一下，让俺们也长长见识。

陶坚强　同学们，我确实写过二十四封情书，不过是写一封撕一封。

同学们　全撕掉啦？

陶坚强　但我还是壮着胆子，送出了我认为比较经典的一封。

同学们　送给马老师？

陶坚强　我对不起马老师，我没保护好你。我不配叫陶坚强，现在不坚强向坚强的马老师表示迟到了二十八年的道歉。

马丽亚　别这样说，被人喜欢是一种快乐，被人赞美也很温馨。我要感谢你，丰富了我的人生。

吴　迪　……我似乎已经闻到了这封情书的气息，甜甜的，酸酸的。

章可立　似一瓶陈年老酒，由两代中学生共享。

豆小葱　啊，亲爱的马……

宋茜茜　别打岔，听马老师念。

马丽亚　（读信）马兰头……

同学们　马兰头？

陶坚强　这是爱称。

马丽亚　马兰头，同桌三年了，在"三八线"的两旁，我一直把你比作温暖的阳光依人的小鸟，和你坐在一起的日子，感觉真好，你是黑暗中的灯泡，饥饿时的面包，你是夏天的雪糕，冬天的棉袄。每当你困难的时候，我总想帮你一把，永远牢记为人民服务，是毛主席的教导……一个欢喜你的男孩。

同学们　这也算情书啊？

陶坚强　（心在颤抖）老同学，没想到这封情书你一直保留了那么多年……

马丽亚　是的，我一直珍藏着这一份纯洁的友谊，一个美丽的童话。

陶坚强　——老同学！（激动地拥抱）

同学们　（欢呼）耶——

吴　迪　马老师，你们的友情太珍贵了，你让我懂得人活着不仅仅只是为了求得异性的关爱。

章可立　那天家访时马老师见到我爷爷——当年排队买刀切馒头的邻居、现在的痴呆老人时，老师掉泪了，这是真心的泪，那是对爱的回报。

宋茜茜　同学们，家长们，我们都不要把男生和女生的友爱一律贴上"早恋"的标签，并设置人为的心理障碍。

豆小葱　也许我永远成不了名人，但我一定要做个好人。

胡晓甜　我看到了面对生活的坚强，看到了人世间无处不在的大爱和博爱。

马丽亚　陶伟你还看到了什么？

陶　伟　我看到了更珍贵的是诚信和宽容，爱一个人就要为她承担责任。同学们，我们已经十七岁了，我们已经有了自己的肩膀，无论明天会遇到什么，我们都将勇敢面对。

马丽亚　孩子们，你们还看到了什么？

同学们　蓝天，白云，阳光！

陶坚强　还有小鸟。

马丽亚　（真情激荡）孩子们，在你们一双双眼睛里，我看到了自己的影子，以往的过错和历经的坎坷。在一声声键盘的敲击中，我又让学生看到了我坚持了30年的执著。今天，一个曾经被学校开除的学生又重新回归母校，回到了梦开始的地方。同学们，请用掌声给我一点鼓励。

〔同学们含着热泪报以热烈的鼓掌。

马丽亚　同学们！21世纪的暴风雨已经来临，你们将面对各种挑战！让我们珍惜美好的青春，感谢和谐的社会，拥抱伟大的时代。同学们，让我们一起勇敢地奔跑吧！

〔歌舞交响《奔跑》：

——儿童剧《青春跑道》

奔跑奔跑,充满着智慧活力的奔跑,
勇敢地跨越,前面的障碍和困扰。
奔跑奔跑,紧盯着追求卓越的目标,
年轻的中学生,在奔跑中长大长高。
奔跑奔跑,在青春的跑道上,奔跑
……

# 木偶剧

**精品提名剧目·人偶戏**

# 鹿回头

编剧 王勇 孙凯

**时间**

很久很久以前。

**地点**

海南岛。

**人物**

阿　月（花鹿）　美丽、善良、多情的鹿姑娘。

阿　凯　正直、勇敢的黎族青年猎手。

阿　娇　热情、大方、敢恨敢爱的黎族姑娘，峒主的女儿。

峒　主　黎族头人，阿娇的阿爸。

阿　良　黎族青年。

椰　仔　黎族青年。

阿　汪　阿凯的猎犬，忠实的朋友。

哼哼爷　五指山中的山猪，修炼成妖，无恶不作。

麋鹿、坡鹿、斑鹿等八个鹿姐姐

鹦哥、山猴等动物朋友

黎族少女若干人

黎族青年若干人

肥头猪、尖嘴猪、大耳猪、短脚猪等小猪喽若干头

————人偶戏《鹿回头》 〉〉〉〉〉

一

〔五指山中。

〔清晨，薄雾飘浮……

〔远远地，原始、朴素的黎歌隐隐约约地传来，似乎正在述说着一个美丽动人的故事……

〔花鹿的剪影，仰头望天，发出长长的一声"呜……哟……"一片云飘过，花鹿踢了踢脚；又一片云飘过，花鹿回颈梳理毛发……

〔雾，渐渐散去……

〔蓝天、白云；青山、绿水。

花　鹿　（唱）春到了！

〔麋鹿从花丛里露出脑袋。

麋　鹿　（接唱）花开了！

花　鹿　（唱）春到了！

〔坡鹿从岩石后闪出。

坡　鹿　（接唱）草绿了！

花　鹿　（唱）春到了！

〔斑鹿从树后跃出。

斑　鹿　（接唱）水暖了！

花　鹿　（唱）春到了！

〔山猴从高枝上荡下来。

〔鹦哥在空中盘旋。

山猴
鹦哥　（接唱）风柔了！

花　鹿　（唱）春到了！

　　　　〔五只鹿姐姐一蹦一跳地跃上。

鹿姐姐　（接唱）槟榔熟了！

众　　　（齐唱）春到了！

花　鹿　（唱）来到我们的家，
　　　　　　　天之涯，海之角，
　　　　　　　五指山高又高，
　　　　　　　彩云飘啊飘，
　　　　　　　彩云不见了，
　　　　　　　山鹿过山腰。

麋　鹿　（唱）春到了，

花　鹿　（唱）花开了；

坡　鹿　（唱）春到了，

花　鹿　（唱）草绿了；

斑　鹿　（唱）春到了，

花　鹿　（唱）水暖了；

鹦哥
山猴　（唱）春到了，

花　鹿　（唱）风柔了；

鹿姐姐　（唱）春到了，

花　鹿　（唱）槟榔熟了！

众　　　（合唱）春到了，
　　　　　　　带来了欢乐，
　　　　　　　带来了欢笑。

　　　　〔群鹿嬉笑着，在草地上、花丛里戏耍……

　　　　〔花鹿低头不语，显得闷闷不乐，独自走到一边。

———人偶戏《鹿回头》

麋　鹿　花鹿妹妹，你怎么了，不高兴了？
花　鹿　麋鹿姐姐，我……
坡　鹿　花鹿妹妹长大了，都已经有心思了！
花　鹿　坡鹿姐姐，你……
斑　鹿　心思！什么心思？花鹿妹妹，你说来听听！
花　鹿　斑鹿姐姐，我……我没、没有！
斑　鹿　没有？没有你脸红什么？看哪，花鹿妹妹脸红了！
群　鹿　花鹿妹妹，你说！说呀！
　　　　〔山猴抓长藤，从这头荡到那头。
山　猴　我知道！我知道！
　　　　〔鹦哥扑腾着翅膀，在空中盘旋。
鹦　哥　花鹿想阿哥！花鹿想阿哥！
群　鹿　哦，原来花鹿妹妹想阿哥了！
花　鹿　我！（害羞地）鹦哥，你！你坏！你坏！（转身追打着鹦哥……）
麋　鹿　花鹿妹妹，你是不是真想阿哥了！
山　猴　是啊！是啊！
　　　　〔鹦哥飞下，花鹿追下。
斑　鹿　花鹿妹妹，你别跑！
群　鹿　花鹿妹妹！
　　　　〔群鹿和山猴追花鹿下。
　　　　〔一阵妖风起，音乐突变。
　　　　〔短脚猪一边敲锣，一边吆喝着上；紧随其后的是肥头猪和大耳猪一颠一颠地抬着晃晃悠悠的轿子上；轿子上躺着哼哼唧唧的哼哼爷；尖嘴猪手拿巨大的葵叶在一侧为哼哼爷掌扇。
众　　　猪爷，你坐好了！
哼哼爷　（哼哼地）猪孙子！
猪　喽　哎！
哼哼爷　轿子抬稳了！

猪　喽　好嘞!
哼哼爷　(唱)摇啊摇,
　　　　　　摇出山猪妖。
　　　　　　颠啊颠,
　　　　　　颠出哼哼爷。
肥头猪　(接唱)又懒又馋多福气,
大耳猪　(接唱)又贪又脏多可爱,
尖嘴猪　(接唱)又肥又胖多美丽,
猪　喽　(合唱)我们是山猪!
　　　　　　快活的山猪!
　　　　　　可爱的山猪!
尖嘴猪　哼哼爷下轿喽!
　　　〔猪喽一边放下轿子,一边吆喝。
短脚猪　最强悍的猪下轿喽!
肥头猪　最威武的猪下轿喽!
大耳猪　最温柔的猪下轿喽!
猪　喽　最最最……
尖嘴猪　最漂亮的猪下轿喽!
哼哼爷　(长叹一口气)唉!
　　　〔猪喽围上前,为哼哼爷又捶腿又捶背又摇葵扇。
尖嘴猪　(嗲声嗲气地)哼哼爷啊,你是最帅、最酷、最性感的猪!有什么烦心事呀?
哼哼爷　(唱)事事都如意,
　　　　　　只缺美娇妻。
尖嘴猪　(搔首弄姿地)哦!哼哼爷,我不是在你身边吗?
哼哼爷　蠢猪!
　　　〔"啪"的一声,哼哼爷一巴掌打在尖嘴猪的嘴巴上。
尖嘴猪　(捂着嘴巴)哎哟!我的爷啊!你打得好,可你不该打我漂亮的

———人偶戏《鹿回头》 >>>>>

　　　　　　嘴巴呀！你看我漂亮的长嘴巴多么的美啊！

哼哼爷　住嘴！

　　　　　　〔"啪"的又是一声，哼哼爷又是一巴掌打在尖嘴猪的嘴巴上。

尖嘴猪　哎哟，我的猪爷呀！他不在想我，在想别人！呜……

哼哼爷　不许哭！

　　　　　　〔尖嘴猪捂着嘴巴不敢再哭。

　　　　　　〔肥头猪、大耳猪和短脚猪嘻嘻直笑。

哼哼爷　不许笑！

　　　　　　〔肥头猪、大耳猪和短脚猪捂住嘴不敢再笑。

　　　　　　〔突然，哼哼爷抽了抽鼻子，似乎闻到什么气味。

　　　　　　〔猪喽们学哼哼爷的样子，也抽了抽鼻子。

哼哼爷　我好像闻到鹿的气味了。

猪　喽　鹿！鹿在哪儿？在哪呀？

哼哼爷　嘘！

猪　喽　嘘！

　　　　　　〔哼哼爷一挥手，示意躲起来。

　　　　　　〔猪喽散去，藏入花丛里，隐入椰树后。

哼哼爷　花鹿啊花鹿，这一回，你跑不了了！

　　　　　　〔哼哼爷旋转起来……一团烟雾腾起，烟雾散去，哼哼爷已经消失了。

　　　　　　〔鹦哥飞上，花鹿追上。

花　鹿　鹦哥，你别飞啊！看我不封上你的嘴！

鹦　哥　花鹿想阿哥！羞！羞！羞！（一边飞，一边喊，飞下）

　　　　　　〔花鹿追不上鹦哥，气得直跺脚。

花　鹿　鹦哥！你，你！你气死我了！

　　　　　　〔突然，一团烟雾腾起，烟雾散去，哼哼爷出现在花鹿面前。

哼哼爷　哈哈！

花　鹿　（惊叫）啊！

〔花鹿转身欲走,短脚猪从树后跳出,挡住花鹿的去路。花鹿再走,肥头猪从花丛里跃出,挡住了她的去路。最后,猪喽们将花鹿团团围住。

哼哼爷　（嬉笑着）哦,花鹿!我又见到你了!我真是太幸福了!我的好花鹿!

（唱）美丽的姑娘千千万,

　　　　不如花鹿你漂亮,

　　　　白天想你没胃口,

　　　　吃饭吃不香。

　　　　夜里想你睡不着,

　　　　睁眼到天亮。

　　　　今天见到你,

　　　　腿软心发慌。

　　　　山猪做新郎,

　　　　花鹿做新娘。

　　　　马上入洞房,

　　　　山猪如愿偿。

哈哈哈……

〔哼哼爷左手捧出一束鲜花,右手又捧出一束鲜花,硬塞给花鹿。

花　鹿　（唱）你休想!

　　　　西边不会出太阳!

　　　　你做梦,

　　　　白天不会有月亮!（花鹿将哼哼爷硬塞来的一束束鲜花,一一扔在地上）

〔尖嘴猪捡起鲜花。

尖嘴猪　哦,多美的花呀!你不要,我要!我全要!

哼哼爷　花鹿,你不要敬酒不吃吃罚酒。

〔鹦哥飞来。

———人偶戏《鹿回头》 〉〉〉〉〉

鹦　哥　（唱）癞哈蟆想吃天鹅肉。
　　　　　〔山猴抓长藤荡下来。
山　猴　（唱）乌鸦也想配凤凰。
　　　　　〔众鹿上。
众　鹿　（合唱）瞧你那模样，
　　　　　　　鲜花怎能插在牛粪上？
哼哼爷　猪孙子们，抢啊！
　　　　　〔哼哼爷嚎叫一声，跃起，扑向花鹿，花鹿躲闪。
众　鹿　花鹿妹妹，我们来帮你！
　　　　　〔鹿姐姐想上前去救花鹿，被猪喽们缠住。
麋　鹿　花鹿妹妹，小心！
　　　　　〔哼哼爷再次扑向花鹿。
　　　　　〔鹦哥在空中盘旋……
鹦　哥　危险！危险！
　　　　　〔山猴在树林间荡来荡去。
山　猴　小心！小心！
　　　　　〔哼哼爷跃起，抓住了花鹿，仰脖嚎叫。
哼哼爷　哈哈哈……
　　　　　〔花鹿哀鸣。
花　鹿　呜……哟……
众　鹿　（惊呼地）花鹿妹妹！
　　　　　〔突然，一声犬吠，阿汪出现在一块岩石上，紧接着，阿凯头系红巾，手持弓箭，跃立在岩石上。
阿　凯　阿汪，上！
　　　　　〔阿汪纵身跳下岩石，扑向哼哼爷。
　　　　　〔哼哼爷一边与阿汪搏击，一边抓住花鹿不放。
　　　　　〔阿凯张弓搭箭，一箭正中哼哼爷的屁股。
哼哼爷　哎哟！（大叫一声，摔趴在地上）

猪　喽　哼哼爷！
　　　　〔猪喽去扶哼哼爷。
尖嘴猪　（吹捧地）哼哼爷威武！哼哼爷厉害！
哼哼爷　厉害个屁！
　　　　〔"啪"的一声，哼哼爷一巴掌打在尖嘴猪的嘴巴上。
尖嘴猪　哦，我漂亮的嘴巴！
哼哼爷　快跑！
　　　　〔短脚猪、肥头猪和大耳猪扶哼哼爷溜下。尖嘴猪随下。
　　　　〔山猴喜不自禁，在树林间跳跃。
山　猴　山猪跑了！山猪跑了！
鹦　哥　阿凯勇敢！阿凯勇敢！
　　　　〔阿汪冲花鹿直叫。
　　　　〔阿凯箭步奔下岩石，追花鹿而去。
麋　鹿　花鹿妹妹，快跑！
　　　　〔花鹿随鹿姐姐朝远处跑去。
阿　凯　阿汪，追！
　　　　〔阿凯带阿汪追赶群鹿。
　　　　〔群鹿四处奔逃。
　　　　〔花鹿在前面奔跑，阿凯在后面追赶。
　　　　〔花鹿穿过椰树林，阿凯追过椰树林。
　　　　〔花鹿穿过槟榔园，阿凯追过槟榔园。
　　　　〔花鹿越过万泉河，阿凯追过万泉河。
　　　　〔花鹿来到天涯海角，阿凯追到天涯海角。
　　　　〔花鹿站在天涯海角边，前面是海浪滔天，已经无路可走。
　　　　〔阿凯张弓搭箭，欲射花鹿。
　　　　〔阿汪直叫。
　　　　〔猛地，花鹿回头，把目光投向阿凯。
　　　　〔一团烟雾腾起……待烟雾散去，花鹿已经化作一个漂亮、清纯

——人偶戏《鹿回头》

的黎族少女。

〔阿凯一震,不由放下了弓箭,呆呆地看着黎族少女。

〔幕内响起《鹿回头》主题歌,深情而悠长:

　　鹿回头,

　　回头看不够。

　　迷离的目光幽幽,

　　几多无奈流?

　　弓箭放下手,

　　心儿也颤抖。

　　天涯海角走,

　　恋家回回头。

　　山回头,

　　海回头,

　　鹿回头,

　　回头心儿留。

〔灯渐暗。

## 二

〔五指山下。

〔木棉花盛开的山坡上,山溪水潺潺流淌……

〔"三月三"这一天的早晨——

〔峒主站在高处,张开双臂,拥抱着冉冉升起的旭日。

峒　主　(唱)呜……

　　太阳出大海,

　　爬上五指山。

　　上天的祖先,

　　恩泽撒人间。

　　　　　相约在春天，

　　　　　相会"三月三"！

　　　　　唱吧！

　　　　　唱出黎人的心愿，

　　　　　这里是我们的乐园。

　　　　　跳吧！

　　　　　跳出黎人的祈盼，

　　　　　幸福安宁永远。

　　　　鼻箫吹起来，叮咚敲起来！唱吧！跳吧！

　　　　〔幕内伴唱：

　　　　　想与妹相配，

　　　　　愿同哥比飞，

　　　　　两心相牵引，

　　　　　歌儿就是媒。

　　　　〔一群黎族少女手持葵叶半遮着脸上。

　　　　〔歌声里，黎族少女们翩翩起舞……

　　　　〔阿凯与阿良、椰仔等黎族小伙子们分头上，看阿娇等姑娘们舞蹈，欢呼起来。

　　　　〔阿娇骑水牛上。

峒　主　（唱）哎嘹……

　　　　　日头落山随它落，

　　　　　不唱山歌不快乐。

　　　　　好调弹起不会厌，

　　　　　好歌唱来不嫌多。

阿　良　峒主唱得好不好？

　众　　（欢呼地）好！再唱一个！

峒　主　不行嘹！不行嘹！

阿　娇　阿爸，你唱得真好！

——人偶戏《鹿回头》

峒　主　哈哈，孩子啊，你阿爸年轻的时候还是歌王呢！老了，现在就看你们年轻人了。我刚才只是开个头，在三月三这个好日子里，你们就尽情地唱吧！

阿　娇　（唱）哎喽……

　　　　　　长大不曾做过篮，

　　　　　　不知几多竹篾编？

　　　　　　篮口不知哪样结，

　　　　　　不知哪样结成篮？

　　　　〔阿良与椰仔相互争先。

阿　良　我来！

椰　仔　我来！

阿　良　还是我来吧！

　　　　（接唱）哎喽……

　　　　　　山里荫荫好种竹，

　　　　　　竹尾弯弯来做篮，

　　　　　　做篮不忘结个耳，

　　　　　　送给情妹洗衣衫。

阿　娇　（又羞又气地）谁是你的情妹了！你……

　　　　〔"哦！"阿良、椰仔等小伙子们兴奋地欢呼起来。

　　　　〔阿娇与姑娘们交头接耳。

阿　娇　好！你们听好了！

　　　　（唱）哎喽……

　　　　　　两个妹子坐并排，

　　　　　　哪个高矮哪个乖？

　　　　　　谁是姐来谁是妹？

　　　　　　要你给我认出来。

　　　　〔阿良、椰仔等小伙子们一怔，相互推让。

阿　良　你来！

椰　仔　你来！你来！

阿　娇　对不上了吧！你们输了！

〔阿娇和姑娘们哄笑。

阿　良　阿凯，你上！

椰　仔　对！阿凯，上！我们可不能在女人面前丢了男人的面子。

　众　　阿凯，上！上啊！

〔众人将阿凯推上前。

阿　凯　好，我来对！

（唱）两个妹子坐并排，

难分高矮难分乖，

难分姐来难分妹，

原来一对双胞胎。

阿　良　哦，对上了！对上了！

椰　仔　喂，阿娇，还有什么歌，你都唱出来吧！

　众　　（起哄地）哦！哦！

阿　凯　（唱）哎……

想要抽烟没有火，

想吃槟榔没有灰，

想吃酒来没人陪，

想要交友没有媒。

阿　娇　我……

阿　良　哦，对不上了！

椰　仔　阿娇输了！输了！

阿　娇　我……我……（又气又急地直跺脚）

〔幕内传来花鹿（阿月）的歌声：

哎……

哥抽烟来妹送火，

〔众人为之一震，循声望去。

〔阿凯又惊又喜,寻找对歌人。

〔歌声中,花鹿(阿月)上。

花　鹿　(接唱)哥吃槟榔妹送灰,

　　　　　　　哥吃酒来妹作陪,

　　　　　　　哥想交友妹做媒。

众　　　好!对得好!

花　鹿　(唱)哎……

　　　　　　　哥看妹来妹看哥,

　　　　　　　中间隔着一条河。

阿　凯　(唱)阿妹唱歌把哥叫,

　　　　　　　竹排做船过大河。

花　鹿　(唱)阿哥上山又上岭,

　　　　　　　山岭砍柴做什么?

阿　凯　(唱)造起风车给妹坐,

　　　　　　　架起大桥给妹过。

众　　　(齐呼)好啊!

〔阿凯走向花鹿(阿月);花鹿(阿月)走向阿凯。

〔幕内伴唱:

(男声)好像在做梦,

　　　　又见天涯海角人。

(女声)是梦不是梦,

　　　　又见心上人。

阿　凯　姑娘,不知姓名的姑娘啊!

　　　　(唱)你像凤凰花一样好看,

花　鹿　(唱)你像椰子树一样强壮。

阿　凯　(唱)眼睛那么明亮,

花　鹿　(唱)心地那么善良。

阿　凯　(唱)苗条的身材像玉立的槟榔,

花　鹿　（唱）强壮的身板挡得住风浪。

阿　凯　（唱）可爱的阿妹，

　　　　　　　你就像一股山泉，

　　　　　　　从心中流过。

花　鹿　（唱）善良的阿哥，

　　　　　　　你就像一颗星星，

　　　　　　　闪烁在心上。

众　　　（合唱）阿哥阿妹两岸瞧，

　　　　　　　中间隔着河一条，

　　　　　　　情歌起落心相交，

　　　　　　　歌做竹排口搭桥。

　　　　　〔阿凯与花鹿渐渐走近。

阿　凯　美丽的姑娘，你是谁？

花　鹿　我是……我……

阿　凯　从哪里来？

花　鹿　天涯海角来。

阿　凯　叫什么名字？

花　鹿　我叫……叫……（看见天边的月亮，灵机一动）叫阿月。

阿　凯　阿月！多好听的名字！

阿　娇　哼！

峒　主　阿月姑娘，远方的客人，你就留下吧！

阿　娇　（制止地）阿爸，她来路不明，她……

峒　主　岛上黎人一家亲！阿月姑娘。

　　　　（唱）风啊，

　　　　　　　刮个不止，

　　　　　　　雨啊，

　　　　　　　下个不停。

　　　　　　　远方的客人住下吧！

——人偶戏《鹿回头》 〉〉〉〉〉

    住它一整月，

    住它一整年，

    住它一辈子，

    与我长做一峒人。

阿　月　谢谢峒主！可是我……我不能留下！

阿　凯　阿月！

峒　主　阿月姑娘，你……

阿　娇　阿爸，人家不想留就不留呗！

   〔阿月下。

阿　凯　阿月姑娘！（欲追）

阿　娇　阿凯哥！你回来！（拉住阿凯）

   〔一黎族猎手喊着"峒主"，跑上。

猎　手　峒主，不好了！有山猪窜进了黎峒。

峒　主　吹起牛角号，擂起鹿皮鼓，召集黎峒人，迎击山猪。

   〔牛角号响起："呜……"

   〔阿凯等猎手们头戴面具，在鹿皮鼓声中，在牛角号声中，跳起"狩猎舞"……

   〔灯暗。

## 三

   〔逍遥洞里。

   〔阴风森森，鬼火点点。

   〔哼哼爷闷着头，大碗喝酒。

   〔尖嘴猪领舞，肥头猪和大耳猪伴舞，跳起笨拙、滑稽的猪舞蹈。

   〔尖嘴猪在哼哼爷面前献媚地舞蹈，极尽挑逗之能。

   〔哼哼爷推开尖嘴猪。

   〔突然，哼哼爷将酒碗掼在地。

哼哼爷　好啦!

猪　喽　猪爷!

〔猪喽战战兢兢地站在一边,不敢说话。

〔哼哼爷在呻吟。

〔尖嘴猪小心地上前。

尖嘴猪　猪爷,你怎么了?

哼哼爷　我病了,病得都快死了!

尖嘴猪　哎哟,我的哼哼爷,你快别这么说,你到底什么地方不舒服呀?

哼哼爷　我全身都不舒服!我心里烦!我心里苦!我不高兴!我想……

尖嘴猪　哼哼爷!

〔尖嘴猪凑到哼哼爷跟前,顺势躺到哼哼爷怀里。

哼哼爷　瞧你那猪德性!滚!

〔"啪",哼哼爷一巴掌将尖嘴猪打得在空中翻了几个跟斗,摔在了地上。

尖嘴猪　(哇哇大哭)真是好心没好报!

肥头猪、大耳猪　猪爷打得好!猪爷英明!

哼哼爷　(哭)呜……哼哼!呜……

猪　喽　猪爷,你到底怎么了?

哼哼爷　我……我想花鹿哪!花鹿,我要你!我要你!

〔哼哼爷在逍遥洞里疯也似地奔跑,见什么砸什么,抓住猪喽就打,就推,就扔……

哼哼爷　花鹿,你在哪儿?

肥头猪　猪爷,你看看不就知道了!

哼哼爷　对啊!(走到一块魔石前,嘴里一边念念有词,一边在魔石上挥动着手掌)金木水火土!金木水火土!

〔魔石神奇地亮起来……

〔灯暗转。

## 四

〔夜。

〔一镰弯月悬挂天宇。

〔槟榔园。

〔花鹿在槟榔园里独自徘徊、惆怅。

〔幕内伴唱：

美丽的花鹿，

你在想什么？

可爱的花鹿，

为什么不快活？

花　鹿　（唱）黎家的欢乐，

穿过我心窝，

那不属于我，

我心里好寂寞。

〔幕内伴唱：

啊……

思念有一筐，

无奈有一箩。

〔麋鹿、坡鹿、斑鹿等鹿姐姐上。

麋　鹿　花鹿妹妹，从黎峒回来后，你就一直闷闷不乐，到底有什么心事？

花　鹿　我……

斑　鹿　我知道！花鹿妹妹还在想……

坡　鹿　想什么？

斑　鹿　想阿哥是不是？

花　鹿　斑鹿姐姐，你们瞎说什么呀！

麋　鹿　妹妹，看你闷闷不乐的样子，到底有什么心事？

花　鹿　我……

斑　鹿　说呀！说呀！

花　鹿　姐姐！

　　　　（唱）听啊，

　　　　　　他们唱得多开心，

　　　　　　像大海扬波。

　　　　　　看啊，

　　　　　　他们跳得多快活，

　　　　　　像白云飘过。

　　　　　　我不能跟他们一样跳舞，

　　　　　　不能跟他们一样唱歌。

　　　　　　只有默默的月亮，

　　　　　　悄悄陪伴我。

〔幕内伴唱：

　　　　　　一条无形河，

　　　　　　人鹿两相隔。

麋　鹿　（担心地）花鹿妹妹，你千万别自寻烦恼呀！要知道，人有人的欢乐，鹿有鹿的欢乐。人有人的生活，鹿有鹿的生活。做人也有做人的难处呀！

坡　鹿　是啊，妹妹，难道你不想做鹿，想做人？

斑　鹿　好啊！好啊！花鹿妹妹能变成人，那她就可以和自己喜欢的阿哥在一起了！妹妹，你一定想跟阿凯在一起是不是？

花　鹿　（激动地）阿凯！

〔这时，远远地传来鹿皮鼓声……

〔鹿姐妹隐去。

〔短脚猪与一伙山猪逃窜而上。

〔阿凯等黎族猎手手持弓、矛、叉上。

———人偶戏《鹿回头》

〔猎手们在鹿皮鼓声中，围、追、堵、截，捕杀山猪……

〔短脚猪被阿凯射中脚，一瘸一瘸地逃下。

〔其余的山猪被一一杀死。

〔阿凯吹起牛角号。

阿　凯　伙伴们，山猪已被捕杀，回峒。

〔猎手们扛着山猪下。

花　鹿　（深情地呼唤）阿凯哥……

（唱）阿凯哥，

你可听见我心跳？

像小鹿撞心窝。

阿凯哥，

我有话对你说，

话比星星还要多。

阿凯哥，

多想牵你手，

阿哥阿妹来对歌。

阿　凯　（唱）想要抽烟没有火，

想吃槟榔没有灰，

想吃酒来没人陪，

想要交友没有媒。

花　鹿　（唱）哥抽烟来妹送火，

哥吃槟榔妹送灰，

哥吃酒来妹作陪，

哥想交友妹做媒。

〔花鹿想牵阿凯的手，阿凯像云一样飘去……

花　鹿　（接唱）多动听的歌，

一人唱来一人和。

可惜我是一只鹿，

人鹿不能和。

我要做个人,

从太阳升唱到太阳落;

我要做个人,

从月上山跳到月下坡。

呜……哟……(哀鸣着,一次次仰起身子,又一次次地匍匐在地上)

〔众鹿上。

众鹿、槟榔树、石头、百花 (齐唱)

去吧!

可爱的花鹿,

去唱吧!

从太阳升唱到太阳落;

去吧!

多情的花鹿,

去跳吧!

从月上山跳到月下坡。

〔众鹿、槟榔树、石头和百花将花鹿围起,旋转着……

〔一团烟雾腾起……待烟雾散去,一个亭亭玉立的黎族少女出现在眼前。

众　　花鹿!花鹿妹妹!

花　鹿　姐姐!我的好姐姐!

〔从幕内传来阿凯的呼喊:阿月姑娘,你在哪儿?

〔鹦哥在空中盘旋。

鹦　哥　阿凯来了!阿凯来了!

花　鹿　(惊喜地)阿凯!

〔阿凯上。

阿　凯　阿月姑娘!总算找到你了!

———人偶戏《鹿回头》

阿　月　阿凯!

阿　凯　我还以为再也见不到你了!

阿　月　你这不是见到了吗?

阿　凯　留下来吧!留下来吧!

阿　月　阿凯!

阿　凯　阿月!

〔幕内伴唱:

弯弯月亮两头尖,

又似镰刀又似船;

是镰莫割连心线,

是船载我到河边。

〔阿凯和阿月渐渐走向对方……

〔灯暗转。

## 五

〔逍遥洞里。

〔哼哼爷一边疯也似地砸着魔石,一边大喊大叫。

哼哼爷　不!不!不!花鹿是我的!是我的!我受不了!

〔哼哼爷在地上翻滚……

〔短脚猪一瘸一瘸地上。

短脚猪　猪爷,完了,全完了!

〔哼哼爷平静下来,瘫坐在石椅上,哼哼唧唧。

短脚猪　我们趁着天黑,悄悄地溜进了黎峒,左看看,右瞧瞧,一个人也没有,都唱歌跳舞去了,真是太好了,这个时候不偷,还等什么时候?我们本来是想偷几头牛啊羊啊,回来好孝敬哼哼爷,没想到被人发现了。他们用箭射我们,用叉打我们,跟我一起去的猪弟兄全被打死了!多亏我溜得快,我……

哼哼爷　好啊！好啊！花鹿，阿凯，还有山下的黎人们，你们别得意得太早，等着吧！用不了一两天，我哼哼爷的妖术就大功告成了！到了那个时候，我就会像天狗一样把月亮吃下去。没有了月亮，看你们怎么唱？怎么跳？怎么笑？花鹿啊，你迟早还是我哼哼爷的！哈哈哈……哼哼……哈哈哈……

猪　喽　猪爷威风！猪爷英明！哼哼……哼哼……

〔突然，哼哼爷的笑声戛然而止。

哼哼爷　你们都过来！

〔猪喽们围聚在哼哼爷身边。

〔哼哼爷对猪喽们耳语。

〔灯暗。

# 六

〔夜。

〔椰林。

〔幕内伴唱：

　　挂哥挂悠悠，

　　挂哥如同灯挂油，

　　挂哥如同星挂月，

　　挂哥如同鱼挂水，

　　水悠悠，

　　心悠悠。

〔歌声中，阿娇牵水牛上。

阿　娇　（唱）老水牛，

　　　　　　我的好朋友，

　　　　　　一个结在心尖，

　　　　　　听我对你说。

　　　　　　白天下地想阿哥，

　　　　　　夜里织锦想阿哥，

　　　　　　想在心窝窝。

　　　　〔水牛"哞哞"直叫。

阿　娇　（接唱）老水牛，

　　　　　　我的好朋友，

　　　　　　一个结在心尖，

　　　　　　听我对你说。

　　　　　　一天三次想阿哥，

　　　　　　三次为他泪水落，

　　　　　　落在心窝窝。

　　　　〔水牛"哞哞"直叫。

阿　娇　（接唱）不想他做什么？

　　　　　　他给我放的迷药啊！

　　　　　　可真浓！

　　　　　　可真多！

　　　　〔哼哼爷上，见阿娇，悄悄藏匿在花丛里偷听。

阿　娇　老水牛，老水牛！我们从小一起长大，我大了，你却老了，可不管我心里想什么，你最清楚。

　　　　〔水牛"哞"地一声叫唤。

阿　娇　你猜，我心里想什么？

　　　　〔水牛"哞"地一声，摇头。

阿　娇　猜不着？你可真笨！我告诉你吧！（轻声地）我喜欢阿凯哥！

　　　　〔水牛"哞"地一声，又摇头。

阿　娇　可阿凯哥不喜欢我！他心里只有阿月，他的心早就被阿月勾去了！你说，我怎么办？怎么办呀？

　　　　〔水牛"哞哞"叫唤了几声。

阿　娇　我实在咽不了这口气，阿凯哥是我的，谁也不能把他从我身边夺走。

〔水牛"哞哞"地叫。

阿　娇　不行！我现在就去找阿凯。（欲走）

〔"哞……"水牛驻足不前。

阿　娇　老水牛，怎么了？

〔水牛又是一声"哞"叫，直摇头。

阿　娇　你不让我去，是吗？

〔"哞"，水牛一声叫唤。

阿　娇　老水牛，可是我……我想他呀！

〔阿娇抱着水牛的头抽泣。

〔水牛"哞哞"直叫。

〔哼哼爷从花丛里跳出来。

〔一股烟雾腾起……待烟雾散去，哼哼爷变成了阿凯。

哼哼爷　（咳了一声）阿娇！

阿　娇　（回头，不敢相信地）阿凯哥！

哼哼爷　你哭什么呀？

阿　娇　我……我哭不哭，用不着你来管！

哼哼爷　是不是想我呀？

阿　娇　谁想你了？

哼哼爷　你不想我，可我一直想着你呢！

阿　娇　（激动地）真的！（转念一想，又矜持地）谁信呀？你找阿月去呀！

哼哼爷　阿月？我根本不喜欢她！我心里只有你！

阿　娇　我不信！

哼哼爷　阿娇！

（唱）槟榔怀了孕，

　　　开花吐芬馨；

　　　结籽圆如蛋，

　　　蛋里生红仁。

　　　槟榔送阿妹，

　　　　　　树下来定亲。

　　　〔哼哼爷递给阿娇一个槟榔。

阿　娇　我……

　　　〔阿娇想接，又羞涩地背过身去。

　　　〔哼哼爷将槟榔硬塞给阿娇。

　　　〔阿娇头也不敢抬，背着身接过槟榔，羞得匆匆跑下。

哼哼爷　哈哈！哼哼！这个傻妹，一点儿都没看出我是假阿凯！哼哼。现在好了，让她接着想她的阿凯哥吧，我可要去会我的俏花鹿！哈哈，哼哼。哈哈，哼哼。哈哈，哼哼。哼哼……

　　　〔水牛"哞哞"怒叫，直向哼哼爷冲去。

　　　〔哼哼爷逃窜而下。

　　　〔水牛仰头长哞。

　　　〔灯暗。

## 七

　　　〔夜。

　　　〔黎峒。

　　　〔凤凰树下，一间船形屋——阿月的家。

　　　〔阿月在屋前织黎锦。

　　　〔幕内伴唱：

　　　　　纺啊纺，

　　　　　纺出一片彩霞，

　　　　　彩霞飘到海角天涯。

　　　　　织啊织，

　　　　　织出一座五指山，

　　　　　五指山下我的家。

　　　〔众鹿上。

〔鹦哥、山猴上。

众　鹿　花鹿！花鹿妹妹！

阿　月　姐姐！鹦哥、山猴，你们都来了！

〔阿月欣喜地与众鹿相会。

斑　鹿　花鹿妹妹，想死你了！

花　鹿　我也想姐姐。

坡　鹿　在人间好吗？

花　鹿　好！

麋　鹿　他们没欺负你吧？

阿　月　没有！姐姐，他们给我盖了茅寮，我就住在这种像船一样的房子里，这就是我的家，为我挡风，为我遮雨。

斑　鹿　妹妹，羡慕死你了！

阿　月　我真的很开心！很快活！

麋　鹿　花鹿妹妹，你高兴，姐姐们就放心了！

花　鹿　还有呢，我现在可以经常看见他了！

斑　鹿　（打趣地）他？他是谁呀？

〔远远地，一阵鼻箫声传来……

鹦　哥　阿凯！阿凯！

众　鹿　他来了！

花　鹿　姐姐！

〔花鹿羞得转身进了屋，顺手把门关上，背身顶着门。

〔众鹿、鹦哥和山猴"嘻嘻"笑着，散开。

〔幕内伴唱：

　　　上山砍竹做鼻箫，

　　　鼻欲吹箫心里焦，

　　　心焦无妹来陪伴，

　　　一连吹曲十二条。

〔阿凯吹着鼻箫上。

——人偶戏《鹿回头》

鹦　哥　开门！开门！

山　猴　阿凯来了！

众　鹿　阿凯来了！

〔阿月欣喜，欲开门，又害羞地背靠屋门。

阿　凯　（唱）哎喽——

　　　　开门把情谈，

　　　　谈到田水干，

　　　　谈到泉流断，

　　　　谈到稻出全，

　　　　谈到小鸡大，

　　　　再把家来还。

〔众鹿、鹦哥和山猴在阿凯歌声中翩翩起舞……

〔阿月被阿凯的歌声吸引，转身欲开门。

〔麋鹿从暗处现身。

麋　鹿　花鹿妹妹，别！别开门！

阿　月　姐姐……

麋　鹿　阿凯在向你求爱呢！

阿　月　（又惊又喜地）真的？

麋　鹿　你知道黎族的风俗"夜游"吗？

阿　月　"夜游"？

麋　鹿　就是黎族阿哥在屋外唱歌，用歌声向屋里的黎族阿妹求爱，如果阿妹同意开门，就意味着阿哥阿妹永结同心，共枕同眠。

阿　月　我……

麋　鹿　花鹿妹妹，你别忘了，你是一只鹿，人和鹿终究是不能生活在一起的啊！你千万不要自寻烦恼！

阿　月　我……

〔麋鹿隐去。

〔山猴在门外上蹿下跳。

山　猴　花鹿开门！花鹿开门！

〔鹦哥在空中盘旋。

鹦　哥　阿凯进门！阿凯进门！

〔众鹿敲门。

众　鹿　开门！开门！

麋　鹿　不开！不开！

斑　鹿　花鹿妹妹，阿凯在外面等了很久了，你就开门让他进去吧！还等什么呀！

花　鹿　我……我怎么办呀！

〔阿汪"汪汪"直叫。

阿　凯　阿月！

（唱）每天寄你一箩依恋，

　　　每日送你一筐思念。

　　　爱你爱得多呀，

　　　常把树枝攀。

　　　爱你爱得多呀，

　　　呆望大河湾。

　　　爱你爱得多呀，

　　　独行溪水边。

　　　爱你爱得多呀，

　　　越想心越乱。

阿　月　（唱）每时对你的思念，

　　　——装满一筐。

　　　每刻对你的牵挂，

　　　——填满一箩。

　　　多少话不能说，

　　　都藏在心窝窝。

　　　大门想开不能开，

——人偶戏《鹿回头》

　　　　　别怪我——

　　　　　　我的好哥哥。

阿　凯　阿月，我走了！

阿　月　阿凯哥！

鹦　哥　走啦！走啦！

山　猴　开门！开门！

阿　月　你……

　　　　〔阿凯一步三回头。

阿　凯　我走了！

众　鹿　花鹿妹妹，阿凯真的要走了！

阿　月　阿凯哥……

阿　凯　我走了！（转身下）

　　　　〔阿月打开门，冲出屋子。

阿　月　阿凯哥……（大声地呼喊，没有回应，不由黯然）

　　　　〔众鹿、鹦哥和山猴也都默默无语。

阿　月　（伤心地）他走了！真的走了！

　　　　〔变成阿凯的哼哼爷上。

哼哼爷　我来了！

鹦　哥　回来了！

山　猴　回来了！

众　鹿　阿凯回来了！

　　　　〔众鹿、鹦哥和山猴欢呼雀跃……

阿　月　（又惊又喜地）阿凯哥！

哼哼爷　花……阿月！

　　　　（唱）哎喽——

　　　　　　口干想喝水，

　　　　　　阿妹不用推，

　　　　　　有酒让哥醉，

　　　　　　　阿妹来相陪。
阿　月　（旁白）阿凯哥这是怎么了？他……
哼哼爷　阿月，唱啊！
阿　月　（唱）哎喽——
　　　　　　　这里有椰水，
　　　　　　　哥求我不推，
　　　　　　　请喝山兰酒，
　　　　　　　醉了妹相陪。
哼哼爷　（唱）哎喽——
　　　　　　　今日出门真幸运，
　　　　　　　遇见阿妹织筒裙，
　　　　　　　妹有筒裙日夜织，
　　　　　　　哥无情人日夜巡。
阿　月　（旁白）他是阿凯哥吗？怎么跟刚才有一些不一样了？
哼哼爷　阿月，对不上了吧！
阿　月　阿凯哥！
　　　　（唱）鹊鸟爱穿椰子林，
　　　　　　　椰子能甜鹊鸟心。
　　　　　　　妹做椰子叶下挂，
　　　　　　　单等阿哥来穿林。
哼哼爷　阿月！（情欲难耐，大喊一声，向阿月扑过去）
　　　　〔阿凯上。
阿　凯　阿月，我又回来了！
阿　月　（大吃一惊）阿凯！又一个阿凯！
　　　　〔阿凯与哼哼爷见面。
阿　凯　（一怔，不敢相信地）你！
哼哼爷　你是谁？
阿　凯　我就是阿凯。

———人偶戏《鹿回头》

哼哼爷　我才是阿凯。
阿　月　你说你是阿凯，他说他也是阿凯，你们俩到底谁是阿凯？
阿　凯　我是！
哼哼爷　我是！
　　　　〔鹦哥在空中盘旋。
鹦　哥　真阿凯？假阿凯？
山　猴　谁是真的？谁又是假的？
阿　凯　他是假的，我是真的！
哼哼爷　我是真的，他是假的！
众　鹿　让我们看看！
　　　　〔众鹿将阿凯和哼哼爷分开，左瞧右看，难辨真假，直摇头。
阿　月　（唱）哎喽——
　　　　　　　想要抽烟没有火，
　　　　　　　想吃槟榔没有灰，
　　　　　　　想吃酒来没人陪，
　　　　　　　想要交友没有媒。
　　　　阿凯哥，还记得我们第一次对的那首歌吗？
哼哼爷　我知道！我知道！
　　　　（唱）哎喽——
　　　　　　　想要抽烟自带火——
　　　　〔哼哼爷一转身，变出了一团火。
哼哼爷　（唱）想吃槟榔我有灰——
　　　　〔哼哼爷一扬手，从空中撒下一片灰土。
哼哼爷　（唱）想吃酒来你来陪。
　　　　〔哼哼爷又一个转身，变出了一个酒壶，仰脖喝了一口。
哼哼爷　（唱）想要交友不用媒。
　　　　〔哼哼爷追着阿月，阿月躲着哼哼爷。
阿　凯　（唱）哎喽——

1677

哥抽烟来妹送火，

哥吃槟榔妹送灰，

哥吃酒来妹作陪，

哥想交友妹做媒。

阿　月　阿凯！

阿　凯　阿月！

〔阿月朝阿凯奔去。

阿　月　你才是真的阿凯哥！

阿　凯　那他到底又是谁？

哼哼爷　我！哼哼。

鹦　哥　假的！假的！

〔众鹿及山猴将哼哼爷团团围住。

众鹿
山猴　（七嘴八舌地）说！你是谁！你到底是谁！

哼哼爷　我！哼哼！哼哼！

〔阿娇上。

阿　娇　阿凯哥！我到处找你呢！啊！怎么会有两个阿凯？你们……

山　猴　打假呀！打假阿凯！

〔众鹿及山猴打哼哼爷。

哼哼爷　谁敢打我！哼哼！

〔一股烟雾腾起……待烟雾散去，哼哼爷恢复原形。

众　　　啊！山猪妖！

哼哼爷　好啊！你们等着瞧！（逃窜而下）

众　　　哦！山猪妖跑了！跑了！

阿　娇　阿凯哥，这么说，槟榔不是你送给我的？

阿　凯　槟榔？我没有送你槟榔呀！

阿　娇　那……（羞辱地）天哪！（一扭头，捂着脸跑下）

阿　凯　阿娇！

———人偶戏《鹿回头》

阿　月　阿娇！

阿　凯　她怎么了？

〔阿良、椰仔等黎族小伙子和黎族姑娘上。

阿　良　阿凯、阿月，我们都来了！

椰　仔　我们来讨一杯喜酒喝！

众　　　哦！

〔众人将阿凯和阿月往一块推，一分开，又被推到一块。

阿　良　酒呢？喜酒呢？

〔阿月和阿凯抬出一坛酒。

阿　凯　酒来喽！

阿　月　让你们醉个够！

众　　　喝酒喽！喝喜酒喽！

〔众人轮番用吸管吸酒，醉得东倒西歪……

〔众鹿、山猴和鹦哥用吸管吸酒，也醉得东倒西歪……

〔幕内伴唱：

（领唱）芬香的山兰酒，

　　　　为什么人酿？

（合唱）芬香的山兰酒，

　　　　为有情人酿。

（领唱）长长的吸管哟，

（合唱）吸出浓浓的酒。

　　　　醉了月，

　　　　醉了人，

　　　　醉了心，

　　　　醉了情。

〔阿凯和阿月依偎在一起。

〔灯暗。

## 八

〔夜。

〔逍遥洞，妖雾弥漫。

〔哼哼爷背向而坐，正在修炼，浑身上下放红光……

〔尖嘴猪、肥头猪、大耳猪和短脚猪手持长予、大刀来回巡视……

肥头猪　我说，哼哼爷修炼，不吃不喝都一天了，他不会饿死吧！

尖嘴猪　饿死倒好了！

大耳猪　嘘……小声点儿，别叫哼哼爷听见了！

尖嘴猪　怕什么？我恨死他了！

短脚猪　你不是一直都崇拜哼哼爷吗？

尖嘴猪　以前是，现在不崇拜了！

大耳猪　你不是一直都喜欢哼哼爷吗？

尖嘴猪　可是他不喜欢我呀！他的心根本就不在我身上。你们看，他动不动就打我的嘴巴，我漂亮的尖嘴巴越来越短，越来越丑，都是他打的。

肥头猪　你这头懒猪，自从跟上了哼哼爷，吃香的，喝辣的，你知足吧！

尖嘴猪　懒猪？你骂我懒猪！哼，你比我还懒！怎么都叫你肥头猪？

尖嘴猪　你敢骂我！好啊，你去死吧！

〔肥头猪举枪向尖嘴猪刺去。

尖嘴猪　（尖叫一声）噢，你来真的了！好啊，来吧！反正我也不想活了！（举刀去挡）

〔肥头猪和尖嘴猪枪来刀往，你刺我砍，拼杀起来……

大耳猪
短脚猪　（起哄地）好啊！打得好啊！打啊！

〔这时，哼哼爷的身子像气球似的膨胀起来……

〔突然，一声巨响，火光冲天，山石崩裂。

〔尖嘴猪、肥头猪、大耳猪和短脚猪"啊"地狂叫一声,被震得飞上了天,又重重摔在地。

〔哼哼爷站在高处。

哼哼爷 (狂叫)我成功了!我修炼成功了!

〔四头小猪喽从地上爬起来,也狂呼乱叫起来。

哼哼爷 风啊!风从龙!来吧!

〔狂风起,飞沙走石……

小猪喽 不好啦!我飞起来了!

〔小猪喽在空中飞舞……

哼哼爷 雨啊!雨从虎!来吧!

〔黑雨落,滂沱倾注……

小猪喽 不好啦!涨水了!救命呀,我快淹死了!

〔小猪喽在水中沉浮,挣扎……

哼哼爷 月亮呢?月亮在哪儿?我要吃了它!吃了它!

〔哼哼爷在风雨中狂奔……下。

〔天边,一弯月牙。

〔一头硕大的山猪剪影,一张大嘴,渐渐地伸向月亮,一点儿一点儿吃月亮,最后,一口吞下了月亮。

〔天地一片黑暗。

〔一声炸雷响起,一道闪电划过。

〔风呼啸……

〔雨哗啦……

〔幕内无字伴唱:

　啊……

# 九

〔紧接前场。

〔五指山下。

〔天地一片黑暗、混沌。

〔峒主、阿凯、阿月、椰仔、阿良等黎人，以及阿娇牵水牛围聚在一堆篝火边。

〔幕内伴唱：

  啊……

  好黑好黑的天，

  不见天上月娘。

  山的儿子，

  海的女儿，

  迷失了方向！

峒　主　（唱）好黑好黑的天，

     不见天上月娘。

阿　月　（唱）歌声停歇了，

 众　　（合唱）没有了月光光。

阿　凯　（唱）舞蹈凝固了，

 众　　（合唱）没有了月光光。

阿　娇　（唱）笑容流失了，

 众　　（合唱）没有了月光光。

峒　主　（唱）风啊！

     不要吹走了月娘，

 众　　（合唱）让她回到我身旁。

峒　主　（唱）雨啊！

     不要淋湿了月娘，

 众　　（合唱）

     让她照在我心上。

     没有了月光光，

     我们失去了力量。

月娘啊！

我们呼唤你，

你在何方？

阿　凯　峒主啊，英明的峒主！天上没有了月亮，灾难降临在我们头上，现在怎么办？

众　　　峒主啊，充满智慧的峒主！怎么办？

〔峒主四处巡视，目光落在阿娇身边的水牛上。

峒　主　宰牛祭月！

〔鹿皮鼓响起……

〔火把在舞动……

〔水牛"哞哞"直叫，躲在阿娇身后。

〔阿娇用身子护着水牛。

阿　娇　阿爸！老水牛不能宰！

峒　主　月亮都没有了，你怎么还这么任性？

阿　娇　老水牛是我的好朋友，我！我舍不得！

峒　主　都什么时候了，舍不得也得舍！

阿　月　峒主，不宰牛不行吗？

峒　主　我也知道，牛是我们黎人最好的朋友，可我这样做，实在是没有别的办法！阿凯！

阿　凯　在。

峒　主　宰牛！

阿　凯　我……

峒　主　还不动手！

阿　凯　我……

峒　主　动手！

阿　凯　（痛心地）我……我宰！

〔鹿皮鼓"咚、咚、咚"响起……

〔阿凯一步步走向水牛。

〔"哞",水牛一声长叫。

阿　娇　不!阿凯哥,老水牛不能宰!

〔阿娇一把抱住了老水牛。

〔水牛又是一声哞叫,从阿娇身后走出来,老水牛将头亲密地贴在阿娇的脸上摩挲着。然后,它一步、一步退着走。

〔阿娇去抓水牛,水牛将阿娇顶回去。

〔阿娇抓住牛角不放。

阿　娇　老水牛!

　　　（唱）老水牛,

　　　　　我的好朋友,

　　　　　不要忘记我,

　　　　　一路慢慢走。（伤心地别过头去,慢慢地松开了手）

众　　老水牛!（围住老水牛）

众　　（合唱）老水牛,

　　　　　好朋友,

　　　　　一路慢慢走。

〔鹿皮鼓声中,水牛仰头一声长哞……

阿　月　等等!水牛不能宰!

〔阿月冲上前,一把抱住水牛。

阿　月　（唱）老水牛,

　　　　　好朋友,

　　　　　留下来不要走,

　　　　　相伴到永久!

众　　（合唱）老水牛,

　　　　　好朋友,

　　　　　留下来不要走,

　　　　　相伴到永久。

〔"哈哈哈……"幕内传来哼哼爷的狂笑声,紧接着,哼哼爷从天

——人偶戏《鹿回头》

而降，悬空而立。

众　　（大吃一惊）啊！

哼哼爷　谁说水牛不能宰？都是我的！连月亮都是我的！

峒　主　你是……

哼哼爷　我，哼哼爷！月亮就是我吃的！是我吃的！

阿　凯　山猪妖！

阿　月　又是它！这可恶的东西！

哼哼爷　（不可一世）我就是五指山的主宰，你们都是我的臣民！听清楚了吗？

峒　主　哼哼爷，请把月亮还给天空！把月光还给我们吧！

哼哼爷　把月亮还给你们？好啊！你们求我呀！求呀！

峒　主　你能把月亮还给我们，我给你跪下了！（跪倒在地）

哼哼爷　就你一个人跪吗？他们呢？

峒　主　为了天上的月亮，为了黎峒的安宁，大家都跪下吧！

〔众人黑压压地跪倒在地。

〔阿凯、阿月站着不动。

峒　主　阿凯、阿月，还不跪下！

阿　凯　我不跪！

阿　月　对！不能跪！站起来！大家都站起来！

哼哼爷　好啊！阿月，我喜欢你这个样子！不过，你们听好了，从现在起，你们乖乖地把牛送来孝敬我。还有，我要一个老婆，这个老婆嘛，那就是……

峒　主　谁？

哼哼爷　阿月！

众　　阿月？

哼哼爷　除非阿月做了我老婆，我倒可以考虑考虑把月亮还给你们。

阿　凯　我跟你拼了！

〔猛地，阿凯举起砍刀向哼哼爷砍去。

〔哼哼爷喷火，阿凯左躲右闪……阿凯在空中翻了几个跟斗，摔倒在地上。

众　（惊呼）阿凯！

〔阿月和阿娇同时扑过去，扶起阿凯。

阿　月　阿凯哥！

阿　娇　阿凯哥！

阿　凯　阿月，只要我还活着，决不会让你嫁给山猪妖！

阿　月　（感动地）阿凯哥……

阿　娇　唉！（伤心地一跺脚，扭头站到了一旁）

哼哼爷　阿月，怎么样？想好了吗？

阿　月　山猪妖，你别得意！

〔阿月跃起，飞上天，舞动着身上的长袖，冲向哼哼爷。

哼哼爷　好啊！来得好！我让你瞧瞧我的手段！

〔哼哼爷举着月牙铲与阿月在空中上下翻腾，刺杀……

阿　凯　阿月，小心哪！

众　阿月，小心！

〔阿月从口中吐出一个红球，红球飞向哼哼爷。

〔哼哼爷从口中吐出一个绿球。

〔绿球与红球在空中相撞，火光迸裂，发出巨大的撞击声。

〔阿月被震得从空中摔落在地。

众　阿月！

哼哼爷　哈哈哈……

阿　凯　阿月！

〔阿凯扑向阿月，关切地扶阿月起来。

哼哼爷　你们知道吗？灾难都是阿月给你们带来的，阿月根本就不是人，她是一只鹿！

众　（震惊得不敢相信地）鹿！

阿　月　你……

——人偶戏《鹿回头》

哼哼爷　人和鹿怎么结合？跟我哼哼爷嘛，那倒是天生的一对！哈哈哈……

〔众人呈半圆形，一步一步朝阿月走来。

众　　阿月，是真的吗？

阿　凯　不是的！阿月不是的！都是山猪妖在这儿挑拨离间！

峒　主　阿月，你自己说，到底怎么一回事？

阿　月　我……（点了点头）

众　　（大惊地）啊！

〔哼哼爷狂笑不已。

阿　凯　阿月，你说呀，这不是真的！我不相信！不相信！

阿　月　（沉默地）我……我是一只鹿！

〔阿凯惊呆。

〔一石击起千层浪，众人议论纷纷……

阿　娇　阿爸，我早就说过，她来路不明，你就是不听。

峒　主　（制止地）阿娇！

阿　娇　阿爸，咱们这么多人，生活得好好的，可不能为了她，（指阿月）白白送死吧！

众　　峒主，阿娇说得有道理啊！是啊！是啊！

峒　主　好了！别说了！（走向阿月）

峒　主　阿月，你看，我们怎么办？

众　　是啊！我们怎么办？怎么办？

阿　月　这……

峒　主　阿月，你就帮帮我们，答应了它吧！

阿　月　我……

峒　主　求求你了！阿月！（跪倒在地）

阿　月　（大惊地）峒主！

众　　求求你了！（一齐跪下）

阿　月　我……我……我走！

1687

哼哼爷　哈哈哈……阿月，还是乖乖地跟我走吧！

阿　凯　不！阿月不能走！（紧紧地拉住阿月）

阿　月　阿凯哥，你放心，我不会跟山猪妖走。

哼哼爷　什么？

阿　月　山猪妖，你别得意！我就是死，也不会跟你走，你就死了这条心吧！

哼哼爷　（恶狠狠地）好！不答应是吧？好！好啊！风从龙，雨从虎，来呀！水淹五指山！

〔风雨大作……

〔哼哼爷隐去。

阿　良　发大水了！发大水了！

〔众人在风雨中挣扎……

〔空中，远远地传来哼哼爷凶狠而得意的声音：阿月，我等着你！

〔众人隐去。

阿　月　姐姐！你们在哪儿？

〔众鹿上。

众　鹿　花鹿！花鹿妹妹！

阿　月　姐姐，山猪妖兴风作浪，黎族乡亲苦不堪言。

麋　鹿　妹妹，我们都知道了。

斑　鹿　是啊，那头丑山猪，还逼你嫁给它呢！哼，白日做梦！

阿　月　姐姐。帮帮我！帮帮黎族乡亲！

麋　鹿　花鹿妹妹，其实，能帮黎族乡亲的只有你！

阿　月　我？我怎么才能帮他们？快告诉我！

麋　鹿　不过……

阿　月　姐姐，只要能帮他们渡过难关，让我做什么都行。

麋　鹿　妹妹，要想打败山猪，只有一个办法，那就是……

阿　月　姐姐，你说呀！

斑　鹿　快说呀！

众　鹿　说呀！

———人偶戏《鹿回头》 >>>>>

麋　鹿　要想射死山猪妖！要想月亮重新回到天上，只有将花鹿妹妹的血涂在弓箭上才行。

阿　月　血？

斑　鹿　不行！不行！用花鹿妹妹的血涂弓箭，那花鹿妹妹不就死了吗？

麋　鹿　死倒是不会。

众　鹿　那会怎么样？

麋　鹿　太阳一出来，花鹿妹妹再也不能变做人了！

阿　月　（惊呆地）不能再做人了！再也不能做人！

〔幕内伴唱：

　　一切刚开始，

　　转眼化烟波。

　　可怜的花鹿，

　　仰头对天歌。

　　让梦做得久一些。

阿　月　（唱）难道是一场梦？

　　梦醒一场空。风啊！

　　别把它敲破。

　　我想做个人，

　　从太阳升唱到太阳落。

　　我想做个人，

　　从月上山跳到月下坡。

　　月没了，

　　心碎了，

　　无声的哭泣，

　　只有风雨和。

〔激越、哀怨的音乐中，花鹿仰天长鸣："呜……哟……"鸣叫声在回荡……

阿　月　我……我愿意献出我的血！

众　鹿　（吃惊地）花鹿妹妹！

麋　鹿　妹妹，你一直渴望做个人，可做人刚刚三天，你……

阿　月　只要能除掉山猪妖，能让月亮重新回到天上，能让黎族乡亲过上幸福安宁的生活，我什么都愿意做！

〔这时，幕内传来阿凯的呼唤：阿月，你在哪儿？

〔阿凯上。

〔众鹿隐去。

阿　月　阿凯哥！

阿　凯　阿月，洪水越涨越高了，快！快随我上五指山。

〔阿凯拉起阿月的手，欲走。

〔阿月站住不动。

阿　凯　阿月，你怎么了？

阿　月　（百感交集地）阿凯哥！

〔阿月情不自禁地扑到阿凯怀里。

阿　凯　阿月！

〔幕内伴唱：

（男声）哎喽……

　　想要抽烟没有火，

　　想吃槟榔没有灰，

　　想吃酒来没人陪，

　　想要交友没有媒。

（女声）哎喽……

　　哥抽烟来妹送火，

　　哥吃槟榔妹送灰，

　　哥吃酒来妹作陪，

　　哥交友来妹做媒。

阿　月　阿凯哥，我问你，如果有一天，我离开了你，你会想我吗？

阿　凯　不！不管你是人还是鹿，我和你永远在一起！

―――人偶戏《鹿回头》 〉〉〉〉〉

阿　月　（喃喃自语）永远在一起！

〔猛地，阿月飞快地从阿凯背上抽出一支箭来。

阿　凯　（大惊失色）阿月！你……

〔峒主、阿娇、阿良、椰仔等黎族乡亲上。

峒　主　洪水涨上来了！快上山！

阿　凯　阿月，我们走！

阿　月　永……远……在……一……起……（一边说，一边用箭划破了手腕）

　众　　（惊呼）血！

〔幕内无字伴唱：

　　　　啊……

〔天地一片血红。

〔"哈哈哈……"幕内传出哼哼爷一阵狂笑声。

〔哼哼爷从天而降，站在高处。

〔尖嘴猪、肥头猪、大耳猪和短脚猪等猪喽上。

哼哼爷　阿月，怎么样了？乖乖跟我回去做新娘子吧！哈哈哈……

〔小猪喽狂呼乱叫。

〔阿月拿着箭，缓缓地走向阿凯。

阿　月　阿凯哥，拿着这支箭，跟山猪妖拼了！

〔阿凯接过箭。

阿　凯　阿月，你一定要等我回来！（举弓箭一挥）大家跟我来，跟山猪妖拼了！

　众　　拼了！

〔阿凯与众猎手冲向哼哼爷……

哼哼爷　猪孙子们，上！

〔黎族人与猪喽们拼杀起来……

〔阿凯、阿月与哼哼爷打斗……

〔众鹿、鹦哥、山猴上，与猪喽们拼杀……

〔水牛"哞"叫一声，撞向哼哼爷。

〔阿汪"汪汪"直叫，对哼哼爷又撕又咬。

〔众鹿抽打尖嘴猪的嘴，尖嘴猪被打得晕头转向。

尖嘴猪　哎哟！别打我的嘴呀！我漂亮的嘴哟！

〔众人合力将猪喽一一杀死。

〔哼哼爷渐渐处于下风，不由恼羞成怒。

哼哼爷　好啊！你等着！（准备施妖术）

阿　月　阿凯哥，快！快放箭！

〔阿凯张弓搭箭，射向哼哼爷。

哼哼爷　啊！（中箭，在地上翻滚……）

哼哼爷　天哪！这是一支什么箭呀？阿月，我这样做都是为了你，你为什么这样对我？我……我真的是喜欢你！

〔一团烟雾腾起，哼哼爷消失。

〔天边，月亮升上了天。

〔风停了，雨住了。

〔天地间，月色似水。

阿　月　月亮出来了！

众　　　月亮出来了！

〔众人以及动物们欢呼雀跃起来。

〔幕内伴唱：

月亮出来了，

春风飘啊飘。

吹着鸟做窝，

吹着蜂营巢，

吹着小伙满山跑，

吹着姑娘微微笑。

月亮出来了，

春风飘啊飘，

　　　　　黎人的心儿，

　　　　　　轻轻地摇呀摇。

　　　　　〔阿娇走向阿月，递上一颗槟榔。

阿　娇　阿月。

阿　月　槟榔！

阿　娇　我……请收下吧！你收下我的槟榔，就是原谅我，我们就是好朋友！

阿　月　（感动地接过槟榔）我收！我收！

　　　　　〔峒主端起山兰酒。

峒　主　勇士们，喝吧！喝下这庆功的山兰酒！

阿　娇　阿爸，这第一碗酒，应该先敬阿月。

阿　凯　对！有了涂着阿月鲜血的箭，我才能把山猪妖射死。

　　　　　〔峒主端着一碗酒走向阿月。

峒　主　阿月，是你救了我们，请喝下这碗酒！

　众　　喝吧！

　　　　　〔阿月激动地接过酒碗。

阿　月　喝！

　众　　喝！（饮酒）

　　　　　〔天边，月亮落，太阳升。

峒　主　啊！太阳要升起来了！

阿　月　太阳……升起来了！

麋　鹿　花鹿妹妹，你该走了！该走了！

阿　月　太阳升起来了，我该走了！

　众　　（大惊）阿月！你……

阿　凯　阿月，我们不是已经说好了吗？永远在一起！

阿　月　永远在一起！可是……我是一只鹿啊！

　　　　　〔音乐起。

峒　主　（唱）风啊！

　众　　（合唱）刮个不止，

峒　主　（唱）雨啊！

　　众　　（合唱）下个不停。

峒　主　（唱）远方的客人住下吧！

　　众　　（合唱）住下吧！

　　　　　　　　　住下吧！

峒　主　（唱）住它一整月，

阿　娇　（唱）住它一整年，

阿　凯　（唱）住它一辈子，

　　众　　（合唱）与我长做一峒人。

阿　月　谢谢峒主！谢谢大家！可是我……

　　　　〔远远地传来麋鹿姐姐的声音：花鹿妹妹，该走了！

阿　月　该走了！

阿　凯　你别走！

阿　月　我走了！

峒　主　你别走！

阿　月　我走了！

阿　娇　你别走了！

阿　月　走了！

　　众　　别走！

　　　　〔太阳升起来了。

　　　　〔一团烟雾腾起……待烟雾散去，阿月已经还原成一只花鹿。

　　　　〔花鹿"呦呦"一声鸣叫，转身向远处跑去。

阿　凯　阿月！

　　众　　阿月！

　　　　〔花鹿跑下。

　　　　〔众鹿、鹦哥和山猴随下。

　　　　〔麋鹿转身，冲阿凯一边踢着蹄子，一边鸣叫，好像在招手。

　　　　〔阿汪"汪汪"直叫。

———人偶戏《鹿回头》

〔水牛"哞哞"直叫。

阿　娇　阿凯哥,还不去追!

众　　　快!快追!

阿　凯　(如梦方醒)阿月,你回来!

〔灯暗。

## 十

〔晨。

〔雾,飘飘忽忽……

〔梦一般的海南岛——椰树林、槟榔园、万泉河、五指山、天涯海角。

〔音乐起。

〔花鹿跑上。

〔阿凯箭步追上。

〔花鹿在前面跑。

〔阿凯在后面追。

〔众人、众鹿、山猴、鹦哥、阿汪和水牛以及百花、石头、槟榔树、椰子树合唱……

众　　　(合唱)

慢些走,

回回头。

回头山也美,

回头水也秀。

快点追,

别停留。

从夜追到昼,

从春追到秋。

慢些走，

回回头。

回头春色浓，

回头情悠悠。

快点追，

别停留。

追上飘去的云，

追上远去的情，

啊……

情悠悠。

追啊！

追过五指山，

山高坡也陡；

追啊！

追过万泉河，

水深浪也骤。

慢些走，

慢些走，

慢些走，

回回头！

快点追，

快点追，

快点追，

别停留！

不论天涯与海角，

山回头，

海回头，

鹿回头。

〔花鹿跑过椰树林,阿凯追过椰树林。
〔花鹿跑过槟榔园,阿凯追过槟榔园。
〔花鹿跨过万泉河,阿凯追过万泉河。
〔花鹿跑到天涯海角,阿凯追到天涯海角。
〔花鹿站在天涯海角边,海浪拍天,涛声依旧。
〔花鹿仰头长鸣:"呜……哟……"

阿　凯　阿月!

〔花鹿回头。
〔"鹿回头"造型。
〔响起《鹿回头》主题歌,抒情而悠长地……

　　鹿回头,
　　回头看不够。
　　美丽的目光悠悠,
　　几多离别愁?
　　椰风牵衣袖,
　　海浪涌温柔。
　　天涯海角走,
　　恋家回回头。
　　山回头,
　　海回头,
　　鹿回头,
　　回头尽风流。

〔远远地,原始、朴素的黎歌隐隐约约地传来,似乎正在述说着一个美丽动人的故事……

〔剧终。

**精品提名剧目·木偶戏**

# 钦差大臣

**编剧 王景贤**

————木偶戏《钦差大臣》 >>>>>

〔幕前。《赏游歌》起。此歌白话与官腔杂糅,人的笑声与乐器的拟笑声相间,谐趣而佻达。

众唱:赏游啰——

　　勾栏瓦舍赏游啰!
　　红男绿女闹咳咳,
　　花花世界赏游啰!

女唱:"嘉礼"棚下人纷纷,
　　巧艺奇技称绝伦。
　　今古离合悲欢事,
　　牵丝戏弄演戏文。

众唱:赏游啰——
　　"嘉礼"棚下赏游啰!
　　弄来"嘉礼"真好看,
　　好看来引人赏游啰!

　　赏游啰——

〔幕启。台前区明,中后区暗。一高一矮俩傀儡由前区上,他们裹披风、戴面罩,令人莫辨身份,其造型与步态滑稽可笑。

**两傀儡**　(念)我身是"嘉礼",
　　　　　　无魂却有体。
　　　　　　平生不自由,
　　　　　　听人来遣差。
　　　　　　上场搬戏文,
　　　　　　任你说黑白。
　　　　　　譬如人间事,

恶辨真共假。

戏若中你看，

从头坐到尾。

〔内声：若是歹看呢？

两傀儡　丝线扯断，

（唱）送我去燔火！

〔内声：障说，做"嘉礼"的命也真怯！

两傀儡　做"嘉礼"命怯，做人也无快活！（对观众）棚下诸位兄弟姐妹，怎们说，做人有快活无？

〔台下应：无快活！

两傀儡　（对内）听见无？共你说，人与"嘉礼"都也彼此彼此。

矮　　长哥呀，时辰不早，该得唤角色上场了。

高　　角色早就来了。

矮　　来在底地？

高　　越头看来！变！（摇身一变，贾四出现，手摇扇子作科，浪笑）嘻……

矮　　贾四，贾公子！

高　　（对矮）朱五！

矮　　在。（摇身一变，朱五出现）奴才朱五听公子吩咐。

贾　四　带路！

朱　五　行兮！

〔乐起。光转，郊外。贾四、朱五边走边唱。

贾　四　（唱）自细生长在京畿，

家中富贵少人比。

朱　五　（唱）公子爷舍常作伴，

嫖赌饮吹过日子。

贾　四　（唱）贪慕江南好景致，

一路嬉游来到此。

———木偶戏《钦差大臣》 >>>>>

贾 四  
朱 五　（合）弄连柳，柳弄连，

　　　　　　逍遥快乐称心意。

朱 五　公子，前面就是子虚府乌有县了！

贾 四　哈哈！看红灯高挂"绮春楼"，赌旗飘摇"一时发"，想是好去处。朱五！

朱 五　晓得了。日头落西山，你赌虫心肝。月娘东边起，酒色我紧料理。

贾 四　嘻……

　　　〔中后区暗转。音效：赌场中掷骰子，喊下注与妓院中招徕嫖客的声音响起——

贾 四　（闻声精神大振）朱五，紧行！

朱 五　且慢。公子你一路挥金如土，所带银两十去八九了……

贾 四　惊什么！有钱放心开，无钱我找厝内！紧来去！（急下）

朱 五　公子，公子！（对观众）嗨！人叫不听，鬼叫得得行！诸位客官听说，自从来到这乌有县，我家公子为骰为婊，一身钱银开了了。是我看存长，偷藏十两银。谁知公子输骰赤狗目，强强抢去要挑本。我苦！（官腔）只怕是肉包打狗，有去无返了！

　　　〔音效：赌场，妓院的嘈杂声响起。中后区光转。以下情景隐约可见：赌场老板："手下！"赌场打手："嗬！"赌场老板："银两抄下，将这京都无赖打赶出门！"赌场打手："是！"打手打赶贾四，贾四连声呼救，妓女们尖声惊叫，桌翻椅倒，乱成一团……

朱 五　我苦！出事了！

　　　〔贾四被一彪形大汉，一棍掀抛空中……

朱 五　公子！公子！（追上前）

　　　〔贾四当空坠落，压趴了朱五。主仆一声惨叫，动弹不得。

　　　〔急促的马蹄声由远而近。

　　　〔贾四、朱五苏醒。

〔师爷策马疾上，贾四心想躲避，反而挡道。马受惊，嘶鸣腾踢。朱五情急之中拽住马尾……

师　爷　（挥鞭威吓）何方狂徒，竟敢阻挡。

朱　五　你是乜官，如此横豪！

师　爷　我乃本县师爷！

贾　四　是本地官，本公子要告状。

师　爷　你状告何人？

贾　四　一时发赌馆！

师　爷　哼！你可知这赌馆，是啥人所开？

贾　四　管伊啥人所开，他赌歹骰坑骗银财，本公子就要告伊！

师　爷　嗟！本县治安清靖，绝无此事！闪开！

〔师爷鞭打朱五，纵马撞倒贾四，疾下。

朱　五　公子——！

〔主仆相拥而泣。

〔收光。

〔轻快而花哨的打击乐起。

〔前区光转。中后区光影朦胧。

〔前区：钱府花园，蓬头散髻衣裙不整的钱娇娇，乐癫癫喊上。

〔中后区。钱府内宅。烛光幽幽，钱三躺在安乐椅上吞云吐雾。丫环甲乙正为其扇凉、敲脚——

娇　娇　母亲，母亲——

〔钱妻内应：来，来了！哎哟！上。

娇　娇　嘻嘻！平平路跋死老猪母。

钱　妻　（嗔怒）阿娇，你说什么？

娇　娇　嘻嘻嘻，我是说，无看路撞倒我老母。

钱　妻　看你茹头散髩，疯疯颠颠，哪有像一个县太爷的千金小姐呀？像你这款，底一个官家公子敢要娶你哟！

———木偶戏《钦差大臣》

娇　　娇　哼,别人阮不嫁,留着嫁皇帝!嘻嘻,母亲,咱这花园树腹内,藏有宝物啊!

钱　　妻　宝物?(急爬起)什么宝物?

娇　　娇　你来看!(拉钱妻疾走)你看!金锭、银锭一大堆咧!

钱　　妻　(俯身提起一个大包袱)我苦,你爹这老不修,私藏钱财,定是心怀不良。走!来去合伊拼命!(急下)

娇　　娇　嘻嘻嘻!(拍手笑下)

〔前区暗转,中后区光转。

〔钱妻冲上。

钱　　妻　钱三!你共我起来!(一把掀翻安乐椅)

钱　　三　(跌倒在地)啊?!夫人!你——

〔丫环甲乙慌忙退避。

钱　　妻　钱三!你私藏钱财,究竟存何居心?!(将手中金银包袱砸向钱三)今日不说明白,(威胁地)哼哼!

钱　　三　(尴尬心虚地)嘿嘿!

钱　　妻　(更严厉地)哼哼!

钱　　三　(讨好地)嘿嘿嘿。夫人哪!

　　　　　(唱)本县近年多灾情,

　　　　　　　旱涝虫灾闹不停,

　　　　　　　乘机私分赈灾款。

钱　　妻　(接唱)偷偷藏起送情人?

钱　　三　钱三不敢,不敢!夫人哪!

　　　　　(唱)私分赈灾款,

　　　　　　　心中不安宁。

　　　　　　　等待风浪平,

　　　　　　　如数交夫人!

钱　　妻　嘻嘻。老短命,这么小心细致,难怪你会做官。嘻嘻嘻!

钱　　三　人说官有两口,一口食入,一口吐出,不小心怕会吃铜吐铁呀!

钱　妻　是啊。做官不贪，心内不甘。心想要贪，日夕难安。贪官也真歹做呀！

钱　三　谢夫人体贴！（拥钱妻）

钱　妻　嘻嘻嘻！

〔音效：夸张的马蹄声骤然响起，由远而近……

〔师爷内喊："太爷，太爷……！"

钱　三　啊！师爷返来了！快将银两收起来！

钱　妻　是。（提包袱下）

师　爷　（喘吁吁急上）太爷——

钱　三　师爷，何事惊慌？

师　爷　太爷——太爷！您在京城做官的三叔公，叫我日夜兼程，快马回报。

钱　三　有乜急事？

师　爷　三叔公说，有人向朝廷举报您了！

钱　三　啊！！举报我乜事啊？

师　爷　说您同一县官吏，合伙私分赈灾款物！

钱　三　啊？！

师　爷　圣上得知，龙颜震怒！特命钦差大臣前来我县微服私访！

钱　三　钦差大人，伊……伊何时到来？

师　爷　算来已有十日光景！

钱　三　大祸临头了！（情急蹿上钱状屏风，跌落在地）

师　爷　太爷，且莫着急。当今之世，是无官不贪，钦差大人岂能例外？目下之计该得及早找到钦差大人。只要咱投其所好，曲意奉承，不惜血本，讨他心欢，应能化险为夷，绝处逢生！

钱　三　伊是微服私访，咱要如何大海捞针哪？

师　爷　三叔公说得明白，这钦差大人少年得志，年方廿四。此行轻车简从，只带随从一人。

钱　三　这两人生做啥款？

——木偶戏《钦差大臣》

师　爷　钦差瘦瘦高高，随从矮矮肥肥！

钱　三　唔。

师　爷　本县大小客栈，一十二座。外地人客稀少，细细访来，不就……

钱　三　说得有理。紧！密令阖县官吏兵丁，偷偷寻访钦差大人！

师　爷　遵命！（慌急中，帽子掉落，露出尖长光秃的脑袋。

〔急收光。

〔黑暗中，不同区位相继闪现数个光点。师爷、胡教谕、马提举、牛巡检、杨典史、衙役、兵丁，现身在乌有县的各个角落。和着鼓点，各路官兵变化各种步态和身段，上坡下坡，穿街过巷，窥探逡巡……

众　　（念）太爷有密令，

　　　　　　官兵齐上阵，

　　　　　　三街六巷都找遍，

　　　　　　钦差依然不见影？

　　　　　　不见影！（泄气地）嗨！

　　　　（唱）哎、哟……

　　　　　　腰酸腿软步难行！

师　爷　众官兵！

众　　在！

师　爷　嘘！不可声张！

众　　（小声地）是。

师　爷　本县一十二座客栈都查过了吗？

众　　只剩城外招贤客栈。

师　爷　紧！随我前往招贤客栈，找着钦差大人太爷重重有赏！

众　　遵命！

〔师爷率众疾步前行。

〔灯渐暗。

〔黑暗中，传出两只野猫的互唤声。

〔特光。贾四、朱五探头探脑学猫叫暗上。

〔光微启。招贤客栈灶间。灶有余火。

朱　五　（低声）公子，你听！

〔音效。店公、店婆鼾声起伏。

贾　四　店公、店婆睏落眠了。紧去灶间偷淡薄来止饥，本公子饿得当不住了。

朱　五　嗨！若无钱银开了了，哪得偷食学猫吼！喵。

〔贾四、朱五学着猫叫，蹑足走向灶间。

〔音效，店公、店婆鼾声再起。

〔朱五攀梯上墙，垂索悬钓。蒸笼盖启，烟气腾腾。

朱　五　哇！大碗杂菜汤，肉粽归大串，一节猪脚阁红焖。

贾　四　（急切地）先钓猪脚，先钓猪脚！

〔朱五钓起一截猪脚，贾四急不可耐伸手就抓，一不小心从梯上摔落。一声巨响——

店　婆　（衣冠不整急急提灯上）谁？是谁？

〔贾四、朱五忙学猫打架声。

店　婆　惊死我！原来是猎猫！（骂猫）喂！猎猫公、猎猫母呀！春天都过了，哪还猎未煞呀！（听猫叫愈响）夭寿！待我举扫帚来打给你死！（返身下）

〔贾四、朱五学着猫叫，溜出灶间。突然一条野狗窜出，朝贾四、朱五狂吠。两人学犬吠，想吓退野狗，不料反而激怒了野狗，人犬对吠，越演越烈。

店　婆　（执扫帚上）我苦猎猫连猎狗都引来了！

〔野狗扑向贾四、朱五，两人逃窜。贾四被野狗咬住衣摆，朱五蹿出撞见店婆——

店　婆　夭寿啊！都是你这穷鬼，店租不还，还敢假猫假狗来偷食！打死你，打死你！

〔店婆追打朱五下。

〔野狗追抢贾四手中的猪脚,贾四被抢——

贾　四　（狂喊）我的猪脚啊！（追野狗下）

　　　　〔店婆追朱五上,朱五绊倒,被店婆压倒在屁股下。

店　婆　（大叫）老兮啊！紧来相共捉贼啊！

店　公　我来,我来了！（店公手拿竹鸡罩摇摇晃晃地上）老姐,贼在底落？贼在底落？

店　婆　贼在这搭,贼在这搭！

店　公　贼仔你再跑！（高举鸡罩狠狠一扣,却扣住了店婆）

店　婆　我苦！睛冥短命,我不是贼,是恁老某。

店　公　啊？（两手一松,鸡罩掉落）

朱　五　（捡起鸡罩朝店公当头扣去）老短命！

　　　　〔店公被罩,奋力一挣,脑袋破罩而出,身体却被罩在笼中。

贾　四　紧,紧将伊拖入内。

　　　　〔贾四、朱五拖店公入灶间,将门堵上。

店　婆　（店婆推门不进,尖声呼救）救命啊！抓贼啊！紧来抓贼啊！

　　　　〔急切的锣鼓声。师爷带衙役急上。

师　爷　店家,贼在底落？！

店　婆　关在灶间。

师　爷　偷盗乜物？

店　婆　红焖猪脚。

师　爷　贼有几人？

店　婆　主仆两人。

师　爷　生做啥款？

店　婆　一个瘦瘦高高,一个矮矮肥肥。

师　爷　唔,何方人氏？

店　婆　说是来自京城。

师　爷　来有几日？

店　婆　十日光景。

师　　爷　（旁白）嗯。合三叔公所言，分毫无差！（对衙役甲）速速禀报太爷，贵人就在招贤店。

衙役甲　是。（急下）

〔此间贾四、朱五紧张地窥视。

贾　　四　朱五，此人可是骑马撞咱的县府师爷？

朱　　五　正正是他。咱今老鼠入牛角了！

师　　爷　店家，对这两人你如何款待？

店　　婆　老爷听说——

　　　　　（唱）初来时，

　　　　　　　伊一面光鲜大口气。

　　　　　　　出手大方无惜钱，

　　　　　　　看是富家人子儿。

　　　　　婆阿我——

师　　爷　你怎样？

店　　婆　好床好铺好酒好菜好声好色，

　　　　　（唱）尽心来服侍！

师　　爷　如此便好。后来呢？

店　　婆　啐！无床无铺无饭无菜，脱鞋脱帽脱衫脱裤……

师　　爷　啊?！谁脱鞋脱帽脱衫脱裤？

店　　婆　总未成是婆阿乎？哼！我这招贤店，不是乞食营！伊无钱无银我自然无床无铺无饭无菜！伊欠我店租，我就将他脱鞋脱帽脱衫脱裤……

师　　爷　呸！你……你这个满面钱贯纹的老虔婆？你……你惹大祸了！

店　　婆　奇了！婆阿一无偷二无抢三无讨老契兄，我惹啥祸呀！

〔内声：钱太爷到！

〔贾四、朱五、店婆闻声震惊……

师　　爷　（对衙役乙）将店婆赶下。

衙　　役　走！（押店婆）

——木偶戏《钦差大臣》

店　婆　我苦，冤枉、冤枉啊！……（被拖下）

〔贾四、朱五夺门而逃，恰与匆匆赶来的钱三撞个满怀。

钱　三　（问师爷）此人是谁？

师　爷　正是贵人！

钱　三　啊！乌有县令钱三前来……

朱　五　公子，快跑！

〔贾四、朱五逃避，慌急中爬上竹梯。

师　爷　（媚笑地）嘿……

贾　四　（恐慌地）你……不要过来！前日骑马撞我，我还没找你讨赔，你……还敢要做乜呀？！

师　爷　前日小人有眼无珠，多有冒犯，恕罪恕罪！

钱　三　误会，误会！卑职专程前来迎您入县衙。

贾　四　县衙？我不去！

钱　三　这招贤店简陋不堪，县衙十分清静。

贾　四　清静？清静较好关犯人！我不去！

朱　五　不去！

贾　四　（色厉内荏地）哼！共你实说，本公子在京城也是横行直撞有头有脸的人！这几两店租算什么？让我回京都百两千两我都还得起！

朱　五　是啊！我家公子在许京城，什么款的衙门没行踏？什么款的大官无交陪？就差当今皇上……

贾　四　当今皇上，我也见过！（竹梯一晃，差点摔落）哎哟！

钱　三　误会，真真是误会了。贵人哪！

贾　四　朱五，他叫我什么？

朱　五　他叫你贵人呀！

师　爷　何止是贵人，小人知道，你是大大的贵人哪！

钱　三　贵人哪！

　　　　（唱）你微服私访到县境，

　　　　　　小人不知早奉迎。
　　　　　　致使蛟龙困浅滩,
　　　　　　饥寒交迫受欺凌。
　　　　　　恳请移驾县衙内,
　　　　　　让我等尽心服侍将功补过折罪名!（跪下）
贾　四　你……到底将我当做乜人啊?
朱　五　太爷,你……敢是认错人了?
钱　三　卑职无错。您就是身负皇命微服私访的钦差大人!
贾　四　啊?!（一阵眩晕,连人带梯摔落）
朱　五　公子!
钱　三　手下!
衙　役　喵!
钱　三　快接钦差大人回府!
衙　役　是。
　　　　〔乐起。衙役甲乙抬起伏身竹梯的贾四,钱三、师爷挽着满心狐疑的朱五,野狗叼着红焖猪脚,一干人犬浩浩荡荡地下。
　　　　〔收光。
　　　　〔静场片刻。
　　　　〔钱妻内声:里面丫环家人听着:贵客迎入暖香阁,紧备汤水衣裳服侍贵客沐浴更衣,送参汤给贵客漱口,燕窝让贵客润喉,番鸭汤、鱼翅羹、鲍鱼饭得——发落周致!
　　　　〔内应:是。
　　　　〔前区光启。钱娇娇匆上。
娇　娇　（唱）透早府中闹咳咳,
　　　　　　父母殷勤大铺排。
　　　　　　叫我梳妆共打扮,
　　　　　　未知是乜贵客来?
　　　　　　母亲,母亲——

——木偶戏《钦差大臣》

〔钱妻内应：来了！匆上。

钱　妻　阿娇？

娇　娇　母亲哪！这个人客有多贵，让您累得吐大气？

钱　妻　小声点！（低声）伊是京城来的大官！

娇　娇　会比阮爹卡大勿会？

钱　妻　你爹和他比，亲像筋脚比竹篙！共你说，你爹的仕途前程，咱一家的死活，全捏在伊的手掌心！

娇　娇　哇！这样说，伊不都勿会得罪的？喂，阿母呀，这个大官伊是少年还是老头，是怯示还是缘投？

钱　妻　伊呀！少年又白皙，瘦高好骨格。

娇　娇　紧来去共伊偷瞄一下。

钱　妻　慢，此时伊正在沐浴更衣，会较不便。走，让阿母共你妆得水水，才来去合伊相见！

娇　娇　你得较紧手咧，我都勿会等得了！

钱　妻　奄查某！

娇　娇　嘻嘻嘻！（随钱妻下）

〔前区收光。中区：神秘的鼓点中——佝偻挂拐的胡教谕、踱八字步的马提举、横行蟹步的牛巡检、瘸腿的杨典史从不同方位，鬼魅般地现身。

胡教谕　（念）无端祸从天上来。

马提举　（念）心头忐忑费疑猜。

牛巡检　（念）但愿破财能消灾。

杨典史　（念）逢凶化吉保康泰。

〔钱三从黑暗中闪出。

四　官　太爷！

钱　三　嘘！（招呼四官聚拢一处）

四　官　（急切地）太爷，许人真是钦差大臣？

钱　三　与三叔公所言分毫无差！

四　　官　十日来微服私访,伊可曾抓住咱的把柄?

钱　　三　服侍之间,我也曾谨慎探询,不过——

四　　官　(紧张地)不过怎样?

钱　　三　伊始终支支吾吾问三答四,绝口否认是身负皇命微服私访的钦差大臣!

四　　官　这——?

胡教谕　依下官看来,看来——(咳成一团)这正是真人不露相,露相非真人!(咳……)

马提举　嗯,胡大人言之有理。伊是微服私访,岂肯暴露身份哪!

牛巡检　嗨!不管怎说,这次是歹过关了!咱兄弟是卖墨鱼遇着补雨伞,你乌我也乌。穿是同领裤,死活同一路!要怎办,大哥你主意。

杨典史　(阴笑)嘿嘿嘿,是呀,太爷见多识广,定然胸有成竹。卑职谨听太爷做主!

钱　　三　(干咳两声)诸位,多年来大官京官咱也应付不少,哪一次不是赵公元帅,助咱斩将过关?!

四　　官　(深有同感)嗯。

钱　　三　在此身家性命系于一线之时,谁人敢阁一毛不拔,许是因小失大,自寻死路!

四　　官　正是如此,正是如此。

钱　　三　下官服侍钦差大人饮宴之后,已同师爷合计停当。(对内招呼)呼——嘘!

〔师爷应声带一赤膊之人急上。赤膊之人手提一尾鲤鱼,一只黄金铸成的金龟,在师爷指使下潜入湖中,溅起几朵水花。师爷向钱三示意已安排停当。钱三对四官耳语——

四　　官　妙,妙呀!哈哈……

钱　　三　嘘!

〔众急掩口。收光。

———木偶戏《钦差大臣》

〔光启。钱府后园。奇花异木,湖石假山,亭台水榭,波光潋滟。

钱　三　恭请钦差大人游湖赏景!

　　　〔内声:恭请钦差大人游湖赏景啰——

　　　〔乐起。丫环引衣帽一新的贾四、朱五上。贾四醉意醺醺,朱五一路打着饱嗝。

贾　四　(旁念)上天落地魂魄迷,
　　　　　　　懵懵懂懂做钦差。

朱　五　(旁念)只惊富贵如春梦,
　　　　　　　换来铁索共钢枷。

钱　三　恭迎钦差大人,朱大人!

　众　　共钦差大人,朱大人请安!

贾　四　太爷,太爷!诸位,诸位!我真真不是什么钦差大人,我叫贾四!

朱　五　我也不是什么朱大人。我叫朱五,是贾公子的奴才!

钱　三　朱大人是奴才,钱三便是奴才的奴才!

师　爷　小人更是奴才的奴才的奴才!

　众　　(掩笑)嘻嘻嘻!

钱　三　(干笑)嘿嘿嘿。贾大人哪,昨冥这池塘之中金光闪耀,分明见有一群金龟在池中游荡。下官寻思,这金龟定是赶来恭迎大驾的灵吉之物。

师　爷　贾大人您吉人天相,若是执竿垂钓,定有意外之喜。

贾　四　(将信将疑地)这——

钱　三　大人请!请!

　　　〔贾四迟疑地挥竿下钓。俄顷,钓绳晃动。

　众　　(欢呼)吃钓了,吃钓了!

　　　〔贾四顺势提竿,一条活蹦乱跳的大鲤鱼被钓上岸来。

贾　四　(兴奋地)钓着了,钓着了!哈哈哈!

师　爷　贾大人,金鲤鱼先报喜,再下钓,大吉利。

钱　　三　再来，再来！

〔贾四再度挥竿下钓。片刻，钓绳再次晃动。众人欢呼。贾四使劲提竿，一头金灿灿的金龟悬起空中。

朱　　五　（跳起，抢之入怀）——公子呀！怪了！这只金龟是纯金铸成的呀！

钱　　三　请朱大人收下。

朱　　五　不，不，不！我不敢，不敢！

师　　爷　金龟出水便化成宝物。这是贾大人天大的福气！

钱　　三　是，是，是。此乃天赐吉祥灵物，岂能不收呀！

朱　　五　这样说，公子，我收起来乎？

钱三等　收下，收下。

朱　　五　嘻嘻。公子，真是好手气！

钱三等　（附和）对，对对，有福气，好手气！

贾　　四　（乐不可支）嘻嘻，好手气，我再试！（再次挥竿下钓）啊？又吃钓了！拙重呀！朱五紧相共！

〔朱五急忙帮忙，两人使劲提竿。"哗"地一声，猛然见一赤膊之人被钓上岸来，众大惊失色。

钱　　三　哇！何方贼子！竟敢潜入府衙偷盗金龟！快将伊押下！

家　　丁　是。（不由分说将赤膊之人押下）

师　　爷　贾大人，莫惊，莫惊！

钱　　三　来呀！戏班入园，献艺助兴！

师　　爷　戏班入园，献艺助兴啰！

〔乐声大作。两只狮子踏滚绣球上场表演；童伶上场表演顶缸踢缸，耍花枪；壮汉顶杆上，一只伶俐的小猴灵巧地爬杆而上，忽又顺势滑落，小猴手中蟠桃开裂飞出一只黄莺，黄莺落在贾四手上，众大乐。

钱　　妻　贾大人，你看——

〔一朵硕大莲花旋转而来，贾四上前挑动莲花，"三合"，莲花开瓣，浓妆艳抹的钱娇娇现身。贾四惊讶不已。

娇　娇　共贾大人请安。

贾　四　（色迷迷地）小姐，你……你叫啥名字呀？

娇　娇　阮呼作，娇娇！

师　爷　伊正是钱太爷的千金！

贾　四　妙，妙呀！这一位徐娘半老，这一位二八妖娇，一对母女，令人魂销。嘻嘻嘻！

钱　妻　贾大人，阮母女共您敬酒。

娇　娇　贾大人，你饮，饮啊！

贾　四　我饮，我饮！

〔钱妻、娇娇敬酒，贾四来者不拒。

〔音乐转强。

众　　　（唱）酒带脂粉香，
　　　　　　　醉眼两蒙眬。
　　　　　　　谁将虎狼穴，
　　　　　　　认作温柔乡？

〔贾四踉跄起舞，丑态百出。

朱　五　（焦急，旁白）歹了！公子的疯龟神又起了！（暗扯）公子，你醉了！

贾　四　（挣开朱五）我无醉，无醉！娇娇小姐，我还会"竖飞鱼"！

娇　娇　"竖飞鱼"？真的？

贾　四　不信，你看！（"拿大顶"，倒立而行，不支摔倒）

〔众惊呼，上前搀扶。贾四呕吐，众掩鼻避开。

朱　五　太爷，公子真真是醉了！

钱　三　快，快扶贾大人入内歇息。

丫　环　是。（搀贾四下，朱五抹冷汗，随下）

娇　娇　嘻嘻！这个钦差大人真趣味！嘻嘻……

师　爷　太爷。钦差大人少年得志，尚未婚配。娇娇小姐若是与他……

　　　　　（做手势示意结好）岂不是天大的好事呀？
钱　妻　是者。老爷呀！
　　　　　（唱）若能成就此姻缘，
　　　　　　　　你仕途顺畅免愁烦。
　　　　　　　　若能成就此姻缘，
　　　　　　　　女儿伊一生富贵人歆羡。
　　　　　　　　正是天赐好机缘，
　　　　　　　　万般好处说不完！
钱　女　阿爹，你紧去呀！
钱　三　去哪里？
钱　女　去找钦差大人。就说，说……
钱　三　说什么？
钱　女　就我，要嫁伊！
钱　妻　哈！女儿聪明！
四　官　（闪出恭维地）正是太爷、夫人好教示！
　众　　嘻嘻……
钱　三　（正色地）诸位，猫闻腥味，鱼来探饵，打铁趁热，勿失良机！
　众　　是。
　　　　〔声渐息。光渐暗。


　　　　〔音效：静谧中传来几声蛙鸣虫唱。
　　　　〔光微启。暖香阁。贾四卧榻酣睡。朱五焦躁不安。
朱　五　公子，公子！
贾　四　（梦呓）嘻嘻，小姐，小姐！（翻身，鼾声再起）
朱　五　（对观众）您看！我这心头卜卜嚓，伊春梦还做未煞。嗨！不知怎生，自入钱府，归日心打白抖，捷捷要渗尿！（开门出户寻找方便处——，警觉地）谁？是谁？
　　　　〔月教谕、马提举、牛巡检暗上。

三　官　（谄媚地，轻声地）是阮。

朱　五　您是谁呀？

胡教谕　卑职县学教谕，姓胡。（咳不成声）

马提举　卑职是舶司提举，姓马。

牛巡检　我是本县巡检，姓牛。

三　官　特来拜见钦差大人。

朱　五　呃……钦差大人都还未醒，诸位大人，我来去……？

三　官　不敢打扰，不敢打扰。

胡教谕　（呈一礼盒）呃，此乃我等三人的拜帖，烦请转呈钦差大人。就说卑职身为县学教谕，一心为朝廷培育英才，实乃清水衙门，是两袖清风。（咳成一团）

马提举　（干笑）嘿嘿嘿，卑职掌管海上贸易，蕃货往来，一向禀公办事，素与海上走私偷漏关税等不法情事无涉，偏偏有人目红妒嫉，说我舀一勺海水也会晒出半斤盐来……

牛巡检　是者！牛某身为巡检，职守一县治安。却有人说我黑白两道，兵匪一家，欺压百姓，鱼肉乡里，真是伊母的七吐八吐！

胡教谕　劳烦朱大人务必禀明钦差大人，千万莫信他人诬告不实之辞，共我等留下一条生路。从今以后，我等结草衔环都会报答钦差大人、朱大人疼惜深恩哪！

朱　五　不用客气，不用客气。

三　官　拜托，拜托。

朱　五　该然，该然。

三　官　告辞，告辞。

朱　五　走好，走好！

〔朱五与胡、马、牛频频互揖，三官退下。

朱　五　吓死我！这些做官人，哪会这般厚脸皮呀！（入室，掩门开看礼盒）哇！银票啊！公子，公子！醒，紧醒来！

贾　四　死奴才，搅吵我一场春梦！

朱　　五　公子！你看，咱的路费有着落了！

贾　　四　啊？你说什么？

朱　　五　适才胡教谕、马提举、牛巡检送来三张拜帖，嘻嘻，还有三张银票！

贾　　四　银票！

朱　　五　一张五百两银呀！

贾　　四　奇了？平白无故，伊送咱银票做乜？

朱　　五　公子，你还醉未醒，如今你是钦差大臣哪！

贾　　四　钦差大臣！是了，如今我是钦差大臣了！哈哈哈！人说家无浪荡子，官从何处来。平日阮父母怪我不读书勿会做官，哪知我，一夜之间，就捡到一个钦差大臣呀！朱五，让人捧，让人送，让人请，真够爽！哈哈哈！

朱　　五　嘘！小声点。千万不可忘记，你这钦差大臣是假的！事机若败露，假冒钦差，是要抄家灭族的！

贾　　四　这——？

　　　　　〔其间，杨典史暗上，四顾无人后轻轻叩门。
　　　　　〔贾四、朱五闻声大恐，藏身榻后。

朱　　五　谁？是谁敲门哪？

杨典史　（压低嗓门，谄媚地）是我。

朱　　五　你？你是乜人？

杨典史　卑职姓杨，是县衙的典史。（挤门而进，谄笑着）嘿嘿嘿！

贾　　四　（狐疑地）你三更暝半，鬼鬼祟祟，要来做乜啊？

杨典史　（跪下）卑职，特来举——举报！

贾　　四　举报？你——你要举报何人？

杨典史　（诡密地）乌有县令钱三！

贾　　四　啊！你——你要举报钱——钱太爷！

杨典史　正是。大人，您此番前来，正为访察钱三一伙不法情实。卑职虽然官卑职小，却是深明大义，不忘为大人分忧，为朝廷效劳！

——木偶戏《钦差大臣》

贾　四　（旁白）唔，原来如此。（学打官腔）杨大人，你起来说话。

杨典史　谢大人。（艰难爬起）禀大人，这乌有县大小官吏多为钱三党羽。伊互相勾结，狼狈为奸，欺上瞒下，私分赈灾款物，中饱私囊。真是无恶不作，罪恶滔天哪！此乃卑职的举报文稿，请大人过目。

朱　五　（接过文稿，开看）啊？还有一张银票，三百两呀！

贾　四　给朱大人你买茶。

杨典史　啊！是给我的。

贾　四　给你买砒霜！

杨典史　（闻言急跪）哎呀，钦差大人，卑职小胆，这个玩笑实在担当勿会起呀！

贾　四　（居高临下地）嘿嘿！杨大人，你还真是一个做官的材料哪。当这个八品典史，屈才，屈才呀！哈哈哈！

杨典史　谢钦差大人疼爱，疼爱。嘿嘿嘿。说心里话，看那个钱三猪头猪脑，一无所能，竟然身为我的顶头上司，每日颐指气使，叫我怎不怒火中烧咬牙切齿呀！望大人多多提携，多多提携。

贾　四　（鼻孔里出气地）好说呀好说！

杨典史　卑职抑郁多年，满腹恶浊之气无从倾吐，今日幸遇明主，定当肝脑涂地，尽心竭力。望大人放心勿疑。

朱　五　（暗白）公子，这乌有县庙小妖风大，池浅王八多，咱还是赶紧溜吧。

贾　四　嗯。杨典史。

杨典史　卑职在。

贾　四　速去备办车马交与朱大人，本钦差要连夜回朝复命。

杨典史　（意外地）这——？

贾　四　你举报有功，本钦差自会为你讨赏。

杨典史　谢大人！

贾　四　千万保密！

杨典史　大人放心。

〔其间，钱妻、钱女暗上。钱女胆怯不前，钱妻上前敲门。

杨典史　（恐慌地）歹了！前门有人！

朱　五　跳后窗！（拉杨典史返身急下）

贾　四　（强装镇定地）是谁敲门哪？

钱　妻　（捏着鼻子，娇声地）正是奴家钱娇娇。

贾　四　啊？是钱小姐。钱小姐，夜深了，有乜急事呀？

钱　妻　奴家送来"乌鸡参茸汤"，要让大人你补身体。

贾　四　（窃喜）嘻嘻，奄鸡仔跳落手袖里了。

钱　妻　大人，你开门，开门呀！

贾　四　小姐，我来，来了！（急步上前开门）

〔钱妻推钱娇娇进门，娇娇一个趔趄，"哗啦"一声，手中提篮落地。

娇　娇　哎呀！鸡汤弄破了。要怎样，要怎样呀？

贾　四　不要紧，不要紧！小姐夜送鸡汤，天大的情意，本钦差心领就是。（伸头探看，见钱妻急避。心中会意，将门关上）来，来，来，小姐你来这灯下，让我共你看看咧。

娇　娇　大人，看什么呀？

贾　四　看你可有让鸡汤烫着脚无。

娇　娇　无呀！鸡汤都泼在土脚咧。无烫着啊！……大人，你怎掠阮猫猫相，相得阮心头"卜卜嚓"！

贾　四　嘻嘻嘻！（自语似地）想勿会到，想勿会到呀！

娇　娇　大人，你想勿会到什么？

贾　四　叫大人，较生分，叫公子——

娇　娇　（扭捏地）公子！

贾　四　（柔声地）嗳！娇娇呀！（拉起娇娇，边舞边唱）

（唱）你恰似空谷幽兰，

　　　胜过洛阳牡丹。

——木偶戏《钦差大臣》 〉〉〉〉〉

    京城佳丽万万千，

    怎比这秀色天然！

    我今灯下仔细看，

    越惹得耳热心跳血涌丹田。

   天啊——

   叫贾四，怎拴住意马心猿?!

娇　娇　公子呀，你啰啰一大套，阮半句都听无！

贾　四　这——，我是阿谀你生得标致，生得水！

娇　娇　这个阮知，从小到今逐个都阿谀阮水！

贾　四　水！真正是水！娇娇，你过来，过来！（欲搂抱）

娇　娇　（闪开）阮惊，阮惊啊？

贾　四　惊什么？

   〔窗外。钱三、钱妻探头偷听。

娇　娇　阮父母说，你官大权大势头大，若不真心共阮娶，阮就无盼阁无看！

钱　妻　（旁白）我苦！连盼咐的煞说了了！

贾　四　如此说来，你是让你父母逼来的？

娇　娇　是。……也不是。

贾　四　怎说？

娇　娇　父母爱阮来，阮也自己意爱来！

钱　妻　（旁白）嘻嘻，这句就中我听！

贾　四　哈——！娇娇呀！咱是心意两相连，前世注定此姻缘，趁此夜深人静时，合该成就这花好月圆。

娇　娇　阮勿会晓听啊！

贾　四　娇娇小姐，我要娶你！

娇　娇　娶我？真的？

贾　四　对这灯火神诅咒，骗你我乌纱扛落地，钦差无当做！

娇　娇　（大呼）母亲！钦差大人伊要娶我啦！

贾　四　啊？你母亲在底落？

娇　娇　都返去了！

贾　四　（放心地）娇娇呀！（情急难耐地扑倒钱娇娇）

〔朱五上，见状惊跌在地；钱三、钱妻在屏风后露头大笑。

〔收光。

〔内声：太爷招婿，大宴宾客！

〔鼓乐骤起；光转。钱府，喜幛高悬，华灯璀璨；家人、丫环挑贺礼、扛供品，穿梭忙碌——

〔台前区。吹打乐队欢快过场。

众　（唱）喜连天，连天喜，
　　　　　钱府招婿乐无比。

〔钱三夫妻喜上，迎宾……

众　（唱）傍钦差，攀高枝，
　　　　　仕途宽阔险为夷。

〔胡、马、牛、杨同上贺喜……

众　（唱）你乐我乐大家乐，
　　　　　同沾雨露登天梯。

四　官　太爷喜得乘龙，从此一路春风，青云直上，卑职等恭喜贺喜。

钱　三　同喜，同喜。

钱　妻　诸位大人与我家老爷情同手足。老爷若是高升，定当不忘提携各位。

四　官　谢太爷、夫人栽培！

钱　三  
钱　妻　不用客气，不用客气！

师　爷　（司仪打扮，上）吉时已到，请新郎新娘拜堂！

〔吹鼓手卖力吹打。喜婆舞动红绸，引蒙着红盖头的钱女上。

师　爷　请新郎拜堂！

〔丫环急上。

——木偶戏《钦差大臣》

丫　环　太爷、夫人！新郎没地找了！

众　　　啊？！

娇　娇　（掀去盖头）你说，谁人没地找了？！

丫　环　钦差大人无地找了！

娇　娇　散说话！天光时，他还共我穿衫，送我出门，哪会无处找呀？快找！

丫　环　前院后落都找透透了！只见桌上摆着这张批。

娇　娇　什么批？

丫　环　小姐，您看——

娇　娇　阮都不识字呀！师爷，你快念。

师　爷　（念信）太爷乱真假，逼我作钦差。

众　　　啊？！

师　爷　（续念）众官夜送银，各自怀鬼胎。

四　官　哑！

师　爷　（续念）夫人送千金，一夜成夫妻。

娇　娇　母亲，他说什么呀？

钱　妻　快念！

师　爷　（续念）留书权说谢，从今各东西！啊！！这个钦差大臣是大骗子！

钱　妻　天哪！咱今上当受骗了！

娇　娇　爹亲、娘亲！我日后怎嫁有人哪？呜……

钱　三　（揪住师爷）都是你，都是你出的好主意！

牛巡检　打死伊！

胡教谕
马提举　打死伊！（围殴师爷）
杨典史

师　爷　（暴发地）好了！好了！！！（委屈地）我这个师爷，不过是一个当差跑腿的奴才！我的话，你们尽可当作狗放屁！要是恁无黑无贪，清正廉明，哪会疑心生暗鬼，以假当作真，争相巴结！！如今上当受骗，怪我何益，怪我何益啊！

众　　这……（哑口无言）

师　爷　假钦差此去不远，还不紧追！

钱　三　对！追！紧追——

〔内声：报！……锣鼓声急切响起。

报　子　（急上）禀大人，钦差大人到！

众　　哪个钦差?!

报　子　知府王大人，陪同钦差大人，护卫仪仗已到县城了！

众　　啊?!

〔蓦然一声炸雷，霹雳电闪……

〔台前区。朱五赶着马车载着贾四，上。

〔钱三等大喊："抓骗子！抓骗子呀……"

〔静场。全台傀儡定格，恰是一幅"群丑图"。

〔贾四、朱五相视窃笑："嘻嘻……！"

〔台上人物，互相传染般的相继发出各种音色的笑声，谁也不知他们为何发笑……

〔台上台下笑声如潮而起——

〔锣声三响，深沉辽远……

〔谢幕曲起。舞台装饰框和帷幕褪去，演员们站在天桥高台上操弄木偶向观众致意……

〔剧终。